T.M. Logan

Trust Me – Ein Kind. Eine unmögliche Entscheidung. Wem traust du?

PIPER

T.M. Logan

TRUST ME

Thriller

Aus dem Englischen
von Sonja Rebernik-Heidegger

PIPER

Mehr über unsere Autorinnen, Autoren und Bücher:
www.piper.de

Wenn Ihnen dieser Thriller gefallen hat, schreiben Sie uns unter Nennung des Titels »Trust Me« an *empfehlungen@piper.de,* und wir empfehlen Ihnen gerne vergleichbare Bücher.

Von T.M. Logan liegen im Piper Verlag vor:
Holiday – Sieben Tage. Drei Familien. Ein tödliches Geheimnis.
The Catch – Sie sagt, er sei perfekt. Doch ich weiß, dass er lügt ...
Trust Me – Ein Kind. Eine unmögliche Entscheidung. Wem traust du?

Unser Versprechen für mehr Nachhaltigkeit
• Klimaneutrales Produkt
• FSC®-zertifiziertes Papier
• Hergestellt in Europa

FSC
www.fsc.org
MIX
Papier | Fördert gute Waldnutzung
FSC® C083411

Deutsche Erstausgabe
ISBN 978-3-492-32016-0
Januar 2024

Titel der englischen Originalausgabe:
»Trust Me«, Zaffre/Bonnier Books UK, London 2021

Published by Arrangement with LOGAN COMMUNICATIONS LTD.
Dieses Werk wurde vermittelt durch die
Literarische Agentur Thomas Schlück GmbH, 30161 Hannover.
Redaktion: René Stein
Satz: Satz für Satz, Wangen im Allgäu
Gesetzt aus der Minion
Druck und Bindung: CPI books GmbH, Leck
Printed in the EU

Für meine Agentin Camilla Bolton,
die von Anfang an Vertrauen in mich hatte

Kein Mensch entscheidet sich
für das Böse, weil es böse ist.
Er verwechselt es lediglich mit dem Glück,
dem Guten, nach dem er ständig strebt.
Mary Wollstonecraft

Pech.
Letzten Endes war es nichts anderes als das.
Einmal Pech, und alles drohte zu zerbrechen.
Er war so vorsichtig gewesen, hatte alle nötigen Vorkehrungen getroffen und fast nichts dem Zufall überlassen. Er hatte überlegt, geplant und vorbereitet. Es stimmte allerdings, was die Leute sagten: Du kannst nicht alles kontrollieren.
Trotzdem würde er nicht zulassen, dass er sein zukünftiges Glück gefährdete, nur weil er einmal Pech hatte.
Es wurde Zeit, es zu beenden.
Ein für alle Mal.

DIENSTAG

1

Ein Umriss auf einem körnigen Schwarz-Weiß-Foto.

Die Wirbelsäule, die Stirn, die kleine Stupsnase, die perfekten Füße mit den winzigen Zehen. Die Verheißung neuen Lebens.

Ich starre auf das Bild hinunter, mein Daumen schwebt über dem Display des Handys, meine Kehle ist wie zugeschnürt. Die euphorische Bildunterschrift stammt von einer Frau, die ich nie kennengelernt habe und die ihrer bevorstehenden Mutterrolle optimistisch, freudig und aufgeregt entgegenblickt.

> Ihr Lieben, Richard und ich haben Neuigkeiten für euch! Unser Kleiner hat es sich bequem gemacht und ist auf dem Weg in diese Welt. Endlich können wir es allen sagen! Wir sind so aufgeregt!!! #zwölfteWoche #ultraschall #instamum #instababy #babylove

Die Erkenntnis trifft mich wie ein Schlag in die Magengrube. *Sie bekommt das Kind meines Ex-Mannes.* Richard wird endlich haben, was er schon immer wollte. Was wir beide wollten. Was wir uns mehr als alles andere ersehnt haben.

Zum zweiten Mal innerhalb weniger Stunden bekomme

ich kaum noch Luft, und alles dreht sich. Zuerst die Nachricht heute Vormittag und jetzt das.

Ich lege das Telefon mit dem Display nach unten auf den Tisch und verdränge den Schmerz, die Sehnsucht, das *Verlangen.* Vor dem Zugfenster zieht die Landschaft Buckinghamshires vorbei, ein verschwommener Schleier aus braunen, abgeernteten Feldern und Hecken, darüber der graue Herbsthimmel. Ich spüre das sanfte Schaukeln des Zuges, die Vibration des Waggonbodens unter meinen Füßen. Er bringt mich zurück nach London, in mein kleines, neues Haus, in dem …

In dem niemand auf mich wartet und das genauso aussehen wird, wie ich es am Morgen verlassen habe. Still und kalt. Die Kleiderschränke neuerdings halb leer, genau wie die Bücherregale. Die Hälfte der DVDs, die gerahmten Drucke und der große Lehnstuhl in der Ecke – alles fort. Wenigstens hat Richard mir den Großteil der Möbel überlassen. Und alle Fotoalben, nachdem er die Vergangenheit offenbar ein für alle Mal hinter sich lassen möchte.

Ich hingegen bin in der Vergangenheit verhaftet und unfähig, nach vorne zu blicken. Eine Gefangene meines eigenen Körpers. Vielleicht ist die Zeit tatsächlich um. Vielleicht ist es das für mich gewesen.

Ich lehne mich in den abgenutzten Sitz zurück und versuche, mich auf das leise Brummen des Zuges und das Gemurmel der anderen Fahrgäste zu konzentrieren. Am anderen Ende des Waggons sind mehrere betrunkene Fußballfans, die in diesem Moment anfangen, ein Lied zu grölen.

Eine junge Frau wankt langsam den Mittelgang entlang, ein Baby im Arm. Offenbar sucht sie einen Sitzplatz. Ich wende mich ab, vermeide jeden Augenkontakt und sehe erneut aus dem Fenster. Hoffentlich setzt sie sich nicht zu mir. Es ist früher Nachmittag, die Pendler kommen erst später, und es gibt genügend freie Plätze. *Bitte setz dich woandershin. Irgendwohin. Damit ich mir nicht den ganzen Weg zurück nach London dein Baby ansehen muss.* Ich spüre, wie die Frau an mir vorbei den Gang entlang weitergeht, und stoße schuldbewusst ein erleichtertes Seufzen aus.

Ich denke an den Tag, der vor mir liegt. Nichtssagend und unausgefüllt. An den Rest der Woche. Die Arbeit. Das leere Haus. Ein paar Gläser Wein, zwischendurch Wodka. Ich, alleine in dem großen Doppelbett, wie ich mir die Decke über den Kopf ziehe, um an nichts mehr denken zu müssen.

Tage, Wochen, Jahre, die alle auf dieselbe Art vergehen werden, während ich nach einem Grund suche, weiterzumachen und nicht nur blind dem Gebot zu folgen, immer einen Fuß vor den anderen zu setzen. Ich fühle mich ausgelaugt, verbraucht. Von einem Hunger erfüllt, der niemals gestillt werden kann. Wie ist es möglich, so lange zu hoffen und zu beten, um am Ende doch mit leeren Händen dazustehen?

Ich war eine Närrin.

»Hi«, sagt eine weibliche Stimme. »Sitzt hier jemand?«

Die junge Mutter ist zurück und steht neben dem Viererplatz, den ich für mich alleine habe.

»Nein«, sage ich. »Es ist alles frei.«

»Danke.« Sie schwingt ihren Rucksack auf den Fenstersitz und lässt sich mir gegenüber nieder. Sie ist Mitte zwanzig, trägt eine rostrote Jacke und blaue Jeans und hat blonde, schulterlange Haare. Sie ist sehr hübsch, aber das sind in meinen

Augen beinahe alle jungen Mütter. Sie deutet in Richtung der grölenden Fußballfans. »Die haben gerade eine Flasche Jack Daniels ausgepackt, da bin ich lieber weg.«

Das Baby trägt eine blassrosa Strickjacke und pinkfarbene Schuhe mit kleinen Regenbögen. Unter dem Stirnband mit der pinken Schleife lugen blonde Haarbüschel hervor, die Augen unter den langen Wimpern und den kaum erkennbaren blonden Augenbrauen sind tiefblau. Unsere Blicke treffen sich, und sofort breitet sich ein Lächeln auf dem pausbäckigen Gesicht aus, sodass dem Mädchen beinahe der pinkfarbene Schnuller aus dem Mund fällt. Ich spüre, wie ich ebenfalls anfange zu lächeln. Das letzte Mal ist so lange her, dass es sich seltsam, beinahe unnatürlich anfühlt.

»Sie ist wunderschön«, sage ich, und das nicht nur, weil man so etwas nun mal zu einer frischgebackenen Mutter sagt. Natürlich sind *alle* Kinder auf ihre eigene Art wunderschön, vor allem für ihre Eltern, aber dieses hier ist beinahe unerträglich süß.

»Sie mag Sie«, erklärt die junge Frau mit einem schüchternen Lächeln.

»Sie lacht gerne, was?«, erwidere ich, unfähig, den Blick von dem Baby zu lösen.

Das Handy der jungen Frau klingelt, sie wirft einen Blick auf das Display und stellt das Klingeln ab.

»Wie alt sind Ihre Kinder?«, fragt sie.

Mein Lächeln gefriert. Ganz egal, wie oft man mich bereits nach meiner Familie gefragt hat, ich bekomme nie die richtige Antwort hin. Es klingt immer wie eine Entschuldigung. Oder eine Verteidigung.

»Mein Mann und ich … ich meine, mein Ex-Mann und ich,

konnten nicht …« Ich reiße den Blick von dem Baby los. »Wir wollten Kinder, aber es hat nicht geklappt.«

»Oh.« Die junge Frau errötet. »Tut mir leid, ich hatte nicht vor …«

»Schon gut. Wirklich. Dafür bin ich die Patentante der drei Söhne meiner besten Freundin Tara.«

»Die Kleine hier hat noch gar keine Patentante.«

»Wie heißt sie denn?«

»Mia. Sie ist heute genau drei Monate und eine Woche alt. Und ich bin Kathryn«, fügt sie mit einem verlegenen Lächeln hinzu. »Hi.«

Ihr Telefon klingelt erneut, und sie stellt es auch dieses Mal ab, ohne dranzugehen. Bei näherer Betrachtung wirkt sie zu jung, um bereits ein eigenes Kind zu haben. Kaum älter als zwanzig, etwa halb so alt wie ich. Der Gedanke, dass ich alt genug bin, um ihre Mutter zu sein, macht mich traurig. Sie trägt keinen Ehering und sieht generell so aus, als würde sie ihre Zeit eher in Clubs und weniger an einem Gitterbettchen verbringen.

Aber da ist auch noch etwas anderes. Ein Unbehagen, das direkt unter der Oberfläche gärt.

Ihr Handy piept mit einer eingegangenen Nachricht, und als sie den Arm danach ausstreckt, rutscht die Jacke hoch und gibt den Blick auf einen violett-schwarzen Bluterguss über ihrem Handgelenk frei, der sich nach oben zu ihrem Ellbogen zu ziehen scheint.

Als sie bemerkt, dass ich ihn gesehen habe, zieht sie den Ärmel eilig nach unten. Ich lächle mitfühlend.

»Ich bin Ellen.« Ich senke die Stimme. »Ist alles … okay?«

»Ja, ja.« Sie steckt sich eine blonde Haarsträhne hinters

Ohr. »Aber könnten Sie die Kleine vielleicht eine Minute lang halten, damit ich schnell nachsehen kann, ob ich alles dabeihabe?«

Ja. Nein. Ich würde sie schrecklich gerne halten. Mehr als alles andere auf der Welt. Aber bitte verlangen Sie das nicht von mir.

»Natürlich.« Ich rutsche ein wenig nach vorne.

Kathryn beugt sich über den Tisch und reicht mir das Baby. Zuerst fühlt es sich seltsam an, und einen Moment lang habe ich Angst, dass ich das Mädchen fallen lasse oder sie sich aus meinen Armen windet, aber sie macht es sich zufrieden in meiner Armbeuge bequem. Sie ist nicht schwer, bloß ein warmes, festes, wunderschönes und herrlich lebendiges Bündel, und ihre großen blauen Augen blicken in meine, als sich ihr Mund erneut zu einem Lächeln verzieht. *Babys lieben Gesichter.* Das liest man überall. Sie sind darauf programmiert, auf Blickkontakt und freundliche Gesichter zu reagieren. Sie lächeln, wenn ihre Mutter sie im Arm hält – so wie ich gerade. Wie ist es möglich, den Verlust von etwas so tief in mir zu spüren, das ich niemals hatte und wohl niemals haben werde?

»Sie sind ein Naturtalent«, meint Kathryn und schlägt sich sofort die Hand vor den Mund. »Tut mir leid, ich wollte nicht … das war dumm von mir.«

Ich schüttle den Kopf, ohne Mia aus den Augen zu lassen.

Sie streckt die Hand aus, und ihre kleinen Fingerspitzen streichen sanft über meine Wange. Sie gluckst glücklich, als ich mich nach unten beuge, damit sie mein Kinn berühren kann. Ich strecke die Hand aus, und Mias Hand schließt sich um meinen Zeigefinger. Die Berührung ist zart wie eine Feder, und ihre Fingernägel sind so unglaublich klein. Ich hauche einen Kuss auf ihre Fingerspitzen, und ihr Kichern wärmt mein Herz.

»Freut mich, dich kennenzulernen, Mia.« Ich sehe lächelnd auf sie hinunter. »Mein Name ist Ellen.«

Kathryn hat ihr Handy zwischen uns auf den Tisch gelegt, den weißen Rucksack auf ihren Schoß gezogen und hält einen Stift in der einen Hand, während sie mit der anderen in ihrem Rucksack kramt und Fläschchen und Windeln sortiert. Als sie ihn schließt, klingelt ihr Telefon erneut. Auf dem Display erscheint das Gesicht eines Mannes in den Dreißigern mit dunkelroten Haaren, einem Dreitagebart und einem Knick in der Nase, die offenbar schon einmal gebrochen war. Darunter steht sein Name. *Dominic.*

»Klingt, als wollte jemand dringend mit Ihnen reden«, sage ich.

»Ich gehe besser mal ran.« Kathryn nickt abwesend und wirft erneut einen Blick auf das Handy. »Wäre es in Ordnung, wenn Sie Mia noch einen Moment lang halten, während ich telefoniere? Es ist … dringend.«

»Klar. Machen Sie nur, wir kommen schon klar.«

»Ich bin gleich dort hinten.« Sie deutet über ihre Schulter, zum Ende des Abteils. »Ich komme sofort wieder.«

Ich sehe sie an und könnte schwören, dass Tränen in ihren Augen glitzern.

»Kathryn, ist wirklich alles in Ordnung?«

»Ja«, erwidert sie und erhebt sich. »Danke. Es dauert auch nicht lange.«

Sie streckt die Hand aus und berührt mit den Fingerspitzen sanft den Kopf der Kleinen, als zögerte sie, Mia auch nur eine

Sekunde aus den Augen zu lassen. Dann macht sie sich mit dem Telefon am Ohr auf den Weg.

Mia sieht gähnend zu mir hoch, und ihr fallen einen Moment lang die Augen zu. Ich wiege sie behutsam, genieße das wundervolle Gewicht in meiner Armbeuge, und das ungewohnte Lächeln kehrt auf mein Gesicht zurück. Mein Herz geht über, und ich habe das Gefühl, das in mir hochsteigt, schon so lange nicht mehr gespürt, dass ich mich bereits gefragt habe, ob es überhaupt noch in mir existiert.

Ich erlaube mir – wenn auch nur einen kurzen Moment lang – die Vorstellung, dieses Baby wäre mein eigenes. Dass ich gerade mit meinem Kind in den Armen aus dem Krankenhaus auf dem Heimweg bin, anstatt mit einer Prognose im Gepäck, die noch trostloser ist als beim letzten Mal. Das kleine Schlafzimmer in meinem Haus würde endlich als Kinderzimmer genutzt, wie es immer geplant war, und verkäme nicht als ungenutzte stille Kammer, wie ein Schrein für ein unerfülltes Leben. Für etwas, das niemals sein wird. Ich habe es mir so lange Zeit vorgestellt und davon geträumt. Das nächtliche Stillen, die Kuschelstunden, die winzigen Finger, die Spaziergänge im Park, die ersten Worte und die Gutenachtgeschichten. All die kleinen Dinge, die Eltern als selbstverständlich erachten. Ich beuge mich noch weiter zu Mia nach unten und atme den undefinierbaren, süßlich sanften Duft nach Unschuld, Talkumpuder und neuem Leben ein. Ich frage mich, ob Kathryn weiß, wie glücklich sie sich schätzen kann.

Der Zug wird langsamer, als wir uns der nächsten Haltestelle nähern. Es ist die letzte vor dem Bahnhof Marylebone. Die Felder sind geschäftigen kleinen Dörfern gewichen, von denen der Großteil der Bewohner in den Nordwesten Londons pendelt. Ich hebe den Kopf, um nach Kathryn Ausschau zu halten, doch sie scheint in dem Verbindungsgang zwischen unserem und dem nächsten Waggon zu stehen. Wie lange ist sie bereits fort? Zwei Minuten? Drei?

Die Haltestelle Seer Green & Jordans besteht lediglich aus zwei Bahnsteigen, die mittels einer Fußgängerüberführung verbunden sind, und einem kleinen, mit dunklem Holz vertäfelten Wartehäuschen. Einige wenige Leute warten auf den Zug, Kathryn ist noch immer nicht aufgetaucht. Der Zug hält ächzend, und es piept drei Mal, bevor sich die Türen öffnen. Mehrere Fahrgäste steigen aus. Ich stemme mich vorsichtig hoch, um mich umzusehen. Ist Kathryn vielleicht an mir vorbei, als ich vorhin so vertieft in Mias Anblick war? Aber da sind nur die Fußballfans mit den rot-weiß gestreiften Trikots und kurz geschorenen Haaren und ein kleiner, rotgesichtiger Mann in einem Nadelstreifenanzug, der an seinem Laptop arbeitet und mich keines Blickes würdigt.

»Entschuldigen Sie bitte«, sage ich zu ihm. »Sie haben nicht zufällig die Frau gesehen, die vorhin hier gesessen hat? Ist sie vielleicht noch mal an uns vorbei?«

Der Mann sieht auf, schüttelt genervt den Kopf und wendet sich wieder dem Laptop zu. Ich will gerade aufstehen und nach Kathryn suchen, als eine Bewegung vor dem Fenster meine Aufmerksamkeit erregt. Eine Gestalt eilt den Bahnsteig entlang. Eine blonde Frau in einer rostroten Jacke.

Kathryn.

2

Ich brauche eine Sekunde, um zu begreifen. Soll das ein Scherz sein? Hat jemand ihre Jacke genommen und den Zug damit verlassen?

Nein.

Es ist Kathryn. Ihre blonden Haare schwingen von einer Seite zur anderen, während sie mit den Händen tief in den Jackentaschen und gesenktem Blick den Bahnsteig entlangmarschiert. Ich lehne mich zum Fenster und klopfe gegen die kalte Glasscheibe, als sie daran vorbeigeht.

»Hey!«, rufe ich, und die anderen Passagiere drehen sich zu mir um. »Kathryn! Hey!«

Sie sieht auf, und unsere Blicke treffen sich. Es dauert nur eine Sekunde, aber es reicht, um den Ausdruck auf ihrem Gesicht und die Tränen auf ihren Wangen zu sehen. Ihre Lippen formen die Worte: *Es tut mir leid,* dann senkt sie erneut den Blick, wischt sich mit dem Handrücken über die Augen und eilt weiter auf die Ticketschranken zu.

Kurz darauf ist sie verschwunden.

Eine Frauenstimme dringt aus den Lautsprechern. »Dies ist der Zug nach London Marylebone. Letzte Haltestelle, London Marylebone. Achtung, Türen schließen.«

Die neuen Fahrgäste heben ihre Taschen auf die Ablagen

und sehen sich nach einem Sitzplatz um. Die Türen schließen sich zischend.

Das darf nicht wahr sein. Es ist ein Fehler, ein Missverständnis. Ich sollte Mia doch nur ein paar Minuten halten, damit Kathryn in Ruhe telefonieren kann, und ihr dann ihr Baby wiedergeben. Ich habe keine Ahnung, wie man sich um ein Kind …

Jemand redet mit mir.

»Tut mir leid, wie bitte?« Ein dürrer Mann mit einer schwarzen Wollmütze steht neben mir im Mittelgang. »Was haben Sie gesagt?«

Der Mann deutet mit einem knochigen Finger auf den Sitzplatz, auf dem Kathryn gesessen hat. Ihr Rucksack liegt noch immer am Fensterplatz.

»Ist hier frei?« Er blockiert den Mittelgang, aber das scheint ihm egal zu sein.

»Sie musste nur mal schnell telefonieren«, sage ich. »Sie kommt gleich wieder. Tut mir leid.«

Er starrt mich einen Augenblick lang an, dann wendet er sich an den rotgesichtigen Geschäftsmann, der zögerlich grunzend neben sich Platz macht. Der dürre Mann setzt sich, verstaut die langen Beine unter seinem Sitz und holt ebenfalls einen Laptop hervor.

Der Zug setzt sich in Bewegung, und die Haltestelle Seer Green zieht an uns vorbei. Ein blau lackierter Stahlzaun trennt den Bahnsteig vom Parkplatz. Fahrgäste gehen mit Taschen und den Fahrkarten in der Hand auf den Ausgang zu, zwei Männer schütteln sich die Hände, zwei Frauen mittleren Alters umarmen sich, da ist ein Bahnbediensteter in einer Warnweste, ein Mann im Parka, eine Gruppe Teenager, eine Gestalt im Regenmantel. Ich blicke ungläubig zu ihnen hinaus. Sicher hält der Zug jeden Moment an, und alles klärt sich auf. Der rotgesichtige Mann sieht mich mit unverhohlenem Ärger an, aber ich starre zurück, bis er sich wieder dem Laptop zuwendet.

Ich sehe ein letztes Mal hinaus auf den Bahnsteig, dann schieben sich Bäume in den Weg, und der Zug legt an Tempo zu. Einen Moment lang überlege ich, ob ich aufspringen und die Notbremse ziehen soll, bevor wir die Haltestelle zu weit hinter uns gelassen haben. Aber ist es tatsächlich ein Notfall? Ist jemand in Gefahr? Was ist das Beste für Mia?

Plötzlich fängt die Kleine an zu wimmern.

»Schon gut«, beschwöre ich sie mit sanfter Stimme und wiege sie hin und her. »Hab ich dich erschreckt? Schon gut, es ist alles okay.«

Mia beruhigt sich und sieht mit ihren großen blauen Augen zu mir hoch. Sie blinzelt träge, dann schenkt sie mir erneut ein Lächeln, das mein Herz übergehen lässt. Ich bin ein ruhiger, besonnener Mensch. Darauf muss ich mich jetzt besinnen. Mia zuliebe. Die Kleine scheint wunschlos glücklich. Sie weint nicht, weil sie Hunger hat oder gewickelt werden müsste, und sie reibt sich nicht verschlafen die Augen. Sie ist zufrieden damit, einfach im Arm gehalten zu werden.

Niemand im Waggon hat bemerkt, was gerade passiert ist. Dass ich hier alleine mit dem Kind einer anderen sitze. Wo ist der Fahrkartenkontrolleur, wenn man ihn braucht? Ich sollte ihn suchen, damit er in Seer Green anruft und den Leuten dort sagt, dass sie Kathryn aufhalten sollen. Ich kann mit Mia in Marylebone warten, bis Kathryn mit dem nächsten Zug nachkommt, der ohnehin bereits in einer halben Stunde fährt.

Ich habe heute nichts mehr vor, und zu Hause wartet niemand auf mich. Oder ich fahre zurück nach Seer Green, damit Mutter und Tochter wieder vereint sind.

Es gibt da nur ein Problem, einen Zweifel, der mich nicht loslässt. Meine Überlegungen gehen davon aus, dass Kathryn ihr kleines Mädchen wiederhaben will. Dass alles nur ein schrecklicher Fehler einer jungen, erschöpften Mutter ist. Ein Hilfeschrei vielleicht? Ein Schub postnataler Depression?

Doch das, was gerade passiert ist, wirkte beinahe geplant. Da war der Blick in Kathryns Augen, als sie den Bahnsteig entlangeilte.

Ich weiß, was dieser Blick bedeutet, habe ihn schon einmal gesehen. Vor vielen Jahren, in einem anderen Leben.

Angst.

Aber hatte Kathryn Angst um sich oder Angst um ihr Baby? Angst, weil sie gerade etwas Schlimmes getan hatte, oder Angst davor, was sie noch tun würde?

Ich sammle die Informationen, die ich in den letzten zehn Minuten erhalten habe. Eine junge, allein reisende Mutter mit Blutergüssen auf dem Arm. Ein Handy, das ständig klingelte. Ein Unwohlsein, das sie zu verbergen versuchte und das nur knapp unter der Oberfläche schwärte. Ihr Kind, das sie bei einer vollkommen Fremden zurückgelassen hat. Es erscheint mir nicht zufällig so passiert zu sein. Sie hat Mia zurückgelassen, um sie zu beschützen. Und jetzt befindet sich die Kleine in meiner Obhut. Zumindest vorerst.

Wenn ich Mia zu Kathryn zurückbringe, setze ich sie vielleicht erst recht einer Gefahr aus, möglicherweise in Gestalt ihres Vaters, der garantiert für Kathryns Blutergüsse am Arm verantwortlich ist. Vielleicht finden Kathryn und Mia Zuflucht in einem Frauenhaus, vielleicht enden sie aber auch als Teil der Statistik. Zwei weitere Opfer eines gewalttätigen, kontrollsüchtigen Mannes, der seine Wut an der Partnerin auslässt, die wagte, ihn zu verlassen. Es ist ein deprimierend vertrautes Bild, so alt wie die Ehe selbst. Aber welche Wahl habe ich? Ich kann Mia doch nicht mit in mein kleines Haus in South Greenford nehmen, oder?

Ich lasse den Gedanken einen Moment sacken.

Dann verwerfe ich ihn. Mia hat eine Mutter, und sie gehört zu ihr.

Der Zug dringt immer tiefer in das nordwestliche London vor. Vor dem Fenster ziehen Straßen, Einkaufszentren und Häuser vorbei. Mein Handy vibriert mit einer eingegangenen Nachricht, und ich verlagere Mia auf meinem Arm, um es aus der Handtasche zu holen.

Wie geht es dir? Ist alles in Ordnung?

Das ist Taras Art zu fragen, wie es heute Morgen in der Klinik lief und ob ich darüber reden möchte.

Ich lege das Handy mit dem Display nach unten auf den Tisch. Tara kann warten. Ich hebe den Blick, er bleibt an dem dürren Mann hängen, der auf der gegenüberliegenden Seite des Mittelganges sitzt. Er starrt mich an, doch als wir einander in die Augen sehen, wendet er sich sofort wieder seinem Handy zu. Er trägt schwarze, fingerlose Handschuhe und hält sein Telefon in einem seltsamen Winkel.

Hat er gerade ein Foto von mir und dem Baby gemacht? Oder bilde ich mir das nur ein?

Er windet sich unter meinem Blick und dreht das Handy

zur Seite. Sein Laptop steht geöffnet auf seinem Schoß. Seine Fingerspitzen sehen seltsam aus, faltig und blass. Die schwarze Mütze ist ein wenig nach oben gerutscht, und mir fällt auf, dass er keine Augenbrauen hat. Die Haut über seinen Augen ist seltsam rot gefleckt. Er wirkt sonderbar, als würde er nicht hierher gehören und wüsste nicht, wie er sich verhalten soll.

Ich drücke Mia fester an mich. Jetzt, wo wir alleine sind, fühlt sie sich so zerbrechlich wie Porzellan an, als würden ihre zarten Knochen beim nächsten Holpern brechen. Als wäre jeder Fremde eine potenzielle Bedrohung.

Ich versuche, mich zu entspannen. Zumindest in den nächsten zehn Minuten kann ihr nichts passieren. Ich werde auf sie aufpassen, bis wir in Marylebone angekommen sind, wo ich mich auf die Suche nach jemandem machen werde, in dessen vertrauenswürdige Hände ich sie übergeben kann. Ich werde das Richtige tun.

Eigentlich sollte ich jetzt sofort den Notruf der Bahnpolizei wählen. Es gibt sicher Beamte in Marylebone, die mir helfen können, Mutter und Kind wieder zu vereinen. Ich frage mich erneut, ob Kathryn Mia überhaupt wiederhaben will. Vielleicht leidet sie tatsächlich unter postnatalen Depressionen und hat Angst, ihrem Kind etwas anzutun? Ich spreche besser persönlich mit der Polizei.

Ich streiche Mia sanft und hoffentlich beruhigend mit den Fingerspitzen über die Wange.

»Was machen wir nur mit dir, meine Kleine?«

Mia schenkt mir ein zahnloses Lächeln und kichert leise. Das Lachen eines Babys hat etwas unbeschreiblich Reines, Fröhliches an sich. Es ist Glück und Freude in seiner reinsten Form und mit Sicherheit das schönste Geräusch der Welt.

Sie hat keine Ahnung, dass ihre Mutter verschwunden ist.

Ich überlege, welche Möglichkeiten ich noch habe. Ich kenne nicht einmal Kathryns Nachnamen. Sie hat ihre Handtasche und das Handy mitgenommen, aber den ausgebeulten weißen Rucksack mit den Babysachen dagelassen. War das Absicht? Mir kommt ein weiterer Gedanke: *Vielleicht ist Mia überhaupt nicht Kathryns Tochter.* Hat sie etwas Derartiges gesagt? Ich denke an unsere kurze Begegnung zurück. Nein. Sie hat Mia mit Namen angesprochen, aber nie »mein Kind« gesagt. Vielleicht hat sie Mia entführt? Aus einem Krankenhaus, aus dem Supermarkt, aus dem Haus einer nichts ahnenden Familie? Hat sie sich einen fremden Kinderwagen gegriffen und ist damit davon, bloß um nach einiger Zeit in Panik zu geraten, Mia einer Fremden zu übergeben und zu verschwinden?

Etwas an ihrem Verhalten Mia und mir gegenüber sagt mir, dass das unwahrscheinlich ist. Da war eine deutliche Verbindung zwischen Kathryn und Mia zu spüren.

Ich greife nach dem Rucksack. Er ist schwer, aber ich schaffe es trotz des Babys in meinem Arm, ihn hochzuheben und über den Tisch zu hieven. In einer Außentasche steckt eine Flasche Säuglingsmilch, in der anderen eine halb volle Flasche Diät-Cola.

Im Inneren entdecke ich ein gefaltetes A4-Blatt auf einem Bündel Babykleidung. Es handelt sich offenbar um einen Lieferschein für Babyartikel – Säuglingsmilch, Fläschchen, Windeln und Strampelanzüge. Ich greife danach und runzle die Stirn. Auf den unteren Teil hat jemand mit geschwungener Handschrift meinen Namen geschrieben.

Ich drehe das Blatt um.

Die Rückseite ist leer, abgesehen von ein paar hastig hingekritzelten Wörtern.

Bitte passen Sie auf Mia auf.
Vertrauen Sie niemandem.
Nicht einmal der Polizei.

3

Ich lese den Text ein zweites Mal und drehe das Blatt in meiner Hand um, falls ich auf der Vorderseite etwas übersehen habe. Aber da ist nichts. Lediglich die computergenerierte Auflistung der gelieferten Babyartikel von einer Firma namens BabyCool, mein von Hand geschriebener Name und die drei hingekritzelten Sätze. Ich sehe mich instinktiv um. Hat noch jemand die Nachricht gesehen? Doch der Geschäftsmann konzentriert sich auf seinen Laptop, und der dürre Mann, der mich vorhin angestarrt hat, schreibt etwas in ein kleines Notizbuch und scheint weder mich noch die restliche Umgebung wahrzunehmen.

Vertrauen Sie niemandem.

Ist Paranoia ein Symptom postnataler Depressionen? Ich habe einmal etwas darüber gelesen, aber ich kann mich nicht erinnern. Vielleicht hatte Kathryn tatsächlich Angst, dass sie Mia etwas antun könnte. Vielleicht ist das hier ein Hilferuf. Wobei es nicht um Kathryns Sicherheit geht, sondern um die des Babys.

Ich beschließe, den Rucksack nach weiteren Hinweisen zu durchsuchen, lege die Nachricht beiseite und beginne, den Inhalt auf dem Tisch auszubreiten. Ein halbes Dutzend Windeln, Feuchttücher, Windelbeutel, zwei Strampelanzüge aus

Baumwolle und die dazugehörigen Leibchen, Anti-Kratz-Fäustlinge, eine selbst gestrickte Wollmütze, drei bereits vorbereitete Fläschchen mit Säuglingsnahrung und eine halb volle Dose mit Milchpulver. Dazu zwei Musselintücher, zwei noch verpackte Schnuller und eine kompliziert aussehende Trageschlinge. In der Vordertasche finde ich eine neue Tube Wundschutzcreme, Taschentücher, eine kleine Flasche Sonnencreme und einen Zettel, der aus einem Notizbuch gerissen und auf dem eine Art Tagesablauf notiert wurde. Es ist dieselbe Handschrift wie auf dem Lieferschein.

6:00/7:00 füttern, wickeln; 8:30 Nickerchen;
10:00 füttern; 11:00 Nickerchen; 12:30 füttern, wickeln;
13:00 Nickerchen; 15:00 füttern, 15:30 Nickerchen,
18:00 waschen, umziehen; 18:45 füttern, Schlafenszeit.

Unter dem Zettel steckt ein violetter Stoffoktopus mit einem gelben Gesicht. Das Glöckchen in seinem Inneren klingelt, als ich ihn herausnehme.

Mia dreht den Kopf und streckt die Hände aus.

»Na, möchtest du den haben?« Ich gebe der Kleinen den Oktopus, und sie drückt ihn glücklich glucksend an sich. Kurz darauf schließen sich die kleinen Lippen um einen Stofffangarm.

Ich betrachte den Inhalt des Rucksackes auf dem Tisch vor mir. Es ist alles da, um mit einem Baby einen Ausflug zu machen, aber es reicht gerade für einen Tag, allerhöchstens zwei. Vielleicht konnte Kathryn nicht mehr mitnehmen. Vielleicht war das hier alles, was sie in der Eile in eine kleine Tasche packen konnte. Jedenfalls habe ich keinen Hinweis auf ihre Identität, ihren Nachnamen oder ihren Wohnort gefunden. Nichts, was mir hilft, Mia so schnell wie möglich zu ihrer Familie zurückzubringen. Der Zettel mit dem Tagesablauf ist interessant, und ich frage mich, ob er für mich geschrieben wurde. Andererseits hatte Kathryn nicht genug Zeit dafür. Mein Name und die seltsame Nachricht, mehr hat sie sicher nicht geschafft. Ich verstehe nicht, warum sie sich ausgerechnet mich ausgesucht hat.

Die Fußballfans grölen ein neues Lied, unterbrochen von lautstarkem Gelächter und Obszönitäten. Ich nehme mir vor, beim Aussteigen einen großen Bogen um sie zu machen.

Der Zug wird langsamer, und die ersten Fahrgäste erheben sich, holen ihre Taschen von der Ablage und schlüpfen in ihre Mäntel und Jacken. Es herrscht geschäftiges Treiben, während wir uns dem Endbahnhof nähern. Der rotgesichtige Mann im Nadelstreifanzug nimmt seine Sachen und eilt den Mittelgang entlang, ohne mich eines weiteren Blickes zu würdigen. Ich packe Mias Rucksack und werfe einen schnellen Blick auf Kathryns seltsame Nachricht, ehe ich sie in meine Handtasche stecke und mich langsam aufrichte, wobei ich darauf achte, Mia gut festzuhalten.

Wie schlüpft man mit einem Baby auf dem Arm in einen Rucksack? Alles – jede Bewegung, jede noch so einfache Tätigkeit – scheint plötzlich um ein Vielfaches komplizierter. Ich lege Mia vorsichtig auf den Sitz, ziehe den Rucksack an und hebe den Gurt meiner Handtasche über den Kopf, ohne Mia auch nur eine Sekunde aus den Augen zu lassen, damit sie nicht unbemerkt zu Boden fällt. Doch sie sieht bloß grinsend zu mir hoch und strampelt fröhlich mit den Beinchen, wie ein kleiner Frosch.

Ich hebe sie hoch. »Komm«, murmle ich sanft. »Jetzt suchen wir deine Mummy.«

Der seltsame dürre Mann sitzt noch immer gegenüber und kritzelt etwas in sein Büchlein. Er nimmt keine Notiz von den aufbrechenden Fahrgästen und sieht auch nicht auf, als ich an ihm vorbeigehe. Er ist ganz in Schwarz und Grau gekleidet. Schwarze Jeans, Doc Martens, ein grauer Pullover und eine abgewetzte schwarze Lederjacke. Kein einziger Farbtupfer, und die Haut in seinem Gesicht ist so blass, dass sie beinahe durchsichtig erscheint. Irgendetwas an ihm lässt mich nicht los. Irgendetwas stimmt nicht.

Ich steige vorsichtig die Stufen hinunter auf den Bahnsteig. Die Schritte der Fahrgäste hallen durch das Bahnhofsgebäude aus rotem Backstein, und der Dieselgeruch sammelt sich unter dem Glasdach über den weißen, kreuz und quer verlaufenden Stahlträgern. Ich blicke den Bahnsteig auf und ab in der Hoffnung, dass Kathryn es doch in den Zug geschafft hat und bereits auf der Suche nach ihrem Baby ist. Doch ich kann keine rostrote Jacke unter den Reisenden entdecken, keine junge Frau, die sich hektisch umsieht. Keine Spur von Kathryn.

Ich mache mich langsam auf den Weg in die Ankunftshalle und zu den Ticketschranken, wo ich umständlich mit einer Hand in meiner Handtasche nach meiner Fahrkarte krame, während ich mit der anderen Mia festhalte. Ich kann sie nicht finden. Ich versuche es in meiner Jackentasche, aber auch dort ist die Fahrkarte nicht. Die Leute hinter mir werden langsam ungeduldig. Ich klopfe gerade erfolglos meine Hosentaschen ab, als mich die Aufseherin, eine Frau in den Fünfzigern mit kurzen schwarzen Haaren, entdeckt und auf mich zukommt.

Soll ich ihr sagen, was passiert ist? Oder würde sie mich ohnehin nur zum nächsten Polizisten schicken? Ich überlege immer noch, was ich tun soll, als mir klar wird, dass die Frau nicht mich ansieht, sondern Mia.

»Na, du Süße?«, fragt sie lächelnd, und Mia mustert sie mit ihren großen blauen Augen. »Ich helfe deiner Mummy mal lieber, was meinst du?«

Sie legt ihren Ausweis auf den Sensor, und die Schranke öffnet sich.

»Danke«, sage ich erleichtert. »Das ist sehr nett von Ihnen.«

Die Frau winkt Mia zu. »Habt noch einen schönen Tag, ihr beiden.«

Ich betrete die Ankunftshalle und sehe mich nach einem Infopoint, einem Fahrkartenschalter oder einem Hinweis um, wo ich die Bahnhofsverwaltung finde. Gibt es eigentlich in jedem größeren Bahnhof in Großbritannien eine eigene Polizeistation? Ich habe hier in Marylebone noch nie eine gesehen, andererseits habe ich auch nicht wirklich darauf geachtet. In London scheinen Vorfälle, bei denen es sich nicht um eine Messerstecherei oder einen Terrorakt handelt, für die Polizei eher von geringer Bedeutung. Und es ist ja nicht so, als würde hier irgendjemand in Lebensgefahr schweben, nicht wahr?

Ich entdecke mein Spiegelbild in einem Schaufenster und bin im ersten Moment verwirrt, als ich das Baby auf meinem Arm sehe. Es ist wie ein Blick in ein Paralleluniversum, in dem die letzte künstliche Befruchtung nicht erfolglos geblieben ist und ich Richards Baby zur Welt gebracht habe. Unsere kleine Tochter, mit der ich gerade auf dem Heimweg bin.

Mir ist klar, dass es keine Paralleluniversen gibt, trotzdem bin ich hier, mit Mia in den Armen.

Ich zucke zusammen, als mir noch etwas an dem Spiegelbild ins Auge sticht. Eine Gestalt mit einer schwarzen Mütze folgt mir.

Es ist der dürre Sonderling aus dem Zug.

4

Er bewegt sich langsam und mit seltsam spinnenhaften Schritten im Schutz mehrerer anderer Fahrgäste und tut, als würde er im Gehen auf sein Handy blicken. Ich denke an die Blutergüsse auf Kathryns Arm. An die Angst in ihren Augen. Vielleicht ist nicht der Mann mit der gebrochenen Nase auf ihrem Handy ihr Freund, sondern dieser Kerl. In einer Gruppe aus normalen Passanten fällt seine Andersartigkeit noch mehr auf. Er scheint schlichtweg nicht hierher zu gehören. Ich beschleunige meine Schritte.

Hinter mir ertönen Schreie. Laute, wutentbrannte Männerstimmen. Offenbar ist auf dem Bahnsteig ein Tumult ausgebrochen. Ich werfe einen Blick über die Schulter und sehe, dass die Fußballfans in den rot-weißen Trikots an den Schranken aufgehalten wurden. Ihre Gesichter sind vor Zorn verzerrt. Es werden immer mehr, während von der anderen Seite gelb gekleidete Bahnbeamte anrücken.

»Zurücktreten!«

»Dann macht die Scheißschranken auf!«

Ich gehe noch schneller. Nun sehe ich noch eine zweite Gruppe junger Männer in den Zwanzigern mit Tattoos am ganzen Körper und blauen Fußballtrikots, die mir entgegenkommen. Sie recken die Fäuste in die Höhe und grölen ihre eigenen Hymnen, die durch die Bahnhofshalle dröhnen. Im nächsten Moment entdecken sie die gegnerischen Fans an den Ticketschranken. Andere Passagiere weichen aus und machen vorsorglich einen großen Bogen um die beiden Gruppen, die laut fluchen und sich gegenseitig beschimpfen. Eine Bierdose zischt durch die Luft und landet auf dem Bahnsteig, der Inhalt spritzt in alle Richtungen.

Mia wimmert, der plötzliche Lärm behagt ihr nicht. Ich entferne mich instinktiv so rasch wie möglich von dem Tumult, vermeide jeglichen Augenkontakt. Trotz des Lärms und der Aggression in der Luft spüre ich eine Entschlossenheit in mir wie schon seit Jahren nicht. Ich balle die rechte Hand zur Faust, bereit, jeden niederzustrecken, der es wagt, Mia zu bedrohen.

Ich werfe einen Blick auf mein Spiegelbild im nächsten Schaufenster. Der dürre Sonderling folgt mir noch immer.

Am Ende der Bahnhofshalle sehe ich bereits den Ausgang. Von dort sind es fünf Minuten bis zur U-Bahn-Station Edgware Road, dann geht es mit der Circle Line bis Notting Hill, wo ich in die Central Line umsteigen und acht Stationen bis zur Station South Greenford fahren muss, um nach einem kurzen Spaziergang die Hauptstraße entlang und durch den Park in meinem kalten, leeren Haus anzukommen. Es wäre einfach, dem gewohnten Weg zu folgen, den ich in den letzten fünf Jahren auf der Rückfahrt von der Klinik unzählige Male genommen habe.

Einfach, aber falsch.

Endlich entdecke ich zwei Polizisten. Sie tragen schusssichere Westen, Funkgeräte, Pistolen an den Oberschenkeln und Gewehre vor der Brust, den Finger am Abzug. Doch anstatt erleichtert auf sie zuzugehen, fühle ich mich abgestoßen. Ihre Waffen haben im Leben des Babys in meinen Armen nichts verloren. Schusswaffen sind mir nicht fremd, aber das hier ist etwas anderes.

Trotzdem muss ich mit ihnen sprechen, ihnen sagen, was passiert ist. Ich muss eine Aussage machen und Formulare ausfüllen, und dann werden sie mir Mia wegnehmen. Ich werde sie freiwillig an diese Männer mit ihren Waffen übergeben. An Männer, die bereit sind, sich in den Krieg zu stürzen, der auf unseren Straßen herrscht.

Bei der Vorstellung wird mir eiskalt, und mein Magen zieht sich zusammen.

Überall lauern Gefahren, und ich verspüre das dringende Bedürfnis, so viel Abstand wie möglich zwischen Mia und diese bewaffneten Männer zu bringen. Ich denke an die Nachricht im Rucksack. *Vertrauen Sie niemandem. Nicht einmal der Polizei.* Aber was soll ich sonst tun? Es könnte sein, dass uns ein Fahrgast aus dem Zug verfolgt, und offensichtlich befindet sich Kathryn in Schwierigkeiten. Ich gehe auf die beiden Polizisten zu und überlege, was ich sagen soll. *Dieses Baby? Es gehört mir nicht. Da war diese Frau, die hat es mir gegeben …*

In diesem Moment hebt einer der Männer die Hand an den Knopf in seinem Ohr, und kurz darauf eilen die beiden in Richtung Bahnsteig, ohne mich eines Blickes zu würdigen.

Ich sehe ihnen nach. Sie sind auf dem Weg zu den Fußballfans, deren Auseinandersetzung immer lauter wird. Ich sehe keine anderen Polizisten in der Nähe. Vielleicht sollte ich zum Ticketschalter gehen? Andererseits ist dieser Bahnhof kein sicherer Ort. Waffen, Gegröle, Betrunkene, Menschenmassen. Wut. Hooligans. Polizisten auf der Suche nach Machete schwingenden Terroristen und Selbstmordattentätern. Ich sehe nach hinten. Der Sonderling aus dem Zug folgt mir noch immer. Aber es ist nicht nur er. Der ganze Bahnhof verursacht mir Unbehagen. Es sind Tausende Leute unterwegs, doch alle sind in Eile, es ist laut und viel zu voll, sodass sie einander gar nicht beachten. Es gibt einen guten Grund, warum Bahnhöfe zu den beliebtesten Terrorzielen gehören.

Vertrauen Sie niemandem.

Kathryn hat *mir* vertraut. Sie hat mich ausgewählt.

Ich muss Mia beschützen. Ich muss tun, was für Mia am besten ist.

Die Gewissheit, wieder für einen anderen Menschen verantwortlich zu sein, lastet schwer auf mir.

Der Lärm und das Gebrüll hinter mir werden noch lauter.

Verschwinde von hier. Bring Mia so weit wie möglich von diesen Leuten fort.

Es muss einen besseren, sichereren Weg geben, sie zu ihrer Familie zurückzubringen. Ich muss erst mal an einen Ort, an dem es ruhiger und gesitteter zugeht. Ich verlagere Mia auf den anderen Arm, und sie sieht mich an, als wollte sie gleich zu weinen beginnen. Ihr kleiner Körper ist steif vor Angst.

»Wir sind gleich da, Mia«, beruhige ich sie. »Gleich bist du wieder bei deiner Mum.«

Aber zuerst muss ich diesen sonderbaren Mann loswerden, der mir – oder dem Baby in meinen Armen – nach wie vor folgt. Ich brauche nur eine Minute, um zu verschwinden, aber ich schaffe es nicht ohne Hilfe. Ich nähere mich einem stämmigen Mann in den Vierzigern in einer gelben Sicherheitsweste, der gerade einen Obdachlosen bittet, sich von den Geldautomaten fernzuhalten.

»Entschuldigen Sie?«

Der Sicherheitsmann dreht sich ungerührt zu mir um. »Wie kann ich Ihnen helfen?«

»Es tut mir sehr leid, aber da ist dieser Mann. Er ist uns vom Zug bis hierher gefolgt und hat Fotos von meiner Kleinen gemacht.« Ich deute auf den dürren Sonderling. »Ich fühle mich sehr unwohl und hätte einfach gerne, dass er uns in Ruhe lässt.«

»Meinen Sie den dort?« Sein Gesicht verdunkelt sich. »In der schwarzen Jacke?«

»Genau.«

»Geht es Ihnen beiden gut?«

»Ich glaube schon. Ich bin bloß etwas in Panik geraten.«

»Warten Sie hier. Ich rede ein Wörtchen mit ihm.«

Er dreht sich um und hebt beschwichtigend die Hände, als er auf meinen Verfolger zutritt und ruhig auf ihn einredet.

Der Sonderling wirkt überrascht, doch ich warte nicht ab, was als Nächstes passiert, sondern schenke Mia ein Lächeln und mache mich auf den Weg aus dem Bahnhofsgebäude. Draußen kämpft sich die Nachmittagssonne durch die dünner werdenden Wolken.

Ich bin fest entschlossen, das Richtige zu tun, aber zuerst müssen Mia und ich an einen sicheren Ort, und bis dahin kümmere ich mich einfach noch ein wenig länger um sie.

Ich nähere mich mit schnellen Schritten dem Taxistand, ohne noch einmal zurückzublicken.

5

Es herrscht ziemlicher Nachmittagsverkehr, und am Taxistand hat sich eine kurze Schlange gebildet. Ich stelle mich mit klopfendem Herzen ans hintere Ende und behalte den Bahnhofausgang im Auge, falls der dürre Sonderling auftaucht, bevor ich in ein Taxi steigen kann. Bis jetzt ist er noch nicht zu sehen, aber es gibt auch einen Seitenausgang, den er benutzt haben könnte. Mia windet sich, und ich wiege sie sanft. Mein Arm schmerzt bereits unter ihrem Gewicht.

Die Schlange bewegt sich quälend langsam vorwärts, auch wenn ein Fahrgast nach dem anderen in eines der schwarzen Autos steigt und davonfährt.

Kommt schon. Kommt schon.

Ich stehe hinter einem weißhaarigen Paar in den Siebzigern, die ich beide im Zug gesehen habe. Sie haben sich für einen Abend in London schick gemacht, vielleicht gehen sie ins Theater. Die Frau dreht sich um, und ihr Gesicht wird weich, als sie Mia sieht.

»Ach, wie niedlich.« Sie drückt sanft Mias Füßchen in den pinkfarbenen Schuhen. »Nicht wahr, meine Kleine?«

Mia schenkt ihr ein breites Lächeln.

»Komm schon, Mike, lassen wir die beiden zuerst fahren.«

Ihr Mann willigt ein und lässt mir den Vortritt.

Ich bedanke mich, und als das nächste Taxi vor uns hält, öffnet er uns die Tür, damit ich einsteigen kann. Ich schließe sie eilig und sehe erneut zum Bahnhof. Noch immer keine Spur von dem Sonderling.

»Hi«, begrüße ich den Taxifahrer, einen übergewichtigen Mann in den Vierzigern. »Wo ist denn die nächste Polizeistation?«

»Das wäre vermutlich West End Central.« Er sieht zu mir nach hinten, und sein Blick fällt auf Mia. »Ist alles in Ordnung?«

»Ja.«

»Sicher? Gehts dem Knirps gut?«

»Uns geht es beiden gut«, versichere ich ihm, lege den Rucksack ab und lehne mich zurück. Im Auto riecht es ekelhaft nach Lufterfrischer mit Vanilleduft und altem Leder. »Danke der Nachfrage.«

Er grunzt, dann fährt er los und reiht sich in den Verkehr ein. Ich war schon eine Million Mal mit dem Taxi unterwegs, aber noch nie mit einem Baby, und ich habe keine Ahnung, wie ich den Sicherheitsgurt anlegen soll, um uns beide bestmöglich zu schützen, also lasse ich es einfach bleiben und lege stattdessen schützend die Hand über Mias kleinen Hinterkopf. Der Fahrer schlängelt sich in flottem Tempo durch den Verkehr, und ich wünschte, er würde langsamer machen.

Ich werfe noch zweimal einen Blick durch die Heckscheibe, doch mein Verfolger ist nirgendwo zu sehen. Ich nehme Mia auf den linken Arm, um den rechten ein wenig zu entlasten, und lasse mich in den abgenutzten Rücksitz sinken, während Läden und Büros an uns vorbeiziehen. Zum ersten Mal wird mir klar, wie surreal die Situation ist. Es ist Dienstagnachmittag, und ich bin mit dem Kind einer Fremden im Arm auf dem

Weg zur Polizei. Vor vierzig Minuten kannte ich diesen kleinen Menschen noch nicht einmal, und nun ist Mia – zumindest für die nächsten Minuten – vollkommen von mir abhängig, so wie noch nie jemand von mir abhängig war. Ihr Leben liegt buchstäblich in meinen Händen, und es ist wunderschön und beängstigend zugleich.

So habe ich mir immer das Gefühl vorgestellt, wenn nicht mehr zu übersehen ist, dass man schwanger ist. Wenn Leute dir die Tür aufhalten oder dir in der U-Bahn ihren Sitzplatz überlassen. Doch keine meiner Schwangerschaften schaffte es über das erste Trimester hinaus. *Ungeklärte Infertilität* nennen es die Ärzte. Was bedeutet, dass alle Tests durchgeführt und sämtliche Behandlungsmöglichkeiten ausgeschöpft wurden, sie mir aber immer noch keinen Grund nennen können.

So nahe wie heute werde ich diesem Gefühl wohl nie wieder kommen.

Aber darüber sollte ich nicht zu lange nachdenken.

Nach einiger Zeit im Stop-and-go-Verkehr hat sich mein Herzschlag einigermaßen beruhigt, und der Adrenalinschub lässt langsam nach. Ich denke an Kathryn und unsere Unterhaltung im Zug. An ihre Nachricht, in der sie mich bittet, nicht zur Polizei zu gehen. Nein, das stimmt nicht. Sie hat geschrieben, dass ich der Polizei nicht ver*trauen* soll. Aber das ergibt keinen Sinn. Wenn sie tatsächlich vor ihrem gewalttätigen Partner auf der Flucht ist, warum will sie dann nicht zur Polizei? Ich hole die Nachricht aus meiner Handtasche.

Bitte passen Sie auf Mia auf.
Vertrauen Sie niemandem.
Nicht einmal der Polizei.

Es sei denn, ihr Partner ist Polizist. Aber selbst wenn, ich sehe keine andere Möglichkeit, als Mia abzugeben. Ich kann sie nicht einfach mit nach Hause nehmen. Nicht einmal für eine Nacht oder auch nur den Nachmittag über. Nicht einmal, um sie zu beschützen.

Ganz egal, wie sehr ich es mir wünsche.

Ich muss mir überlegen, was ich der Polizei erzähle, wie ich es ihnen erklären kann. Ich werde einfach die Wahrheit sagen. Es besteht kein Grund, etwas hinzuzufügen oder zu ändern. Ich erzähle ihnen ganz genau, was passiert ist.

Ich bin in Aylesbury in den Zug gestiegen. Ich war auf dem Heimweg von der Fruchtbarkeitsklinik in Stoke Mandeville. Kathryn kam irgendwann vorbei und setzte sich zu mir. Ich weiß nicht, wo sie eingestiegen ist. Ich weiß nur, dass sie den Zug in Seer Green verlassen und das Baby bei mir gelassen hat. Ich habe es erst bemerkt, nachdem der Zug losgefahren war. Dann habe ich diese Nachricht im Wickelrucksack gefunden. Warum ich nicht sofort jemanden verständigt habe? Ich hielt es nicht wirklich für einen Notfall. Ich wollte mich in Marylebone an zwei bewaffnete Polizisten wenden, aber sie wurden zu einem Einsatz gerufen, also dachte ich, ich fahre lieber zur nächstgelegenen Polizeistation.

Ich wiege Mia und ziehe ihre kleine Jacke zurecht. Sie windet sich in meinen Armen. Ihr Schnuller fällt auf den Boden des Taxis, und als ich ihn hochhebe, ist er total verdreckt, also stecke ich ihn in meine Handtasche und wiege Mia sanft in den Armen, um sie zu beruhigen.

»Ganz ruhig, ist schon gut«, murmle ich. »Du bist bald wieder bei deiner Mum.«

Ich werde der Polizei alles erklären und ihnen Mia übergeben.

Ich sehe in ihr kleines Gesicht. Werde ich sie jemals wiedersehen? Werde ich sie jemals wieder in den Armen halten? So, als wäre ich ihre Mutter? Vermutlich nicht. Meine Kehle ist wie zugeschnürt.

Mia quengelt und windet sich immer noch, ihre Wangen sind rot, und anstatt zu lächeln, verzieht sie das Gesicht. Ich öffne den Rucksack und krame mit einer Hand darin herum, bis ich einen Ersatzschnuller zu fassen bekomme. Ich stecke ihn Mia in den Mund, doch sie spuckt ihn im nächsten Moment aus. Dieses Mal fange ich ihn, bevor er auf dem Boden landet. Mia beginnt zu weinen, und ihre Stimme wird immer schriller.

Ich lege sie an meine Schulter und massiere ihren Rücken.

»Was ist denn los, Mia?«

Ihr Weinen steigert sich zu einem wütenden Brüllen, das durch das Taxi hallt. Ich sehe, dass mich der Fahrer im Rückspiegel beobachtet. Wahrscheinlich hält er mich für eine schlechte Mutter, die nicht mit ihrem Kind zurechtkommt. Ich hebe Mia hoch, drehe sie und schnuppere an ihrem Hinterteil. Es riecht nach frisch gewaschener Baumwolle und Wundschutzcreme. Ich glaube nicht, dass sie gewickelt werden muss.

»Was willst du denn, Mia? Wir sind gleich da.«

Ich gebe ihr erneut den Schnuller, und sie beruhigt sich und saugt einige Sekunden hektisch daran, doch dann beginnt sie erneut zu weinen, und er fällt heraus. Ich versuche sie mit sanfter Stimme zu beruhigen und schüttle dabei frustriert den Kopf. Ich dachte immer, ich wäre *besser* in diesen Dingen. Aber es ist wie eine Prüfung, auf die ich mich nicht vorbereiten konnte. Ein Bewerbungsgespräch, ohne zu wissen, worum es in dem Job geht. Andererseits bin ich keine totale Anfängerin. Ich habe genug Zeit mit Taras Jungs verbracht, um erahnen zu können, was los ist. Ich streiche mit dem Finger über Mias zarte Wange, und sie dreht den Kopf, als würde sie etwas suchen. Ihr Mund öffnet sich zu einem verzweifelten »O«.

Ah! Ich erinnere mich an den handgeschriebenen Tagesablauf, den ich im Rucksack entdeckt habe. Es ist beinahe drei Uhr nachmittags.

Ich werfe erneut einen Blick durch die Heckscheibe, doch ich kann niemanden entdecken, und es ist auch kein anderes Taxi in Sichtweite.

Ich treffe eine Entscheidung. Ich muss Mia in Sicherheit bringen, aber jetzt hat sie erst einmal Hunger. Und ich muss mich um sie kümmern.

Ihr Brüllen wird immer verzweifelter, und sie scheint sich in einen regelrechten Rausch zu steigern. Ich entdecke die Zweigstelle einer bekannten Kaffeehauskette an der Straßenseite und lehne mich nach vorne in Richtung Fahrer.

»Könnten Sie bitte hier anhalten?«

Ich weiß, dass wir weiterfahren sollten. Ich habe es schon zu lange hinausgeschoben. Weinendes Baby hin oder her, ich sollte auf direktem Weg zur Polizei und Mia einem uniformierten Beamten übergeben. Aber das Kind in meinen Armen ist hungrig. Ich werde sie füttern – nur dieses eine Mal –, bevor ich sie abliefere. Das ist doch sicher in Ordnung. Ich werde ihr noch ein wenig länger eine gute Mutter sein.

Nur noch ein paar Minuten. Mehr nicht.

6

Der Taxifahrer hält am Straßenrand.

»Wollen Sie wirklich hier raus? Zur Polizeistation ist es noch ein Stück.«

»Das ist schon in Ordnung, danke.«

Er dreht sich zu mir um. »Soll ich Ihnen mit dem Rucksack helfen?«

»Nein.« Ich öffne umständlich die Tür und drücke sie mit dem Fuß auf. »Aber danke.«

Ich gebe ihm sein Geld und steige aus, wobei ich versuche, mit dem Baby auf dem Arm und dem Rucksack in der Hand nicht das Gleichgewicht zu verlieren.

Glücklicherweise ist im Café nicht viel los, und ich erwische einen Tisch an der Wand neben einer blonden Frau und einem dreijährigen Jungen, der mit ihrem Handy spielt, während sie einen großen Kaffee mit Sahne genießt. Mia windet sich noch immer unruhig und frustriert in meinen Armen. Ich setze mich, hole mein Handy heraus und schreibe Tara eine Nachricht.

Nur mal so, wenn du in einem Café wärst …
Wie lange würdest du eine 200-Milliliter-Flasche Säuglingsmilch in die Mikrowelle stellen?

Ich male mir aus, wie meine Freundin zu Hause die Nachricht liest. Sie hat ihr Handy immer zur Hand – »Das hält mich davon ab, zu einer Vollzeitmum zu verkommen, die nur ihre Kinder im Kopf hat« –, und tatsächlich kommt ihre Antwort kurz darauf.

??? Ist alles okay?

Sicher. Klärst du mich bitte auf?

Mia brüllt immer lauter, und ich drehe mit ihr auf der Schulter meine Runden, während ich auf eine Antwort warte. Endlich piept mein Handy.

Das Café wird dir nicht erlauben, die Milch in der Mikrowelle zu wärmen, falls das Baby sich daran verbrüht und du sie verklagst. Bitte um eine Kanne mit heißem Wasser und stelle die Flasche hinein, bis die Milch warm ist.

Sekunden später kommt die nächste Nachricht.

Was ist eigentlich los?

Ich antworte einhändig, während ich Mia beruhige.

Danke. Ich frage für eine Freundin.

Ich lege das Handy auf den Tisch, wo es noch zweimal piept. Ich ignoriere es, hole die Flasche mit der vorbereiteten Milch aus der Seitentasche des Rucksacks und schüttle sie.

Fünf Minuten später steht die Flasche in einer Kanne voll dampfend heißem Wasser, und ich setze mich zurück an den Tisch, während die Barista mir eine Tasse Tee serviert. Ich hole die Flasche mit einem Musselintuch aus dem heißen Wasser, schüttle sie und tropfe etwas Milch auf die Innenseite meines Handgelenks. Warm, aber nicht zu warm. Mia stürzt sich auf den Sauger, und sofort setzt Erleichterung ein. Ich habe meinen Patensöhnen ab und zu ihr Fläschchen gegeben und weiß, wie ich es halten muss, damit keine Luft in den Sauger kommt, aber es ist etwas anderes, wenn sich die Mutter nicht in der Nähe befindet und niemand da ist, dem man das Baby im Anschluss überreichen kann.

Mia trinkt mit gierigen Schlucken. Ihr Körper entspannt sich, und ihre stechend blauen Augen sind auf mein Gesicht gerichtet, als wäre ich der einzige Mensch auf dieser Welt.

Während Mia trinkt, sehe ich mich im Café um. Es sind nur wenige Gäste anwesend, und alles ist ruhig. Sicher. Keine Polizei, keine Hooligans, keine Sonderlinge wie der Mann aus dem Zug.

Mein Arm schmerzt unter Mias Gewicht, aber es ist ein guter Schmerz.

Mein Handy klingelt, und es wirkt unnatürlich laut in dem ruhigen Café. Es ist Tara, aber da ich gleichzeitig das Baby auf dem Arm und die Flasche in der Hand halte, kann ich nicht rangehen. Irgendwann verstummt es von selbst.

Ich sehe lächelnd auf Mia hinab, die noch immer gierig trinkt. Die Flasche ist bereits halb leer. Ich weiß, dass sie ein

Bäuerchen machen muss, aber soll ich das gleich erledigen oder später, wenn die Flasche leer ist? Ich bin mir nicht sicher. Ich ziehe vorsichtig an der Flasche, die daraufhin aus Mias hungrigem Mund gleitet. Die Kleine sieht mich überrascht an.

Die blonde Frau vom Nebentisch lehnt sich zu mir und streckt mir das weiße Musselintuch aus dem Rucksack entgegen. »Hier, das ist runtergefallen.«

»Danke.« Ich lege mir das Tuch über die Schulter, dann stelle ich die Flasche auf den Tisch und hebe Mia sanft hoch. »Wir machen eine kurze Pause, ja? Danach kannst du weitertrinken.«

Doch Mia hat andere Vorstellungen. Sie verzieht enttäuscht das Gesicht, und ihr Blick huscht von rechts nach links, auf der Suche nach der Flasche, die eben noch da war. Dann beginnt sie wieder zu quengeln, und ihre Stimme wird dabei immer lauter und schriller.

»Okay, okay«, beruhige ich sie lächelnd. »Dann eben keine Pause.«

Ich hebe die Flasche hoch, und Mia stürzt sich erneut darauf. Ich habe mir so oft vorgestellt, das hier mit meinem eigenen Kind zu tun. Nur das hier. Eine einfache Sache, die das Band zwischen Mutter und Kind stärkt. Das Band zwischen Mia und mir ist bereits so stark, dass mein Herz bricht bei dem Gedanken, sie bald abgeben zu müssen.

Jetzt weiß ich, dass ich es schaffe, mich um ein Baby zu kümmern. Ich habe die letzten Jahre in einem ständigen Zustand der Enttäuschung verbracht und mir eingeredet – vor allem nachts, wenn ich schlaflos im Bett lag –, dass ich es nicht verdient hätte, ein Baby zu bekommen. Dass mir irgendetwas fehlt, dass es einen Grund gibt, warum ich nicht schwanger werde. Weil ich keine gute Mutter wäre. Aber Mia hat mir bewiesen, dass ich für sie sorgen kann, dass ich sie füttern und mich um sie kümmern kann.

Als sie fertig ist, hebe ich sie erneut hoch, sodass ihr kleines Kinn auf meiner Schulter ruht, und massiere ihr mit kreisenden Bewegungen den Rücken. Einen Moment lang passiert gar nichts, und ich befürchte bereits, etwas falsch zu machen. Dann stößt Mia ein Bäuerchen aus, und gleich darauf noch eines. Das Geräusch hallt so laut durch das ruhige Café, dass ich mich überrascht frage, wie ein kleiner Körper etwas derart Gewaltiges hervorbringen kann.

Die Frau am Nebentisch grinst. »Das ist das schönste Geräusch der Welt.«

»Sie ist ein hungriges kleines Mädchen«, erwidere ich und lege Mia wieder auf meinen Arm. Jetzt, wo ihr Bäuchlein gefüllt ist, fallen ihre Augen langsam zu, während ihr Mund immer noch zu einem perfekten kleinen Kreis geöffnet bleibt. Ihr Kopf liegt warm in meiner Hand, ihre runden Wangen sind wie zwei kleine Pfirsiche mit sanftem Flaum überzogen.

Ich habe einmal gelesen, dass sich Kinder erst an Dinge erinnern können, wenn sie zwei oder drei Jahre alt sind. Mia wird nicht wissen, wer ich bin, wenn sie erst älter ist. Sie wird nichts von diesem seltsamen Tag ahnen, von dieser wundervollen Stunde, die wir gemeinsam verbracht haben. Der Gedanke macht mich traurig.

Ich greife nach meinem Handy und mache ein Foto von Mia. Ihr wunderschönes, friedliches Gesicht füllt das Display. Ein zufrieden schlafendes Baby liegt in meinen Armen. Dieser Tag erscheint mir mit einem Mal wie ein Traum, wie etwas, das ich einmal in einem Film gesehen oder vor langer Zeit einmal gehört habe.

Die Milchflasche ist zu zwei Dritteln leer. Reicht das? Ich bin mir nicht sicher. Andererseits wirkt Mia pappsatt. Ich weiß, dass man die Milch nicht noch einmal aufwärmen soll. Man schüttet sie weg, sterilisiert die Flasche und verwendet kochendes Wasser, um neue Milch zuzubereiten. Ich habe Tara Hunderte Male dabei zugesehen.

Jede Mutter ist anfangs ein Neuling, die sich diese Fragen stellt und mit der Zeit die Antworten findet. Ich bin einfach etwas später ins Rennen gestartet, aber ich lerne schnell und …

Ich ertappe mich selbst und befehle mir, sofort damit aufzuhören. Mein Lächeln verblasst.

Mia ist nicht mein Kind. Ich darf es nicht länger hinausschieben. Ich weiß, was zu tun ist.

Das Leben ist nicht fair, das war es noch nie, aber Selbstmitleid ist wahres Gift, wenn man erst einmal zugelassen hat, dass es die Kontrolle übernimmt.

Ich lege Mia vorsichtig auf die weiche Bank und setze mich neben sie, damit sie nicht hinunterfällt, dann hole ich die Trageschlinge aus dem Rucksack. Ich drehe sie hin und her und versuche, aus den komplizierten Schnallen und Ösen schlau zu werden. Muss man das Baby in der Schlinge platzieren, bevor man sich die Gurte über die Schultern legt, oder erst danach? Vielleicht wäre es einfacher, wenn ich …

»Soll ich Ihnen vielleicht helfen?« Die Frau vom Nebentisch deutet auf die Trageschlinge.

»Ja, bitte. Ich habe den Dreh noch immer nicht raus.«

»Ich habe die Schlinge immer unter der Jacke getragen.«

»Oh. Okay.« Ich schlüpfe aus meiner Jacke, lege die Gurte

über meine Schultern, ordne sie und ziehe sie fest, bis ich das Gefühl habe, dass alles am richtigen Platz ist. »Könnten Sie sie hochheben?«

»Klar.« Die Frau schiebt die Hände unter Mias Achseln und hebt sie sanft in die Schlinge. »Bitte sehr.«

Sie hilft mir, die Schlinge einzustellen, damit Mia es bequem hat, dann schlüpfe ich wieder in meine Jacke. Es ist um einiges einfacher, als das Baby ständig auf dem Arm zu tragen, denn nun habe ich beide Hände frei.

»Du meine Güte, sie sieht Ihnen unglaublich ähnlich!« Die Frau lächelt bewundernd. »Ein wunderhübsches Mini-Me.«

»Ja, irgendwie schon …«

Ich bemerke, dass ich meinen Tee nicht angerührt habe, und nehme einen Schluck, doch er ist nur noch lauwarm. Durst hatte ich ohnehin keinen. Mia liegt warm und schlafend an meiner Brust, während ich nach dem Rucksack und meiner Handtasche greife. Sie zieht die Nase kraus und gähnt, doch ihre Augen bleiben geschlossen.

Mein Herz wird schwer, wenn ich daran denke, was ich zu tun habe.

Draußen auf der Straße sehe ich mich nach einem weiteren Taxi um. Es ist viel Verkehr, es wird sicher nicht lange dauern. Ich betrachte Mias schlafendes Gesicht, ihre Pausbacken, die makellosen, rosigen Augenlider und die milchbenetzten Lippen. Mein Handy piept. Ich ziehe es heraus, und mein Blick fällt auf die ungelesenen Nachrichten von Tara.

Bist du schon zu Hause?

Ist alles okay?

Ich muss jetzt zur Schule, aber ich rufe an, wenn ich zurück bin.

Ich überlege, was ich antworten soll, ohne vollkommen verrückt zu klingen, und meine Daumen schweben über dem Display, als vor mir ein BMW am Bordstein hält. Die Tür schwingt auf, nur Zentimeter von meinen Beinen entfernt. Ich hebe den Blick und lege instinktiv eine schützende Hand auf Mias Rücken. Ein groß gewachsener Mann in einer schwarzen Bomberjacke springt aus dem Auto, und ich erkenne entsetzt, dass ich sein Gesicht schon einmal gesehen habe.

Anfang dreißig, ein dunkelroter Bart und eine gebrochene Nase.

Es ist der Mann von Kathryns Handy.

7

Ehe ich reagieren kann, reißt mir der Mann mein Handy aus der Hand und steckt es in seine Hosentasche. Er ist bullig und muskulös, der Stoff seiner Bomberjacke spannt sich über seine Schultern und Arme. Er packt mich am Handgelenk.

»Ein Mucks, und du bist tot«, zischt er. »Und jetzt gib sie mir.«

»Was? Wen?«

»Gib sie mir. *Sofort!*«, knurrt er. Seine Finger graben sich in meine Haut. Die Blutergüsse auf Kathryns Arm. Ihr Handy, das ständig klingelte. Ihr verängstigter Blick. Ihr Mann, Freund, Partner oder Ex, wer auch immer dieser Kerl ist, er hat uns gefunden. Ich spüre seinen sauren, heißen Atem auf meinem Gesicht und erinnere mich an seinen Namen. *Dominic.*

In meinem Kopf dreht sich alles, und der Schock lässt mich einen Moment lang erstarren, doch dann versuche ich, mich loszureißen, während ich den anderen Arm schützend um Mia schlinge und sie an mich drücke.

»Lassen Sie mich los!«

Dominic greift nach dem Baby und versucht, die Trageschlinge zu öffnen. »Gib sie her!«

Mia zuckt überrascht zusammen und beginnt zu wimmern. Das Geräusch lässt eine unglaubliche Wut in mir hochsteigen, und als Dominic mein Handgelenk loslässt, um mit der zweiten Hand nach ihr zu greifen, spreize ich die Finger, um ihm meinen Handballen von unten möglichst hart gegen die Nase zu rammen. Er sieht meinen Schlag kommen, weicht aus, fängt mein Handgelenk ab und drückt es nach unten. Ich trete ihm auf den Fuß, doch er reagiert nicht einmal.

»Was soll das, verdammt?«, schreie ich und blicke mich suchend um, aber niemand sieht in unsere Richtung. »Ich werde sie Ihnen sicher nicht geben, lassen Sie mich in Ruhe!«

Er tritt um mich herum, sodass er zwischen mir und dem Café steht und sein breiter Rücken uns vor den Blicken der anderen Gäste verbirgt. Seine Augen sind blutunterlaufen, die Pupillen geweitet. Ich überlege, ob ich etwas in meiner Handtasche habe, um mich zu verteidigen. Ein Pfefferspray? Einen Schlüssel? Oder einen Kugelschreiber? Ich beschließe, um Hilfe zu schreien, doch er versetzt mir mit seiner fleischigen Pranke einen Schlag ins Gesicht, und ein fettiger, ungepflegter Geruch steigt mir in die Nase.

Dann öffnet er mit der anderen Hand seine Jacke und eröffnet mir damit den Blick auf den schwarzen Griff einer Pistole in seinem Hosenbund. Er schließt die Finger darüber, bereit, sie zu ziehen.

»Ich sagte doch, dass du den Mund halten sollst«, zischt er leise und beugt sich näher heran. »Jetzt sei endlich still, sonst verpasse ich dir eine Kugel.«

Angst packt mich. Ich denke daran, was ich vor Jahren gelernt habe: *Pistolenkugeln sind berechenbar, Menschen nicht.* Was auf Dominic offenbar zutrifft. Er ist stark und außer sich vor Wut. Das Risiko, dass die Kugel auch Mia trifft, ist zu groß.

»Okay.« Meine Stimme bricht. »Okay, ich werde nicht schreien.«

»Ich habe keine Ahnung, wer du bist und warum du das Baby bei dir hast. Und es ist mir auch scheißegal. Du gibst sie mir jetzt.« Er versucht erneut, die Trageschlinge zu öffnen, und schiebt grob eine Hand unter meine Jacke, während die andere weiter auf dem Pistolengriff liegt. »Verdammt«, murmelt er und drückt Mia unsanft zur Seite. »Wie zum Teufel geht dieses Ding auf?«

Ich sehe mich erneut mit klopfendem Herzen um. Vielleicht entdecke ich einen Polizisten oder einen Passanten, der einschreiten oder die Polizei verständigen kann. An der Bushaltestelle ein Stück entfernt stehen mehrere Menschen, doch sie sind mit ihren Handys beschäftigt. Autos fahren vorbei, ohne uns zu beachten, und da ist ein Fahrradkurier mit Ohrstöpseln. London macht seinem Ruf als Stadt, in der die Leute jeglichen Augenkontakt vermeiden, den Kopf immer gesenkt halten und sich um ihre eigenen Angelegenheiten kümmern, alle Ehre.

Dominic hantiert weiter an der Trageschlinge herum, und Mia wimmert erneut. Sie quengelt, und ihr Gesicht wird langsam rot.

»Was ist denn los mit ihr?«, murmelt er.

»Sie machen ihr Angst«, erkläre ich. »Sie haben sie aufgeweckt.«

Das Quengeln steigert sich zu einem Brüllen.

»Verdammt!« Er sieht sich nervös um. Ein Parkwächter biegt um die Ecke. »Dann steigt eben ins Auto. Alle beide.«

Ich drücke Mia instinktiv noch fester an mich. »Sonst was?«

»Sonst erschieße ich dich und werfe deine Leiche in den Kofferraum.« Er schiebt mich in Richtung der offen stehenden Fahrertür. »Rucksack runter und einsteigen.«

Ich schleudere den Rucksack in den Fußraum vor dem Beifahrersitz und will mich auf den Rücksitz setzen.

»Nicht hinten«, knurrt Dominic. »Vorne. Kannst du fahren?«

»Ja, aber nicht mit einem Baby in der …«

»Steig jetzt verdammt noch mal endlich ins Auto!«

Ich schiebe mich vorsichtig hinters Lenkrad, um Mia nicht einzuquetschen. Dominic knallt die Tür zu und tritt einen Schritt zurück, um zur Tür im Fond zu gelangen, und einen Moment lang steht er draußen und ich sitze hinter dem Steuer des BMW, dessen Motor noch läuft.

Mir bleibt nur eines: Gas geben und losfahren.

Ich will den Gang einlegen …

Verdammt. Automatik.

Ich versuche mein Glück dennoch und will auf D schalten, doch der Schalthebel rührt sich nicht, und einen Augenblick später rutscht Dominic hinter mir auf den Rücksitz und knallt die Tür zu.

»Schon mal mit Automatik gefahren?«, fragt er, und als ich den Kopf schüttle, fährt er fort: »Drück den Knopf oben am Ganghebel und schalte auf ›D‹. Aber aufpassen, wenn du Gas gibst, das ist eine Dreilitermaschine. Fahr bis zur Ampel, dann nach links.«

Ich schiebe den Fahrersitz ein wenig nach hinten, damit Mia und ich mehr Platz haben, dann schließe ich den Sicherheitsgurt über uns beiden. Mein Herz klopft bis zum Hals. Ich höre, wie Dominic hinter mir mein Handy ausmacht, während ich mich in den Verkehr einreihe, der langsam zunimmt. Es ist schon fast Rushhour.

»Gut so, einfach weiterfahren. Wenn du versuchst, mit jemandem zu reden, hupst, irgendwie Aufmerksamkeit erregst oder sonst etwas Dummes machst, erschieße ich dich. Haben wir uns verstanden?«

Ich spüre den Lauf der Pistole, der sich durch die Lehne des Fahrersitzes in meinen Rücken bohrt. Aus dieser Entfernung würde eine Kugel vermutlich nicht nur mich, sondern auch Mia töten. Solange wir fahren, wird er also nicht schießen. Das hoffe ich zumindest.

»Hören Sie«, beginne ich, als wir auf die erste Ampel zurollen. »Nehmen Sie mich statt der Kleinen. Ich werde mich nicht wehren, egal was Sie vorhaben. Ich kann an einem Café halten, und wir übergeben sie jemandem, so wie Kathryn sie mir übergeben hat. Ich schwöre, dass ich nicht abhauen werde. Ich komme mit Ihnen, aber lassen Sie mich zuerst dafür sorgen, dass sie in Sicherheit ist.«

»Fahr weiter.«

»Sie wird irgendwann nicht mehr so ruhig sein.« Ich rede weiter, während meine Gedanken rasen. Sprechen ist besser als Schweigen, denn es hilft, etwas über den Angreifer und seine Pläne herauszufinden. Außerdem ist es eine Möglichkeit, Mia aus dem Schussfeld zu bekommen. »Sie wollen doch nicht, dass sie zu brüllen anfängt und die Aufmerksamkeit auf uns lenkt. Ich mache alles, was Sie verlangen, aber lassen Sie mich die Kleine irgendwo abgeben. Bitte.«

»Hör auf mit dem Gequatsche.« Er stößt die Pistole in meinen Rücken.

Ich lasse etwas Zeit vergehen, während ich versuche, die Ereignisse der letzten Stunden zu ordnen und in einen logischen Zusammenhang zu bringen. Wie oft habe ich bereits von entfremdeten Ex-Männern gehört, die ihre Rachegelüste an ihren eigenen Kindern auslassen? Ich muss eine Beziehung zu ihm aufbauen. Es wird ihm schwerer fallen, mich zu erschießen, wenn er meinen Namen kennt. Wenn er mich als menschliches Wesen und nicht als namenloses Opfer wahrnimmt. Wenn er sich daran erinnert, dass Mia ein unschuldiges Kind ist.

Ich frage mich, wie er uns gefunden hat. Ich hätte sofort zur Polizeistation fahren sollen. Es war dumm, mir derart viel Zeit zu lassen.

Ich rieche unseren Entführer hinter mir. Sein Deodorant reicht nicht aus, um den Geruch nach Schweiß und ungewaschenen Klamotten zu überdecken. Im Auto herrscht das reinste Chaos, der Fußraum vor dem Beifahrersitz ist voller Müll, zerknüllter Fast-Food-Verpackungen und Getränkedosen. Mias weißer Rucksack liegt auf einem Berg Klamotten, und auf dem Rücksitz kann ich die Ecke eines Schlafsackes entdecken. Die Luft im Auto ist übel riechend und schal.

»Was haben Sie mit ihr vor?«, frage ich und zucke zusammen, als er den Lauf der Pistole fester in meinen Rücken rammt.

Er überlegt einen Augenblick, bevor er etwas erwidert. »Wer zum Teufel bist du eigentlich?«

»Ich heiße Ellen Devlin, bin einundvierzig, wohne in South Greenford und bin Projektmanagerin in einem Luftfahrtunternehmen.«

»Und was hattest du in diesem Café verloren? Ich war kurz davor, hineinzulaufen und dich herauszuzerren.«

»Mia hatte Hunger. Ich musste sie füttern.«

Er deutet über meine Schulter. »Nimm die rechte Abbiegespur.«

Ich folge seinen Anweisungen und lenke das große Auto in eine Lücke im Verkehr. »Werden Sie mich erschießen?«

»Vielleicht.«

Ich riskiere einen Blick auf Mia, die leise wimmert und sich mit den winzigen Fäusten die Augen reibt. Ich spüre ihren warmen Körper an meinem.

8

Wir fahren etwa fünfzehn Minuten schweigend weiter, bis er mich von der Hauptstraße auf eine belaubte Seitenstraße dirigiert und das Steuer übernimmt. Als wir die Plätze tauschen, überlege ich, schreiend davonzulaufen, aber mit Mia in der Trageschlinge hätte ich keine Chance gegen ihn.

»Hinlegen!«, zischt er mir zu, sobald ich auf den Rücksitz gerutscht bin. »Und Augen zu.«

Ich lege mich auf den Rücken und breite schützend die Hände über Mia. Sie regt sich, schläft aber weiter.

»Wo bringen Sie uns hin?«

»Klappe halten, verdammt!«

Es ist unbequem auf der Rückbank, und ich muss auf Mia achten, denn Dominic fährt um einiges schneller und ruckartiger als ich. Sie schläft nichts ahnend weiter, ihr Gesicht so nah an meinem, dass ich ihren warmen, sanften Atem auf der Haut spüre. Mein Herz schwillt vor Liebe an, und das Bedürfnis, sie zu beschützen, ist übermächtig.

Davor wollte Kathryn ihr Baby also bewahren. Vor diesem Mann. Vor Dominic.

Aber er hat uns trotzdem gefunden. Es ist im Grunde offensichtlich, dass er es auf Mia abgesehen hat. Wenn er seine Ex nicht in die Finger bekommen kann, wird er seine Wut an dem Menschen auslassen, den sie am meisten liebt. Er hat uns nur beide mitgenommen, weil er uns vor dem Café nicht schnell genug trennen konnte. Und nun bin ich eine Zeugin. Ein loser Faden. Jemand, der ihn und sein Auto identifizieren kann.

Diese Erkenntnis macht mir keine Angst, sondern löst lediglich eine bittere Entschlossenheit in mir aus. Es wird niemand kommen, der mir zur Seite steht. Ich muss mich – und Mia – selbst aus dieser Lage befreien. *Denk nach.*

Ich öffne die Augen einen Spalt breit und sehe den grauen Himmel und die oberen Stockwerke zahlloser Bürogebäude. Wir kommen schneller voran als vorhin, hängen aber immer noch im Verkehr und vor roten Ampeln fest. Ich sehe Dominics Profil, sein Kinn, etwas getrocknetes Blut hinter seinem Ohr. Irgendetwas an ihm kommt mir bekannt vor, so als hätte ich ihn vor längerer Zeit schon einmal gesehen oder wäre ihm begegnet. In meinem alten Job vielleicht? Oder kenne ich ihn aus dem Fernsehen oder den Titelblättern der Tageszeitungen?

Ich sehe mich nach etwas um, das ich als Waffe benutzen könnte. Eine leere Coladose, ein Flaschenöffner, ein dicker Straßenatlas und darunter etwas Weißes. Ein Handyladekabel. Ich strecke die Hand danach aus und bekomme das Ende mit den Fingern zu fassen. Wenn ich es schaffe, das Kabel um die Kopfstütze und seinen Hals zu wickeln und es festziehe, muss er anhalten, und wenn ich dann weiter daran ziehe …

»Lass die Hände dort, wo ich sie sehen kann«, zischt er. »Und die Augen zu, so wie ich es dir gesagt habe.«

Ich lasse das Kabel fallen und lege die Hand wieder auf Mias Rücken.

Ich zähle im Kopf bis sechzig und habe fünfzehn Mal von

vorne begonnen, als das Auto schließlich langsamer wird. Ich höre, wie Dominic die Autotür öffnet, das Knirschen von Metall, das über Metall schrammt, und erneut die Autotür, nachdem er wieder eingestiegen ist. Er fährt langsam weiter und biegt mehrere Male nacheinander ab, bevor er einen großen Bogen macht. Als ich die Augen einen Spalt öffne, sehe ich das Dach und den oberen Teil eines großen, grauen, heruntergekommenen Gebäudes.

Dominic schaltet den Motor aus und befiehlt mir, mich aufzurichten. Wir befinden uns auf einem großen Parkplatz, doch außer uns ist kein anderes Auto zu sehen. Der Wind weht braune Blätter, Plastiktüten und Müll über eine riesige Fläche. Wir parken vor der Hintertür einer drei- oder vierstöckigen, fensterlosen Halle, die aussieht wie ein verlassenes Lager.

»Wo sind wir hier?« Ich klettere unbeholfen vom Rücksitz, und im nächsten Moment stülpt mir Dominic eine Art Kapuze über den Kopf. Alles wird schwarz, und es stinkt grauenhaft nach Schmutz und Körperausdünstungen. Aber da ist noch etwas. Ein kupferartiger, beißender Geruch.

Dominics Hand umschließt meinen Oberarm wie ein Schraubstock, und er zerrt mich weiter. Wenn ich nach unten blicke, sehe ich immer noch Mias Kopf und aufgebrochenen Beton unter meinen schlurfenden Füßen. Rostige Türangeln quietschen, als eine Tür sich öffnet und wieder schließt, und es riecht nach Verfall, feuchtem Teppichboden und Fäulnis. Meine Füße tappen über dunkle Teppichfliesen, und das Geräusch unserer Schritte hallt trotz der Kapuze über meinem Kopf durch die Stille. Wir gehen geradeaus, dann biegt Dominic zuerst nach links und dann nach rechts ab, bevor er innehält.

»Treppe«, knurrt er.

Ich steige langsam eine Stufe nach der anderen nach oben, umklammere mit einer Hand das Geländer und lege die andere schützend auf Mias Rücken, falls ich stolpere. Am Ende der Treppe gehen wir nach links. Hier riecht es noch stärker nach feuchtem, modrigem Teppich, und irgendwo höre ich Wasser tröpfeln. Kurz darauf zieht Dominic mich durch eine Tür, knallt sie hinter uns zu und sperrt ab.

Er dreht mich, bis ich etwas hinter mir spüre.

»Hinsetzen.«

Ich lasse mich langsam auf einen weichen, unebenen Untergrund sinken. Ich höre, wie Dominic sich durch den Raum bewegt, Dinge ablegt, das Licht anmacht. Mia schläft noch immer friedlich. Im nächsten Moment reißt mir mein Entführer die Kapuze vom Kopf, und ich blinzle im hellen Licht. Ich sitze auf einem verdreckten orangefarbenen Sofa in einem großen Raum, und die gegenüberliegende Wand besteht vollständig aus Glas. Es ist – oder war – offenbar ein Sitzungssaal, denn es gibt einen langen Tisch in der Mitte und zahllose orangefarbene Stühle. An drei Wänden stehen weitere orangefarbene Sofas, und darüber hängen Poster mit Karikaturen von Männern und Frauen mit seltsam orangefarbener Haut, Schulterpolstern und einem übertriebenen Grinsen. Einige sind zerrissen, andere lediglich ein wenig verblasst. Die Gesichter kommen mir bekannt vor. Sind es Schauspieler? Oder Gameshow-Moderatoren? Jedenfalls vermittelt dieser Ort den lange verlorenen Glanz des Showbusiness der Achtziger. Mein Blick wandert über die herumliegenden Klamotten, Plastiktüten und Unterlagen. Auf einem alten Sofa liegt ein Schlafsack, daneben stehen ein kleiner Campingkocher und mehrere Konservendosen. Dominic räumt einen Platz am Ende des Besprechungstisches frei.

»Leg das Baby auf das Sofa«, befiehlt er, ohne mich anzusehen.

Ich rühre mich nicht vom Fleck, meine Hände liegen immer noch auf Mias Rücken. Ich muss sie bei mir behalten. Wir dürfen nicht getrennt werden.

»Sie schläft«, erwidere ich leise. »Ich lasse sie lieber noch in der Trageschlinge.«

Er zieht die Pistole aus dem Hosenbund und hält sie lässig mit dem Lauf nach unten in der Hand, während er mich mit rotgeränderten Augen anstarrt. »Ich sage es nicht noch mal.«

Ich stehe auf, hebe Mia sanft aus der Trageschlinge und lege sie neben mir dicht an die Sofalehne, damit sie nicht hinunterfällt. Dann breite ich das Musselintuch neben ihr aus und lege den Stoffoktopus dazu. Sie regt sich und runzelt die Stirn, schläft aber weiter.

»Jetzt zieh deine Jacke und die Schuhe aus und leg die Uhr ab«, fährt er fort. »Kipp den Inhalt deiner Handtasche hier auf den Tisch und auch alles aus dem Rucksack.«

»Was auch immer zwischen Ihnen und Kathryn vorgefallen ist, es gibt doch sicher eine Möglichkeit, alles wieder in Ordnung zu bringen«, sage ich. »Aber Sie dürfen es nicht an Mia auslassen. Bitte.«

Er tritt ans Sofa und zielt mit der Pistole auf das schlafende Baby.

Mein Herz schlägt bis zum Hals. »Okay, okay. Bitte. Ich mache ja schon.«

»Mir wird schnell langweilig, wenn du jedes Mal diskutieren willst, sobald ich etwas von dir verlange. Und früher oder später rutscht vielleicht mein Finger ab …« Er macht einen Schritt rückwärts, wie durch den Rückstoß der Pistole. »Bumm.«

»Bitte nicht!«, hauche ich hastig, dann folge ich seinen Anweisungen und breite alles auf dem Tisch aus.

»Arme zur Seite, wie auf dem Flughafen«, lautet der nächste Befehl, dann tritt er zu mir und tastet mich grob, aber gründlich am ganzen Körper ab. Sein Atem riecht nach Zigaretten.

Als er fertig ist, muss ich mich auf einen Stuhl setzen, und er fesselt meine Hände hinter dem Rücken mit Klebeband. Er nimmt die Baseballkappe ab und fährt sich mehrere Male mit den Händen durch die fettigen dunkelroten Haare, bevor er sich dem Inhalt meiner Handtasche zuwendet und jeden Gegenstand begutachtet, als wohne ihm eine geheime Bedeutung inne. Er öffnet einen Lippenstift nach dem anderen, blättert in meinem Kalender, entleert die Geldbörse und tastet die Tasche ab.

Ich mustere ihn währenddessen. Die Muskeln an seinen Schultern und Armen treten überdeutlich hervor, sein Bart ist zu lang, um gepflegt auszusehen, aber noch nicht lang genug, um als Vollbart durchzugehen. Es sieht eher so aus, als hätte er aufgehört, sich zu rasieren, und sich auch schon eine Zeit lang nicht mehr gewaschen. Er hat dunkle Ringe unter den Augen.

»Wonach suchen Sie?«, frage ich. »Denn was auch immer es ist, ich habe es nicht.«

»Du hast keinen Ausweis dabei?«

»Ich musste heute nicht zur Arbeit.«

»Wo arbeitest du?«

»Das sagte ich schon. Ich bin Projektmanagerin in der Luftfahrt- und Verteidigungsindustrie.«

Er grunzt. »Wenn du es sagst.«

Mia gurrt. Sie ist aufgewacht, und ich will instinktiv aufstehen und nach ihr sehen.

»Hinsetzen.« Er wirft mir einen bösen Blick zu.

Ich lasse mich wieder sinken, während er ein Messer aus der Jackentasche zieht. Es hat eine kurze, breite Klinge, und er macht sich damit über meine weichen braunen Slipper her. Er schneidet das Innenleder auf, dann entfernt er die Absätze und begutachtet sie eingehend, bevor er sie in den übervollen Müllsack in der Ecke schleudert.

»Darf ich jetzt wenigstens die Schuhe wiederhaben?«, frage ich, als er fertig ist. »Bitte?«

Auch die Schuhe landen im Müllsack. »Die brauchst du nicht mehr.«

Ich schlucke. Mein Mund ist staubtrocken. Mir ist klar, was er damit meint.

»Also, wonach suchen Sie wirklich?«

»Willst du dieses Spiel tatsächlich spielen?«

»Welches Spiel?« Ich versuche, ruhig zu bleiben. »Ich habe nicht den blassesten Schimmer, wovon Sie reden.«

Er seufzt, schraubt einen Kugelschreiber auf und entfernt die Mine.

»GPS-Tracker.«

»Warum sollte ich so etwas dabeihaben?«

Er antwortet nicht, sondern nimmt sich stattdessen den Rucksack und seinen Inhalt vor, wobei er alles genau mustert, dreht, befühlt und die Milchflaschen schüttelt. Feste Bestandteile haben es ihm besonders angetan. Er zertritt die Wundcremetube mit dem Fuß und geht in die Knie, um die Überreste zu betrachten. Am Ende schneidet er den Rucksack mit dem Messer auf, zerlegt ihn in die Einzelteile und befühlt alles genau, bevor er schließlich alles mit einer schnellen Handbewegung vom Tisch fegt und einen frustrierten Schrei ausstößt. »Scheiße!«

Mia zuckt bei dem plötzlichen Lärm zusammen, bekommt ihren Oktopus zu fassen und beginnt, an einem der Tentakel zu nuckeln.

Dominics Kopf fährt zu ihr herum, und seine Augen werden schmal. Dann steht er auf und geht mit dem Messer in der Hand auf sie zu.

9

Mia wimmert verängstigt, als Dominic von oben auf sie hinabstarrt, und das Geräusch ist wie eine Faust, die sich um mein Herz legt und zudrückt. Ich kann den Ausdruck in seinen Augen nicht deuten. Wut? Schmerz vielleicht. Oder Trauer? Er streckt die linke Hand nach dem Kind aus.

»Bitte tun Sie ihr nicht weh!«, keuche ich und versuche aufzustehen, was mit am Rücken gefesselten Händen nicht so leicht ist.

Er nimmt Mia den Stoffoktopus aus den Händen, und sie reißt überrascht den Mund auf. Im nächsten Moment verzieht sich ihr Gesicht, und sie beginnt zu weinen und frustriert mit den Beinchen zu strampeln.

Dominic achtet nicht weiter auf sie, kehrt zum Tisch zurück und untersucht das Spielzeug. Er rollt jedes Tentakel zwischen den Fingern, dann sticht er mit dem Messer hinein und schneidet durch den Stoff, bis das Innere hervorquillt. Mia weint immer noch bitterlich, und mein Herz zerspringt beinahe, weil ich nicht zu ihr gehen und sie trösten kann.

Ohne aufzublicken, meint Dominic: »Mach, dass sie aufhört. Der Lärm macht mich wahnsinnig.«

»Sie will im Arm gehalten werden, glaube ich. Aber das kann ich nicht, solange meine Hände gefesselt sind.«

Er legt den Oktopus leise fluchend beiseite, tritt hinter mich und schneidet die Fesseln mit einem Ruck auf. Aus der Nähe erkenne ich, dass es sich bei dem Werkzeug in seiner Hand um ein Schlagringmesser mit gezackter Klinge handelt. Es sieht unglaublich hässlich und brutal aus.

Ich entferne das Klebeband von meinen Handgelenken, dann hebe ich Mia hoch und drücke sie an mich. Ich wiege sie sanft, um sie zu beruhigen.

»Schon gut, Mia. Alles okay.«

Mia hört auf zu schreien und quengelt noch ein wenig, bevor sie sich beruhigt, doch im nächsten Moment stößt sie einen kurzen, hicksenden Schrei aus und weint erneut los. Ich habe sie vor weniger als einer Stunde gefüttert. Kann es sein, dass sie schon wieder Hunger hat? Ich hebe sie hoch, drehe sie und schnuppere.

»Sie braucht eine neue Windel«, erkläre ich. »Dann beruhigt sie sich vielleicht.«

Er deutet auf den Inhalt des zerschnittenen Rucksacks, der auf dem Tisch verstreut ist. »Mach nur.«

Ich entdecke eine Wickelunterlage in dem Durcheinander, lege sie am anderen Ende des Tisches aus und überlege mir, was ich sonst noch brauche. Mein jüngster Patensohn Charlie ist ein unruhiges Kind, das gerne vom Wickeltisch krabbelte, und ich weiß, dass man alles griffbereit haben sollte, bevor man beginnt. Einen Windelbeutel, Feuchttücher, Wundschutzcreme, eine neue Windel, Handdesinfektionsmittel. Noch etwas? Einen sauberen Strampler, falls etwas danebengegangen ist. Ich ziehe vorsichtig Mias winzige Arme und Beine aus ihren Kleidern und bin erleichtert, als ich keinerlei Blutergüsse entdecke, wie ich sie bei Kathryn gesehen habe.

Während ich Mia wickle, bearbeitet Dominic das Stofftier weiter fluchend mit dem Messer.

Kurz darauf höre ich, wie er die Klinge in die hölzerne Tischplatte rammt, und im nächsten Moment steht er neben mir. Auf seiner Handfläche liegt eine runde, münzgroße Metallscheibe.

»Ist das deiner?«, fragt er.

»Was ist das?«

»Was glaubst du denn?«

»Keine Ahnung. Ich habe so etwas noch nie gesehen.«

»Das ist ein GPS-Tracker, und nicht einmal ein schlechter. Hast du eine Idee, wie der in das Stofftier gelangt ist?«

»Mia hatte den Oktopus im Zug bei sich. Er war mit den anderen Sachen im Rucksack. Mehr weiß ich nicht.«

Er betrachtet mich argwöhnisch, als überlege er, ob er mir glauben soll oder nicht.

»Ich versteh einfach nicht, warum es hier nicht schon von Cops wimmelt.« Er betrachtet den Tracker. »Wenn sie wissen, wo wir sind, warum haben sie dann nicht längst die Tür eingetreten?«

»Vielleicht warten sie auf den richtigen Augenblick.«

Er starrt mich einen Moment lang an, dann verzieht sich sein Mund zu einem freudlosen Lächeln. »Netter Versuch, Ellen. Aber das glaube ich eher nicht.«

»Warum sollte die Polizei Mia überhaupt tracken?«

»Wer soll es denn sonst sein?«

»Keine Ahnung.« Ich zucke mit den Schultern. »Vielleicht hat Kathryn den Tracker versteckt, damit sie Mia wiederfinden kann?«

Er grunzt. »Unwahrscheinlich.«

»Warum?«

Er schüttelt stirnrunzelnd den Kopf, dann legt er das kleine Gerät auf den Tisch und zertrümmert es mit dem Griff des Messers. Im Inneren kommen winzige Leiterplatten zum Vorschein, die er ebenfalls zerstört.

»Was haben Sie mit uns vor?«, frage ich leise.

»Mach dir darüber mal keine Gedanken. Das ist besser für dich.«

»Das ist nicht gerade einfach.«

»Wenn du es genau wissen willst: Ich warte, bis es dunkel wird, dann fahren wir drei an einen netten, ruhigen Ort, wo uns niemand findet.«

Meine Brust zieht sich zusammen, und Angst steigt hoch. »Und dann?«

Er antwortet nicht.

»Dominic?«

Sein Kopf fährt zu mir herum. Es ist das erste Mal, dass ich seinen Namen benutzt habe. »Ich wäre an deiner Stelle lieber vorsichtig«, zischt er.

»Bitte lassen Sie Mia gehen. Ich tue alles, was Sie wollen, aber lassen Sie die Kleine frei.«

Er schüttelt den Kopf, und es wirkt endgültig. »Sie haben keine Ahnung, wer sie ist, was?«

»Nein, aber ich weiß, dass sie heute genau drei Monate und eine Woche alt ist und dass sie bei ihrer Mutter sein sollte. Sie *muss* zu ihrer Mutter.«

»Das geht nicht«, sagt er und wendet sich ab.

»Glauben Sie, Sie können alles tun, was Sie wollen, bloß weil Sie der Vater sind?«

»Ich tue, was getan werden muss.«

»Bitte, Dominic.« Ich versuche, so sanft und ruhig wie möglich zu klingen. »Sie müssen diesen Weg nicht einschlagen. Mia hat mit all dem nichts zu tun. Sie ist unschuldig, das wissen Sie doch.«

»Es ist bereits zu viel passiert.« Er steckt die Pistole in den Hosenbund. »Zu viel Wasser, das den Fluss hinuntergeflossen ist.«

»Ich weiß, Sie sind wütend, aber …«

»Genug geredet.« Er hebt die Hand. »Ich muss etwas holen. Leg sie wieder hin.«

Ich lege ein paar Sofakissen auf den Boden und bette Mia darauf. Sie saugt zufrieden an ihrem Musselintuch. Dominic beordert mich zurück auf den Stuhl, fesselt mich mit den Händen hinter der Lehne und streckt mir mein Handy entgegen.

»Wie entsperrt man das Ding?«

Ich sage es ihm, und kurz darauf erscheint ein Bild meiner Tigerkatze Dizzy.

»Du kommst hier nicht raus, aber falls du es trotzdem versuchst, denk dran, dass ich jetzt alles über dich weiß, okay?« Er deutet auf das Telefon. »Ich werde dich finden. Egal ob morgen oder in einem Monat. Eines Nachts wirst du aufwachen, und ich werde an deinem Bett stehen. Hast du verstanden?« Er steckt das Handy ein.

»Ja. Aber ich kann mich nicht um Mia kümmern, solange meine Hände gefesselt sind.«

»Ich bin nicht lange fort.«

Er stülpt die Kapuze über meinen Kopf, und alles wird schwarz. Es riecht erneut nach Schmutz, Schweiß und Blut. Ich spüre, wie er sich an mich heranlehnt, dann dringt seine leise Stimme in mein Ohr.

»Rühr dich nicht vom Fleck. Schrei, wenn du willst, es wird dich ohnehin niemand hören. Der ganze Komplex liegt verlassen und soll nächstes Jahr abgerissen werden. Es gibt hier nur kilometerlange Flure, alte Studios, jede Menge schalldichte Wände und Parkplätze. Ich schließe die Tür von außen ab, und es gibt keinen Zweitschlüssel.«

Ich höre, wie er den Raum durchquert, dann schließt sich die Tür hinter ihm, und seine Schritte werden leiser. Ich höre nur noch Mias sanftes Glucksen. Ich zähle bis sechzig, während mein Körper vor Angst und Adrenalin bebt, schließe die Augen und lausche angestrengt. Mein Instinkt rät mir, so schnell es geht zu verschwinden.

Meine Hände sind so stramm hinter der Stuhllehne gefesselt, dass sich das Aufstehen schmerzhaft gestalten wird. Schmerzhaft, aber nicht unmöglich. Meine Oberschenkel brennen, und ich kugle mir beinahe die Schultern aus, doch ich stemme mich Zentimeter um Zentimeter hoch, bis ich die Hände über die Stuhllehne ziehen kann und endlich aufrecht stehe. Ich keuche vor Anstrengung, was unter der Kapuze keine gute Idee ist. Mir wird schwindelig. *Fall jetzt ja nicht in Ohnmacht.* Ich beuge mich nach vorne und schüttle den Kopf, bis die Kapuze zu Boden fällt, dann atme ich mehrere Male tief ein und aus. Mia liegt noch immer zufrieden auf den Sofakissen. Ich laufe zu ihr. Es scheint ihr gut zu gehen.

Eine Erinnerung steigt in mir hoch. Bilder, die mir so vertraut sind wie mein eigenes Gesicht. Die sengende Hitze, die Stille, der Rauch, der Gestank nach brennendem Diesel, die Geier, die über mir ihre Runden drehen. Tote im Wüstensand.

Verschwinde von hier.

Am anderen Ende des Raumes befindet sich eine Verbindungstür, die in eine kleine Küche führt. Ich laufe barfuß darauf zu, verdrehe den Oberkörper und reiße nacheinander umständlich mit immer noch gefesselten Händen die Schubladen auf, doch ich finde kein Messer. Da sind lediglich einige alte Gläser hinter der Spüle. Außerdem steht ein mit Spinnweben überzogener Besen in der Ecke. Ich drehe mich, greife blindlings mit beiden Händen danach, und nachdem ich ihn zu fassen bekommen habe, schwinge ich ihn in Richtung der Gläser. Sie zerschellen auf dem Fliesenboden. Das Geräusch ist grauenhaft laut, und ich halte einen Moment lang inne und lausche. Nichts. Ich gehe in die Knie, taste nach einer besonders großen, scharfen Scherbe und bearbeitet damit das Klebeband.

Meine Arme und Handgelenke brennen vor Anstrengung. *Komm schon. Das dauert viel zu lange.* Ich drehe mich zur Seite, und eine Scherbe bohrt sich in meine Fußsohle. Ich beiße schmerzerfüllt die Zähne zusammen und arbeite weiter, bis das Klebeband endlich ein Stück nachgibt, nach und nach aufreißt und ich meine Handgelenke auseinanderziehen kann. Ich trete die Glasscherben mit dem Fuß in die Ecke und humple zurück in den Konferenzraum und zum nächstbesten Stuhl, wo ich die Glasscherbe aus meinem linken Fuß ziehe und das Blut mit dem Ärmel abwische.

Mein Blick fällt auf die Glaswand, die den Konferenzraum von der Außenwelt trennt. Eine darin eingelassene Glastür führt auf einen Balkon, darunter liegt der leere Parkplatz. Der Griff der Tür ist gebrochen, aber ich versuche trotzdem, sie zu öffnen. Ich lehne mich mit neu erwachter Entschlossenheit dagegen und drücke sie mit aller Kraft auf. Sie bewegt sich mit einem rostigen Knirschen. Dreißig Zentimeter. Das reicht.

Die Luft draußen ist frisch und kühl, es wird schnell dunkel. Der Balkon ist voller Blätter und Unrat. Ich trete an das hüfthohe Metallgeländer. Wir befinden uns im zweiten Stock, etwa sechs Meter über dem Parkplatz, und es gibt keine Feuerleiter, nur ein Abflussrohr an der Wand. Ich packe es mit beiden Händen und rüttle daran. Es bewegt sich nicht.

Ich muss Mia wieder in die Trageschlinge bekommen. Das ist unser Weg in die Freiheit.

Ein Motorengeräusch erklingt, und ich sinke eilig auf die Knie. Es ist Dominics BMW!

Ich haste gebückt und humpelnd zurück in den Konferenzraum und sehe mich suchend um. Verdammt, wo ist die Trageschlinge? Ich habe sie doch auf den Tisch gelegt, nachdem ich Mia herausgenommen hatte. Ich suche im ganzen Zimmer. Ich muss sie finden. Ich bin mir sicher, dass ich es über das Abflussrohr nach unten schaffen kann. Ich habe schon schwierigere Abstiege gemeistert – allerdings nicht einhändig. Und nicht mit einem Baby auf dem Arm.

Ich höre Schritte auf der Treppe und erstarre. Die Balkontür ist nur wenige Meter entfernt, die Kapuze liegt vor mir auf dem Boden.

Entscheide dich.

Die Schritte sind jetzt im Flur und halten kurz darauf vor der Tür.

Ich könnte nach unten klettern, fortlaufen, Alarm schlagen. Ein Auto aufhalten, an einer Haustür klingeln. Die Polizei wäre in ein paar Minuten da. Das wäre das Klügste. Ich brauche nur zu gehen.

Aber es muss jetzt sofort sein. Und ich muss alleine los.

10

Ich erstarre, als sich der Schlüssel in der Tür dreht, und versuche, möglichst gleichmäßig zu atmen. Mein Kopf steckt wieder unter der Kapuze, die Hände halte ich hinter der Stuhllehne, als wären sie immer noch gefesselt. Ich kann nicht ohne Mia verschwinden. Bis ich Alarm geschlagen habe und die Polizei hier ist, wäre Dominic mit der Kleinen längst über alle Berge.

Die Tür öffnet sich quietschend und fällt kurz darauf zu. Ein Schlüsselbund landet auf dem Tisch, danach etwas Schwereres, Metallisches. Die Pistole? Plastiktüten rascheln, ein Karton wird aufgerissen. Ein Knistern.

Dann Stille.

Der Schnitt an meiner Fußsohle pocht. Ist Blut auf dem Boden gelandet? Ich ziehe die Füße unter den Stuhl, damit Dominic meine zerrissene, blutige Strumpfhose nicht bemerkt. Da fällt mir plötzlich das zerbrochene Glas ein. Wenn Dominic in die Küche geht, wird er sofort wissen, dass …

Mia jammert auf. Einmal. Dann noch einmal. Leise. Protestierend.

Ich nehme meine ganze Kraft zusammen, um nicht vom Stuhl aufzuspringen.

»Was machen Sie mit ihr?«, rufe ich panisch.

»Klappe halten«, grunzt Dominic.

Mia weint erneut, dieses Mal ist es ein schrilles Heulen, das wie eine Klinge in mein Herz dringt.

Dominic flucht leise.

Ich stemme die Füße in den Boden, bereit, die Kapuze vom Kopf zu reißen und mich auf ihn zu stürzen.

»Lassen Sie sie in Ruhe!«, kreische ich.

Mia gibt keinen Laut mehr von sich.

Ich zucke zusammen, als Dominic die Kapuze packt, und blinzle, bis sich meine Augen wieder an das Licht gewöhnt haben.

»Sei still, verdammt!«

»Was haben Sie mit ihr gemacht?« Ich versuche, mich an ihm vorbeizulehnen, um nach dem Baby zu sehen. »Was haben Sie gemacht, Sie Mistkerl?«

Er starrt mich einen Moment lang mit seinen blutunterlaufenen, müden Augen an, dann tritt er zurück, zieht einen Stuhl unter dem Konferenztisch hervor und lässt sich darauffallen.

»Es geht ihr gut.«

Mia liegt immer noch auf den Sofakissen, blickt zur Decke und strampelt zufrieden mit den Beinchen, während sie an ihrem Musselintuch nuckelt. Sie hat keine sichtbaren Verletzungen.

Ein Teil der Spannung fällt von mir ab.

Dominic greift nach einer Fernbedienung, macht den großen Flachbildschirm an der Wand an und zappt sich durch die Programme, bis er an einem Nachrichtenbeitrag über ein Cricket Match hängen bleibt. Ich habe keine Uhr mehr, aber das hier muss das Ende der frühen Abendnachrichten sein, was bedeutet, dass es etwa halb sieben ist. Er macht den Ton aus, öffnet eine Dose Red Bull und nimmt einen großen Schluck, ehe er sich wieder an mich wendet.

»Ich kapiere es immer noch nicht«, sagt er. »Dich, meine ich.«

»Was kapieren Sie nicht?«

»Wie du in die Sache hineinpasst. Wenn du von der Polizei wärst, wären wir längst umstellt.«

Ich schüttle den Kopf. »Ich bin nicht von der Polizei.«

Er blickt nachdenklich in Richtung Fernseher. »Aber wer bist du dann?«

»Niemand. Ich habe im Zug eine junge Frau kennengelernt, und sie bat mich, ein paar Minuten auf ihr Baby aufzupassen, während sie telefoniert.«

»Was hat sie sonst noch gesagt?«

Ich denke an die Unterhaltung zurück. Sie scheint Tage her, nicht erst wenige Stunden. Das Adrenalin in meinem Körper lässt mich jeden einzelnen Moment viel bewusster erleben.

»Wir haben uns eigentlich nur über das Baby unterhalten. Sie ist bei der nächsten Haltestelle ausgestiegen, und ich habe die Nachricht dort im Rucksack gefunden.«

Er greift danach und liest den kurzen Text noch einmal. »Und hier sind wir nun.« Sein Blick huscht zum Bildschirm, über den gerade der Wetterbericht flimmert.

»Was haben Sie mit ihr gemacht?«, frage ich leise. »Mit Kathryn? Haben Sie sie erschossen?«

»Was?«, fragt er gedankenverloren.

»Sie war doch selbst noch fast ein Kind.«

»Sie wusste, was sie tut.«

»Sie haben sie angerufen, als sie noch im Zug war, nicht wahr? Immer wieder. Um herauszufinden, wo sie ist?«

»Hat sie dir das so erzählt?«

»Sie ist aus dem Zug gestiegen, um Sie abzuschütteln. Um Sie von der Kleinen wegzulocken. Um Mia vor Ihnen zu schützen.«

Er nimmt einen weiteren großen Schluck aus der Dose. »Nein.«

»Sie haben in Seer Green auf Kathryn gewartet. Sie haben sie gestellt, dann sind Sie los, um Mia zu suchen. Woher wussten Sie, wo wir sind? Wir hätten von Marylebone aus überall hinfahren können. Aber Sie haben uns trotzdem gefunden.«

Er deutet auf die Trageschlinge, die er in seinen schwarzen Rucksack gestopft hat. »GPS ist eine tolle Erfindung.«

Ich überlege. Es ist die einzige sinnvolle Erklärung. »Sie haben Kathryn auch getrackt?«

»Ich musste wissen, wo sie ist.«

»Sie haben sie gestalkt!«

Er schnaubt und wendet sich wieder dem Fernseher zu, wo gerade die Londoner Lokalnachrichten begonnen haben. Die Moderatoren, eine junge blonde Frau und ein grauhaariger Mann, blicken mit ernsten Gesichtern in die Kamera, und ihre Lippen bewegen sich lautlos, während sie den ersten Bericht ankündigen.

»Aber Kathryn wusste nichts von dem Tracker in der Trageschlinge«, fahre ich fort. »Also haben Sie sich zuerst um Kathryn gekümmert und sich dann auf die Suche nach Mia gemacht, um die Sache zu beenden.«

Dominic zerdrückt die leere Getränkedose in der Hand. »Du bist wirklich schlau, Ellen. Aber sag mir eines: Warum bist du nicht geflohen, als ich dich vorhin alleine gelassen habe? Ich dachte, du würdest zumindest versuchen, die Kapuze loszuwerden.«

Ich ziehe den blutenden Fuß noch weiter zurück und werfe einen schnellen Blick auf die offene Verbindungstür in die Küche. »Ich wollte Mia nicht alleine lassen.«

»Das Kind einer Frau, die du nicht einmal kennst? Das kapiere ich nicht.«

»Das überrascht mich nicht.«

Er schüttelt wütend den Kopf. »Du hast keine Ahnung, was hier abgeht.«

»Dann sagen Sie es mir!«

»Je weniger du weißt, desto besser. Zu deinem eigenen Wohl. Wenn ich es dir erzähle, schwebst du in noch größerer Gefahr.«

Ich sehe ihn genauer an. Als würde ich ihn gerade zum ersten Mal sehen. Die blutunterlaufenen Augen, die fahle Haut. Ich versuche, Mias Züge in seinem Gesicht zu erkennen. In dem Gesicht eines Mannes, der fest entschlossen scheint, sein eigenes Fleisch und Blut zu opfern.

»Sie müssen das hier nicht tun, wissen Sie? Lassen Sie mich Mia zur Polizei bringen.«

»Hast du denn vorhin nicht zugehört?«

»Sie könnten einfach abhauen. Ich werde niemandem erzählen, was passiert ist. Ich schwöre es.«

»Ach, du *schwörst* es?« Seine Stimme trieft vor Sarkasmus. »Na, dann ist ja alles gut, nicht wahr?«

»Lassen Sie mich mit Mia …«

Er hebt gebieterisch die Hand, und ich verstumme. Im Fernsehen steht ein Reporter vor einem großen Gebäude aus rotem Backstein, Menschen eilen an ihm vorbei. Dann erscheint das Bild einer Überwachungskamera. Die Qualität lässt zu wünschen übrig, dennoch besteht kein Zweifel.

Es zeigt eine Frau mit einem Baby auf dem Arm – es sind Mia und ich.

11

Dominic richtet sich auf. »Scheiße«, murmelt er und macht den Ton an, während auf einem körnigen Schwarz-Weiß-Video zu sehen ist, wie ich vor ein paar Stunden mit Mia den Bahnhof Marylebone verlasse.

»*Die Polizei beschäftigt derzeit die Entführung eines drei Monate alten Babys und das Verschwinden einer vierundzwanzigjährigen Frau. Ersten Ermittlungen zufolge fand die Entführung während einer Zugfahrt statt*«, verkündet der Reporter. »*Kathryn Clifton, die zum letzten Mal in der Gegend um Amersham gesehen wurde, war offenbar mit dem Kind in Richtung London unterwegs.*«

Es folgt ein Foto von Kathryn. Sie wirkt noch jünger und trägt ein Brautjungfernkleid.

»*In diesem Zusammenhang sucht die Polizei auch nach einer weiteren Frau, die von den Überwachungskameras am Bahnhof London Marylebone mit dem Baby auf dem Arm erfasst wurde.*«

Das Video von mir, wie ich mit Mia aus dem Bahnhof eile, wird noch einmal eingeblendet. »*Kathryn Clifton wurde nicht mehr gesehen, seit sie den Zug nach London bestiegen hat. Die Polizei geht davon aus, dass die Frau von den Überwachungsbildern über Hinweise verfügt, was es mit dem Verschwinden von Kathryn Clifton und der Entführung des Babys auf sich hat. Die Detectives bitten Zeugen, die die Frau im Umkreis des Bahnhofes Marylebone gesehen haben, sich umgehend zu melden.«*

Der Reporter gibt zurück an die Moderatoren im Studio, und es folgt ein Bericht über eine Messerattacke in Tottenham. Dominic schleudert die Fernbedienung in eine Ecke, wo sie zersplittert.

»Scheiße!«, ruft er noch einmal kopfschüttelnd, und sein Kiefer mahlt.

»Das klingt ja so, als hätte ich Mia entführt und Kathryn etwas angetan.« Ich bemühe mich, ruhig zu klingen, auch wenn ich mich auf keinen Fall so fühle. »Das ist total verrückt. Es war doch ganz anders.«

»Willkommen in meiner Welt«, grunzt er.

»Was soll das heißen?«

»Das spielt keine …« Er dreht sich endlich zu mir um, schaut mich an und erstarrt.

Sein Blick ist auf den Lauf seiner Pistole in meiner ausgestreckten Hand gerichtet. Das Klebeband hängt ausgefranst von meinen Handgelenken. Ich trete ein paar Schritte zur Seite, sodass Mia aus der Schusslinie ist. Die Pistole fühlt sich gut an, mein Finger biegt sich um den glatten, geschwungenen Abzug. »Sie haben vergessen, meine Füße zu fixieren.«

Er nickt langsam. »Ja, das habe ich wohl.«

»Jetzt gehen Sie von Mia weg.« Ich gebe ihm einen Wink mit der Pistole. »Und dann legen Sie sich auf den Boden, die Hände auf dem Rücken.«

Er schüttelt den Kopf. »Ich kann dich nicht gehen lassen, Ellen.«

»Ich weiß, wie man die hier benutzt.«

Er macht einen Schritt auf mich zu. Ich ziele auf sein Bein.

»Sie haben mich vorhin gefragt, warum ich nicht abgehauen bin?« Ich deutete in Richtung Balkon. »Ich wollte sichergehen, dass wir Ihnen tatsächlich entkommen können.«

»Wir?«

»Ich und das Baby.«

»Ihr geht nirgendwohin.«

»Und jetzt hat sich eine Möglichkeit ergeben.« Ich ziele auf seine Kniescheibe. »Vermutlich werden Sie den Rest Ihres Lebens humpeln.«

»Du wirst nicht auf mich schießen.«

»Runter auf den Boden!«, befehle ich und kämpfe gegen das Zittern in meiner Stimme an. »Ich sage es nicht noch einmal.«

»Ellen, es gibt da jede Menge, das du nicht weißt.«

»Ich weiß auf jeden Fall, dass Mia und ich jetzt sofort von hier verschwinden. So oder so.«

Er mustert mich. »Hast du schon mal auf jemanden geschossen?«

»Sie sind der Erste.«

Er schüttelt den Kopf und lässt mich keine Sekunde aus den Augen. »Du wirst nicht auf mich schießen.«

»Wissen Sie, es ist seltsam«, sage ich. »Ganz egal, was ich in meinem Leben mache, da ist immer ein Mann, der mir sagen will, was ich kann und was nicht.«

Er macht einen weiteren Schritt auf mich zu. »Es gibt zwei Arten von Menschen auf dieser Welt, Ellen.« Er breitet die Hände aus. »Diejenigen, die auf einen anderen schießen, und die, die es nicht über sich bringen. Und du gehörst definitiv zu …«

Alles in mir spannt sich an, und betätige den Abzug.

12

Ich mache mich auf einen heftigen Rückschlag gefasst, doch da ist nur ein dumpfes, lebloses Klicken.

Unsere Blicke treffen sich einen Moment lang, während ich den Schlitten mit der linken Hand zurückreiße, um eine Kugel in die Kammer zu befördern, und anschließend erneut den Abzug drücke.

Klick.

Meine Muskulatur hat die folgenden Bewegungen verinnerlicht und bewegt sich ohne mein bewusstes Zutun. Ich öffne das Magazin mit dem Daumen, und es rutscht auf meine Hand.

Es ist leer.

»Verdammt noch mal«, hauche ich.

Dominic zieht ein weiteres Magazin aus seiner Tasche, in dem mehrere Messingpatronen glänzen. »Suchst du die hier?«

Das Adrenalin rast durch meine Adern, mein Kopf dreht sich, meine Gedanken fahren Achterbahn.

»Dann war das Magazin im Auto ebenfalls leer? Als Sie gedroht haben, mich zu erschießen?«

»Du wärst nicht mitgekommen, wenn ich bloß nett gefragt hätte, oder?« Er zuckt mit den Schultern. »Ich brauchte ein Druckmittel. Aber ich bin kein Unmensch.«

»Nein, nur ein Kerl, der Frauen schlägt. Ich habe die Blutergüsse auf Kathryns Arm gesehen.«

»Du hast keine Ahnung, was …«

Ich reiße den Arm hoch und schlage ihm mit dem Lauf der Pistole seitlich gegen den Kopf. Er geht zu Boden, und das geladene Magazin fällt ihm aus der Hand. Ich mache einen Satz darauf zu, strecke die Hand danach aus und hätte es fast erwischt, als er mich von hinten packt und nach vorne schubst, sodass ich mit dem Gesicht auf dem Boden lande und ein stechender Schmerz durch meine Augenbraue zuckt. Ich drehe mich um, schwinge die Pistole erneut und spüre, wie der Griff auf Fleisch und Knochen triff. Dominic schlägt stöhnend auf dem Boden auf, doch gleich darauf stemmt er sich auf Hände und Knie hoch. Blut tropft aus seinem Mund. Ich trete ihm, so fest es geht, gegen die Rippen, und die Luft entweicht in einem schmerzerfüllten Stöhnen aus seiner Lunge, bevor er zur Seite kippt. Das geladene Magazin ist nirgendwo zu sehen.

Lauf!

Ich schiebe die Pistole in meinen Hosenbund, haste zu Mia, hebe sie hoch und trete mit dem Fuß die Tür auf. Vor uns erstreckt sich ein breiter Korridor voller dunkler Schatten, der nur von dem Mondlicht erhellt wird, das durch die Fenster fällt. In einer Richtung befinden sich mehrere Türen, in der anderen eine Treppe. Wohin jetzt? Ich hatte die Kapuze auf dem Kopf, als wir angekommen sind, aber mein Instinkt rät mir, die Treppe zu nehmen. Ich laufe darauf zu, und jedes Mal, wenn mein Fuß auf dem kratzigen Teppichboden aufkommt, durchfährt mich ein weiterer stechender Schmerz. Ich eile, so schnell ich es im Halbdunkel wage, die Treppe nach unten.

Blut läuft über mein Gesicht und brennt in meinem Auge. Ich wische es weg.

Ein Knall hallt durch das Gebäude, als die Türklinke des Konferenzraums an die Wand dahinter kracht, kurz darauf ertönt direkt über mir ein wütender, frustrierter Schrei, der klingt wie von einem wilden Tier.

Ich gerate ins Stolpern und falle beinahe über die letzte Stufe, doch ich schaffe es, nicht das Gleichgewicht zu verlieren. Meine Arme sind fest um Mia geschlungen, eine Hand liegt auf ihrem Hinterkopf. Ich laufe zum nächsten Treppenabsatz und immer weiter, bis ich im Erdgeschoss angekommen bin.

Ein weiterer zornerfüllter Schrei. Dieses Mal näher.

»Komm zurück!«, brüllt er. »Du kannst sie nicht haben! Sie gehört zu mir!«

Der Korridor vor mir teilt sich nach links und rechts in zwei Gänge auf, wobei der linke beinahe in vollständiger Dunkelheit liegt. Ich entscheide mich für rechts und laufe an mehreren geschlossenen Türen vorbei. Ein weiterer Gang, der den meinen kreuzt. Ich haste geradeaus weiter, der Schmerz in meinem linken Fuß wird immer stärker.

Ich höre donnernde Schritte hinter mir. Dominic ist mittlerweile ebenfalls im Erdgeschoss. »Ellen!«

Verdammt. Ich kann ihm unmöglich entkommen. Er kennt das Gebäude und wird mich bald eingeholt haben. Ich laufe an einer weiteren Treppe vorbei, bleibe wie angewurzelt stehen und verschwinde im nächsten Moment in der Dunkelheit unter den Stufen. Ich drücke Mia fest an mich, zwänge mich in die hinterste Ecke, lasse mich nieder und hebe den linken Fuß. Ich betaste die blutverschmierte Sohle, bis ich eine weitere Scherbe finde, die sich in die Haut gebohrt hat. Ich packe sie mit Daumen und Zeigefinger, beiße die Zähne aufeinander und reiße sie heraus.

Die Schritte sind mittlerweile langsamer geworden und deutlicher zu hören. Dominic ist beinahe auf einer Höhe mit uns, und der Lichtkegel einer Taschenlampe schwenkt von einer Seite zur anderen. Mia gibt ein zufriedenes Gurgeln von sich, das sich in der Stille des verlassenen Gebäudes grauenhaft laut anhört.

»Schon gut«, flüstere ich, und mein Herz rast. Ich wiege sie sanft und streichle ihren Kopf. »Ruhig.«

Mia gurrt und quietscht.

Ich lasse den Finger über ihre Wange gleiten und spüre etwas Weiches auf ihrer Schulter. Das Musselintuch. Ich nehme eine Ecke und halte sie an Mias Lippen.

Bitte sei leise. Bitte, Mia.

Sie stürzt sich sofort auf das Tuch und nuckelt zufrieden daran.

Die Schritte werden noch langsamer und halten schließlich inne. Dominic steht etwa fünf Meter von unserem Versteck entfernt. Das Mondlicht fällt auf etwas Metallisches. Ein Messer. Er dreht den Kopf von einer Seite zur anderen und lauscht angestrengt. Wenn Mia auch nur einen Mucks von sich gibt, wird er uns finden.

Der Strahl der Taschenlampe kommt immer näher.

Ich durchsuche die Taschen meiner Jeans nach einer Münze oder einem Schlüssel, doch ich finde bloß eine Tube Lippenbalsam. Ich ziehe sie heraus und schleudere sie so weit fort wie möglich. Sie schlittert in der Dunkelheit über den Boden, und einen Sekundenbruchteil später folgt ihr der Strahl der Taschenlampe.

»Bleib, wo du bist!«, brüllt Dominic. »Rühr dich nicht vom Fleck!« Er läuft an uns vorbei und verschwindet im dunklen Korridor.

Ich zähle in Gedanken bis drei, dann schlüpfe ich aus unserem Versteck und laufe in die entgegengesetzte Richtung davon. Ich biege nach rechts, dann wieder nach links und vertraue dabei einzig und allein auf meinen Instinkt. Meine Lungen brennen, mein Herz rast und mein Fuß pocht mit jedem Schritt. Ich muss so weit wie möglich fort von dem Mann mit dem Messer.

Vor mir befindet sich ein großes Fenster, und ich entdecke ein Auto auf dem verlassenen Parkplatz dahinter. Der BMW.

Und da ist endlich auch eine Tür. Ich stürze gerade ins Freie, als ein weiterer wütender Schrei durch den Korridor hinter mir hallt. Ich wende mich nach rechts, in Richtung der Straßenlaternen, halte Mia mit einem Arm an mich gedrückt und ziehe mit der freien Hand die Pistole. Es ist kalt, und der Parkplatz wird nur vom Licht des Vollmondes und der schwachen Außenbeleuchtung einer benachbarten Lagerhalle erhellt. Ich befinde mich mitten in einem Industriegebiet, nirgendwo ist ein Wohnhaus zu entdecken.

»Hilfe!«, brülle ich. »Hilfe!«

Meine Stimme schallt durch die Nacht.

Ich laufe weiter über den Parkplatz auf ein verlassenes Wachhäuschen mit einer Schranke zu und erwarte, jeden Moment eine grobe Hand auf meiner Schulter zu spüren. Ich bin barfuß, nur notdürftig bekleidet und halb blind, nachdem mir immer noch das Blut in mein Auge rinnt. Mit einem Arm drücke ich Mia an mich, während ich mit der anderen Hand die

Pistole umklammere. Ich ducke mich unter der Schranke hindurch und laufe auf die Straße.

Im nächsten Augenblick strahlen mich die Scheinwerfer eines herannahenden Autos an, die nach unserer Flucht durch die Dunkelheit gleißend hell sind.

Ich nehme in der Mitte der Straße Aufstellung und hebe die Pistole.

MITTWOCH

13 LEON

So nahe. Nahe genug, um sie zu berühren. Nahe genug, um die Hand auszustrecken und sie zu packen, falls es notwendig geworden wäre.

Er war ihr noch nie so nahe gewesen, und es hatte ihm ein aufgeregtes, erwartungsvolles Schaudern beschert. Aber es war nicht der richtige Ort, nicht der richtige Zeitpunkt gewesen. Zu viele Leute, zu viele mögliche Störquellen. Natürlich hatte er bereits einige Indizien gefunden, die in diese Richtung gedeutet hatten, aber die Bestätigung hatte eine tiefe Befriedigung in ihm ausgelöst. Die Wendung im Zug war überraschend gekommen, aber es änderte nichts an dem, was getan werden musste. Es machte es ihm sogar einfacher, eröffnete ihm mehr Möglichkeiten. Es steigerte die Faszination der Geschichte. Sie würden noch *Jahre lang* darüber reden.

Leon hatte sie nicht gepackt. Stattdessen hatte er beobachtet, wie sie aus dem Bahnhof marschiert war und dabei nur am Rande bemerkt, wie der Wachposten mit erhobenen Händen auf ihn zugekommen war. »*Tut mir leid, wenn ich Sie aufhalte, Sir, aber Ihr Verhalten gab Anlass zur Beschwerde.*« Es folgte ein Vortrag in Pidginenglisch über den respektvollen Umgang mit anderen Fahrgästen und die Wahrung des persönlichen

Freiraumes. »*Die Lady meinte, Sie hätten ohne ihr Einverständnis Fotos von ihr gemacht.*«

Leon hatte den klein gewachsenen, stämmigen Wachposten gemustert, der ihn an die Morlocks aus *Die Zeitmaschine* erinnerte, dann hatte er ein besorgtes Gesicht aufgesetzt. »*Das tut mir schrecklich leid*«, hatte er mit übertrieben noblem Akzent versichert. »*Das kann nur ein Missverständnis gewesen sein.*«

Kleine, einfache Leute wie dieser übereifrige Wachmann, dem ein wenig Macht verliehen wurde, die er bis auf den letzten Tropfen auskostete, ließen sich leicht von einem Akzent beeindrucken, ob sie es nun zugaben oder nicht. Hunderte Jahre Erbmonarchie und das älteste Klassensystem der Welt mussten doch für irgendetwas gut sein. Leon hatte sich gefragt, wie es sich anfühlen würde, den Elektroschocker aus der Tasche zu ziehen, ihn an den speckigen Hals des Wachmannes zu drücken und ihm mitten in der Bahnhofshalle einen Stromschlag mit 50 000 Volt zu verpassen. Er hatte bereits die Hand in die rechte Tasche seiner schwarzen Lederjacke gesteckt und die Finger um das glatte Plastik geschlossen.

Die Macht, die ihm der Teaser verlieh, hatte etwas Tröstliches. Aber es wäre nicht schlau gewesen, ihn zu benutzen. Auf dem Weg durch die Bahnhofshalle hatte er mindestens sechs Überwachungskameras entdeckt, ganz zu schweigen von den Smartphones, die mittlerweile jeder einstecken hatte und die beim ersten Anzeichen einer Konfrontation sofort auf ihn gerichtet gewesen wären.

Also hatte er gelächelt, genickt und gesagt, dass es ihm leidtäte.

Als er sich schließlich ausführlich genug entschuldigt und

sich des Morlocks in der Warnweste endlich entledigt hatte, war sie verschwunden gewesen. Er war zum Ausgang geeilt, hatte sich umgeschaut und einen Moment später einen weißhaarigen Mann mit Krawatte und Tweedjackett entdeckt, der ihr gerade in ein Taxi half. Als es sich in Bewegung setzte, kreuzte ein Bus und versperrte ihm die Sicht auf das Nummernschild. Kurz darauf war das schwarze Auto verschwunden gewesen.

Er hatte ihm hinterhergestarrt und dabei immer noch dieses aufgeregte Kribbeln gespürt.

Sie war ihm entkommen.

Aber das spielte keine Rolle. Er hatte alles, was er brauchte.

14

Das Befragungszimmer ist eine stickige Kammer mit einem an die Wand geschraubten Tisch und vier unbequemen Plastikstühlen. Ich hatte einen dieser Venezianischen Spiegel erwartet, wie man sie aus dem Fernsehen kennt, aber so etwas gibt es hier nicht. Bloß ein schmales, mit einem Drahtgeflecht vergittertes Fenster und vier graue Wände. Es ist nach Mitternacht, und in der Polizeistation herrscht Stille.

Ich kann nicht aufhören zu zittern. Der Adrenalinschub hat längst nachgelassen, und meine Kraft ist verbraucht. Ich fühle mich wie eine tatterige alte Frau, als ich nach dem Styroporbecher mit dem süßen Tee greife. Mein mittlerweile von einem Sanitäter verbundener Fuß trommelt unablässig auf den Boden. Ich trage ein ausgewaschenes, uraltes blaues und raues Sweatshirt, das mir der diensthabende Polizist am Empfang gegeben hat. Es ist etwas zu groß und um den Hals ausgefranst.

Ich rieche Mia auf meiner Haut und am Kragen meines Oberteils. Der herrlich reine Duft der Unschuld. Meine Arme fühlen sich leer an ohne sie, und ich frage mich, wo sie ist und wer sich um sie kümmert. Haben sie ihr noch einmal ein Fläschchen gegeben? Haben sie Kathryn mittlerweile gefunden? Vor etwa einer Stunde hat man mir ein Sandwich angeboten, doch ich konnte nicht einmal einen Bissen hinunterwürgen.

Ich muss ständig an die Nachricht denken, die Kathryn mir hinterlassen hat.

Bitte beschützen Sie Mia.

Und genau das habe ich getan, nicht wahr? Ich habe sie aus einer gefährlichen Situation befreit und sie in Sicherheit gebracht. Als wir vor ein paar Stunden hier ankamen – eine verletzte Frau mit einem Baby im Arm, begleitet von mehreren Sanitätern –, hielt mich der diensthabende Sergeant zunächst für eine misshandelte Ehefrau auf der Flucht vor ihrem gewalttätigen Mann. Er lächelte freundlich, organisierte das ausgewaschene Sweatshirt, Flip-Flops und einen Tee mit Milch und Zucker. Als er mich bat, meine Besitztümer in eine Plastiktüte zu packen – Handy, Uhr, Schlüssel, Geldbörse, Wechselgeld –, schüttelte ich den Kopf und deutete auf die Pistole, die sich bereits in einem Beweisbeutel befand.

»Er hat mir alles abgenommen. Außer die hier.«

Eine kleine, zarte und flatterige Frau vom Jugendamt hat Mia vorhin abgeholt. Gerade noch hatte die Kleine entspannt in meinen Armen geschlafen, eingehüllt in eine weiche graue Decke, die wir von den Sanitätern bekommen hatten, und eine Minute später steckte sie weinend und strampelnd in einem Maxi-Cosi. Ich biss die Zähne zusammen, und meine Fingernägel gruben sich in meine Handflächen, als die Frau Mia fortbrachte und deren Schreie immer leiser und leiser wurden, bis ich sie schließlich nicht mehr hören konnte.

Das war es also, nicht wahr? Ich werde sie nie wieder sehen. Nie wieder in den Armen halten. Das Band, das sich in den letzten sechs Stunden zwischen uns gesponnen hatte, ist zerrissen. Ich will mein Handy aus der Hosentasche ziehen, um mir das Foto anzusehen, das ich im Café gemacht habe, da fällt mir ein, dass Dominic es mir vor mehreren Stunden abgenommen hat. Ich konnte es vor unserer Flucht nicht mehr an mich bringen, und nun habe ich nicht einmal ein Foto, um mich an Mia zu erinnern.

Ich habe gar nichts.

Ein Schmerz breitet sich in meiner Brust aus, und das Gefühl des Verlustes ist einen Moment lang so übermächtig, dass ich beinahe daran zerbreche. Ich will mich weinend auf dem Boden zu einem Ball zusammenrollen, bis der Schlaf mich überkommt und mich ins Nichts trägt. An einen Ort, an dem ich nichts mehr fühle.

Aber um wen wirst du weinen? Um Mia? Oder um dich selbst?

Ich kenne die Antwort auf diese Frage.

Also reiße ich mich zusammen, lege die Hände flach auf die kalte Metalltischplatte, drücke den Rücken durch und blinzle die Tränen fort. Sechs Mal tief ein- und wieder ausatmen. Ich konzentriere mich auf meinen Körper – auf das dumpfe Pochen in meiner Fußsohle, den Spannungskopfschmerz hinter meinen Augen, den rauen Stoff des Sweatshirts – und warte, bis das Gefühl vergeht.

Die Linse der Kamera in der Ecke bleibt auf mich gerichtet.

Vertrauen Sie niemandem. Nicht einmal der Polizei.

Aber es war die einzig richtige Entscheidung, oder nicht? Welche Möglichkeiten hätte es sonst gegeben? Ich konnte Mia nicht einfach einem gewalttätigen Kidnapper überlassen. Und mit nach Hause nehmen konnte ich sie genauso wenig. Ich weiß, dass ich das Richtige getan habe.

Trotzdem werde ich das Gefühl nicht los, dass ich Kathryn im Stich gelassen habe. Ich würde gerne noch einmal mit ihr reden, ihr erklären, was mit Mia passiert ist. Sichergehen, dass es den beiden gut geht.

Der Anwalt vom Strafverteidigernotdienst betritt das Verhörzimmer. Chris Betteridge ist ein freundlicher Mann in den Dreißigern mit gütigen Augen, der mir erklärt, dass alles, was zwischen uns gesagt wird, vertraulich ist, bevor er mich bittet, ehrlich zu ihm zu sein. Er belehrt mich über meine Rechte und betont, dass er nur hier ist, um mich zu beraten, und mir nicht sagen wird, was ich zu tun habe. Letztlich bleiben mir drei Möglichkeiten. Ich kann die Fragen der Polizei beantworten, die Aussage verweigern oder eine vorab verfasste Erklärung verlesen. Ich entscheide mich für die erste Option, denn ich werde sehr gerne sämtliche Fragen beantworten. Abschließend weist er mich darauf hin, dass ich die Befragung jederzeit abbrechen und ihn noch einmal hinzuziehen kann, wenn ich weiteren Rat benötige, aber ich habe das Gefühl, dass er die Sache lieber so schnell wie möglich hinter sich bringen will, immerhin ist es bereits weit nach Mitternacht. Nachdem er alles Wichtige gesagt hat, bleibt er neben mir sitzen, während ich ein vorbereitetes Datenblatt ausfülle und eine uniformierte Polizistin mit einem Wattestäbchen eine Speichelprobe zur DNA-Bestimmung entnimmt. Danach warten wir eine weitere Stunde auf die beiden Detectives, die die Befragung durchführen werden.

Vertrauen Sie niemandem.

Meine Gedanken kehren zu Kathryns Nachricht zurück. Der erste Satz war eine Bitte, die beiden anderen eine Aufforderung. Eine sehr deutliche Warnung.

Andererseits weiß ich aus Erfahrung, dass es nicht gut ist, sich auf eine Sache zu versteifen, denn man übersieht dabei zu leicht, was sonst noch vor sich geht. Ich war so lange auf den Wunsch fixiert, eine eigene Familie zu gründen, dass ich die Risse in meiner Ehe erst bemerkte, als es zu spät war. Ich wollte unbedingt schwanger werden und habe dabei übersehen, dass der Graben zwischen mir und meinem Mann immer tiefer wurde.

Vielleicht sehe ich diese Situation ebenfalls aus dem falschen Blickwinkel.

Vielleicht geht es nicht darum, was in der Nachricht stand, sondern darum, was fehlte. Kathryn hat nicht geschrieben, dass ich mich vor Dominic in Acht nehmen soll. Sie hat ihn überhaupt nicht erwähnt, zumindest nicht direkt. Hat das etwas zu bedeuten?

Sie riet mir, niemandem zu vertrauen, ohne jemanden beim Namen zu nennen, mit einer Ausnahme: Speziell vor der Polizei hat sie mich gewarnt.

Die Tür ins Verhörzimmer geht auf, zwei Männer treten ein und lassen sich gegenüber von mir nieder. Der ältere ist Mitte vierzig, sein oberster Hemdknopf ist geöffnet, die Krawatte hängt auf halbmast, der Schatten eines Bartes überzieht sein Gesicht, und seine kurzen dunklen Haare stehen in alle Richtungen ab. Er sieht aus, als hätte er seit Tagen nicht mehr geschlafen, ist aber nicht unattraktiv und erinnert mich an einen einigermaßen zerzausten Willem Dafoe. Sein jüngerer Kollege ist Ende zwanzig. Aalglatte, zurückgekämmte dunkle Haare, ein wohltrainierter Körper in einem marineblauen Anzug, dazu eine blassrosa Seidenkrawatte. Ein Mann, der Frauen in Bars anbaggert und kein Nein akzeptiert. Er legt eine Aktenhülle aus grünem Karton zwischen uns auf den Tisch. Die beiden sind ein seltsames Paar.

Der ältere Polizist nickt dem Anwalt zur Begrüßung zu, bevor er sich an mich wendet, und verschränkt die Finger auf dem Tisch.

»Hallo Ellen, ich bin Detective Inspector Gilbourne von der Abteilung Schwerkriminalität, und das ist Detective Sergeant Holt.«

»Wo ist Mia?«, frage ich. »Geht es ihr gut?«

»Sie ist in den besten Händen.«

»Kann ich sie sehen?«

DS Holt schüttelt den Kopf. »Das ist leider nicht möglich.«

»Ich will einfach nur sicher sein, dass es ihr gut geht.«

»Wie mein Kollege schon sagte: Sie ist in den besten Händen.«

»Aber sie braucht besonderen Schutz. Sie schwebt in großer Gefahr. Ihr Vater …«

Holt hebt Einhalt gebietend die Hand. »Dazu kommen wir in ein paar Minuten, Ellen.«

»Machen Sie sich keine Sorgen um das Baby, Ellen«, ergreift Gilbourne erneut das Wort. »Das Jugendamt ist bemüht, die Familie wieder zusammenzuführen, und wir wissen es zu schätzen, dass Sie die Kleine zu uns gebracht haben.«

»Ich wollte nur das Richtige tun.«

»Natürlich«, erwidert er, doch seine Stimme klingt irgendwie seltsam. Dann fährt er an seinen Partner gewandt fort. »Wir sollten loslegen, nicht wahr, Nathan?«

Holt drückt einen Knopf an dem Aufnahmegerät, das am Tisch befestigt ist, wirft einen schnellen Blick auf die Uhr und gibt Zeit, Datum und Ort der Befragung zu Protokoll.

»Anwesend sind DS Nathan Holt und DI Stuart Gilbourne, Ellen Devlin und der Anwalt vom Strafverteidigernotdienst, Chris Betteridge. Ellen, bevor die Befragung beginnt, müssen wir sicherstellen, dass Ihre Wunden ordnungsgemäß versorgt wurden, dass Ihnen etwas zum Essen und Trinken angeboten wurde und dass Sie derzeit keinen Bedarf an bestimmten Medikamenten haben?«

»Ja«, sage ich. »Es wurde alles beachtet.«

»Gut.« Er öffnet die Akte. »Ellen Devlin, ich verhafte Sie aufgrund der mutmaßlichen Entführung einer Minderjährigen, Freiheitsentzug und illegalem Waffenbesitz. Alles, was Sie bei dieser Anhörung sagen, kann und wird vor Gericht gegen Sie verwendet werden. Ist das so weit klar?«

Ich schlucke und nicke, mein Hals ist mit einem Mal staubtrocken. *Sie verhaften mich.* Betteridge hat mich vorgewarnt, aber es ist etwas anderes, es aus dem Mund eines Polizisten zu hören.

»Würden Sie bitte laut und deutlich antworten?« Holt deutet auf das Aufnahmegerät.

»Ja, das ist mir klar.«

»Gut. Und nun erzählen Sie uns bitte in Ihren eigenen Worten, was passiert ist.«

DOMINIC

15

Dominic drehte den Kopf ins schwache Licht der Lampe über dem Spiegel, um sehen zu können, was er tat. Es war keine große Wunde, aber er musste sie trotzdem nähen, damit sie sich nicht infizierte. Er konnte es sich nicht leisten, krank zu werden. Außerdem durfte er auf der Straße nicht unnötig auffallen. Es lag noch jede Menge Arbeit vor ihm, und er musste sich frei bewegen können. Er hatte die Wunde bereits mit Wodka gereinigt – was so teuflisch gebrannt hatte, dass er mit einer Hand den Rand des Waschtisches umklammert hatte, bis seine Knöchel weiß hervorgetreten waren –, und nun wurde es Zeit, zur Nadel zu greifen, die er ebenfalls mit Wodka steril gemacht hatte. Schon in der Vergangenheit hatte er Wunden genäht, aber noch nie an sich selbst. Der *Schmerz ist der Preis für dein Versagen. Es wartet noch viel mehr auf dich, wenn du noch einmal versagst.*

Der Riss war etwa zehn Zentimeter lang und verlief relativ gerade, wo der Knauf der Pistole die Haut getroffen hatte. Um die Wunde breitete sich bereits ein violetter Bluterguss aus, der mit jeder Minute dunkler wurde. Dominic drückte das aufgeplatzte Fleisch über dem Wangenknochen mit zwei Fingern zusammen, dann stach er die Nadel in die unnachgiebige Haut und biss die Zähne zusammen, als ein unerträglicher Schmerz ihn durchfuhr.

Das Bed & Breakfast war ein heruntergekommenes Loch mit von den Wänden bröckelndem Verputz und Schimmel in den Ecken und Fluren, in denen es nach nassem Hund stank, aber er konnte bar bezahlen, und man hatte keine Fragen gestellt, als er vorhin zurückgekommen war, die Kapuze tief ins Gesicht gezogen, um die blutende Wunde zu verbergen. Er konnte vorerst nicht zurück in das alte Studio. Und ein Krankenhaus kam noch viel weniger infrage. Dort hätten ihn diese verdammten Cops sofort geschnappt.

Eisige Wut stieg in ihm hoch, wenn er an sie dachte.

Er stöhnte jedes Mal schmerzerfüllt, wenn er erneut mit der Nadel die Haut durchstach, und hielt kurz darauf inne, um einen großen Schluck Wodka direkt aus der Flasche zu trinken. Er betrachtete sein geschundenes Gesicht im Spiegel. Er hatte geduscht, aber er roch noch immer den Rauch in seinen Haaren, und der Gestank des Benzins, das seine Jacke und seine Jeans abbekommen hatten, erfüllte das kleine Zimmer.

Er war kein gewalttätiger Mann. Zumindest normalerweise. Seine Größe und seine Muskeln reichten für gewöhnlich aus, um seinen Willen durchzusetzen und die Leute davon zu überzeugen, dass es keine gute Idee war, sich mit ihm anzulegen. Aber es gab immer wieder Menschen, die sich nicht so verhielten, wie man es von ihnen erwartete.

Diese Fremde zum Beispiel. Ellen Devlin.

Dominic trank einen weiteren Schluck Wodka, dann stellte er die Flasche ab, setzte die fünfte Naht, zog den Faden stramm und verknotete ihn. Es war keine saubere Arbeit, die Stiche waren schief und unregelmäßig, aber alles war besser als eine klaffende Wunde. Es würde eine Narbe zurückbleiben, aber das war ihm egal. Er hatte schon genug davon – einige für alle sichtbar, andere nicht. Schließlich nahm er ein großes Pflaster aus dem Erste-Hilfe-Kasten und klebte es über die Wunde.

Seine rechte Gesichtshälfte pochte vor Schmerz, aber er hatte es verdient. Er war ihr so nahe gewesen. So nahe. Aber er hatte zugelassen, dass sie entwischte. Er nahm einen weiteren Schluck, und der Alkohol auf nüchternen Magen dämpfte den Schmerz ein wenig.

Er trat aus dem winzigen Badezimmer, setzte sich auf das quietschende, versiffte Einzelbett, griff nach seinem Telefon und wählte erneut die vertraute Nummer. Es klingelte, dann ging die Mailbox dran. Er legte auf, ohne eine Nachricht zu hinterlassen.

Verdammt!

Er hatte es nicht anders verdient. Er war dumm und unvorsichtig gewesen, und er hatte sie unterschätzt.

Diesen Fehler würde er nicht noch einmal machen.

16

»Was für eine außergewöhnliche Geschichte«, meint DS Holt, als ich fertig bin. »Ziemlich … schräg.«

»Ich weiß. Aber genau so ist es passiert.«

Ich habe ihnen alles erzählt, von dem Moment an, als Kathryn sich im Zug zu mir setzte, bis zu meiner Flucht vor Dominic und dem Van, den ich auf der Straße aufgehalten habe. Holt machte sich Notizen, während Gilbourne einfach nur dasaß und zuhörte, ab und zu nickte und die Hände auf seinem flachen Bauch verschränkt hatte. Die einzige sichtbare Reaktion war die eine oder andere hochgezogene Augenbraue.

»Er weiß, wo ich wohne«, fahre ich fort. »Er hat mein Handy. Was soll ich jetzt tun?«

Gilbourne wirkt besorgt. »Ist Ihr Mann zu Hause?«

Ich schüttle den Kopf. »Nein.«

»Es gibt natürlich Möglichkeiten im Zeugenschutz. Unterkünfte für Opfer häuslicher Gewalt. Aber Sie können sich vermutlich vorstellen, dass die Nachfrage das Angebot bei Weitem übersteigt. Sie platzen bereits aus allen Nähten.«

»Und was schlagen Sie sonst vor?«, frage ich. »Wie lange behalten Sie mich hier?«

»Das kommt darauf an.«

»Worauf?«

Er geht nicht auf meine Frage ein. »Haben Sie vielleicht Freunde oder Verwandte in der Nähe, wo Sie ein paar Tage unterkommen können?«

Ich muss nur kurz überlegen. »Ja, ich könnte zu meiner Freundin Tara.«

»Gut.« Gilbourne nickt. »Das wäre vermutlich ratsam.«

Holt trommelt ungeduldig mit dem Stift auf seinen Notizblock. »Kommen wir noch einmal auf die Zugfahrt zurück«, sagt er. »Kathryn hat Ihnen also das Baby übergeben und ist verschwunden, und Sie hatten seitdem keinen Kontakt zu ihr?«

»Sie bat mich, ein paar Minuten aufzupassen, während sie telefonierte. Ich dachte, sie kommt bald wieder. Ich hätte nie erwartet, dass sie an der nächsten Haltestelle aussteigt.«

»Und Sie kannten Kathryn vor dieser Zugfahrt nicht, haben vorher nie mit ihr gesprochen? Sie hat Ihnen nicht erzählt, was sie mit dem Kind vorhatte?«

»Nein.« Ich sehe von einem Polizisten zum anderen.

»Wir werden natürlich Ihre Anrufe überprüfen.«

Ich runzle die Stirn. »Okay.«

»Dann sehen wir, ob Sie vor dem heutigen Treffen bereits Kontakt mit Kathryn hatten.«

»Ich verstehe Sie nicht. Ich habe Ihnen doch gerade gesagt, dass ich sie nicht kannte!«

»Sie behaupten also, Sie hätten es nicht zusammen mit ihr geplant?«

»Geplant?« Ich starre den jungen Detective an. »Natürlich nicht! Moment mal. Wollen Sie damit sagen, Kathryn hätte von Anfang an vorgehabt, Mia zu verlassen?«

»Hat sie das denn nicht?«

»Keine Ahnung. Ich sagte ja bereits …«

»Die Nachricht, die Kathryn Ihrer Aussage nach im Rucksack hinterlassen hat, ist also verschwunden?«, mischt Gilbourne sich ein.

»Sie war in meiner Handtasche.«

»Und Sie haben alles, was Sie von dem Baby bei sich hatten, bei Ihrer Ankunft abgegeben?«

»Ich glaube schon. Dominic hat mir den Rucksack samt Inhalt abgenommen, und ich konnte nichts mitnehmen, als wir geflohen sind.«

»Denken Sie bitte genau nach«, fährt Gilbourne fort. »Haben Sie ihm wirklich alles gegeben? Die Kleidung, die Säuglingsnahrung, Schnuller, Spielzeug, alles?«

»Ich habe Mia geschnappt und bin zur Tür hinaus. Für mehr blieb keine Zeit. Warum ist das wichtig?«

»Wir brauchen so viele Beweismittel wie möglich für die Laboruntersuchungen. Je nachdem, wie sich die Sache weiterentwickelt.«

»Okay. Klar.«

»Was ist mit den Zugbegleitern? Kann einer von ihnen bezeugen, was Sie uns erzählt haben? Haben Sie mit jemandem vom Personal Kontakt aufgenommen?«

Ich schüttle den Kopf. »Ich habe niemanden gesehen. Gibt es denn keine Videoaufzeichnungen aus dem Zug?«

»Nein«, antwortet Holt. »Und die Kameras in Seer Green sind seit letztem Winter außer Betrieb. Die Bilder und Videos aus Marylebone zeigen uns allerdings, wie Sie mit dem Baby aus dem Zug gestiegen und direkt zum Ausgang marschiert sind. Erklären Sie uns doch noch einmal, warum Sie nicht zur Bahnhofsaufsicht gegangen sind?«

Ich denke an jene entscheidenden Minuten zurück. Mia als kleines, warmes Bündel in meinen Armen und das Chaos, der Lärm und die Aggression auf dem Bahnsteig und in der Bahnhofshalle.

»Da waren zwei Gruppen gegnerische Fußballfans, die aussahen, als würden sie gleich aufeinander losgehen. Außerdem Polizisten mit Maschinengewehren und dieser seltsame Sonderling, der mir vom Zug aus gefolgt ist.«

»Wobei dieser Mann nicht derselbe war wie derjenige, der Sie angeblich entführt hat?«

Ich unterdrücke die aufsteigende Wut über seine Wortwahl. »Genau. Es waren zwei verschiedene Männer.«

»Erzählen Sie mir von dem Mann aus dem Zug.« Holt hat einen vornehmen Akzent, versucht aber, ihn zu unterdrücken, was ihm nicht immer gelingt. Offenbar will er sich nicht von Kollegen und Verdächtigen abheben. Gilbourne hingegen spricht mit einem sanften südenglischen Brummen, das er nicht verbirgt.

»Er war Mitte bis Ende dreißig, trug eine schwarze Lederjacke und war durchschnittlich groß, vielleicht ein wenig kleiner als ich und …«

»Wie groß sind Sie, Ellen?«, unterbricht mich Holt.

»Einen Meter achtzig.«

»Okay.« Er notiert meine Angabe und lässt sich Zeit damit. »Gut. Fahren Sie fort.«

»Er hatte einen intensiven, starrenden Blick, sehr dunkle Augen und eine Wollmütze, aber ich glaube, er hatte eine Glatze darunter. Er sah verwahrlost und erschöpft aus. Zuerst holte er einen Laptop heraus, doch als ich wieder zu ihm sah, machte er mit seinem Handy Fotos von mir und dem Baby.«

»Fotos machen ist kein Verbrechen«, bemerkt Holt.

»Vielleicht nicht, aber es war verdammt seltsam«, erwidere ich. »Ich wollte einfach weg von ihm – weg von dem ganzen Trubel – und zu einer Polizeistation. In Sicherheit.«

»Aber dann haben Sie es sich anders überlegt, nicht wahr?«

Ich verschränke die Arme. »Unter Waffengewalt entführt zu werden gehörte nicht zu meinem Plan.«

»Was allerdings erst passierte, *nachdem* sie beschlossen haben, einen Zwischenstopp einzulegen. In einem *Café*.« Er zieht das letzte Wort in die Länge und sieht mir dabei in die Augen. »Wo plötzlich wie aus dem Nichts ein Kerl auftaucht und droht, Sie umzubringen.«

»Er hat im Auto auf mich gewartet. Es gibt doch sicher eine Überwachungskamera, die das aufgezeichnet hat, oder?«

»Das überprüfen wir gerade.«

»Und was ist mit dem verlassenen Fernsehstudio, wo er mich festgehalten hat? Dort müssen sich doch Beweise finden lassen.«

»Kurz nachdem Sie hier ankamen, wurde die Feuerwehr zu einem Brand in das alte Studio gerufen. Das Feuer ist auf der Rückseite des Gebäudes im zweiten Stock ausgebrochen, und es war wohl Brandbeschleuniger im Spiel. Nachdem sie es endlich gelöscht hatten, stand alles unter Wasser. Wir haben es uns vorhin schnell mal angesehen, und es wirkt auf uns so, als hätten Obdachlose dort gehaust. Mehr war auf den ersten Blick nicht zu erkennen.«

»Er ist kein Obdachloser«, erkläre ich frustriert.

Gilbourne beugt sich nach vorne. »Reden wir doch mal über den gestrigen Tag, in Ordnung? Bevor das alles passierte. Was haben Sie gemacht, bevor Sie in diesen Zug gestiegen sind?«

»Warum ist das wichtig?«

»Sie sind in Stoke Mandeville an Bord gegangen, richtig?«

»Nein. Ich musste noch mal zurück nach Aylesbury, offenbar gab es Probleme mit der Verbindung.«

»Und das hat länger gedauert?«

»Ein wenig.«

»Was war der Grund für die Fahrt in diese Gegend? War es dienstlich? Oder haben Sie sich mit Freunden getroffen?«

Ich habe das Gefühl, dass er die Antwort bereits kennt. Er will mich auf die Probe stellen, mich bei einer Lüge ertappen. Wut macht sich in mir breit und vertreibt den Schmerz und die Müdigkeit. Die Ereignisse der letzten vierundzwanzig Stunden waren hart, aber ich werde sicher nicht meine Krankengeschichte vor diesen Fremden ausbreiten.

»Es hatte persönliche Gründe.«

»Die da wären?«

Ich starre ihn an. Er sieht aus wie ein begossener Pudel, als würde es ihm wehtun, mich danach zu fragen.

»Das ist persönlich«, wiederhole ich und spüre, wie sich der Anwalt neben mir aufrichtet. »Und ich verstehe nicht, was das mit den Vorfällen zu tun haben soll.«

Gilbourne hebt beschwichtigend die Hände. »Es ist sicher nicht relevant, Ellen, aber wir würden uns gerne ein Bild von der Gesamtsituation machen.« Er lächelt verkniffen.

»Ich hatte einen Arzttermin.«

»Wo?«

Ich lasse einen Augenblick vergehen. *Lass sie nicht zu nahe an dich rankommen.*

»Am Macmillan Institut.«

»Was ist das?«, fragt Holt.

Ich werfe dem jüngeren Detective einen Blick zu, den er ohne ein Blinzeln erwidert.

»Es ist eine Spezialabteilung des dortigen Krankenhauses.« Ich schlucke schwer. »Für Fruchtbarkeitsbehandlungen.«

Holt macht sich erneut Notizen.

»Wann hatten Sie Ihren Termin?«, fragt Gilbourne.

»Um dreizehn Uhr.« Meine Wangen glühen. Ich will raus aus diesem Verhörzimmer, aus dieser düsteren Polizeistation. Zurück in mein Haus, wo ich die Tür hinter mir abschließen kann. Wo ich diese Männer und ihre Fragen aussperren kann. »Es war ein abschließender Termin nach mehreren vorherigen Behandlungen.«

Gilbourne nickt, ohne etwas drauf zu erwidern. Ich kenne diese Taktik, er will mich dazu bringen, das Schweigen zu füllen. Und nachdem ich will, dass diese Befragung so schnell wie möglich endet, tue ich genau das.

»Die Ärzte hatten keine guten Neuigkeiten«, erkläre ich leise.

Gilbournes Gesicht wird weich. »Das tut mir leid, Ellen. Das war sicher schwer für Sie.«

Ich nicke, und er lässt einen weiteren Augenblick vergehen. Dieses Mal schweige ich ebenfalls.

»Das heißt, dass Sie nach dem Termin sofort zum Bahnhof sind?«

»Ja.«

Gilbourne lehnt sich zurück und wirft seinem Partner einen Blick zu.

»Unter diesen Umständen ist es natürlich verständlich …«, übernimmt Holt.

»Was ist verständlich?«

»Es war sozusagen eine Kurzschlusshandlung.«
»Sie meinen Kathryn?«
»Nein, ich meine Sie. Und die Sache mit dem Baby.«

17

Ich sehe beunruhigt von einem Detective zum anderen.

»Ich meine den Drang, dieses Baby zu *haben*«, fährt Holt fort. »Es in den Armen zu halten, es vielleicht sogar mit nach Hause zu nehmen. Um eine bessere Mutter zu sein als alle anderen zusammen.«

Zorn steigt in mir hoch. »Das ist eine unglaublich beleidigende Unterstellung, Detective. Sie haben keine Ahnung, wovon Sie reden.«

»Ich weiß, wie es ist, etwas zu wollen, das man nicht haben kann.«

Ich betrachte diesen gepflegten und selbstbewussten jungen Mann mit den gemeißelten Gesichtszügen und frage mich, ob ihm in seinem Leben schon jemals etwas verwehrt wurde.

»Das bezweifle ich stark«, erwidere ich.

»Ich kann mir vorstellen, wie stark das Verlangen gewesen sein muss. Wie mächtig und alles verschlingend. Immerhin haben Sie sich jahrelang nach einem eigenen Kind gesehnt. Und dann das Gefühl, nachdem Sie erfahren haben, dass es niemals dazu kommen wird. Doch plötzlich ergibt sich eine Möglichkeit. Es scheint, als wäre das Schicksal endlich auf Ihrer Seite.«

»Moment mal! Vor ein paar Minuten haben Sie mich noch gefragt, ob ich alles vorab mit Kathryn geplant habe, und jetzt behaupten Sie, ich hätte Mia *entführt?*«

»Wir versuchen nur, der Wahrheit auf die Spur zu kommen, Ellen.«

»Aber ich habe Ihnen doch gesagt, wie es war! Kathryn hat mich gebeten, auf die Kleine aufzupassen.« Ich werfe einen Blick auf Betteridge, der schweigend neben mir sitzt und sich weigert, mir in die Augen zu sehen. »Das ist doch lächerlich!«

»Was ist mit Kathryn Clifton passiert?«, fragt Holt und ändert damit abrupt die Richtung.

»Ich dachte, es wäre Ihre Aufgabe, das herauszufinden.«

»Wo ist sie?«

»Keine Ahnung. Sie ist in Seer Green aus dem Zug gestiegen, genau wie ich es Ihnen vorhin erzählt habe.«

»Und seitdem gibt es kein Lebenszeichen von ihr, was uns natürlich beunruhigt. Sie hat seit zwölf Stunden nicht mehr telefoniert, wurde nirgendwo gesehen, hat sich nicht bei ihrer Familie oder bei Freunden gemeldet. Wir haben nur Sie. Eine Frau, die plötzlich mit einem Kind im Arm hier auftaucht und behauptet, Kathryn hätte es ihr anvertraut.«

»Sie wollen doch nicht allen Ernstes andeuten, ich hätte Mia gegen ihren Willen mitgenommen? Das ist verrückt.«

»Ich will lediglich die Möglichkeit zur Sprache bringen, dass Sie in dem Zug Ihre Chance erkannt und das Baby mitgenommen haben. Es war eine …« Er zuckt mit den Schultern. »Eine Kurzschlusshandlung. Sie haben die Chance ergriffen. So etwas passiert immer wieder. Es hat sich so gut angefühlt, dieses süße kleine Baby im Arm zu halten. Ein Baby, das Ihnen gehören könnte. Also haben Sie sich das Kind einfach geschnappt und sind aus dem Bahnhof marschiert.«

»Nein.« Ich spüre, wie meine Wangen glühen, und ich verfluche meinen verräterischen Körper.

»Deshalb haben Sie weder das Zugpersonal noch die Bahnhofsaufsicht verständigt und sind ohne ein Wort an den uniformierten Kollegen vorbei. Sie sind einfach mit ihr verschwunden. Aber irgendwann sind Sie in Panik geraten. Ihnen wurde klar, was Sie getan haben und welche Konsequenzen Sie erwarten. Vielleicht haben Sie sich sogar selbst in den Nachrichten gesehen.«

»Nein, so war das ganz und gar nicht.« Ich verschränke die Arme vor der Brust.

»Ellen.« Gilbourne übernimmt wieder. »Sie verstehen sicher, dass wir alle Möglichkeiten in Betracht ziehen müssen, um sie nacheinander auszuschließen.«

»Nun, ich habe mit Kathryns Verschwinden nichts zu tun, das können Sie also sofort ausschließen«, erwidere ich kopfschüttelnd. »Hören Sie, ich bin erschöpft, habe kaum geschlafen und Ihnen alles erzählt, was ich weiß. Ich will nur nach Hause. Ich weiß nicht, was Sie vorhaben und was hier los ist. Mia geht es gut, und das ist doch die Hauptsache, oder?«

Gilbourne lächelt mitfühlend. »Nur noch ein paar Fragen, dann sind wir fertig.«

»Also, dieser Dominic«, beginnt Holt von Neuem. »Wie ist sein Nachname?«

Ich reibe mir die schmerzenden Augen. Es fühlt sich an, als säße ich schon seit Stunden in dem grellen Licht des Befragungszimmers.

»Ich habe Ihnen doch schon gesagt, dass ich das nicht weiß.«

»Gibt es irgendetwas, womit wir ihn identifizieren könnten? Hat er *gesagt,* dass er der Vater des Kindes ist? Hat er sie als seine Tochter bezeichnet?«

Ich denke an unsere Gespräche zurück. »Ich bin mir nicht sicher.«

»Das ist sehr wichtig, Ellen.«

Als ich mit Dominic im Auto und in dem verlassenen Studio war, war ich mir so sicher, was seine Motive betraf. Da war definitiv eine starke Wut in ihm, aber hat sich irgendetwas davon tatsächlich gegen Mia gerichtet? Die Waffe war leer, und er hatte mehrfach die Möglichkeit, uns zu verletzen oder sogar zu töten, hat sie aber nie genutzt. Und sowohl Kathryn als auch Dominic haben – wenn auch auf ihre eigene Art – davon gesprochen, dass der Polizei nicht zu trauen sei. Meinten sie damit die Polizei an sich? Oder eine spezielle Person?

»Dann sind Sie also im Grunde eine wandelnde Heilige, die durch die Weltgeschichte fährt und Gutes tut?«, fragt Holt.

»Ich war einfach zur richtigen Zeit am richtigen Ort.«

»Erzählen Sie mir mehr über die Waffe«, fährt Gilbourne mit sanfter Stimme fort. »Sie sind mit Waffen vertraut, nehme ich an?«

»Vertraut würde ich es nicht nennen.«

»Wie dann?«

»Ich kenne die Grundlagen, mehr nicht.«

»Aber Sie hatten bereits eine Pistole in der Hand, haben Schießübungen absolviert.« Er nimmt einen Zettel aus dem Aktenordner. »Ellen Anne Devlin.« Er macht eine Pause und mustert mich über den Rand seiner Brille hinweg. »Stammt Ihre Familie aus dem County Tyrone?«

»Mein Großvater.«

»Ah. Interessant! Meine Großmutter kam auch aus der Gegend.« Er liest weiter. »Schulabschluss 2001, danach zwölf Jahre in der Navy, derzeit Projektmanagerin in der Luftfahrt- und Verteidigungsindustrie. Seit 2013 mit Richard Sloane verheiratet.«

»Ja.« Die Wunde an meiner Stirn beginnt wieder zu pochen.

»Wollen Sie ihn vielleicht einmal anrufen? Ihren Mann, meine ich. Am Empfang hieß es, Sie hätten niemanden verständigt.«

»Wir leben getrennt.«

»Ah.« Eine Pause. »Verstehe.«

Holt lehnt sich nach vorne. »Warum ausgerechnet die Navy, Ellen?«

»Mein Dad hat auf der *HMS Sheffield* gedient.«

»Also eine Familientradition, alles klar. Er hat Sie dazu animiert, in seine Fußstapfen zu treten.«

Ich frage mich, wie es wäre, diesem arroganten jungen Polizisten den Rest meines Tees ins Gesicht zu schütten. »Er ist im Falklandkrieg gefallen, als ich zwei Jahre alt war.«

Holt blinzelt, aber er erholt sich schnell. »Das tut mir leid. Was war Ihre Aufgabe in der Navy?«

»Ich habe als Operationsdienstoffizierin auf der *HMS Richmond* und der *Dauntless* gedient, außerdem hatte ich verschiedene Funktionen an Land inne.«

»Das heißt, Sie kennen sich mit Waffen aus.«

»Ich habe eine Grundausbildung absolviert, wie alle anderen auch. Aber Waffen gehörten nicht zu meinem Aufgabengebiet. Ich habe außerhalb des Schießplatzes selten eine getragen.«

»Aber Sie wissen …«

Betteridge hebt die Hand. »Darf ich fragen, inwiefern das relevant ist?«

»Ihre Klientin war bei ihrer Verhaftung im Besitz einer nicht registrierten Handfeuerwaffe.«

»Und sie hat erklärt, dass sie die Waffe benötigte, um von dem Ort zu flüchten, an dem sie gegen ihren Willen festgehalten wurde.«

»Das behauptet sie zumindest.«

»Wenn ich die Waffe dort gelassen hätte«, mische ich mich ein, »hätte er sie gegen mich verwenden können. Und gegen Mia.«

»Warum haben Sie sie nicht gegen ihn verwendet?«

»Das wollte ich, aber sie war nicht geladen.«

»Sie wollten auf ihn schießen? Ihn töten?«

»Ich habe auf sein Bein gezielt, um ihn aufzuhalten.« Ich höre das leere Klicken der Pistole immer noch. »Ich wäre ihm mit Mia auf dem Arm niemals entkommen. Am Ende habe ich ihn mit der Pistole niedergeschlagen.«

»Wurde er verletzt?«

»Ja.«

Gilbourne wendet sich an seinen Partner. »Haben wir in den Krankenhäusern nachgefragt?«

Holt schüttelt den Kopf und macht sich eine Notiz, während Gilbourne sich wieder an mich wendet.

»Wollen Sie noch einen Tee?« Er lächelt. »Dieses Mal ist er vielleicht sogar heiß.«

»Nein, danke.«

»Gut, dann kehren wir noch einmal zum vergangenen Abend zurück, ja?«

Seine Stimme ist ruhig, beherrscht. Sogar freundlich. Und sein Lächeln wirkt beinahe väterlich. Er hält inne und wartet, dass ich etwas sage. Ich halte seinem Blick stand, bis er fortfährt.

»Warum erzählen Sie uns nicht einfach, wie es wirklich war, Ellen?«, fragt er sanft, ohne Druck. »Dann sind Sie es los.«

»Ich habe Ihnen bereits alles erzählt.«

»Aber es gibt ein Zeitfenster von dreieinhalb Stunden, das sich uns nicht erschließt. Sie haben den Bahnhof Marylebone um sechs nach drei mit dem Kind einer anderen Frau verlassen, um kurz darauf in ein Café zu gehen, wo sie etwas über eine Viertelstunde blieben. Danach herrscht Leere, bis unsere uniformierten Kollegen kurz vor sieben Uhr abends ins Industriegebiet gerufen wurden, wo sie blutüberströmt, mit einer Waffe in der Hand und dem Kind am Arm aufgegriffen wurden. Kathryn Clifton ist verschwunden, genauso wie Ihr angeblicher Entführer, und ich versuche, diese dreieinhalb Stunden in einen Zusammenhang mit dem zu bringen, was wir wissen.« Er breitet lächelnd die Arme aus. »Helfen Sie mir dabei?«

»Ich habe Ihnen bereits alles erzählt.«

»Hmm.« Gilbourne mustert mich erneut über den Rand seiner Brille hinweg. »Gehen wir es doch einfach noch einmal durch, ja?«

18 DOMINIC

Er wusch sich das Gesicht in dem aufgesprungenen Waschbecken. Das kalte Wasser brachte zwar seinen Geist in Schwung, ließ die genähte Wunde auf seiner Wange allerdings nur noch stärker brennen. Er tupfte die empfindliche Haut mit dem fadenscheinigen Handtuch trocken. Die Naht hielt, die Einstichlöcher leuchteten geschwollen und rot aus dem immer dunkler werdenden Bluterguss hervor. Er klebte ein neues Pflaster über die Wunde, aber sein Gesicht sah trotzdem zum Fürchten aus. Er hatte kaum geschlafen, und wenn doch, hatten ihn blutrünstige Träume geplagt, aus denen er immer wieder aufgeschreckt war; aber davon durfte er sich nicht aufhalten lassen. Ihm lief die Zeit davon, und er musste bald etwas unternehmen.

Er holte ihr Telefon aus der Jackentasche und setzte sich aufs Bett. Er war kein Technikgenie, aber er wusste genug, um alles Notwendige zu erledigen, bevor sie sich über ein anderes Gerät in ihr Handy einloggen, es sperren oder alles löschen konnte. Es war nicht besonders schwierig. Er aktivierte das Handy mit dem Entsperrcode, den sie ihm verraten hatte, und öffnete die App von Google Maps. Im Suchverlauf befanden sich die zuletzt aufgerufenen Adressen – in Oxford, Northolt und Chiswick – und ganz oben stand »Zuhause« und »Büro«.

Er klickte auf Zuhause, und die Karte öffnete sich und markierte den Weg von seiner Position zu ihrem Haus mit blauen Punkten. Er wählte die Satellitenansicht und betrachtete die Umgebung. Eine gepflegte Straße mit neu errichteten Häusern und kleinen Gärten, nicht weit entfernt von der A 40.

Mit dem Auto in zweiundzwanzig Minuten erreichbar.

Nachdem die Hausnummer nirgendwo zu entdecken war, öffnete er ihr E-Mail-Programm und fand kurz darauf eine Zustellungsbestätigung von Amazon mit ihrer vollständigen Adresse.

Ich sehe dich. Ich weiß, wo du wohnst.

Er machte einen Screenshot und schickte ihn auf sein neues Prepaidhandy. Ihr Büro befand sich in der Nähe der Bond Street, und sie schien zumindest die Wahrheit über ihren Job gesagt zu haben. Er machte auch von dieser Adresse einen Screenshot. Es war gut, noch ein Ass im Ärmel zu haben, falls weitere Komplikationen auftraten. Als er fertig war, warf er mit ihrem Handy einen schnellen Blick auf die neuesten Nachrichten. Es handelte sich um die üblichen Lügen und Halbwahrheiten, die von der Polizei gestreut und von den Medien nachgeplappert wurden. Dann holte er einen USB-Stick mitsamt Adapter aus dem Rucksack, verband ihn mit dem Handy und kopierte ihr Adressbuch, die Textnachrichten, die Fotogalerie und ihren Posteingang. Anschließend schaltete er ihr Handy aus, zerbrach die SIM-Karte und schlug wiederholt mit dem Griff seines Messers auf das Display ein, bis es vollkommen zerstört war. Zuletzt entsorgte er die Reste in dem kleinen, klebrigen Mülleimer neben dem Bett und holte seine restlichen Prepaidhandys aus dem Rucksack. Es waren nur noch drei übrig. Er nahm eines davon aus der Verpackung, legte eine neue SIM-Karte ein und schloss es ans Ladekabel an.

Danach nahm er sich den Inhalt ihrer Geldbörse vor. Kredit- und EC-Karte, Briefmarken, eine Mitgliedskarte eines Fitnessstudios, ein Organspendeausweis, ein paar Rechnungen. Kein Führerschein, keine Familienfotos, keine Schnappschüsse. Er befühlte das weiche Leder zwischen den Fingern, ohne etwas Hartes zu entdecken. Trotzdem ging er auf Nummer sicher, schnitt das Futter auf und zerlegte alles, bis er definitiv wusste, dass sich kein Tracker in der Geldbörse befand. Er steckte das Bargeld ein und warf den Rest in den Mülleimer. Natürlich wäre es besser gewesen, alles zu verbrennen, aber dafür blieb keine Zeit.

Er schob sein Messer in die Halterung an seinem linken Unterarm, wo es unter der Bomberjacke verborgen blieb, er es aber bei Bedarf sofort zur Hand hatte.

Schließlich holte er das zusammengefaltete, ausgedruckte Foto aus seiner Geldbörse. Er hatte keine digitalen Fotos auf dem Handy, das er ohnehin ständig wechselte, um keine Spuren zu hinterlassen. Er hatte sich, so gut es ging, aus dem Leben zurückgezogen, aber er hatte es nicht über sich gebracht, dieses Foto zurückzulassen. Er hatte es so oft auf- und wieder zusammengefaltet, dass es bereits Risse bekam.

Er erlaubte sich einen Moment, in das Bild einzutauchen, und sein Blick wanderte über ihr Gesicht, die Lippen, die Wangen, die Augen. Er musste zu ihr, bevor es zu spät war. Bevor irgendjemand erkannte, wer sie war. *Was* sie war.

Er hatte sie bereits einmal gefunden. Er würde sie wieder finden.

Und dieses Mal würde er tun, was getan werden musste.

19 DI GILBOURNE

Gilbourne zog an seiner Zigarette und sah hinunter auf die beleuchtete Straße.

Er war gerne hier oben, mit der schlafenden Stadt zu seinen Füßen. Auf den Straßen war es ruhig, die Luft war kalt und klar, und die guten Menschen der Stadt lagen schlafend in ihren Betten. So konnte er am besten nachdenken. Die Feuertreppe im vierten Stock war der einzige Ort im ganzen Gebäude, wo man rauchen konnte, ohne dass der Feueralarm losging oder sich die jungen Kollegen einen Husten vortäuschend die Hand vor den Mund hielten. Der Polizeichef hatte seinen Leuten das Rauchen vor der Polizeistation verboten. Offenbar vermittelte es der Öffentlichkeit nicht das gewünschte Bild, wenn sie Ordnungshüter mit Kippe in der Hand sah. Die wenigen verbliebenen Raucher hatten sich eine Ecke im Hinterhof gesucht. Gilbourne hatte zwar nichts gegen Small Talk mit anderen Ausgestoßenen, aber manchmal genoss er ein paar ruhige Minuten mit dem Laster seiner Wahl.

Sie gehörten einer aussterbenden Art an.

Er warf einen schnellen Blick in den Korridor hinter sich, und als er niemanden entdeckte, holte er mehrere Tabletten aus einem wiederverschließbaren Beutel in seiner Geldbörse und schluckte sie trocken. Er steckte gerade den Geldbeutel ein, als er Schritte hörte. Es war Holt mit zwei Bechern schwarzem Kaffee. Er reichte Gilbourne einen davon, dann gesellte er sich zu ihm auf die Feuertreppe, wobei er dem Rauch nach Möglichkeit auswich.

»Also, was halten Sie von der Frau, Boss?«

Gilbourne zog erneut an der Zigarette und behielt den Rauch einen Moment lang in der Lunge. Ein streunender Fuchs huschte zwischen den parkenden Autos hervor und eilte zur anderen Straßenseite. Gilbourne beobachtete ihn, während der Rauch in den Nachthimmel stieg. Er hatte diese heimlichen Stadtbewohner, die sich so perfekt an ihre Umgebung anpassten, immer schon bewundert. Sie streiften umher, vermehrten sich und jagten in einer der geschäftigsten Städte der Welt, und das zum Großteil ungesehen, unter dem Radar des täglichen Lebens. Einzelgänger, die sich die Nacht zu eigen gemacht hatten. Überlebenskünstler.

Der Fuchs hielt inne, sah sich um, schnüffelte und trottete schließlich davon.

»Glauben Sie denn, dass sie uns etwas verschweigt?«, fragte Gilbourne, anstatt Holt zu antworten, und stieß bei jedem Wort eine Rauchwolke aus.

Holt strich sich ein paar verirrte Haarsträhnen aus der Stirn. »Auf jeden Fall.«

»Ich wäre mir da nicht so sicher. Irgendetwas stimmt nicht, aber ich weiß nicht, ob es etwas mit ihr zu tun hat.«

Holt musterte ihn. »Dann glauben Sie ihr also?«

»Wie kommen Sie darauf, Nathan?«

Holt nahm einen Schluck Kaffee und zuckte mit den Schultern, dann grinste er wissend. »Na ja … so, wie Sie mit ihr gesprochen haben. Es schien … Sie wissen schon.«

Gilbourne musterte seinen neuen Partner, aus dem er immer noch schlau zu werden versuchte. Holt hatte die Ausbildung in Rekordzeit beendet, einen Abschluss in Kriminologie und Forensik in der Tasche und konnte die Uniform gar nicht schnell genug loswerden. Er hoffte jedes Mal aufs Neue, dass es endlich *Der große Fall* sein würde, über den landesweit berichtet wurde und der ihn die Karriereleiter nach oben katapultieren würde. Er wusste noch nicht, dass ein solcher Fall vielleicht nur einmal im Laufe einer Karriere deinen Weg kreuzte, dass das Leben unschön war und der Job noch viel mehr. Dass es selten Siege auf ganzer Linie und ohne Abstriche gab. Sie arbeiteten erst seit einigen Monaten zusammen. Holt hatte nach neun Monaten in einer Taskforce, die sich mit Bandenkriminalität beschäftigte, den Aufstieg in die Abteilung Schwerverbrechen geschafft. Er war also nicht komplett grün hinter den Ohren, musste aber noch viel lernen – falls er einmal lange genug innehielt, um zuzuhören.

Trotzdem hatte er etwas an sich. War es seine Großspurigkeit? Der Eindruck, er wisse mehr, als er zugab? Der junge Kollege war sich sicher, schon bald in der Hierarchie aufzusteigen, und er hatte sogar offen zugegeben, dass er enttäuscht wäre, wenn er es mit vierzig noch nicht zum Detective Chief Inspector geschafft hätte – eine Beförderung, auf die Gilbourne aus Gründen, über die er lieber nicht nachdachte, immer noch wartete.

Vielleicht merkte Holt es gar nicht. Oder vielleicht doch. Gilbourne war sich nicht sicher.

Warte nur, mein Junge. Warte, bis die Politik, die Regierungsziele, die Quotenregelungen und der ganze Schwachsinn dir die

Arbeit versauen. Warte, bis du die Belastung irgendwann Tag für Tag spürst. Bis du morgens mit einem schweren Gewicht auf den Schultern aufstehst, dich jeden Tag durch dieselbe Scheiße quälst und nur noch versuchst, nicht darin zu ersaufen, während du von niemandem auch nur ein Wort des Dankes zu hören bekommst. Mal sehen, wie weit du es dann noch nach oben schaffst.

Gilbourne hatte nur noch weniger als sechs Monate bis zu seinem dreißigjährigen Dienstjubiläum, nach dem er zwangsweise in den Ruhestand versetzt wurde. Was für eine Verschwendung. Er war siebenundvierzig und hatte noch einiges zu bieten. Aber vielleicht war es an der Zeit, an die schleimigen Emporkömmlinge wie Holt zu übergeben, um zu sehen, wie sie mit allem zurechtkamen. Denn selbst wenn die Einmalzahlung zum Pensionsantritt und die garantierte monatliche Pension schon in Reichweite waren, war er immer noch stolz darauf, Polizist zu sein und Ergebnisse zu liefern. Einige seiner Kollegen, die vor ihm in den Ruhestand gegangen waren, hatten es in den letzten Monaten schleifen lassen und nur noch das Nötigste erledigt.

Das war nicht Gilbournes Art.

Stattdessen arbeitete er noch härter und investierte mehr Zeit als je zuvor. Er würde diesen neuen Fall schnell lösen, alles abdecken und die richtigen Ergebnisse erzielen.

Er nahm noch einen Zug, dann deutete er mit der brennenden Zigarettenspitze auf seinen jungen Partner.

»Sie waren doch auch mal bei den Eigentumsdelikten, oder?« Er wartete die Antwort gar nicht erst ab. »Dann sagen Sie mir: Was ist der einfachste Weg, um in ein fremdes Haus zu gelangen?«

»Wie meinen Sie das?« Holt wirkte verwirrt. »Meinen Sie … durch die Hintertür?«

»Haben Sie in den paar Monaten denn gar nichts gelernt?«

Holt sah ihn ratlos an. »Ein offen stehendes Kellerfenster vielleicht?«

»Nein.«

»Die Balkontür?«

»Denken Sie an die Frage, Nathan.«

»Na ja, es kommt darauf an …«

»Die einfachste Art, in ein fremdes Haus zu gelangen, ist durch die Haustür, wenn dich der Besitzer hineinbittet.«

Holt nickte langsam. »Okay, Sie meinen mit einem Trick?«

»So in etwa. Jedenfalls ist es bei einer Befragung ähnlich. Man bekommt am ehesten die ganze Geschichte zu hören, wenn der Befragte von sich aus alles preisgibt. Es ist weniger Aufwand, weniger Durcheinander, weniger Missmut auf allen Seiten. Manchmal kommt man mit Nettsein eher an die Wahrheit heran, als wenn man die Tür mit einem Vorschlaghammer einschlägt.«

»Ja. Ich verstehe, was Sie meinen«, erklärte Holt und nippte an seinem Kaffee.

Tust du das wirklich?

»Für mich sieht es so aus, als gäbe es einige unbekannte Faktoren. Ich bin gespannt, was die Kriminaltechniker in den Überresten des Feuers in dem ehemaligen Studio sicherstellen konnten. Hatten Sie Glück mit den Überwachungskameras vor dem Café?«

Holt schüttelte den Kopf.

»Noch nicht. Es gibt zwar eine Kamera an der nächsten Kreuzung, aber die ist zu weit entfernt. Außerdem orten wir

Devlins Handy, falls es irgendwo auftaucht oder sie es wieder verwendet, sobald sie zu Hause ist.«

»Haben wir den Taxifahrer gefunden?«

»Ist in Arbeit.«

»Gut. Ich kümmere mich um die Bahnhofsmitarbeiter in Marylebone.«

»Was ist mit ihr?« Holt deutete mit dem Kopf zur Tür des Befragungszimmers am Ende des Korridors.

Gilbourne schnippte seine Zigarette in die Dunkelheit. Die glühende Spitze trudelte nach unten, bis sie verschwand.

»Wir lassen sie jetzt noch ein paar Stunden über alles nachdenken«, meinte Gilbourne. »Dann versuchen wir es noch einmal.«

»Auf die nette Tour?«

Gilbourne lächelte kaum merklich. »Langsam haben Sie den Bogen raus, Nathan.«

20

Ich verbringe eine weitere Stunde im Befragungszimmer und beantworte immer wieder dieselben Fragen, bis die beiden Detectives schließlich verschwinden und ich nach einem kurzen Gespräch mit dem Anwalt in eine eiskalte Zelle geführt werde, in der sich lediglich ein Bett mit einem dünnen Laken und eine Toilettenschüssel aus Metall befinden.

Ich wache auf, als sich die Tür mit einem Klacken öffnet, und ein Polizist in Uniform informiert mich, dass ich vorerst gehen darf.

Laut Betteridge hängt mein weiteres Schicksal davon ab, was die Polizei herausfindet. Falls sich meine Geschichte mit den Aussagen anderer Beteiligter deckt, werden die Vorwürfe fallen gelassen. Falls nicht, werde ich wohl noch einmal einbestellt. Jedenfalls soll ich mich *auf alle Eventualitäten gefasst machen.* In der Zwischenzeit muss ich in London bleiben, die Polizei über meinen Aufenthaltsort informieren und mich für weitere Befragungen bereithalten; darüber hinaus darf ich auf keinen Fall Kontakt zu den anderen an meinem Fall beteiligten Personen aufnehmen – was nicht allzu schwierig werden dürfte, nachdem ich ohnehin keine Ahnung habe, wo sich diese Personen befinden.

Ich muss noch mehr Formulare unterschreiben, und als ich

schließlich in ein Taxi steige, ist es beinahe fünf Uhr morgens. Ich sollte zu Tara oder mir einen sicheren Unterschlupf suchen, aber ich bin so erschöpft, dass ich nur nach Hause und in mein eigenes Bett will. Erst als ich den kurzen Weg von der Straße zur Eingangstür zurücklege, fällt mir ein, dass ich keinen Schlüssel habe. Ausnahmsweise bin ich froh über Richards alte Angewohnheit, einen Ersatzschlüssel neben der Hintertür zu verstecken. Er liegt noch immer unter dem dritten Stein von links.

Ich trete durch die Tür in meine kleine Küche, mache das Licht an und halte einen Moment lang inne. Im Haus ist es still und kalt. Es fühlt sich anders an, als gehörte es zu einer anderen Frau. Ich betrete mein altes Leben. Ein Leben, das von Richard, unserer Ehe und den wiederholten künstlichen Befruchtungen geprägt war, ein Leben voller Hoffnung und Schmerz, Monat für Monat, Jahr für Jahr. Aber dieses Leben gibt es nicht mehr. Es ist vorbei. Geschichte.

Das hier ist ein neues Leben, ein neuer Tag. Eine Welt, in der ich Mia kennenlernen durfte.

Aber da ist nicht nur Mia. Da ist auch dieser Mann, der sie entführen, ihr wehtun will. Ein Mann, der mein Handy hat und wahrscheinlich weiß, wo ich wohne. Bin ich hier wirklich sicher? Draußen ist es immer noch dunkel. Ich gehe zu meinem Festnetztelefon, hebe den Hörer ab und will zu wählen beginnen, doch ich bin so müde, dass ich keinen klaren Gedanken fassen kann, und lege gleich wieder auf. Es ist noch zu früh, um Tara anzurufen. Sie bekommt ohnehin zu wenig Schlaf ab. Stattdessen überprüfe ich sämtliche Türen, schließe die Bolzenschlösser und drehe zur Sicherheit noch einmal eine Runde durchs Haus, ehe ich nach oben gehe.

Ich ziehe mich aus, lege mich ins Bett und versuche zu schlafen, doch es ist zu spät. Die Sonne geht bereits auf, und in der Ferne höre ich das Brummen der Autos auf der nahe gelegenen Fernstraße. Ich nehme jedes Geräusch überdeutlich wahr. Jedes Ächzen im Haus, das sich langsam erwärmt, Schritte auf dem Gehweg, Autos, die vorbeirollen. Sosehr ich mich bemühe, ich schlafe nicht ein, nicht einmal für eine Stunde. Mein Körper schmerzt vor Müdigkeit, meine Verletzungen pochen, aber mein Gehirn arbeitet auf Hochtouren und weigert sich, zur Ruhe zu finden. Der Tag voller Konfrontationen und unbeantworteter Fragen lässt mich nicht los. Der schwarz gekleidete Sonderling aus dem Zug. Dominic mit seiner überbordenden Wut und Paranoia. Die beiden Polizisten mit ihren Fragen.

Und jetzt dieses Haus. Ein Haus, das bis vor drei Monaten unser Zuhause war. Richard und ich haben vor fünf Jahren unsere Wohnung in Highbury aufgegeben – die Wohnung, in der wir als junges Paar zum ersten Mal zusammengewohnt haben, in der wir geträumt und Pläne geschmiedet haben, in die wir aus den Flitterwochen zurückgekehrt sind. Wir wollten für unsere Familie am Stadtrand ein Nest bauen und haben es in dem modernen Eckhaus einer Reihenhaussiedlung mit dem kleinen Garten, den zweieinhalb Schlafzimmern und einer angemessenen Grundschule in der Nähe gefunden. Fünf Jahre wohnten wir hier und warteten auf ein Kind, das niemals kam. Bis Richard sich im letzten Jahr immer mehr zurückzog, immer länger im Büro blieb und immer weniger Zeit zu Hause verbrachte. Weil er bei der Frau war, die mittlerweile ein Kind von ihm erwartet.

Nach einer Stunde gebe ich es auf, schlurfe ins Badezimmer, stehe fünfzehn Minuten unter der Dusche und lasse das heiße Wasser auf meinen Nacken prasseln. Ich denke an Mia und das letzte Mal, als ich sie gesehen habe. Wie sie weinte, als die Frau vom Jugendamt sie in den Kindersitz pferchte. Als ich fertig bin, schlüpfe ich in eine alte Jeans und einen Pullover und wechsle den Verband an meinem Fuß.

Es ist Mittwoch und eigentlich ein normaler Arbeitstag, aber ich habe viele Überstunden angesammelt, also nehme ich mir erst mal heute als auch morgen frei und schreibe meiner Vorgesetzten eine E-Mail, um mich für mein kurzfristiges Fernbleiben zu entschuldigen. Was steht sonst noch diese Woche auf dem Programm? Heute Abend kommt die Supermarktlieferung, morgen gehe ich zum Pilates und am Freitag mit Kollegen etwas trinken, wobei ich jetzt schon weiß, dass ich das nicht schaffen werde. Und was ist mit nächster Woche? Mit nächstem Monat? So weit kann ich nicht in die Zukunft denken.

Ich telefoniere mit der Bank und der Kreditkartenfirma, um die Karten zu sperren und neue zu bestellen, dann hole ich mein altes iPhone aus der Nachttischschublade, gehe zum nächsten Handyshop, kaufe mir eine neue SIM-Karte und logge mich in die Cloud ein, als ich wieder zu Hause bin. Hoffentlich hat das automatische Back-up funktioniert! Mein Herz macht einen glücklichen Satz, als sich die gespeicherten Bilder aufbauen und ich schließlich Mia entdecke. Da ist sie. Ein makelloses kleines Wesen, das nach dem Fläschchen im Café zufrieden schläft. Ein Foto. Das ist alles, was mir von ihr geblieben ist. Doch es baut mich auf und wärmt mein Inneres. Ein Lichtstrahl an diesem dunklen Tag.

Ich rufe meinen Mobilfunkanbieter an und lasse meine

Nummer auf die neue SIM-Karte übertragen. Diese alltäglichen Erledigungen erscheinen mir albern, bedeutungslos im Vergleich dazu, was in den letzten vierundzwanzig Stunden passiert ist. Immer wieder kehre ich zu dem Foto von Mia zurück und erinnere mich daran, dass sie trotz allem noch da ist, dass sie wirklich existiert. Ich lege das Foto als neues Hintergrundbild fest, lösche es aber sofort wieder, nachdem ich mich wie eine Betrügerin, eine Diebin fühle. Ich bewahre es im allgemeinen Ordner auf. Als mein Geheimnis.

Mittags melde ich mich bei Tara. Im Hintergrund brüllen ihre Jungen, rangeln und schreien, sodass ich das Telefon vom Ohr weghalten muss. In einer kurzen Atempause erzählt sie mir, dass der Älteste mit einer Magenverstimmung zu Hause ist, der Mittlere eine Mittelohrentzündung hat und Charlie, der Jüngste, sich gerade in einer Trotzphase befindet, die darin gipfelt, dass er das Töpfchengehen nicht hinbekommt.

»Heute Morgen hat er beschlossen, zum Protest hinter das Sofa zu machen«, erzählt Tara. »Keine Ahnung, wie ich das jemals wieder aus dem Teppich rausbekomme. Aber egal, wie geht es dir? Wie ist es gestern gelaufen? Ich habe dir mehrere Nachrichten hinterlassen.«

Ich würde ihr gerne alles erzählen, am liebsten bei einem Glas Wein.

»Tut mir leid, dass ich mich nicht gemeldet habe. Es war ein verrückter Tag gestern …«

Das Brüllen geht wieder los, die grellen Stimmen der Jungen steigern sich, bis Tara gereizt dazwischenfährt. »Entschuldige dich bei deinem Bruder! *Sofort.* Sonst gibt es kein Fernsehen und kein iPad, und du bleibst bis zum Abendessen auf deinem Zimmer, verstanden?« Es folgt leises Gemurmel, dann ist sie wieder da. »Sorry, Ellen, wirklich. Was war gestern?«

Ich schließe die Augen, lehne mich an die Küchenwand, und die Erschöpfung bricht von Neuem über mich herein. Ich weiß nicht einmal, wo ich anfangen soll. Wie soll ich ihr erklären, wie ich am Ende des Tages in einem Befragungsraum der Polizei gelandet bin? Und sie dann auch noch fragen, ob ich ein paar Tage bei ihr unterkommen kann?

»Das ist eine lange Geschichte«, sage ich schließlich. »Hör mal, es klingt, als hättest du viel um die Ohren. Rufst du mich an, wenn die Jungs im Bett sind?«

»Falls sie bis dahin überleben«, erwidert Tara mit einem trockenen Lachen. »Okay, dann bis später. Pass auf dich auf, Els.«

Vielleicht sollte ich lieber in ein Hotel gehen. Aber wie lange? Einige Tage? Eine Woche? Ich bin gerade dabei, Richard seinen Hausanteil auszubezahlen, und seit seinem Auszug ist das Geld knapp. Kann ich derartige Extraausgaben verantworten?

Auf dem Anrufbeantworter ist eine Nachricht von meiner Mum. Ich werde sie später zurückrufen. Sie lebt alleine und macht sich gerne Sorgen. Ich weiß nicht, wann ich angefangen habe, ihr nicht mehr alles zu erzählen. Es ist jedenfalls schon einige Zeit her. *Zuerst belügen die Eltern ihre Kinder,* denke ich. *Und am Ende belügen die Kinder ihre Eltern.*

Ich nehme mein iPad und suche nach Neuigkeiten über Mia und Kathryn. Die BBC berichtet, dass das Baby »sicher und wohlbehalten« gefunden wurde, nennt aber keinen Namen. Es gibt vermutlich eigene Vorgaben zum Schutz von Minderjährigen, deren Anonymität gewahrt werden muss.

Das körnige Bild der Überwachungskamera, das mich am Bahnhof Marylebone zeigt, befindet sich etwas weiter unten, und ich frage mich kurz, was meine Mum, Tara oder meine Arbeitskollegen wohl denken werden, wenn sie mich erkennen, habe aber gerade nicht den Kopf, mir über so etwas Gedanken zu machen. Auf den anderen Nachrichtenseiten finde ich lediglich dieselben Informationen, zusammen mit Detective Inspector Gilbournes Aufruf, sofort die Polizei zu verständigen, falls jemand Informationen zum Aufenthaltsort von Kathryn Clifton hat. Jetzt, da Mia wieder da ist, fehlt der Geschichte die Brisanz, die Artikel sind weniger prominent platziert, außerdem sachlicher und knapper. Eine vermisste Frau ist nachrichtentechnisch wohl weniger wert als ein Säugling. Über Kathryn finde ich lediglich einige allgemeine Infos und ein Bild, das von ihrem Facebook-Account stammen dürfte. Es gibt keine Interviews mit Familienmitgliedern, Freunden oder dem Partner, und die Artikel bleiben seltsam nichtssagend.

Nirgendwo wird sie als Mias Mutter bezeichnet.

Es scheint eigenartig, dass es keinen Aufruf von der Familie gibt, dass sie wieder nach Hause kommen soll. Es war doch sicher die Familie, die Alarm geschlagen hat, nachdem Kathryn und Mia nicht aufgetaucht sind, oder? Wer hätte es denn sonst sein sollen?

Das Festnetztelefon klingelt, und ich gehe ran, vermutlich ist es meine Mum. Aber es ist die tiefe, vertraute Stimme meines Ex-Mannes.

Ich versuche immer, möglichst ruhig zu bleiben, wenn wir reden. Er soll die Narben nicht bemerken, die er hinterlassen hat.

»Richard«, sage ich und frage mich, ob er womöglich das Bild der Überwachungskamera gesehen hat.

»Ich habe versucht, dich auf dem Handy zu erreichen«, erklärt er besorgt. »Ich wollte bloß eine Nachricht auf dem Anrufbeantworter hinterlassen. Ich dachte, du wärst im Büro.«

»Ich habe mir freigenommen. Ich war …« Es fühlt sich nicht richtig an, ihm von diesem neuen Teil meines Lebens zu erzählen. »Ich war beschäftigt und habe das Handy ausgemacht.«

»Ist alles okay? Du klingst müde.«

»Klar. Es ist nur der Stress im Büro.«

Er schweigt, dann räuspert er sich. »Hör mal, Ellen, ich wollte dir etwas sagen, bevor du … bevor du es von jemand anderem erfährst.« Er klingt zögerlich, beinahe entschuldigend. »Es ist so, dass ich … ich meine, wir … Francesca und ich haben Neuigkeiten und ich …«

»Ich weiß es bereits, Richard.« Mir wäre lieber, es nicht aus seinem Mund zu hören.

»Du weißt, dass sie …«

»Ja.«

»Oh. Okay.« Er fragt nicht, woher ich die Information habe. »Tut mir leid.«

Ich schließe die Augen und zwinge mich zu den nächsten Worten. »Ich freue mich für dich. Ehrlich. Für euch beide.«

»Wirklich? Danke, Ellen. Das bedeutet mir viel. Es kam ziemlich überraschend, weißt du, und ich dachte …«

Mir wird heiß, und meine Kehle ist wie zugeschnürt. »Schon gut. Hör mal, ich muss jetzt weiter, okay?«, unterbreche ich ihn, eher er weiter ins Detail gehen kann. Wir verabschieden uns, und ich sitze einen Moment da, umklammere den Hörer und blinzle die Tränen fort. Der Schmerz und das vertraute Gefühl, versagt zu haben, sind wieder da und bohren sich wie rostige Nägel in mein Herz. In einer Kiste im oberen Stockwerk liegen die Fotos unserer Navy-Hochzeit, mit Richard in Galauniform und einer Ehrengarde vor der Kirche in Mums kleinem Dorf. Wir traten einige Jahre später aus dem Militärdienst aus, um gemeinsam ein neues Leben zu beginnen und eine Familie zu gründen. Ich dachte, ich würde den Rest meines Lebens mit diesem Mann verbringen. Mit einem Mann, der sein ganzes Leben bereits vorausgeplant hatte. Als ich schließlich erkannte, dass ich nicht mehr länger ein Teil dieses Plans war, war es zu spät, um unsere Ehe zu retten.

Ich weiß nicht, wie lange ich mit dem Hörer in der Hand dort sitze. Irgendwann kehre ich zurück ins Schlafzimmer, greife nach dem alten Sweater, den man mir auf der Polizeistation gegeben hat, und hole das sorgfältig gefaltete weiße Musselintuch hervor, das Mia bei unserer Ankunft umklammert hielt. Gilbourne hat mich gefragt, ob ich alle Babysachen abgegeben habe, er war sehr bestimmt, was das betraf. Trotzdem wollte ich es ihm nicht geben. Die Polizei hat keine Verwendung dafür, also habe ich beschlossen, es zu behalten. Diesen einen Gegenstand, der einmal Mia gehört hat.

Ich setze mich aufs Bett. Hinter den heruntergelassenen Jalousien wird es langsam dunkel. Ich denke daran, wie Mia das Tuch mit ihren zarten Händen umklammert hat. Wie es sie getröstet hat. Ich halte es mir ans Gesicht und atme tief ein. Es verströmt immer noch diesen unvergleichlichen, sauberen Babyduft.

Ich erinnere mich an das Gefühl, als ich gestern das Krankenhaus verlassen habe. Es war mir egal, ob ich den Zug erwischen würde oder auf den nächsten Zug warten musste. Im Prinzip war mir alles egal. Die Worte des Arztes mit ihrer Endgültigkeit hatten alles ausgelöscht. Ich ging langsam, wie auf Autopilot durch die Stadt, hatte keine Ahnung, wie spät es war, achtete kaum auf die anderen Leute oder die Autos auf der Straße, nahm nicht von dem Leben um mich herum Notiz. Ich wollte alleine sein, mit niemandem reden, an nichts denken. Ich hätte den Zug nicht erwischt, wenn er nicht drei Minuten verspätet gewesen wäre. So habe ich es gerade noch geschafft. Ich war die Letzte, die Sekunden vor der Abfahrt durch die Tür stürzte. Wäre der Zug pünktlich gewesen, wäre er ohne mich losgefahren. Ich hätte Kathryn niemals kennengelernt. Ich hätte die traumatische Entführung nicht erlebt, hätte keine schmerzenden Verletzungen und wäre nicht von der Polizei verhaftet und verhört worden.

Aber ich hätte auch Mia niemals kennengelernt. Hätte sie nicht gehalten, wäre nicht da gewesen, um mich um sie zu kümmern.

Ich hatte Glück, dass der Zug Verspätung hatte.

21

LEON

Er lud die neuen Fotos auf den Computer, vergrößerte sie auf A4, druckte sie aus und befestigte sie auf der Tafel über seinem Schreibtisch neben den Bildern der anderen Frauen. Zwei Brünette, eine auffallend hübsch, die andere eher klein, und eine gepiercte Blondine. Drei Frauen, drei Opfer. Er warf einen Blick auf seine Finger, entdeckte etwas Druckerschwärze darauf und zog die Handschuhe zur Sicherheit aus. Er öffnete den Mülleimer neben seinem Schreibtisch mit dem Pedal, warf sie hinein und zog ein neues Paar über seine Finger. Dann lehnte er sich zurück und betrachtete die neuen Bilder. Es waren drei: ein Profilbild, auf dem sie aus dem Zugfenster blickte. Eines, auf dem sie lächelnd auf das Baby hinuntersah, und eines, auf dem sie direkt in die Kamera starrte, die Lippen leicht geöffnet, die Stirn gerunzelt.

Sie war seltsam. Groß, athletisch, selbstbewusster Gang. Anders als die anderen.

Das hier war sein Zufluchtsort, seine Festung. Vollständig schallisoliert, sodass nichts von außen eindringen und nichts von innen hinausgelangen konnte, die Fenster sorgfältig verklebt, damit kein Lichtschimmer seinen Weg hierher fand. Auf der rechten Seite seines Schreibtischs stand eine Reihe Handys an ihren Ladekabeln. Diesen Platz hatte *er* erschaffen.

Hier gab es keine Störungen, keine Eingriffe der Außenwelt. Hier konnte er seine eigene Wahrheit finden, seine eigene Realität kreieren.

Sein richtiger Name war Leonard, doch so hatte ihn zuletzt seine Mutter genannt, und die war schon lange … nicht mehr da. Die wenigen, die ihn mittlerweile noch kannten – und die er stets auf Abstand hielt –, nannten ihn Leon. Er war der Löwe, der König des Dschungels, *Panthera Leo*, die Spitze der Nahrungskette. Eine Schlüsselspezies, wie Zoologen Löwen wegen der unverhältnismäßig großen Auswirkungen auf ihre natürliche Umgebung nannten. Das gefiel ihm.

Er wandte sich wieder den beiden großen Bildschirmen zu, auf denen mehrere Google-Suchanfragen, Social-Media-Accounts und ein Bildbearbeitungsprogramm geöffnet waren. Ein dritter Computer verschaffte ihm über den Tor-Browser anonymen Zugang zum Darknet.

Aber für diese Aufgabe brauchte er das Darknet nicht, für jedermann zugängliche Seiten würden ausreichen. Eine spezielle Software auf seinem Laptop ermöglichte es ihm, mit dem Internet verbundene Geräte aufzuspüren und im Falle einer nicht sicheren Verbindung Daten zu sammeln. Im Zug hatte Leon auf diese Weise das Handy von dieser Devlin angezapft. Nun verfügte er über ihre User-ID, ihren vollständigen Namen und die Netzwerke, mit denen sie sich in den letzten paar Tagen verbunden hatte. Damit konnte er sich Zugang zu ihren Social-Media-Accounts verschaffen und dort ein Bild nach dem anderen durchgehen.

Bis vor Kurzem hatte sie unregelmäßig Fotos auf Facebook gepostet, doch seit drei Monaten gab es mehr oder weniger keine Aktivitäten mehr. Er hatte einige Fotos von der Frau und einem gut aussehenden Mann namens Richard Sloane gefunden – vermutlich der Ehemann –, die sie gemeinsam im Restaurant, am Strand oder im Garten zeigten. Auf Twitter hatte sie ebenfalls vor drei Monaten zuletzt geschrieben, hier fand er vor allem Spendenaufrufe im Namen der Royal Navy und der Marines. Er wechselte wieder zu Facebook, scrollte durch die Bilder, vergrößerte sie und analysierte sie bis ins kleinste Detail. Es ging ihm um markierte Orte, Straßennamen, Sehenswürdigkeiten im Hintergrund, Autonummern, Logos. Alles, aus dem er auf ihren Aufenthaltsort schließen konnte. Außerdem notierte er sich die Namen der von ihr markierten Personen für eine spätere Überprüfung.

Im Mai fand er schließlich ein Bild von ihrem Ehemann, der mit einer großen, schwarz-braunen Katze auf dem Bauch auf dem Sofa lag. Leon unterdrückte ein angewidertes Schaudern, dann betrachtete er auch dieses Bild genauer. Die Auflösung war gut.

Da!

Er speicherte das Bild, öffnete es in seinem Bildbearbeitungsprogramm und vergrößerte es. Unter dem Kinn der Katze war deren Namensschild zu erkennen. Er zoomte noch näher heran, stellte die Schärfe ein und grinste. Bei normaler Auflösung konnte man die Gravur nicht erkennen, doch nun war sie deutlich sichtbar.

Dizzy
46 Clavertron Gardens
07791 626957

Er grinste noch breiter und öffnete Google Maps.

DONNERSTAG

22

Mia weint.

Es ist ein klägliches Wimmern, das tief in mein Inneres dringt. Ich kann sie hören, ich kann sie *spüren.* Das Weinen wird lauter. Sie braucht mich. Sie hat Angst im Dunkeln. Ich fahre aus dem Schlaf hoch, strecke die Hände nach ihr aus, um sie an mich zu drücken und …

Mia ist nicht da.

Ich lasse mich ins Kissen zurücksinken, mein Herz klopft bis zum Hals. Das Weinen schien so real. Beinahe, als wäre sie hier im Zimmer gewesen. Ich liege im Dunkeln und warte, bis sich mein Herzschlag beruhigt. Es ist beinahe vier Uhr früh, mehr als dreißig Stunden sind vergangen, seit ich Mia zum letzten Mal gesehen habe. Ich weiß, dass sie zum Durchchecken ins Krankenhaus gebracht wurde, aber wo ist sie jetzt? Bei einer Pflegefamilie? In einem Kinderheim? Oder wurde Kathryn gefunden, und die beiden sind wieder vereint?

Ich drehe mich unter der Decke und spüre den beruhigenden Umriss von Dizzy, meiner Tigerkatze, die sich am Fußende des Bettes zusammengerollt hat. Richard mochte es nicht, wenn der Kater im Schlafzimmer war. Er behauptete, das Tapsen der Pfoten würde ihn nachts wach halten – doch nun, da Richard nicht mehr hier lebt, genieße ich Dizzys Gesellschaft. Ich habe mich immer noch nicht daran gewöhnt, alleine einzuschlafen und alleine aufzuwachen. Ich richte mich auf und streichle Dizzy hinter den Ohren. Er rührt sich nicht, beginnt nur leise zu schnurren.

In diesem Moment höre ich es.

Dieses Mal ist es kein Weinen, sondern das Knarren von Holzdielen, die unter einem Gewicht nachgeben. Ich hebe die Hand von dem samtig weichen Fell des Katers, dessen Schnurren langsam verebbt, und halte den Atem an. Mein Herz schlägt schneller. Zehn Sekunden lang höre ich nichts. Zwanzig. Dann höre ich es wieder. Ein kaum wahrnehmbares Knarren. Ein Geräusch, wie Richard es früher gemacht hat, wenn er von den »Überstunden« mit seiner neuen Kollegin nach Hause kam, die mittlerweile von ihm schwanger ist. Ein Geräusch, wie es jemand macht, der mit aller Kraft versucht, kein Geräusch zu machen.

Es kommt von unten.

Ich denke an Dominics Worte: *Ich werde dich finden. Eines Nachts wirst du aufwachen, und ich werde an deinem Bett stehen.*

Ich mache die Nachttischlampe an und erwarte beinahe, dass mir sein Gesicht entgegenstarrt und sein Messer aufblitzt.

Aber Dizzy und ich sind allein. Es scheint mit einem Mal kälter, und ich erschaudere, während Angst in mir hochsteigt. Ich greife nach meinem Handy und gebe die Nummer des Notrufs ein, sodass ich im Falle des Falles nur noch den grünen Knopf drücken muss. Am klügsten wäre, ich würde etwas Schweres vor die Tür schieben, mich im Schlafzimmer verbarrikadieren, keinen Mucks von mir geben und die Polizei rufen.

Aber da ist nicht nur Angst, da ist auch Wut in mir. Wie

kann er es wagen, hierherzukommen? In mein Haus? Was glaubt er, wer er ist?

Falls er es überhaupt ist. Vielleicht war es nur das Haus, das langsam wieder abkühlt. Vielleicht hat Dizzy eine Maus angeschleppt, die nun halb tot versucht, doch noch zu entkommen. Vielleicht habe ich es mir aber auch nur eingebildet, genau wie vorhin im Traum das Babygeschrei.

Ich lausche erneut. Nichts.

Ich schwinge die Beine aus dem Bett und schlüpfe in meinen dicken Morgenmantel. Richard hatte für solche Fälle eine alte, abgesägte Vorhangstange auf seiner Bettseite liegen. Ich hoffe, er hat sie nicht mitgenommen.

Sie ist noch da. Ich packe sie mit der rechten Hand, nachdem ich in der linken immer noch mein Handy halte, dann mache ich mich auf den Weg zur Tür. Mein Herz klopft so schnell, dass es mir beinahe aus der Brust springt, und Adrenalin schießt durch meine Adern. Ich warte eine Minute und überlege fieberhaft, ob ich nach draußen gehen soll. Das hier ist mein Haus, verdammt noch mal! Ich werde mich nicht im Schlafzimmer verstecken.

Ich lasse mich von niemandem zum Opfer machen.

Ich öffne langsam und vorsichtig die Tür und höre dabei nur das Pochen meines Herzens und meinen eigenen Atem. Ich hebe leise die Hand mit dem Handy, betätige den Lichtschalter und stehe im nächsten Augenblick blinzelnd im hellen Lampenschein.

»Ich habe bereits die Polizei gerufen!«, rufe ich die Treppe nach unten. »Sie sind schon auf dem Weg!«

Dann lausche ich erneut. Ein Knarren? Ein Knacken? Etwas anderes?

Ich gehe langsam die Treppe nach unten und durch den Flur, während ich der Reihe nach alle Lichter anschalte. Die Haustür ist abgeschlossen, das Bolzenschloss verriegelt, die Kette an Ort und Stelle. Ich überprüfe ein Zimmer nach dem anderen, und Licht vertreibt die Schatten. Auch die Terrassentür im Wohnzimmer ist abgesperrt. Das Esszimmer sieht aus, wie ich es verlassen habe, und in der Küche scheint alles in Ordnung. Der kleine Garten hinter dem Haus liegt im Dunkeln. Ich trete zur Hintertür, greife nach der Klinke und gehe davon aus, dass sie sich nicht öffnen lässt.

Doch die Tür schwingt auf, und eiskalte Luft bläst mir entgegen.

Ich stehe wie erstarrt da und blicke hinaus in die Dunkelheit. Ist da jemand? Ein Gesicht? Augen? Eine Bewegung am anderen Ende des Gartens?

Ich schlage die Tür eilig zu und drehe den Schlüssel so lange, bis ich höre, wie der Bolzen sich schließt. Als ich fertig bin, überprüfe ich zwei Mal, ob sie sich auch nicht mehr öffnen lässt.

Kalter Schweiß bedeckt meinen Nacken. Da ist ein schwacher, kaum noch wahrnehmbarer saurer Geruch in der Küche. Es riecht nach Schweiß und Erde und fremdem Atem. Mein Herz bleibt vor Angst stehen, dann wirble ich in Richtung Flur herum, die Vorhangstange über dem Kopf erhoben.

Es ist niemand zu sehen.

Mein Herzschlag setzt schmerzhaft schnell wieder ein. Ich hebe das Handy, um sicherzugehen, dass der Notruf immer noch aufleuchtet und ich lediglich den grünen Knopf drücken muss, dann lausche ich. Da ist ein Geräusch. Jemand tappt langsam die Treppe nach unten. Schritte. Ich umklammere die Vorhangstange, meine Handfläche ist schweißnass. Die Schritte sind beinahe am unteren Ende angelangt.

Leise. Tapsend.

Dizzy stolziert langsam an mir vorbei in die Küche, wo er sich vor seinem Futternapf niederlässt. Er sieht mich gähnend an. *Wie wär's mit Frühstück?*

»Dafür ist es noch zu früh«, erkläre ich ihm, und meine zitternde Stimme klingt viel zu laut in dem stillen Haus. Die Tatsache, dass mein Kater derart unaufgeregt wirkt, beruhigt mich. Er würde spüren, wenn noch jemand hier wäre.

Ich gehe noch einmal durch alle Zimmer, spähe hinter die Vorhänge und in alle Ecken, in denen sich jemand verstecken könnte. Der Kater folgt mir auf Schritt und Tritt, bis ich in die Küche zurückkehre und etwas Futter in seine Schüssel gebe.

Ich sehe ihm beim Fressen zu. Ich habe in den letzten drei Monaten jede Nacht alleine in diesem Haus verbracht, aber ich habe mich noch nie so einsam gefühlt wie jetzt gerade.

Habe ich die Hintertür nicht abgeschlossen? Ich war müde und erschöpft, vielleicht habe ich es einfach vergessen. Es war immer Richards Aufgabe, das Haus abends zuzusperren, und ich muss mich immer noch an seine Abwesenheit gewöhnen. Ich denke nach. Vielleicht war es sogar Richard selbst? Er hat immer noch einen Schlüssel. Aber warum sollte er mitten in der Nacht durchs Haus schleichen? Das ergibt keinen Sinn. Und er hätte vorhin am Telefon erwähnt, dass er vorbeikommen will. Ich schreibe ihm dennoch eine schnelle Nachricht. Vielleicht hätte ich das dritte Glas Wein vor dem Zubettgehen nicht mehr trinken sollen. Vielleicht habe ich wirklich vergessen, nach der Hintertür zu sehen.

Vielleicht ist aber immer noch jemand auf der Suche nach Mia und hat es geschafft, in mein Haus einzudringen.

Weil er dachte, sie wäre hier. Bei mir.

Und solange dieser jemand dort draußen ist, befindet sich Mia immer noch in Gefahr.

23

Ich lasse die restliche Nacht alle Lichter an. An Schlaf ist nicht mehr zu denken, stattdessen überprüfe ich noch einmal alle Türen, Fenster und Zimmer, bevor ich mich dusche, anziehe und mir einen Kaffee koche. Es läuft weder der Fernseher noch das Radio, falls noch einmal jemand versuchen sollte, in mein Haus einzudringen. Während ich den Kaffee trinke, checke ich etwa ein Dutzend Websites nach Neuigkeiten über Mia und Kathryn, aber es scheint sich nichts getan zu haben. Kathryn wird immer noch vermisst, das namenlose Baby kaum noch erwähnt. Das körnige Überwachungsfoto von Mia und mir ist aus den meisten Artikeln verschwunden.

Ich warte bis sieben, dann wähle ich die Nummer auf der Karte. Er hebt nach dem dritten Klingeln ab.

»Gilbourne.«

»Hallo, Detective Inspector, hier spricht Ellen Devlin.«

Schweigen.

»Ellen!«, ruft er schließlich überrascht. Am Telefon klingt seine Stimme jünger. »Hallo.«

»Tut mir leid, dass ich so früh anrufe, aber ich muss mit Ihnen sprechen.«

»Ist alles in Ordnung?«

»Ähm, ja. Ich glaube schon. Mittlerweile zumindest.«

Das stimmt nicht ganz. Ich werde selbst in meinem eigenen Haus das Gefühl nicht los, dass jemand jeden meiner Schritte verfolgt, mich beobachtet, auf mich wartet.

»Sind sie sicher?« Es folgt ein Rascheln, dann höre ich seine Stimme deutlicher. »Wo sind Sie?«

»Zu Hause. Können wir reden?« Ich merke erst jetzt, dass er schwer atmet, als würde er gerade eine Treppe hochhasten.

»Tut mir leid, Ellen, aber wäre es okay, wenn ich mich in einer Minute wieder melde?«

»Klar.«

Er legt ohne ein weiteres Wort auf, und ich stehe mit dem Telefon in der Hand in meiner Küche und blicke hinaus in den Garten. Ich betrachte den beinahe zwei Meter hohen Zaun, der die kleine Fläche an drei Seiten begrenzt. Ist der Eindringling über den Zaun geklettert? Ich sehe nichts Ungewöhnliches. Dizzy sitzt auf einem Zaunpfahl am anderen Ende und hat sein Revier fest im Blick.

Eine Minute später vibriert das Handy in meiner Hand.

»Hallo noch mal.« Gilbourne scheint wieder zu Atem gekommen zu sein. »Was beschäftigt Sie, Ellen?«

»Tut mir leid, dass ich Sie geweckt habe, Inspector.«

Er lacht auf. »Ich bin schon seit einer Ewigkeit wach, keine Sorge.«

»Gelte ich immer noch als Verdächtige?«

»Die Ermittlungen laufen.«

»Glauben Sie, dass ich gelogen habe?«

Es hört sich an, als würde er Zigarettenrauch ausblasen. »Offiziell oder inoffiziell?«

»Was auch immer der Wahrheit näherkommt.«

»Inoffiziell glaube ich das nicht, nein. Aber wir müssen an jedem Baum rütteln, um zu sehen, ob etwas herunterfällt, wenn Sie verstehen, was ich meine.« Er senkt ein wenig die Stimme. »Ich muss mich für Nathan entschuldigen. Er ist manchmal etwas … übereifrig. Er ist noch relativ neu im Team und möchte sich behaupten.«

Seine Offenheit bringt mich einen Moment lang aus der Fassung. Ich hätte irgendwelche Floskeln erwartet und nicht, dass er meine Frage *tatsächlich* beantworten würde.

»Danke, Detective Inspector, ich weiß Ihre Ehrlichkeit zu schätzen.«

»Das ist einer der Vorteile, wenn man nur noch wenige Monate bis zur Pensionierung hat. Die Vorgesetzten schicken dich nicht gleich barfuß über glühende Kohlen, wenn du ab und zu die Regeln etwas weiter auslegst«, sagt er, und es klingt, als würde er lächeln. »Also, was wollten Sie mir sagen, Ellen?«

Ich erzähle ihm von der vergangenen Nacht, von den Geräuschen und der offenen Hintertür. Von dem Gefühl, dass jemand im Haus war, während ich schlief.

»Haben Sie jemanden gesehen?«

»Da war etwas vor dem Küchenfenster, als ich nach unten kam. Ein Gesicht.«

»Können Sie es beschreiben?«

Ich denke einen Moment lang nach. Jetzt, wo die ersten Sonnenstrahlen des neuen Morgens durchs Fenster fallen, kommt es mir vor wie ein Traum. War es real gewesen? »Nicht wirklich. Draußen war es dunkel, und ich habe alle Lichter im Haus angemacht. Außerdem hatte ich ehrlich gesagt ziemliche Angst.«

»War es eher ein Mann oder eine Frau?«

»Ein Mann, denke ich. Es ging alles so schnell. Tut mir leid, das hilft Ihnen nicht weiter, oder?«

»Machen Sie sich darüber mal keine Gedanken. Haben Sie eine Überwachungskamera, die ihn vielleicht aufgezeichnet hat?«

»Nein.«

»Wurde etwas gestohlen?«

»Ich glaube nicht. Mein iPad lag zum Laden in der Küche, aber er hat es nicht mitgenommen.«

»Hat er etwas im Haus zurückgelassen, das uns die Identifizierung erleichtern könnte?«

»Nein.«

»Hat er sich gewaltsam Zutritt verschafft? Sie können doch nach wie vor alle Türen abschließen, oder?«

»Ich glaube, er ist durch die Hintertür gekommen. Es ist kein Schaden entstanden, aber ich werde heute noch ein weiteres Bolzenschloss besorgen.«

Seine Stimme klingt plötzlich geschäftsmäßig. »Okay, Ellen, Sie sollten die Einsatzzentrale benachrichtigen, und ich kann dafür sorgen, dass ein paar Jungs vom Einbruch bei Ihnen vorbeikommen. Von denen bekommen Sie auch die Bestätigung für die Versicherung für etwaige Schäden.«

»Ich will keine Anzeige erstatten.« Ich halte inne und weiß nicht, wie ich weitermachen soll. »Deshalb rufe ich nicht an.«

Er räuspert sich. »Und warum dann, Ellen?«

»Also … ich weiß, es klingt verrückt, aber ich habe in den letzten Stunden lange darüber nachgedacht, und ich glaube, dass … wer auch immer in meinem Haus war, es auf Mia abgesehen hatte.«

Erneut herrscht Schweigen. »Okay, und wie kommen Sie darauf?«

»Es könnte auch ein Zufall sein, aber ich bin immerhin einundvierzig Jahre alt, und bei mir wurde noch nie eingebrochen. Kein einziges Mal. Nicht einmal in der Navy oder während des Studiums, als ich in ein paar ziemlich miesen Gegenden gewohnt habe.«

»Sie Glückliche.« Ich höre Schritte und entfernten Autolärm, als befände er sich im Freien. »Aber ich verstehe Sie. Die Gedanken an das Baby lassen Sie nicht los. Es war eine sehr intensive Erfahrung für Sie. Ich verstehe, dass Sie gerne einen Zusammenhang finden würden.«

»Knapp vierundzwanzig Stunden nach der Sache mit Kathryn und Mia schleicht jemand mitten in der Nacht durch mein Haus. Da muss es doch einen Zusammenhang geben, meinen Sie nicht? Das kann kein Zufall sein. Der Kerl, der mich entführt hat, hat mein Handy. Er weiß, wo ich wohne. Er hat gesagt, dass er mich finden würde, wenn ich zur Polizei gehe.«

»Könnten Sie ein paar Tage woanders übernachten?«

»Ich laufe nicht weg. Und wenn ich in Gefahr bin, dann ja wohl auch Mia, oder?«

Er schweigt einen Moment. »Ich weiß nicht, was Sie von mir hören wollen, Ellen.«

»Glauben Sie wirklich, dass da kein Zusammenhang besteht?«

»Es wäre natürlich möglich.« Eine Autotür fällt zu, und er klingt leiser. »Aber ehrlich? Ich kann mir nicht vorstellen, worin dieser Zusammenhang bestehen soll. Es sei denn, der Kerl hat Freude daran, Sie zu terrorisieren, weshalb ich Ihnen dringend rate, einige Tage zu einer Freundin zu ziehen.«

Ich lehne mich gegen die Arbeitsplatte und sehe in den Garten hinaus. Dizzy hat seinen Beobachtungsposten verlassen und stellt einer Elster nach, die im Apfelbaum sitzt. Da ist diese eine Frage. Die einzige, auf die ich wirklich eine Antwort brauche. Die einzige, die zählt.

»Warum ist er überhaupt hinter Mia her?«, frage ich und spreche endlich den Verdacht aus, der mir die ganze Zeit im Kopf herumschwirrt. »Ist Kathryn überhaupt Mias Mutter oder bloß die Nanny? Sind Mias Eltern berühmt oder reich? Was hat Dominic mit ihr vor?«

»Das darf ich Ihnen nicht sagen.«

»Aber Sie wissen Bescheid, nicht wahr?«

»Es … es tut mir leid, aber ich darf nicht mit Ihnen darüber reden, Ellen. Ich kann Ihnen nur garantieren, dass Mia in Sicherheit ist.«

Gilbourne erklärt mir weiter, dass gleich eine Besprechung mit seinem Vorgesetzten anstünde, also lege ich auf, lasse mich auf einen Stuhl sinken und sitze einen Augenblick lang schweigend in meiner stillen Küche. Ich habe gehofft, das Gespräch mit Gilbourne würde mich beruhigen und mir beweisen, dass ich überreagiert und mir etwas eingebildet habe. Dass sie Dominic verhaftet oder den Sonderling aus dem Zug identifiziert haben. Stattdessen hat es nur noch mehr Fragen aufgeworfen.

Ich öffne Mias Foto auf meinem Handy und betrachte es einen Moment, bis sich ein Kloß in meinem Hals bildet und mein Herz zu schmerzen beginnt. Es ist wie eine Droge, eine Sucht. Ich weiß, dass es mir nicht guttut, aber ich muss ständig ihr Gesicht ansehen.

Aufhören. Hör einfach auf damit.

Ich muss raus aus dem Haus. Ich laufe eine Stunde durch die Gegend, kaufe ein Bolzenschloss in der kleinen Eisenhandlung um die Ecke und halte mich dabei an die geschäftigen Straßen. Trotzdem werfe ich alle hundert Meter einen schnellen Blick über die Schulter. Zurück zu Hause montiere ich das neue Schloss an der Hintertür. Als es schließlich mit einem satten Klicken einrastet, fühle ich mich ein wenig besser. Ich koche mir noch einen Kaffee und sehe die Post durch, die sich auf dem Küchentisch stapelt. Werbung, ein Brief von Richards Anwalt und einer von meinem, Rechnungen, eine Kreditkartenabrechnung. Ich mache mir nicht die Mühe, etwas davon zu öffnen. Es ist alles so banal und unsinnig.

Ich nippe an meinem Kaffee und denke an die Zugfahrt zurück. An den sonderbaren Kerl, der sich mir gegenüber niederließ und Fotos machte. Es war kein Zufall, dass er dort war. Es muss eine Verbindung geben. Zuerst dachte ich, dass er mir folgt und mich fotografiert. Aber ich habe mich geirrt. Mia ist der Schlüssel. Sie war der Grund. Die seltsamen Ereignisse nahmen in dem Moment ihren Anfang, als ich sie auf dem Arm hielt.

Das Koffein klart meine Gedanken ein wenig auf. Ich greife nach einem Stift und mache mir auf der Rückseite eines Werbeflyers Notizen über den Sonderling aus dem Zug. Über Dominic und die Tatsache, dass er Mia zwar getrackt hat, ihr aber nichts Böses wollte. Über Gilbourne, der mehr über Mias Identität weiß. Und über Kathryn, die der Polizei nicht traut. Ist sie Mias Mutter oder nicht? Wer ist Mia? Was wollen alle von ihr? Hat sie irgendwo Eltern? Eine Familie?

Ich starre auf meine Notizen hinunter, bis die Kaffeetasse erneut leer ist, und versuche Zusammenhänge zu finden, aber das ist kaum möglich, wenn so viele Puzzleteile fehlen. Ich denke an Kathryns Nachricht zurück, die ich Gilbourne und Holt gegenüber mehrmals und im selben Wortlaut wiederholen musste, wobei sie auf eine exakte Wiedergabe bestanden, falls die Nachricht Hinweise enthielt.

Ich habe ihnen versichert, dass ich ihnen alles erzählt hätte, aber da war etwas, woran ich in dem Moment nicht gedacht habe. Die Nachricht stand auf der Rückseite einer Lieferbestätigung. Wie war noch mal der Name der Firma? Ich schließe die Augen und denke nach.

BabyStuff? BabyLove? BabyCool! Das war es.

Ich greife nach meinem Handy und öffne die Anrufliste. Mein Daumen schwebt über Gilbournes Namen. Hat er mir vorhin wirklich geglaubt? War seine Sorge echt? Oder hält er mich für verrückt?

Ich verstehe Sie. Die Gedanken an das Baby lassen Sie nicht los. Es war eine sehr intensive Erfahrung.

Ich lege das Handy beiseite. Wahrscheinlich steckt gar nichts dahinter. Ich könnte auch alleine losziehen und die Polizei erst informieren, wenn ich neue Informationen habe. Ich nehme mein iPad und öffne Google.

24

Ich schließe die Augen und mache meinen Kopf frei von Gedanken, wie damals als kleines Mädchen, wenn ich versucht habe, mich an den letzten Tag mit meinem Dad zu erinnern. Ich stelle mir den Zettel vor, den ich aus Mias Rucksack gezogen habe. Ein Lieferschein mit einer Liste der gekauften Gegenstände, die sich mit jenen Dingen deckten, die Kathryn für Mia eingepackt hatte. Ich habe nur einen kurzen Blick darauf geworfen, denn der Lieferschein erschien mir in dem Moment nicht weiter wichtig. Jetzt versuche ich, mich an jedes Detail zu erinnern. Das Papier war zerknittert, die linke obere Ecke, an der sich vermutlich eine Heftklammer befunden hatte, fehlte. Auf dem Papier war der schwache Abdruck einer schmutzigen Schuhsohle zu sehen. In der rechten oberen Ecke befand sich die Lieferadresse. Irgendein Ortsname mit *Little.* Der zweite Teil begann mit *Mi. Miston? Milhaven?* Ich versuche, mich zu erinnern, sperre alle anderen Gedanken aus, atme tief ein, halte fünf Sekunden den Atem an, atme wieder aus. Und noch einmal von vorne.

Little Milton? Ich öffne die Augen und google es. Da ist ein Ort namens Little Milton im Südosten von Oxford. Aber es handelt sich um ein winziges Dorf, nicht mehr als ein paar Hundert Leute. Wohl kaum ein Ort, den sich jemand in Kathryns Alter aussucht. Ich schreibe den Namen auf, dann lösche ich einen Buchstaben nach dem anderen aus der Suchleiste und warte jedes Mal auf die vorgeschlagenen Ergebnisse.

Little Mill? Nein, zu weit weg.

Little Minster? Ein kleines Nest westlich von Oxford. Möglich.

Ich greife nach Mias Musselintuch, das vor mir auf dem Küchentisch liegt, und erinnere mich daran, wie sie es umklammert hielt. Ich presse es einen Augenblick an meine Wange und atme den sanften Babyduft ein. Sofort bin ich wieder im Zug und spüre ihren warmen Körper auf meinem Arm. Eine Erinnerung steigt hoch, und ich füge einen Buchstaben zu meiner Suchanfrage hinzu.

Little Missenden.

Eine kleine Gemeinde im Süden Buckinghamshires zwischen Great Missenden und Amersham.

Great Missenden verfügt über eine direkte Zugverbindung nach London Marylebone.

Ich spüre ein aufgeregtes Kribbeln. Das könnte es sein! Ich sehe die Adresse auf dem Lieferschein nun deutlicher, wobei ich nicht weiß, ob ich einfach nur hoffe, richtigzuliegen. Aber es fühlt sich richtig an. Und es passt ins Bild. Wenn ich es schaffe, Kontakt zu Kathryns Familie aufzunehmen, kann ich sie fragen, was los ist und ob es ihr gut geht. Ich kann ihr vielleicht sogar persönlich erzählen, was passiert ist, und bekomme ein paar Antworten auf meine Fragen, damit ich die seltsamsten Tage meines bisherigen Lebens am Ende zu den Akten legen kann. Ich muss sicherstellen, dass es Mia gut geht.

Doch da ist auch ein Flüstern in meinem Kopf. *Du willst sie bloß wiedersehen. Sie noch einmal in den Armen halten.*

Ich bringe es eilig zum Schweigen.

Laut Google Maps sind es mit dem Auto ungefähr vierzig Minuten bis nach Little Missenden. Ich rufe das Satellitenbild auf und sehe mir das Dorf näher an. Zwei Pubs, ein Cricket-Club, eine Kirche, eine Grundschule, eine Kreuzung. Ein paar Häuser an den beiden Hauptdurchfahrtsstraßen, rundherum Felder. Ich kann mich nicht mehr an den Straßennamen auf dem Lieferschein erinnern, aber Little Missenden erscheint mir wie ein Ort, in dem jeder jeden kennt. Ich werde mich einfach durchfragen, wobei ich wünschte, dass ich noch Mias Rucksack hätte; er hätte mir als Gesprächsbasis gute Dienste geleistet.

Der Gedanke bringt mich auf eine Idee. Ich schlüpfe in mein Büro-Outfit – einen blauen Hosenanzug und eine weiße Bluse – und überschminke die bereits verheilende Wunde über meinem Auge, so gut es geht. Dann hole ich aus dem hintersten Winkel meines Kleiderschrankes eine protzige Handtasche aus violettem und schwarzem Leder, die mir meine ehemalige Schwiegermutter zu Weihnachten geschenkt hat. Sie ist so gar nicht mein Geschmack, aber ich habe es nicht übers Herz gebracht, sie zum Secondhandladen zu bringen. Ich entferne das Etikett, packe Taschentücher, einige Stifte, mehrere alte Lippenstifte, eine Packung Paracetamol und eine alte Geldbörse voller Rechnungen und abgelaufener Zugfahrkarten hinein. Am Ende schicke ich die Route nach Litte Missenden auf mein Handy, gebe Dizzy noch etwas Trockenfutter und nehme meinen Mantel und die Schlüssel. Ich überprüfe erneut alle Fenster und die Hintertür, bevor ich aus dem Haus trete, die Eingangstür absperre und dreimal überprüfe, ob sie auch abgeschlossen ist. Dann blicke ich die Straße nach links und rechts ab und halte nach unbekannten parkenden Autos Ausschau.

Nichts.

Es ist einiges los auf den Straßen, aber der schlimmste Teil der morgendlichen Rushhour ist bereits vorüber. Außerdem will ich im Gegensatz zu den meisten Autofahrern nicht nach London hinein, sondern in die entgegengesetzte Richtung, und ich komme gut voran.

Zweimal glaube ich, von einem dunklen BMW verfolgt zu werden, doch als ich langsamer werde, um zu sehen, wer hinter dem Steuer sitzt, biegt er ab. Zehn Minuten später frage ich mich, ob derselbe Wagen erneut hinter mir fährt, bis er mich kurz darauf überholt und ich eine Frau hinter dem Steuer erkenne. Ich ermahne mich, dass derartige Autos in diesem Teil der Welt relativ häufig sind, und verbiete mir, ständig in den Rückspiegel zu schauen.

Als ich die Ortstafel von Little Missenden entdecke, ist es kurz vor elf. Ich fahre die Straße entlang durchs Zentrum, und ehe ich mich versehe, erstrecken sich erneut Felder vor mir. Ich wende in der Zufahrt eines großen Herrenhauses und fahre bewusst langsamer ins Dorf zurück. Little Missenden vermittelt wahre Postkartenidylle. Alte Häuser, efeubewachsene Cottages, ein gepflegter Dorfplatz und eine alte Kirche vor dem kalten, klaren Herbsthimmel. Es gibt zwei Pubs, aber das Red Lion liegt näher. Ich parke neben einer alten roten Telefonzelle, greife nach der Handtasche am Beifahrersitz und trete in das mit Kalk getünchte Haus mit den beiden großen Ziegelkaminen.

Im Inneren ist es ruhig und dunkel mit einer tief hängenden Decke, klobigen Holztischen und gepolsterten Bänken an den Wänden; es riecht nach gebratenem Essen, Bier und Kaminfeuer. Es sind nur wenige andere Gäste hier, ein älteres Ehepaar in Wanderklamotten und mehrere Männer, die sich die Übertragung eines Pferderennens ansehen. Vor dem Kamin liegt ein großer Hund. Hinter der Bar stehen eine junge Frau und ein älterer Mann, der gerade mit Kreide die Tagesspezialitäten auf eine Tafel schreibt. Ich bestelle eine Diätcola und warte, bis er sie vor mir abgestellt hat.

»Eins sechzig, bitte.«

Ich bedanke mich und greife nach der Handtasche. »Wissen Sie, ich habe mich gefragt, ob Sie mir vielleicht bei einer Sache behilflich sein könnten.«

»Ich werde mein Bestes geben.« Er deutet auf einen breiten goldenen Ehering an seinem Finger. »Aber nur, damit Sie es wissen: Ich bin schon vergeben.«

Ich grinse, als hätte ich die ganze Woche noch nichts Witzigeres gehört. »Das ist natürlich schade.«

Er grinst ebenfalls. »War nur ein Scherz, meine Liebe.«

»Also eigentlich suche ich jemanden, und vielleicht können Sie mir sagen, wo ich sie finde?« Ich gebe ihm meine EC-Karte, und er hält sie vor das Lesegerät. »Ich habe mich gestern auf der Zugfahrt nach London mit einer jungen Dame unterhalten, und sie hat ihre Handtasche vergessen. Ich wollte sie eigentlich in Marylebone abgeben, aber dann ist mir eingefallen, dass sie erzählt hat, dass sie aus Little Missenden kommt, und nachdem ich mich heute mit einem Kunden in Amersham zum Mittagessen treffe, dachte ich, ich bringe sie ihr vorbei.«

Die Lüge hört sich in meinen Ohren nicht gerade überzeugend an, obwohl sie ein Körnchen Wahrheit enthält. Ich stelle die Handtasche auf der Bar ab, und der Mann sieht mich mit ausdruckslosem Gesicht an.

»Wie hieß die Frau denn?«

»Kathryn.«

Er beugt sich nach vorne und verschränkt die Arme auf der Bar. »Und wie noch?«

Vielleicht war das nicht der richtige Ort, um mit der Suche zu beginnen. Ich versuche es besser im zweiten Pub. Und danach beim Postamt, falls es so etwas hier gibt.

»Sie ist Anfang zwanzig«, fahre ich fort, nachdem ich seine Frage nicht beantworten kann. »Blond, mittelgroß. Ich bin mir ziemlich sicher, dass sie mir von dem Ort hier erzählt hat.«

Er schüttelt den Kopf und will bereits etwas erwidern, als sich die junge Frau hinter der Bar einschaltet. »Meinen Sie vielleicht Kathryn Clifton? Dünn, hübsch?«

»Das kommt hin. Sie haben nicht zufällig ihre Nummer? Dann könnte ich sie anrufen und ihr die Tasche vorbeibringen.«

Die Kellnerin schüttelt den Kopf. »Nein, leider.«

»Gibt es jemanden, der vielleicht …?«

»Aber sie wohnt gleich um die Ecke.«

Mein Herz schlägt schneller. Die junge Frau will weitersprechen, doch der Wirt wirft ihr einen bösen Blick zu, und sie verstummt.

»Ich kann ihr die Tasche vorbeibringen, wenn Sie mir sagen, wo ich sie finde. Das ist wirklich kein Problem.« Ich schenke ihm ein Lächeln. »Jeden Tag eine gute Tat.«

»Wir sorgen dafür, dass Kathryn sie bekommt«, knurrt er. »Das geht schon.«

»Wirklich, es macht mir nichts aus! Ich habe noch Zeit, bevor …«

»Sind Sie Journalistin?«, unterbricht er mich barsch, und sein Gesicht wird düster.

»Wie bitte? Nein.« Woher kommt dieser plötzliche Richtungswechsel? »Ich … ich habe Kathryn im Zug kennengelernt.«

»Ihre Familie hatte nämlich bereits mehr als genug Schwierigkeiten mit Journalisten, die bloß Dreck verbreiten, um ihre Zeitungen zu verkaufen, wenn Sie wissen, was ich meine.«

»Ich lese kaum Zeitung. Und ich schwöre Ihnen, dass ich keine Journalistin bin.«

»Trotzdem wäre es wohl besser, wenn Sie hier nicht zu viel Staub aufwirbeln«, fährt er fort, und von seiner anfänglichen Freundlichkeit ist nichts mehr zu spüren. »Nach all dem, was mit ihrer Schwester passiert ist.«

»Okay, alles klar.« Ich reiche ihm die Tasche. »Wer ist denn ihre Schwester?«

Er greift nach der Tasche und verstaut sie unter der Bar. Meine Frage ignoriert er. »Und Sie sind?«

»Ellen. Ellen Devlin. Bestellen Sie Kathryn liebe Grüße.«

Ich nehme meine Cola, setze mich an einen Tisch an der Tür und gebe vor, mit dem Handy beschäftigt zu sein. Falls der Wirt oder die Kellnerin Kathryn die Handtasche bringen, wäre jetzt der richtige Zeitpunkt, bevor das Geschäft um die Mittagszeit losgeht. Falls es so etwas wie Geschäft um die Mittagszeit hier überhaupt gibt. Aber die beiden machen keinerlei Anstalten, obwohl der Wirt einige Male zu mir herüberschaut, als wüsste er nicht genau, was er von mir halten soll.

Als mein Glas leer ist, verlasse ich den Pub und kehre zu

meinem Auto zurück. Von hier habe ich einen guten Blick auf die Eingangstür. Fünf Minuten später tritt die Kellnerin mit der Handtasche auf die Straße und macht sich auf den Weg. Ihr Blick ist auf ihr Handy geheftet, und sie sieht nicht einmal auf, als sie an mir vorbei in Richtung Dorfplatz geht. Ich könnte ihr zu Fuß folgen, aber das würde in einem verschlafenen Nest wie diesem zu viel Aufmerksamkeit erregen. Im Auto ist es zumindest eine Spur unauffälliger.

Ich starte den Motor und warte, während die junge Frau auf die einzige Kreuzung im näheren Umkreis zugeht. Sobald sie außer Sichtweite des Pubs ist, wirft sie einen schnellen Blick über die Schulter, öffnet die Handtasche, wühlt darin herum, holt die Geldbörse heraus, betrachtet sie und öffnet sämtliche Taschen und Fächer. Sie runzelt die Stirn, bevor sie die Geldbörse wieder in die Tasche fallen lässt, den Reißverschluss schließt und weitergeht.

An der Kreuzung angekommen biegt sie nach links und ist kurz darauf verschwunden. Ich lege den ersten Gang ein und folge ihr.

LEON

25

Wenn er unterwegs war, trug Leon zwei Paar Handschuhe: eine durchsichtige, hautenge Latexvariante und darüber lange, fingerlose Exemplare aus Wolle. Das untere Paar war nur zu sehen, wenn man nahe an ihn herankam, und Leon ließ nie jemanden nahe an sich heran. Zu Hause trug er lediglich die Latexhandschuhe, aber in der Öffentlichkeit war es besser, sie zu verbergen. Er vermied, so gut es ging, Spuren zu hinterlassen. Er bewegte sich lieber als Geist durch die Welt.

Leon wusch sich die Hände, schlüpfte in ein neues Paar und dimmte das Licht, bevor er sich in seinem Schreibtischsessel zurücklehnte und die Bilder der Opfer betrachtete. Vier unglückselige Frauen. Zwei blond, zwei brünett. Leon wusste gerne so viel wie möglich über die Opfer. Er strebte danach, sie wirklich zu kennen, und das unterschied ihn vom Rest. Er wollte nicht nur wissen, wer sie vor ihrem Tod gewesen waren, sondern auch, wen sie geliebt hatten und wie weite Kreise ihr gewaltsames Ableben in ihrem Umfeld zog. Er wollte die Auswirkungen auf ihre Familie, ihre Freunde, die Kollegen und die Gesellschaft begreifen. Vor allem, wenn Fälle ungelöst blieben, wenn der Mörder noch frei herumlief und mit seinem Leben fortfuhr, als wäre nichts passiert. Wenn er weiterjagte.

Leon lächelte.

Sein Blick wanderte von einem Opfer zum nächsten und über die Buchstaben und Ziffern darunter. Geburts- und Todesdatum, Fundort, Name, Alter, Adresse, Beruf. Es war ein exklusiver Club mit lediglich vier Mitgliedern, wobei dem dritten Opfer besondere Bedeutung zukam. Da war etwas an ihr, aber er konnte nie genau sagen, worum es sich handelte.

Also hatte er getan, was er immer tat. Er hatte von unterschiedlichsten Geräten E-Mails und Nachrichten an die Familienangehörigen verschickt – die Aussicht auf eine Rückzahlung, eine Einladung, der Brief eines alten Freundes, eine Entschuldigung – und dafür WhatsApp, E-Mails und die persönlichen Nachrichten-Apps der verschiedenen Social-Media-Kanäle genutzt. Die Eltern mussten lediglich einmal den beigefügten Link öffnen, der in allen Nachrichten derselbe war. Ganz egal, wie viel sie ignorierten, blockierten und löschten, früher oder später fielen sie darauf herein, weil sie abgelenkt, müde oder schlichtweg genervt waren, und dann hatte er, was er wollte. Der Link enthielt ein kleines Malware-Programm, das ihm von außen Zugang zu dem jeweiligen Gerät verschaffte, und von diesem Moment an war er kein Außenstehender mehr.

Er war mittendrin.

Er hatte nicht bewusst danach gesucht. Er wollte lediglich in ihre Köpfe, nachdem ihre Tochter fort war. Wissen, was sie fühlten.

So hatte er es schließlich herausgefunden. Sie verwendeten Codewörter, selbst untereinander, aber im Laufe der Zeit wurde ihm klar, dass da etwas in ihrer Familie war, von dem niemand außerhalb wusste. Etwas, das sie verbargen.

Ein schreckliches, gefährliches Geheimnis.

Ein Baby.

Das aufgeregte Schaudern, das ihn beim Gedanken daran überkam, war noch genauso stark wie zu Beginn. Die Tatsache, dass er es vor allen anderen herausgefunden hatte. Dass er in der einzigartigen Lage war, einzugreifen. Das Wissen um die Gefahr, die sie darstellte. Und um die Gefahr, in der sie sich befand.

Das Baby ist die Antwort. Die Sonne, um die sich der Rest von uns dreht.

Sie war der Schlüssel zu allem.

Und deshalb hatte er ihr Bild zu den anderen gehängt.

26

Ich rolle langsam die Straße entlang. Die Kellnerin aus dem Pub geht die mittlerweile schmal zulaufende Straße hinunter und hat den Blick immer noch auf ihr Handy gerichtet. Die letzten Häuser sind bereits in Sichtweite, also parke ich hinter einem Mercedes am Straßenrand.

Falls die junge Frau mich bemerkt hat, lässt sie sich nichts anmerken. Kurz darauf überquert sie die Straße, tritt in eine Einfahrt und ist nicht mehr zu sehen. Ich parke wieder aus und rolle an mehreren mit Efeu bewachsenen Cottages vorbei auf die Einfahrt zu. Sie führt auf einen Parkplatz vor einer umgebauten, einstöckigen Scheune, auf dem mehrere Autos stehen. Es gibt offenbar zwei Wohnungen im Erdgeschoss und eine weitere im ersten Stock. Die junge Frau steigt die Außentreppe zur dritten Wohnung hoch.

Sie klopft an die Tür, und ich fahre weiter, damit sie mich nicht entdeckt. Auf der anderen Straßenseite befindet sich eine weitere umgebaute Scheune, vor der keine Autos parken und niemand zu sehen ist. Hoffentlich sind die Besitzer im Büro – vermutlich in der City bei irgendeiner Investmentbank, wo man genug verdient, um sich ein derart idyllisches Eigenheim auf dem Land leisten zu können. Ich halte auf dem Parkplatz, greife nach dem Straßenatlas und schlage ihn auf, um den Eindruck zu erwecken, ich hätte mich verfahren, während ich über den Rückspiegel das Haus gegenüber im Auge behalte. Die Kellnerin unterhält sich mit jemandem, den ich nicht sehen kann, und ich bete, dass es Kathryn ist, die Mia im Arm hält und angesichts der fremden Tasche verwirrt den Kopf schüttelt. *Nein, die gehört mir nicht. Die hab ich noch nie gesehen.*

Die Kellnerin übergibt die Handtasche, hebt grüßend die Hand und steigt die Treppe hinunter, dann macht sie sich auf den Rückweg in den Pub, den Blick erneut auf das Handy gerichtet.

Ich warte, bis sie wieder an der Kreuzung angekommen ist, öffne den Sicherheitsgurt und will gerade aussteigen, als ich eine Bewegung im Spiegel erkenne. Kathryns Wohnungstür öffnet sich, und ein Mann tritt heraus. Er redet einen Moment lang mit jemandem in der Wohnung und übergibt eine Visitenkarte. Als er sich umdreht, wird mir eiskalt. Er trägt einen dunklen Anzug und eine Krawatte, ist schlank mit zurückgekämmten Haaren und einem kantigen Kinn.

Detective Sergeant Holt.

Das kann nichts Gutes bedeuten. Ich sehe an ihm vorbei und erwarte, dass DI Gilbourne hinter ihm aus der Wohnung tritt, doch da ist niemand. Holt ist alleine. Die Tür fällt ins Schloss, und er eilt die Treppe hinunter, zieht sein Handy hervor und hält es ans Ohr, während er die Fahrertür eines schwarzen Ford Focus öffnet, der vor dem Haus parkt. Von der Arroganz, die er während der Befragung an den Tag gelegt hat, ist heute nichts zu sehen. Er wirkt beinahe verstohlen. *Hat er das Gespräch an der Wohnungstür gehört? Hat die junge Frau aus dem Pub meinen Namen erwähnt, als sie die Tasche abgegeben hat? Oder hat sie sogar mit Holt persönlich gesprochen?*

Falls ja, stecke ich jetzt vermutlich in Schwierigkeiten. Ich rutsche ein wenig auf dem Fahrersitz nach unten und hoffe, dass er mich nicht gesehen hat. Der junge Polizist startet den Motor, schießt vom Parkplatz und rast davon.

Ich warte weitere fünf Minuten, um sicherzugehen, dass er nicht zurückkommt, und nehme in der Zwischenzeit mein Handy aus der Tasche. Ich habe kaum Empfang, und die Ergebnisse meiner Google-Suche nach »Kathryn Clifton« lassen auf sich warten. Sie hat Accounts auf Facebook, Instagram und Pinterest, und ihr Name wird da und dort erwähnt, aber ich entdecke nichts Auffälliges. Ich google »Kathryn Clifton Schwester«, aber auch hier sticht mir nichts ins Auge.

Ich runzle die Stirn und lege das Handy beiseite. Wenn Journalisten Kathryn und ihrer Familie zu nahegetreten sind, gäbe es doch sicher Hinweise im Internet. Heißt es nicht, dass niemand Google entkommen kann und das Internet nichts vergisst? Ich denke daran, was der Wirt gesagt hat. *Trotzdem wäre es wohl besser, wenn Sie hier nicht zu viel Staub aufwirbeln. Nach dem, was mit ihrer Schwester passiert ist.*

Breche ich gerade irgendwelche Auflagen, weil ich versuche, mit Zeugen in Kontakt zu treten? Der Anwalt vom Strafverteidigernotdienst hat irgendetwas in der Art angedeutet, aber ich war nach der Befragung zu müde, um mich an die Einzelheiten zu erinnern.

Außerdem bin ich ohnehin schon hier. Für Zweifel ist es mittlerweile zu spät.

Ich steige aus, überquere die Straße, gehe die Treppe nach oben und klopfe an die schicke Holztür mit der silbernen

Zahl 3. Kurz darauf höre ich schwere, eilige Schritte, dann wird die Tür von einem muskulösen jungen Mann in einer Jogginghose und einem schwarzen Unterhemd geöffnet. Er ist Mitte zwanzig, hat kurz geschorene schwarze Haare und tätowierte Arme voller Muster, Totenköpfe und keltischer Zeichen, die seine Muskeln betonen. Dazu ein Dreitagebart und dunkle Ringe unter den Augen.

»Kann ich Ihnen helfen?«

»Hi. Ist Kathryn zu Hause?«

Er runzelt die Stirn und sieht an mir vorbei auf die Treppe. Wohl um zu sehen, ob ich alleine bin.

»Wenn Sie den anderen Polizisten suchen, der ist gerade gegangen.« Als ich den Kopf schüttle, zischt er. »Was wollen Sie dann? Sind Sie von der Presse?«

Seine Stimme ist tief und selbstbewusst, der Akzent deutet auf eine Privatschulausbildung hin.

»Nein.« Zum zweiten Mal in zwanzig Minuten dieselbe Frage. »Ich bin eine Freundin.«

»Haben Sie sie gesehen?« Seine blutunterlaufenen Augen werden schmal, und er scheint zu überlegen, ob er mich kennt. »Wissen Sie, wo sie ist?«

»Ich hatte gehofft, sie hier zu finden. Sind Sie … ihr Mitbewohner?«

»Ihr Freund.«

»Okay.« Ich sehe die dunklen Blutergüsse auf Kathryns Arm vor mir. »Ich bin Ellen. Und Sie sind …?«

»Max«, antwortet er widerstrebend.

»Schön, Sie kennenzulernen, Max.« Ich strecke ihm die Hand entgegen, doch er ignoriert sie. »Ich bin wie gesagt eine Freundin, und ich habe mich gefragt, ob Sie Kathryn seit

Dienstagnachmittag gesehen haben? Da haben wir zum letzten Mal gesprochen.«

Eine tiefe Röte steigt von seinem Hals ausgehend hoch in sein Gesicht.

»Ich habe sie Montag Abend zuletzt gesehen.« Er zieht die Nase hoch. »Wir sind nicht gerade im Guten auseinandergegangen.«

»Und seitdem hatten Sie keinen Kontakt zu ihr?«

»Das habe ich dem Cop doch schon alles erzählt. Und jetzt soll ich es einer Fremden noch einmal erzählen, die plötzlich vor der Tür steht? Was geht Sie das eigentlich an?«

Ich werfe einen Blick in Richtung Straße, auf der gerade zwei Reiter mit ihren Pferden vorbeiklappern.

»Darf ich eine Minute reinkommen? Ich kann es erklären.«

Er verschränkt die Arme vor der Brust und lehnt sich an den Türrahmen. Sein tätowierter Bizeps spannt sich. »Nein, eher nicht.«

Er will die Tür schließen, doch ich strecke entschieden die Hand aus, bevor sie ins Schloss fällt. »Ich will nur helfen«, erkläre ich ihm durch den Spalt. »Damit Sie Kathryn wiederfinden. Und das Baby.«

Er starrt mich mit ausdruckslosem Gesicht an. »Was für ein Baby?«

»Mia.«

»Ich habe keine Ahnung, wovon Sie reden.«

Es sagt es zu schnell, und sein Gesicht verändert sich den Bruchteil einer Sekunde lang. Er ist überrascht.

»Doch, das denke ich schon, Max. Kathryn und Mia waren am Dienstag zusammen unterwegs. Deswegen war Detective Sergeant Holt doch hier, nicht wahr?«

»Woher kennen Sie den Namen des Cops?«

»Ich habe mich auch mit ihm unterhalten.« Ich spüre, dass er die Tür endgültig schließen will. »Hören Sie, ich war vorhin im Pub, und der Wirt erwähnte Kathryns Schwester? Haben Sie vielleicht mit *ihr* gesprochen?«

Er erstarrt, und die Röte wandert weiter seine Wangen hinauf. Sein Kiefer mahlt. »*Was?*«

»Hat DS Holt mit der Schwester gesprochen?«

»Nein.« Seine Stimme ist leise, ausdruckslos, aber ich spüre den Zorn in ihr. »Sie sollten jetzt besser gehen.«

Ich hole eine Visitenkarte aus meiner Tasche und schreibe meine Handynummer auf die Rückseite, bevor ich sie ihm gebe. Er sieht sie an, als überlege er, sie mir ins Gesicht zu werfen.

»Wenn Sie mir Ihre Nummer ebenfalls aufschreiben, Max, dann lasse ich Sie wissen, falls …«

Aber er hat die Tür bereits zugeschlagen.

Ich gehe zu meinem Auto zurück, setze mich hinters Lenkrad und denke nach. Max hat gelogen, was Mia betrifft. Weiß er, welche Rolle Dominic, der wütende Ex-Freund, in den Ereignissen der letzten Tage gespielt hat?

Nach einigen Minuten gebe ich Seer Green ins Navi ein und fahre die kurze Strecke bis zu der Station, an der Kathryn am Dienstag aus dem Zug stieg.

Seer Green ist ein weiteres idyllisches Dorf mit einem Pub, einer Kirche und einer Grundschule. Warum ist Kathryn nicht in Great Missenden ausgestiegen, das näher an ihrer Wohnung liegt? Oder ist sie dort eingestiegen? Und was hat sie hier in Seer Green gemacht? Ich parke vor der kleinen Haltestelle, gehe den Bahnsteig entlang und betrachte die Gleise, die sich, von Bäumen gesäumt, durch die Landschaft

Buckinghamshires schlängeln. Die Station hat sich seit den Fünfzigern kaum verändert und wird hauptsächlich von Pendlern genutzt, die in London arbeiten. Hat sich Kathryn mit jemandem getroffen? Oder wollte sie bloß Dominic entwischen, der in London auf sie wartete? Und am allerwichtigsten: Warum hat sie Mia bei mir zurückgelassen?

Auf der Heimfahrt denke ich darüber nach, warum Holt ohne Gilbourne in Kathryns Wohnung war. Er hat so verstohlen gewirkt, als wollte er nicht gesehen werden. Und dann waren da auch noch Max' Lüge, was Mia betrifft, und seine Reaktion, als ich nach Kathryns Schwester fragte. Soll ich Gilbourne auf sie ansprechen?

Ich biege in meine Einfahrt, steige aus und gehe gedankenverloren auf das Gartentor zu.

In diesem Moment lässt ein Windstoß das Tor gegen den Türrahmen krachen, und das Geräusch ist so laut wie ein Pistolenschuss. Ich zucke zusammen, und mein Herz schlägt schneller. Ich bin mir sicher, dass das Gartentor zugesperrt war, als ich das Haus verlassen habe. Ich drücke es vorsichtig auf, dann mache ich mich auf den Weg um das Haus herum. Unbehagen steigt in mir hoch, und ein eisiges Schaudern packt mich. Ich trete um die Ecke und bleibe wie angewurzelt stehen.

Jemand hat die Hintertür eingetreten.

27

Die Küche hinter der zerstörten Tür ist ein einziges Chaos.

Lauf! Das ist mein erster Gedanke. *Fahr zu Tara, in ein Hotel, irgendwohin, aber bleib auf keinen Fall hier!*

Ich weiche vom Haus zurück, doch dann halte ich inne. Scham und Wut packen mich. Ich bin noch nie vor etwas davongelaufen. Ich habe mich Problemen immer gestellt. Das hier ist mein Haus. Mein *Zuhause*.

Also trete ich mit klopfendem Herzen ans Küchenfenster und schaue hinein. Schränke stehen offen, Schubladen hängen heraus, Töpfe und Pfannen, Besteck und Essen – alles liegt auf dem Boden. Im Wohnzimmer ist es noch schlimmer. Durch die geschlossene Terrassentür sehe ich verstreute Bücher und CDs, die Stühle wurden umgeworfen, die Sofakissen aufgeschnitten. Ein Bücherregal liegt umgekippt im Zimmer, daneben gerahmte Bilder, das Glas zerbrochen. Selbst Blumentöpfe wurden umgeworfen, und der Teppich ist voller Erde. Dizzy ist nirgendwo zu sehen, auch nicht hier bei mir im Garten. Aber er ist ein schlauer kleiner Kerl. Er hat sich bestimmt irgendwo versteckt und wartet, bis sich alles beruhigt hat.

Soweit ich es beurteilen kann, befindet sich niemand im

Haus. Ich nehme das Handy in die Hand, trete leise durch die Hintertür und lausche. Es ist alles ruhig. Die Tür hängt schief in den Angeln, Holzsplitter und Verputz bedecken den Boden dahinter. Ich will sie gerade zudrücken, als mir einfällt, dass ich besser nichts anfassen sollte. Mein Haus ist jetzt ein Tatort, und vielleicht gibt es Fingerabdrücke. Beweise.

Ich denke daran, wie skeptisch Gilbourne reagiert hat, als ich ihn letzte Nacht angerufen und von dem Einbrecher erzählt habe. *Die Gedanken an das Baby lassen Sie nicht los. Es war eine sehr intensive Erfahrung für Sie. Ich verstehe, dass Sie gerne einen Zusammenhang finden würden.*

Aber *den Einbruch hier* bilde ich mir nicht ein.

Ich steige über eine aufgeplatzte Reispackung hinweg und trete in den Flur. Auch hier wurden Mäntel von den Haken gerissen und der Inhalt ihrer Taschen auf dem Boden verstreut. Ich bücke mich, um ein paar Bücher und Magazine aufzuheben, die auf dem Tischchen im Flur lagen, und spüre etwas Hartes darunter. Mein iPad. Ich werfe einen Blick ins Wohnzimmer. Der Fernseher ist ebenfalls noch da.

Ich halte vor der Treppe inne und lausche. Nichts.

Schließlich steige ich langsam nach oben. Da ist wieder dieser kaum merkliche Geruch, den ich auch letzte Nacht wahrgenommen habe. Erdig und dunkel. War mir klar, dass der Eindringling noch einmal wiederkommen würde? Vielleicht. Vielleicht wollte ich es nur nicht wahrhaben.

Im oberen Stockwerk stehen alle vier Türen offen, kein einziges Zimmer wurde verschont. Im Schlafzimmer liegen Kleider auf dem Bett und dem Boden verstreut, dazwischen Taschen, Schuhe und Mäntel. Alle Kästen und Schubladen wurden aufgerissen, unter der Nachttischschublade liegen mein Reisepass, ein paar Kreditkarten und ein kleines Schmuckkästchen mit Erbstücken meiner Großmutter. Diamantohrringe, die ich seit Jahren nicht getragen habe, und eine Silberkette. Alles noch da.

Als ich in das kleine Zimmer trete, das als Kinderzimmer gedacht gewesen wäre, verwandelt sich meine Angst in Wut, und Tränen steigen in meine Augen.

Letzte Nacht hatte ich Angst, weil ich fürchtete, dass in mein Haus eingebrochen wurde, während ich oben im Bett lag. Dass mein Zufluchtsort, mein sicherer Hafen von einem Fremden entweiht wurde. Ich hatte den ganzen Tag das Gefühl, dass mich jemand beobachtet und verfolgt. Letzte Nacht hat der Eindringling nichts angerührt, aber er hätte mir jederzeit etwas antun können, wenn er gewollt hätte. Heute war ich weit weg und in Sicherheit, als er noch einmal zurückkam, aber das, was er während meiner Abwesenheit getan hat, ist viel schlimmer.

Das Kinderzimmer ist beinahe fertig. Sonnengelbe Wände, ein weicher, cremefarbener Teppichboden, eine Tapete mit Zirkustieren an einer der Wände. Es fehlen nur noch das Gitterbett, ein Kasten und vielleicht eine Kommode mit integriertem Wickeltisch. Wenn das Baby alt genug gewesen wäre, wollten Richard und ich es in das zweite Schlafzimmer umsiedeln, um Platz für ein Geschwisterchen oder sogar zwei zu machen. Wir haben an einem sonnigen Wochenende gemeinsam die Wände gestrichen, die Tapete geklebt und den Boden verlegt. Ich war damals im ersten Trimester der einzigen Schwangerschaft, die auf natürlichem Wege zustande gekommen ist, und ich erlaubte mir bereits erste heimliche Besuche in Babyboutiquen, um ein paar Strampelanzüge,

Leibchen und Kratzhandschuhe zu kaufen. Ich wusste, dass ich es nicht tun sollte, aber ich tat es dennoch. Ich wollte in dem Gefühl aufgehen, hundertprozentig vorbereitet zu sein. Nichtsahnend, was auf mich zukommen würde. Das war vor den harten Jahren gewesen, vor den grauenhaften IVF-Zyklen, dem endlosen Warten und Hoffen. Vor den unzähligen schlaflosen Nächten, in denen ich mich fragte, ob ein Fluch über einer möglichen Schwangerschaft lag, weil ich viel zu früh Babyzubehör gekauft hatte.

Ich war seit Monaten nicht mehr in diesem Zimmer, und normalerweise ist die Tür fest verschlossen. Es gleicht dem Schnappschuss eines Lebens, das niemals sein wird. Es ist ein Museum. Ein Ort, an dem die Zeit stehen geblieben ist.

Jetzt befindet es sich in einem noch schlimmeren Zustand als der Rest des Hauses. Herausgerissene Schubladen liegen zerschmettert am Boden inmitten von Holzsplittern. Offenbar hat sie jemand gegen die Wand geschlagen. Die Zerstörung in den anderen Zimmern schien methodisch, das hier ist etwas völlig anderes. Hier wurde aus Bosheit zerstört. Aus grenzenlosem Zorn.

Tränen laufen über meine Wangen. Ich bin wütend auf mich selbst, aber ich kann nichts dagegen tun. Ich wische sie mir mit dem Handrücken ab. Ich will das hier nicht sehen, aber ich kann den Blick nicht abwenden. Ich hebe die kleine Puppe vom Boden und setze sie auf den bunten Stuhl neben der Tür. Das ergibt keinen Sinn. Es gibt hier nichts Wertvolles, nichts von Interesse.

Ich beginne, die Möbel wieder aufzustellen, um ein wenig Platz am Boden zu schaffen.

Da erkenne ich, dass doch etwas fehlt.

Die Strampelanzüge aus weicher weißer Baumwolle, die nie gewaschen oder getragen wurden, sind verschwunden. Genauso wie die kleinen Leibchen, die Kratzhandschuhe und die anderen Babykleider.

Ein Gedanke steigt durch die Wut und die Angst an die Oberfläche: Hier geht es um Mia.

Dabei war sie nie in meinem Haus. Hat der Eindringling das Kinderzimmer gesehen und eine Verbindung zu Mia hergestellt? Hat er die Kleider als Beweis mitgenommen, dass sie hier war? Aber auch das ist total sinnlos. Vielleicht versucht er, mir etwas Bestimmtes zu sagen? Aber was soll das sein? Ich habe keine Ahnung, ich weiß nur, dass alles mit Mia zusammenhängt.

Ich gehe ins Badezimmer und greife nach einer Taschentuchpackung, die zwischen Flaschen und Tiegeln am Boden liegt, um mir die Augen trocken zu tupfen und die Nase zu putzen. Dann mache ich mich auf den Weg in das zweite, kleinere Schlafzimmer. Auch hier herrscht dasselbe Chaos wie im Rest des Hauses.

Ich will gerade wieder nach unten gehen, als mir etwas auffällt. Ich *spüre* etwas. Einen Luftzug. Kalte Herbstluft, die durch das offene Fenster auf der gegenüberliegenden Seite des Zimmers strömt. Ich ziehe mir die Ärmel über die Finger, um keine Fingerabdrücke zu hinterlassen, und schließe das Fenster. Ich muss den Notruf wählen, und danach werde ich Gilbourne anrufen.

Ich drehe mich um, um das Zimmer zu verlassen, und erstarre im nächsten Moment.

Hinter der Tür steht ein Mann.

28

Er ist ganz in schwarz gekleidet und trägt eine Sturmhaube.

Entsetzen packt mich, und die Angst wird so übermächtig, dass meine Beine beinahe unter mir nachgeben. Ich denke an den Fremden aus dem Zug. Dürr. Stechender Blick. Fingerlose Handschuhe. *Er hat mich gefunden.* Wir starren einander an, dann macht er einen Schritt auf mich zu. Er schiebt sich wie eine schwarze Spinne aus dem Schatten.

Ein maskierter Fremder ist in meinem Haus. Ein Stalker. Vielleicht ein Mörder.

Ich will zur offenen Tür hinaus, doch er lässt seine linke Hand nach vorne schießen und knallt sie zu. Das Krachen hallt wie ein Pistolenschuss durch die Stille. Er schüttelt langsam den Kopf, und seine Augen leuchten unter der Maske hervor. Er sieht damit aus wie ein Terrorist, ein Auftragsmörder. Ich sehe mich hastig um, vielleicht kann ich etwas von den Gegenständen am Boden als Waffe benutzen. Doch da sind bloß Decken, Kleider und Kissen. Nichts, womit man großen Schaden anrichten könnte.

Er macht einen weiteren Schritt auf mich zu, und ich weiche zurück, weg von der Tür, und hebe beschwichtigend die Hände.

»Nehmen Sie, was Sie wollen«, sage ich, die Stimme zum Zerreißen gespannt. »Und gehen Sie.«

Er mustert mich wie ein Raubtier seine Beute. »Noch. Nicht.«

Er klingt ruhig und spricht langsam, als würde es ihm Spaß machen, sich Zeit zu lassen.

»Bitte gehen Sie. Ich werde auch nicht die Polizei rufen. Ich werde nicht versuchen, Sie aufzuhalten.«

Er schnaubt. »Legen Sie das Handy aufs Bett.«

Ich habe vergessen, dass ich es immer noch in der Hand halte, und lege es auf die Matratze, ohne ihn aus den Augen zu lassen. Er hebt es hoch, macht es aus und deponiert es oben auf dem Kleiderschrank.

Ich mache einen Schritt zurück, etwas weiter weg von ihm.

»Behalten Sie es doch. Unten liegt auch ein iPad. In meiner Geldbörse sind ein paar Scheine, und der Schmuck ist im Schlafzimmer. Mehr habe ich nicht.«

Er macht eine ausladende Handbewegung. »Glauben Sie etwa, ich war das? Glauben Sie, ich wäre in Ihr Haus eingebrochen?«, fragt er wütend.

»Sie stehen immerhin gerade vor mir, oder?«

»Ich habe damit nichts zu tun«, zischt er.

»Ich glaube Ihnen, es tut mir leid.« Ich muss dafür sorgen, dass er weiterredet. »Ich habe bloß angenommen …«

»Ich bin hergekommen, um mir Ihr Haus anzusehen. Als Hintergrundrecherche. Ihre Hintertür stand offen. Ich bin hinein, um nachzusehen, ob jemand verletzt ist.«

Hintergrundrecherche? Wovon redet der Kerl? Er trägt einen schwarzen Rucksack auf dem Rücken, der groß genug ist, um die Babysachen zu fassen, die aus dem Nebenzimmer verschwunden sind. »Okay«, sage ich.

»Ich wollte gerade gehen, aber dann sind Sie zurückgekommen und haben mich überrascht.«

»Da sind wir schon zwei.«

Hat er eine Waffe dabei? Ich kann keine entdecken.

Er kommt weiter auf mich zu und drängt mich in Richtung Ecke. Sein schwarzer Körper versperrt den Weg zur Tür.

»Ihr Haus wurde ganz schön auf den Kopf gestellt, was? Was glauben Sie, wonach er gesucht hat?«

»Was meinen Sie damit?«

Er zuckt mit den Schultern. »Sie haben offenbar etwas, das der Einbrecher haben will. Ich frage mich nur, ob er es gefunden hat?«

Er stellt mich auf die Probe, das ist mir klar. Er will wissen, ob ich ihn mit einer falschen Antwort hinters Licht führen will. Am besten, ich halte mich an die Wahrheit.

»Ich habe keine Ahnung. Ich weiß ja nicht einmal, worum es geht. Bis jetzt scheinen nur ein paar Strampelanzüge zu fehlen.«

Er starrt mich einen Moment lang an, und seine Augen werden schmal. Er wiegt meine Antwort ab. Schließlich verändert sich das Gesicht unter der Sturmmütze zu etwas, das einem Grinsen gleichkommt.

»Das wird ja immer besser«, sagt er. »Sie haben keine Ahnung, wer dieses Kind ist, was?«

»Dieses Kind?« Ich runzle die Stirn. »Meinen Sie Mia? Woher wissen Sie über Mia Bescheid?«

»Ich weiß eine Menge, Ellen. Über Sie. Über Mia. Jede Menge interessante Details.«

Ich mache einen Schritt rückwärts und auf das Fenster zu. »Woher … woher kennen Sie meinen Namen? Woher wussten Sie, wo ich wohne?«

»Ich bin gut darin, Dinge herauszufinden. Das gehört zu meinem Job.«

»Warum haben Sie im Zug Fotos von mir gemacht?«

»Ich wollte Kathryn helfen«, erklärt er tonlos. »Und Ihnen.«

»Womit denn?«

»Sie haben das Baby der Polizei übergeben, nicht wahr?«

»Natürlich.«

»Sie vertrauen der Polizei.«

»Ja.«

Er schüttelt seufzend den Kopf. »Schwerer Fehler.«

»Warum? Was meinen Sie damit?«

»Sie haben ihn schon einmal entkommen lassen.«

»Wen?«

»Den Ehemann. Wissen Sie das nicht? Es ist immer der Ehemann.«

»Ich verstehe nicht.« Meine Gedanken fahren Achterbahn. »Kathryns Ehemann?«

Er seufzt, als hätte ich ihn enttäuscht. »Ich rede von demjenigen, der hinter dem Baby her ist.«

»Sagen Sie es mir«, bitte ich und höre selbst die Verzweiflung in meiner Stimme. »Bitte. Sagen Sie mir, warum es ein Fehler war, Mia der Polizei zu übergeben.«

Er tritt näher, und ich weiche weiter zurück, wobei ich beinahe über einen Karton stolpere, der auf den Boden geschleudert wurde. Er ist mir mittlerweile so nahe, dass ich ihn riechen kann. Süßlicher Schweiß und der beißende Geruch von Bleichmittel.

»Weil …«, sagt er und lehnt sich noch weiter zu mir, »… sie dadurch nur noch leichter zu finden ist.«

Er ballt die Hände ruckartig zu Fäusten, als hätte er Mühe, sich zu beherrschen. Mir fällt auf, dass er unter den fingerlosen schwarzen Handschuhen Latexhandschuhe trägt, wie ein Chirurg. Keine Fingerabdrücke, keine DNA.

Meine Kehle ist vor Angst wie zugeschnürt.

Er antwortet nicht, doch seine Wangen unter der Sturmhaube verziehen sich erneut zu einer Grimasse, die wohl ein Lächeln sein soll. Es wirkt schaurig und falsch, als hätte er es sich von einem Schauspieler abgeschaut.

Denk nach.

Es gibt zwei Möglichkeiten, aus dem Zimmer zu kommen: durch die Tür in den Flur oder durch das Fenster in den Garten. Sowohl Tür als auch Fenster sind geschlossen, und in beiden Fällen wird er mich aufhalten.

Ein eiskalter Schauer läuft mir über den Rücken, als mir klar wird, dass es auch noch eine dritte Möglichkeit gibt. Auf einer Bahre oder in einem Leichensack. Ich sehe die Kriminaltechniker in ihren weißen Anzügen vor mir, wie sie heute Abend, morgen oder vielleicht erst nächste Woche durch das Zimmer streifen, fotografieren, nach Hinweisen suchen. Die Vorstellung reißt mich aus meiner Starre.

Ich bin kein Opfer.

Ich deute mit dem Kopf in Richtung Tür, als würde sie sich jeden Moment öffnen. »Mein Mann wird sicher bald nach Hause kommen.«

Sein Blick huscht zur Tür, und ich stecke die Hände in meine Jackentaschen und wickle den dunklen Stoff um meinen Körper, als wäre mir kalt.

Seine Augen werden schmal. »Nein.« Seine Stimme klingt ausdruckslos und nüchtern. »Das wird er nicht. Machen Sie keinen Blödsinn, sonst muss ich Ihnen wehtun.«

Ich gehe nicht auf ihn ein, während ich die Hand in der Jackentasche um meinen Schlüsselbund schließe, sodass ein einzelner Schlüssel nach unten aus meiner Faust ragt. Ich habe das schon Dutzende Male gemacht, wenn ich spätabends nach Hause unterwegs war, aber ich musste die behelfsmäßige Waffe nie benutzen. Bis jetzt. Vielleicht schaffe ich es, ihn derart zu überraschen, dass mir die Flucht gelingt.

Er macht noch einen Schritt in meine Richtung.

»Ich kann nicht zulassen, dass Sie zu den Cops laufen, Ellen.«

Ich ziehe die Hand aus der Jackentasche und halte sie so, dass er den Schlüssel nicht sehen kann. Aus einem Selbstverteidigungskurs in der Navy weiß ich, dass man mit voller Kraft auf die empfindlichsten Stellen losgehen muss, nämlich auf Augen, Nase oder Hals. Ich verlagere das Gewicht auf die Fußballen und mache mich bereit, die Hand hochzureißen und sie in seine Richtung stoßen. Unter der Sturmhaube blitzt ein Streifen weißer Haut hervor, der ein gutes Ziel abgibt.

Jetzt. Ich versuche, ihn zu erwischen, doch er weicht im letzten Moment aus, und ich verfehle ihn um wenige Zentimeter. Er tritt zurück und hebt beschwichtigend eine Hand.

»Aufhören!«

»Sie mögen es nicht, wenn sich das Opfer wehrt, was?«

Ich versuche es noch einmal und treibe ihn in die Ecke. Doch im nächsten Moment reißt er mit überraschender Schnelligkeit die eigene Hand hoch, in der er etwas Rechteckiges, Metallisches hält, das er gegen meinen Hals drückt.

Der Schock erfolgt unmittelbar, gefolgt von einem brennend heißen, lähmenden Schmerz, wie ich ihn noch nie erlebt habe. Er setzt sämtliche Nervenenden in Flammen, und ich falle nach hinten.

Ins Nichts.

29

Er saß gerne im Dunkeln und hörte ihr zu.

Wenn er die Augen schloss, war es beinahe so, als wäre er dort. Im selben Haus. Im selben Zimmer. Nur sie beide. Ihre kleine Hand in seiner. Fünf zarte Finger, sanft gekrümmt im Schlaf.

Die Frau war am häufigsten bei ihr, redete mit ihr, spielte Musik, die ihr Gehirn stimulierte oder beruhigte.

Am liebsten war ihm allerdings, wenn die Tür sich schloss und die Stimme der Frau langsam leiser wurde. Wenn nur noch sie beide übrig blieben. Dann hörte er das gurgelnde Lachen des Babys, ihr Gurren und Plappern. Er hörte zu, wie sie atmete. Kurze, flache Atemzüge, die Sauerstoff in ihre kleinen Lungenflügel beförderten. Manchmal hörte er ihr auch beim Weinen zu. Aber sie weinte nicht oft. Sie war ein braves Mädchen.

Er hatte die Alexa in ihrem Zimmer gehackt und war überaus dankbar für dieses hilfreiche kleine Kästchen.

Es leistete ihm gute Dienste.

Er hörte zu.

Er fühlte sich wie ein Teil der Familie.

DI GILBOURNE & DS HOLT

30

Gilbourne nahm zwei Pillen aus dem kleinen Plastikbeutel und legte sie auf seine Handfläche.

Vor zwanzig Jahren hatte ihm eine durchgemachte Nacht kaum etwas ausgemacht, ja, noch nicht einmal vor zehn Jahren. Tatortbesichtigung, Untersuchungen, Zeugenaussagen, Verhaftung, Verhör, Teambriefing und dazwischen eine Stunde Schlaf und jede Menge Kaffee, und schon ging es weiter. Ein, zwei oder drei Tage ohne Schlaf, in denen er alles gegeben, Druck gemacht und am Ende den Verdächtigen gefasst hatte.

Aber diesen Mann gab es nicht mehr, die Jahre hatten ihre Spuren hinterlassen. Es arbeiteten immer weniger Beamte an der Front, und es kam kaum frisches Blut nach; dafür stiegen die Erwartungen seitens der Politiker, die keine Ahnung hatten, wodurch die schmale blaue Linie, die von der Polizei gebildet wurde und das Abrutschen der Gesellschaft in die Gesetzlosigkeit verhinderte, stetig noch schmäler wurde. Polizisten wurden bis an die Grenzen ihrer Belastbarkeit und darüber hinaus getrieben. Und jeder kam irgendwann an den Punkt, an dem er nicht mehr weiter konnte.

Seine Augen brannten, sein Kopf war vor Müdigkeit wie in Watte gehüllt. Er brauchte das hier. Er machte es nur, um weiter klar denken zu können, das war alles. Das hatten sich die

Opfer und ihre Familien verdient. Er ließ eine dritte Pille aus dem Beutel auf die Hand gleiten und schluckte alle drei mit einem Schluck Kaffee hinunter, der seit gestern im Wagen stand.

Kurz darauf stieg er aus und schüttete den Rest des Kaffees auf den grauen Asphalt der Parkbucht. Die kalte Landluft war wie ein Schlag ins Gesicht, und er steckte die Hände tief in die Taschen seines Regenmantels. Holt wartete einige Meter entfernt und telefonierte. Als Gilbourne näher trat, beendete er eilig das Gespräch und steckte das Handy weg. Er wirkte trotz der Überstunden, die sie diese Woche bereits eingelegt hatten, frisch und munter. Energiegeladen. Vielleicht sogar ein wenig aufgeregt. Wie hatte es George Bernard Shaw so schön formuliert? *Die Jugend wird an die jungen Leute verschwendet.*

Gilbourne nickte seinem Partner zur Begrüßung zu.

»Was haben wir, Nathan?«

»Eine Frau hat die Tote vor zwei Stunden beim Gassigehen mit dem Hund entdeckt und die Polizei verständigt. Die Leiche liegt gleich dort hinten zwischen den Bäumen in einem kleinen Bach.« Er deutete auf ein paar Buchen abseits des Weges.

»Dann sehen wir es uns mal an«, meinte Gilbourne.

Ein uniformierter Kollege in einer Warnweste stand neben einem Baum und hielt Unbefugte zurück. Hinter ihm führte die Uferböschung nach unten. Gilbourne zeigte ihm seinen Ausweis und warf einen Blick zurück in die Richtung, aus der sie gekommen waren.

Eine Landstraße zwischen Beaconfield und Amersham, kurvig, wenig befahren. Vermutlich hörte man ein herannahendes Auto schon lange, bevor man es sah. Oder vom Fahrer des Wagens gesehen wurde. Es war früher Nachmittag, und seit er angekommen war, hatten ihn lediglich zwei Autos passiert. Die Bäume auf beiden Seiten des Fundortes boten eine gute Deckung. Er schätzte die Entfernung zwischen der Parkbucht und den Bäumen auf etwa fünf oder sechs Meter. Ein einigermaßen fitter Mann konnte diese Strecke mit einer durchschnittlich großen und schweren Leiche vermutlich in sechs bis acht Sekunden zurücklegen. Gilbourne ging nicht davon aus, dass ausgerechnet in dieser kurzen Zeitspanne jemand vorbeigefahren war und den Täter beobachtet hatte.

Alles in allem war es ein sehr guter, sorgfältig ausgewählter Platz.

Holt wartete auf ihn. »Es ist gleich dort unten. In einer Kuhle, die man erst sieht, wenn man direkt darüber steht.«

Gilbourne überließ dem jungen Kollegen den Vortritt, schlug sich durch das Gebüsch und stieg über Baumstämme, die am Boden vermorschten. Der Untergrund war matschig und feucht, und es roch nach Moos. Etwa zwanzig Meter von der Straße entfernt trafen sie auf weitere uniformierte Kollegen an einem blau-weißen Absperrband. Die Medien hatten noch nicht Wind von der Sache bekommen, aber da immer mehr Polizeiautos in der Parkbucht hielten, war es nur noch eine Frage der Zeit. Gilbourne nahm sich vor, auf dem Heimweg zur Polizeistation mit der Pressestelle zu telefonieren.

»Hat die Hundebesitzerin etwas angefasst?«

»Ich glaube nicht«, antwortete Holt. »Sie wartet in einem der Streifenwagen.«

»Haben Sie persönlich mit ihr gesprochen?«

»Ich habe angenommen, dass die uniformierten Kollegen das erledigt haben.«

Gilbourne holte eine Zigarette aus der Manteltasche, zündete sie an und nahm einen langen Zug. Er hatte schon zu viele Fundorte gesehen, die von übereifrigen Zivilisten zerstört worden waren, weil sie das Opfer – in der Hoffnung, noch etwas ausrichten zu können – angefasst oder Spuren zertrampelt hatten. Einmal hatte ein Mann sogar eine Mund-zu-Mund-Beatmung an seinem Nachbarn durchgeführt, obwohl dieser bereits seit mehr als vierundzwanzig Stunden tot gewesen war.

»Wir sollten lieber nichts *annehmen*, in Ordnung, Nathan?« Er blies den Rauch in die Luft. »Reden Sie mit ihr und stellen Sie sicher, dass sie nichts angefasst und ihren Hund von der Leiche ferngehalten hat.«

Der junge Kollege trat einen Schritt zurück, um nicht direkt im Rauch zu stehen, und schien etwas einwenden zu wollen, überlegte es sich dann aber doch anders.

»Soll ich das jetzt gleich erledigen?«, fragte er.

»Später. Sehen wir uns zuerst einmal den Fundort an.«

Der innere Bereich war mit einem gelb-schwarzen Absperrband gesichert, in dessen Mitte sich das kleine Zelt der Spurensicherung befand. Der Eingang stand offen, und er erblickte ein Paar Füße. Ein Schuh steckte noch an den Zehen, der zweite lag daneben. Man hatte bereits Metallplatten verlegt, auf denen sich die Polizisten und Spurensicherer fortbewegen konnten. Sie verliefen abseits des ausgetretenen Weges, sodass möglichst keine Spuren des Täters darunter begraben wurden.

Gilbourne spürte ein Prickeln, das ihm verriet, dass die Wirkung der Pillen langsam einsetzte. Seine Nervenenden standen wieder unter Strom. Alles wirkte schärfer und klarer, der trübe Tag war mit einem Mal heller. Aber waren das wirklich die Pillen oder doch etwas anderes? Der Adrenalinschub angesichts eines Fundortes, die geistige Herausforderung, die Puzzleteile zusammenzusetzen, der Nervenkitzel, den die Jagd mit sich brachte? Vielleicht ein wenig von beidem.

Er würde das hier vermissen.

Er nickte Fiona Whyler, der Leiterin der Spurensicherung, zur Begrüßung zu. Sie trug einen weißen Anzug, eine Maske und eine Kapuze und stand mit jeweils einem Fuß an beiden Ufern des schmalen Baches.

»Stuart.« Sie hob die Hand zum Gruß, trat zurück ans Ufer und kam über die Metallplatten vorsichtig auf sie zu. Sie hatte blasse Haut und rote Haare, von denen allerdings nur eine Strähne unter der Kapuze hervorlugte. Als sie lächelte, bildeten sich Fältchen um ihre Augen. »Ich dachte, die Pension hätte dich längst eingeholt.«

»Ein paar Monate hab ich noch, Fiona«, erwiderte Gilbourne ebenfalls lächelnd und deutete auf das weiße Zelt. »Was habt ihr bis jetzt?«

»Nun, das Opfer ist weiblich, Anfang zwanzig und hat mindestens zwei Stichwunden im Rücken, vermutlich mehr. Sie ist vollständig bekleidet.«

»Gibt es eine Waffe?«

»Noch nicht. Der Größe der Wunden nach zu schließen reden wir von einem breiten Küchenmesser oder Ähnlichem. Auf jeden Fall war es ein großes Messer.«

»Abwehrverletzungen?«

»Auf den ersten Blick nicht.«

»Ist der Fundort auch der Tatort?«

Whyler zuckte mit den Schultern und warf einen sehnsüchtigen Blick auf Gilbournes Zigarette. »Frag mich in ein paar Stunden noch mal.«

»Ich schätze, du hast auch noch keinen ungefähren Todeszeitpunkt für mich, oder?«

Sie schüttelte den Kopf. »Noch nicht. Das wäre nur geraten.«

»Und was würdest du tippen?«

»Ich gebe keine Tipps ab, Stu, ich bin Wissenschaftlerin. Deshalb darf ich diesen hübschen weißen Anzug tragen.«

Gilbourne legte flehend die Hände aufeinander. »Nicht einmal für mich?«

Sie sah ihn einen Moment lang an, dann stieß sie ergeben die Luft aus. »Der Körper liegt teilweise im Wasser, weshalb er schneller als üblich abkühlt.«

Gilbourne nickte und wartete.

»Okay«, sagte sie schließlich. »Also, wenn ich einen Tipp abgeben müsste, würde ich sagen, mehr als vierundzwanzig Stunden, aber weniger als achtundvierzig, wobei wir uns eher an der oberen Grenze bewegen. Aber nagle mich nicht darauf fest, ja?«

»Du bist eine Wucht, Fiona.«

»Sobald die Obduktion abgeschlossen ist, kann ich dir mehr sagen. Aber vorerst war's das.«

Sie sah zu ihrem Kollegen, der die Hände des Opfers in Plastikbeutel steckte, um etwaige Fasern unter den Fingernägeln zu schützen. »Ich mache mich lieber wieder an die Arbeit.«

»Danke, Fiona.«

Gilbourne sah ihr nach, nahm einen letzten Zug von seiner Zigarette, löschte sie zwischen Daumen und Zeigefinger, steckte sie in seine Jackentasche und ließ die Szene auf sich wirken.

Holt wartete schweigend. Er arbeitete erst seit ein paar Monaten mit Gilbourne zusammen, aber er wusste, dass das hier sein *Ding* war und er nicht gestört werden durfte. Er versetzte sich in den Kopf des Täters, stellte sich vor, wie er gehandelt hatte und welchen Schwierigkeiten er vielleicht begegnet war, um etwaige Fehlerquellen ausfindig zu machen. Gilbourne hatte Holt genau erklärt, warum es wichtig war, sich den Ablauf des Verbrechens vorzustellen, wenn man an den richtigen Stellen nach Spuren suchen wollte. Holt hatte höflich zugehört und genickt. In seinen Ohren klangen diese Methoden eher nach Kaffeesatzleserei und dem Schwachsinn, den Columbo im Fernsehen abzog. Moderne Polizeiarbeit stützte sich bei der Überführung des Täters vor allem auf die DNA. DNA war wichtig, um den Täter anzuklagen. Sie war wichtig, um ihn vor Gericht zu bringen. Und sie war wichtig, um die Geschworenen zu überzeugen, die ihr halbes Leben mit Serien wie Dexter oder CSI Miami verbracht hatten. DNA war der Schlüssel. Das wusste Holt besser als jeder andere.

Endlich nickte Gilbourne und wandte sich an seinen Partner. »Also, Nathan. Glauben Sie, dass es sich hier auch um den Tatort handelt?«

»Es ist noch zu früh, um das zu beurteilen«, antwortete Holt. »Aber mein Instinkt sagt mir Nein. Ich kann mir nicht vorstellen, wie der Täter das Opfer freiwillig hierher gelockt haben könnte. Es gibt hier nichts zu sehen, der Weg führt nirgendwohin, und es ist auch keine Abkürzung.«

»Vielleicht hat er sie gezwungen?«

»Vielleicht.« Holt wählte seine Worte mit Bedacht. Er wusste, dass es ein Test war. »Aber auch das kann ich mir nicht vorstellen. Der Tatort war eher ein Fahrzeug, ein Grundstück, ein Haus. Das hier ist lediglich der Fundort.«

Gilbourne nickte. »Das sehe ich genauso. Und was leiten Sie von der Wahl dieses Ortes als letzte Ruhestätte ab?«

»Nun, der Täter muss sich hier in der Gegend auskennen«, vermutete Holt. »Ich meine, man schleppt keine Leiche eine Böschung nach unten, ohne vorher zu wissen, ob man sie dort ablegen kann. Sonst findet man sich am Ende noch am Gartenzaun eines Anrainers wieder oder auf einem Golfplatz. Man weiß nur, dass es ein guter Platz ist, wenn man vorher schon einmal hier war.«

»Vielleicht hatte unser Täter einfach Glück?«

»Nein, ich würde sagen, er stammt aus der Gegend. Oder er kennt sich zumindest gut hier aus.«

»Das würde ich auch sagen. Und jetzt reden wir mit der Hundesitterin.«

Sie wollten sich gerade abwenden, als Whyler nach ihnen rief.

»Stuart?« Sie deutete auf einen ihrer Kollegen, der gerade mit einer durchsichtigen Beweistüte über die Bodenplatten auf sie zukam. Er streckte ihnen die Tüte entgegen, die einen Führerschein enthielt. Er war voller Schlamm, aber der Name und das Bild waren gut zu erkennen.

»Du lieber Himmel«, murmelte Holt und lehnte sich näher heran. »Das ist sie.«

31

Auf den beiden Brandwunden an meinem Hals klebt ein großes Pflaster.

Der Schmerz ist mittlerweile nur noch ein dumpfes Pochen, das von dem tauben Fleck ausgeht, der von meinem Schulterblatt bis hinauf zum Kiefer reicht. Bei der Waffe handelte es sich offenbar um einen Elektroschocker, der bei Hautkontakt einen Stromstoß durch den Körper des Opfers jagt. Illegal, überaus gefährlich und trotzdem ohne Weiteres im Internet zu erwerben. Niemand kann sagen, wie stark der Stromstoß war, den ich abbekommen habe, aber die Sanitäterin meinte, ich hätte auf jeden Fall Glück gehabt. Sie wurde einmal zu einem Raubüberfall gerufen, bei dem das Opfer nach dem Stromschlag einen Herzinfarkt erlitten hatte. Außerdem habe ich mir im Fallen lediglich den Kopf am Fensterbrett angeschlagen und mich nicht schlimmer verletzt. Sie riet mir, zur Kontrolle in ein Krankenhaus zu gehen, doch das hielt ich für übertrieben.

Als schließlich jemand eintraf, war außer mir natürlich niemand mehr im Haus, und abgesehen von dem Chaos, das der Einbrecher hinterlassen hatte, fehlte von dem Angreifer jede Spur. Die uniformierten Polizisten – junge Männer mit Bärten und muskulösen Oberarmen – notierten sich meine vage

Personenbeschreibung und nahmen meine Aussage auf. Da nichts Wertvolles aus dem Haus verschwunden war, interessierten sie sich mehr für die Körperverletzung als für den Einbruch. Ich erzählte ihnen alles, woran ich mich erinnern konnte. Die Worte des Angreifers hatten sich ohnehin in mein Gedächtnis gebrannt.

Sie haben das Baby der Polizei übergeben.

Schwerer Fehler.

Sie ist dadurch leichter zu finden.

Die beiden jungen Polizisten nahmen meine Aussage auf und notierten sich Mias Namen, aber mir entging nicht, wie sie sich gegenseitig einen Blick zuwarfen, als wüssten sie nicht, was sie von meiner Geschichte halten sollten. Der Vorfall wandert wohl als Einbruch und Körperverletzung zu den Akten, und dort ist kein Platz für ein Baby, das nicht hier ist und nicht einmal mein eigenes ist. Sie verabschiedeten sich mit dem Versprechen, dass man sich bei mir melden würde, um Fingerabdrücke und DNA-Spuren sicherzustellen, und ich ließ sie ziehen, denn ich war es leid, ihnen immer wieder dasselbe zu erklären.

Mittlerweile sind sie gegangen, und ich wähle Gilbournes Nummer. Er muss Mias Eltern warnen. Ich versuche es dreimal, erreiche aber immer nur die Mobilbox.

Trotz allem, was zwischen Richard und mir vorgefallen ist, vermisse ich ihn in solchen Situationen noch immer. Nicht, weil er handwerklich so begabt war und mir beim Aufräumen hätte helfen können, sondern weil es einfacher ist, sich solchen Dingen gemeinsam zu stellen. Jemanden zu haben, mit dem man reden, an den man sich anlehnen und mit dem man Sorgen teilen kann.

Stattdessen rufe ich Tara an, während ich dem Mann vom Schlüsseldienst dabei zusehe, wie er die Hintertür als Übergangslösung mit Sperrholz verbarrikadiert, bis ich eine neue gekauft habe. Als ich Tara erkläre, dass ich für ein paar Tage ins Hotel ziehen werde, unterbricht sie mich: »Auf keinen Fall! Du schläfst bei uns.«

»Das ist wirklich lieb von dir, Tara, aber ich weiß doch, dass du mit den Jungen alle Hände voll zu tun hast, und ich will euch nicht auch noch in Gefahr bringen, falls …«

»Schluss mit diesen Ausreden! Dein Bett steht bereit, und ich mache gerade eine Flasche Wein auf. Ich werde kein Nein akzeptieren, also diskutier nicht länger rum, sondern komm her.«

Da ist so viel Mitgefühl in ihrer Stimme, dass mir warm ums Herz wird. »Danke, T.«

Sie begrüßt mich an der Türschwelle mit einer innigen Umarmung, und ihr Lächeln weicht einem besorgten Gesichtsausdruck, als sie den Verband um meinen Hals und den bereits verblassenden Bluterguss über meinem Auge entdeckt.

Kurz darauf stehe ich im Gästezimmer meiner Freundin mit nichts außer einer kleinen Übernachtungstasche, einem Katzenkorb und den Kleidern, die ich am Leib trage. Das ist alles, was derzeit von meinem Leben übrig ist.

Ich lege meine Sachen ab und öffne den Katzenkorb, um Dizzy herauszulocken. Er tritt langsam und vorsichtig aufs Bett, hält die Nase schnuppernd in die ungewohnte Umgebung und reibt sein pelziges Gesicht an meinen Fingerknöcheln.

»Es ist nur für ein paar Tage«, versichere ich ihm. »Dann fahren wir wieder nach Hause.«

Ich drehe mich um und sehe, dass wir von der Tür aus beobachtet werden. Taras Jungen stehen aufgereiht wie die Orgelpfeifen vor mir. Ich besuche sie zwar regelmäßig – immerhin bin ich von allen dreien die Patentante –, aber Dizzy ist ein ungewohnter Anblick. Mein Kater lässt sich wie eine übellaunige Sphinx am Fußende des Bettes nieder und beäugt die Kinder misstrauisch.

Noah, der Älteste, ist ein ernster Sechsjähriger, der gerne Backshows im Fernsehen verfolgt und die Flaggen verschiedenster Länder auf der ganzen Welt auswendig lernt; er schien schon immer reifer, als es sein Alter vermuten ließ. Er macht ein paar zaghafte Schritte ins Zimmer und sieht mit schokobraunen Augen zu mir hoch, die hinter seiner Spiderman-Brille noch größer wirken.

»Darf ich die Katze streicheln?«

»Klar.«

Er zögert und bleibt noch einen Augenblick eine Armlänge entfernt von Dizzy stehen. Die Jungs sind selten bei mir, denn es ist einfacher, bei Tara zu Hause auf sie aufzupassen, und so hat Noah meinen Mitbewohner erst einmal gesehen.

»Wie heißt sie?«, fragt er.

»Dizzy.« Eigentlich hieß Dizzy früher Daisy, bis der Tierarzt feststellte, dass er ein Kater ist, wie ich den Jungs erkläre. »Er ist ein wenig nervös, aber wenn du lieb zu ihm bist, tut er dir nichts.«

Noah dreht sich wie ein Lehrer zu seiner versammelten Klasse zu seinen Brüdern um. »Ihr müsst lieb zu ihm sein«, erklärt er, während auch die anderen näher rücken. »Er ist traurig, weil er nicht zu Hause sein kann.«

Sie streicheln Dizzy nacheinander, selbst Charlie, der Jüngste, der sonst ein ziemlicher Rabauke ist. Dizzy erträgt es mit der Geduld eines Heiligen.

Noah streichelt Dizzy ein letztes Mal, dann meint er: »Wohnt ihr jetzt bei uns? Du und die Katze?«

»Nur ein oder zwei Tage«, antworte ich.

In diesem Moment ruft Tara die Jungs zum Abendessen, und als sie zur Tür hinaus- und die Treppe hinunterstürzen, wird mir – wie bei jedem Besuch – klar, wie sehr sich unsere Leben in den letzten zehn Jahren auseinanderentwickelt haben. Tara und ich lernten uns während der ersten Woche in der Navy kennen, beide vom Heimweh gebeutelt und orientierungslos nach dem plötzlichen Wechsel in das militärische Umfeld. Auch Taras Vater war in der Navy gewesen, und wir waren beide ehrgeizig und sportlich. Tara diente acht Jahre, während ich noch vier weitere anhängte, doch wir blieben immer in Kontakt, und nachdem ich ebenfalls ins zivile Leben zurückgekehrt war, trafen wir uns regelmäßig freitags auf ein paar Drinks, gingen Essen und ins Kino. Ich war Taras Brautjungfer und sie meine, und Anfang dreißig spielten wir beide mit dem Gedanken, eine Familie zu gründen. Tara wurde wenige Monate nach dem Absetzen der Pille schwanger, und langsam schlugen wir unterschiedliche Richtungen ein, die mit jedem der drei Jungs noch weiter auseinanderdrifteten. Trotzdem bemühten wir uns um unsere Freundschaft und arbeiteten hart daran, und seitdem Richard ausgezogen ist, war Tara immer für mich da.

Nachdem die Jungen gegessen haben und sich Taras Mann

Dave mit ihnen vor den Fernseher im Spielzimmer verzogen hat, öffnet Tara eine Flasche Pinot Grigio und schenkt zwei großzügige Gläser ein.

Wir setzen uns ins Wohnzimmer, und ich erzähle ihr von den letzten drei Tagen, angefangen bei meinem Termin in der Fruchtbarkeitsklinik. Tara hört nickend zu, hebt ab und an die Augenbrauen und füllt unsere Gläser auf, sobald sich der Wein dem Ende zu neigt.

Ich bin fast bei dem heutigen Einbruch in mein Haus angelangt, als mein Handy klingelt. Ich hebe ab und erwarte jemanden vom Einbruchsdezernat, doch es ist Gilbourne.

»Ich habe Ihre Nachricht gerade erst bekommen.« Er klingt erneut ein wenig atemlos. »Wo sind Sie? In Sicherheit, hoffe ich?«

»Es ist alles okay«, beruhige ich ihn. »Ich bin bloß etwas durch den Wind.«

»Hören Sie, ich habe Ihnen einen Platz in einer sicheren Unterkunft organisiert. Ich habe persönlich mit der Leiterin gesprochen. Kann ich Ihnen die Adresse durchgeben?«

»Das ist nett, Inspector, aber ich denke, ich komme auch so klar.«

Er klingt plötzlich strenger. »Das ist unumgänglich, Ellen. Der Kerl hätte sie schwer verletzen können. Oder Schlimmeres. Sie müssen woanders unterkommen, bis wir ihn geschnappt haben.«

»Ich bin nicht zu Hause.«

»Okay, das ist gut. Sind Sie sicher, dass ich Sie nicht trotzdem überreden kann?«

Ich frage mich erneut, ob ich Tara durch meine Anwesenheit in Gefahr bringe.

Vielleicht wäre es besser, wenn ich Gilbournes Angebot annehme.

»Wo ist denn diese Unterkunft?«

»Burnt Oak, nicht weit entfernt von Ihrem Haus.«

Tara fängt meinen Blick auf und schüttelt entschieden den Kopf, bevor sie eine Hand auf meine legt. »Du bleibst hier«, murmelt sie leise. »Bei uns.«

Sie drückt meine Hand, und ich spüre einen Kloß im Hals.

»Ellen«, sagt Gilbourne. »Sind Sie noch dran?«

»Ja. Das ist alles sehr nett von Ihnen, aber es ist nicht notwendig.« Es tut gut, dass er sich Sorgen um mich macht, was weit über seine beruflichen Pflichten hinauszugehen scheint. »Trotzdem danke.«

»Wenn Sie meinen.« Er seufzt. »Sie können übrigens Stuart zu mir sagen. Ich habe mich vorhin mit den beiden Kollegen unterhalten, die bei Ihnen waren. Sie meinten, Sie könnten den Einbrecher nicht identifizieren, stimmt das?«

»Ja. Er hat eine Sturmhaube getragen.«

»Sein Gesicht war also die ganze Zeit bedeckt?«

»Ja. Aber ich weiß trotzdem, wer es war.«

»Wirklich? Wie das?«

»Es war der sonderbare Kerl aus dem Zug.«

»Du meine Güte, Ellen! Warum haben Sie das den beiden nicht gesagt?«

»Ich habe es versucht. Er war auf der Suche nach Mia. Deshalb ist er mir auch vom Zug aus gefolgt. Deshalb war er Mittwoch Nacht in meinem Haus und ist gestern wiedergekommen. Er ist immer noch hinter ihr her. Er hat behauptet, dass er nicht für das Chaos in meinem Haus verantwortlich ist. Er meinte, es wäre jemand anderes gewesen, und dieser jemand würde etwas Bestimmtes suchen.«

Gilbourne schweigt einen Moment. »Hat er das genau so gesagt?«, fragt er schließlich. »Dass er auf der Suche nach Mia ist?«

»Er meinte, ich hätte sie nicht an die Polizei übergeben sollen. Weil sie dadurch leichter zu finden wäre.«

»Ich verstehe.«

»Was hat das zu bedeuten, Stuart? Warum ist er hinter ihr her? Was ist hier eigentlich los?«

Er zögert erneut, und ich höre das Klicken eines Feuerzeuges.

»Es ist keine gute Idee, sich in diese Angelegenheiten einzumischen, Ellen.«

»Aber ich stecke doch bereits mittendrin, ob ich will oder nicht.«

»Sie wissen aus Erfahrung, wie gefährlich es werden kann«, erwidert er. »Sie hätten heute genauso gut tot sein können. Sie müssen sich zurückhalten. Lassen Sie uns unseren Job machen.«

»In den letzten drei Tagen wurde ich verfolgt, entführt, überfallen und in meinem eigenen Haus angegriffen. Ich glaube nicht, dass hier Zurückhaltung angebracht ist. Ich kann nur auf mich selbst aufpassen, wenn ich weiß, was los ist. Also entweder sagen Sie es mir, oder ich werde es auf eigene Faust herausfinden.«

Er stößt die Luft aus.

»Hören Sie …«, beginnt er. »Können Sie vielleicht vorbeikommen? Dann können wir reden.«

»Mein Auto steht zu Hause, ich darf eigentlich nicht fahren

und bin mit dem Taxi gekommen. Die Sanitäterin meinte, ich sollte mich ausruhen.«

»Okay, gut. Wie wäre es, wenn ich stattdessen zu Ihnen komme?«

Ich gebe ihm Taras Adresse.

»Bin schon unterwegs«, sagt er noch, dann legt er auf.

32

Ich gehe nach oben, um nach Dizzy zu sehen, und als ich wieder nach unten komme, hat Tara Gilbourne bereits ins Haus gelassen. Charlie versteckt sich hinter Tara, doch die beiden Älteren, Noah und Lucas, betrachten ihn mit offensichtlicher Bewunderung. Für Noah ist es wohl der aufregendste Tag seit Langem: Eine Katze *und* ein echter Cop in seinem Zuhause.

»Wo ist deine Pistole?«, fragt er.

Gilbourne sieht lächelnd auf ihn hinab. »Ich habe keine dabei, aber ich habe das hier.« Er zieht seine Polizeimarke aus der Tasche und gibt sie dem Jungen. »Das ist viel besser.«

Noah betrachtet sie mit großen Augen. »Ich werde auch mal Polizist«, erklärt er Gilbourne mit ernstem Gesicht.

Gilbourne verstrubbelt ihm sanft die Haare. »Das ist eine gute Entscheidung, mein Sohn. Wie heißt du denn?«

»Noah.«

»Also, Noah, ich denke, du wirst einmal ein hervorragender Polizist werden. Ich werde ein gutes Wort beim Polizeipräsidenten für dich einlegen.«

Gilbourne wirkt heute frischer und munterer als beim letzten Mal. Vielleicht, weil es nicht mitten in der Nacht ist und es in Taras Diele keine Leuchtstoffröhren gibt. Er hat sich rasiert, die dunklen Haare zurückgekämmt, und auch wenn sein oberster Hemdknopf offen steht, ist die Krawatte noch an Ort und Stelle. Heute erinnert er mich eher an einen etwas in die Jahre gekommenen James Franco.

Ich kann seinen Wagen durchs Fenster sehen und nicke in dessen Richtung. »Heute allein unterwegs?«

»DS Holt kümmert sich um einige andere Spuren.«

Tara bringt uns ins Esszimmer. Es ist der einzige Raum im Haus, aus dem sie sämtliches Spielzeug rigoros verbannt. Wir wollen beide nichts trinken, und sie lässt uns allein.

Ich schließe die Tür hinter ihr und setze mich Gilbourne gegenüber an den Esstisch.

»Taras Jungen mögen Sie.«

»Es sind sehr nette Kinder.«

Plötzlich liegt mir eine Frage auf der Zunge, die mir ebenfalls seit Jahren gestellt wird. Ein harmloses Small-Talk-Thema mit dem Potenzial, alte Wunden aufzureißen. »Haben Sie Kinder?«

»Vier Mädchen«, antwortet er. »Zwölf, fünfzehn, achtzehn und neunzehn.«

»Oh. Das muss …«

»Wie geht es Ihnen wirklich, Ellen? Sollten Sie nicht in ein Krankenhaus?«

»Es ging mir schon mal besser«, gebe ich zu. »Aber die Verletzungen sind bloß oberflächlich. Es gibt nichts, was die im Krankenhaus tun könnten, was ich nicht alleine auch hinbekomme.«

Er lächelt mitfühlend. »Es war wirklich eine schwere Woche für Sie.«

»Was ist hier eigentlich los, Stuart?«

»Ich finde, Sie haben sich eine Entschuldigung verdient. Dafür, dass wir Sie beim Verhör derart gegrillt haben. Und dafür, wie DS Holt sich Ihnen gegenüber verhalten hat.«

»Ich dachte, es wäre Ihr Job, Leute zu grillen?«

Er schüttelt den Kopf und legt die Hände auf eine Aktentasche aus schwarzem Leder, die er mitgebracht hat. Er hat starke, gebräunte Hände.

»Außerdem wollte ich persönlich sehen, wie es Ihnen geht.« Er wirkt plötzlich zugeknöpft, als wäre es keine gute Idee gewesen, hierherzukommen. »Und Ihnen versichern, dass wir alles in unserer Macht Stehende tun werden, um den Kerl zu schnappen, der Ihnen das angetan hat.«

Unser heutiges Gespräch scheint meilenweit entfernt von dem Verhör in dem kleinen, stickigen Zimmer auf dem Polizeirevier, wo alles darauf abzielte, dass sich der Befragte klein und unbedeutend fühlt und letztlich so eingeschüchtert ist, dass man nur noch die Wahrheit sagt. Taras Esszimmer hingegen ist neutraler Boden, und Gilbourne wirkt hier beinahe wie ein normaler Mensch. Ein Bekannter oder Kollege, mit dem man sich unterhält.

»Ich weiß Ihre Sorge zu schätzen«, erkläre ich und bin dankbar, dass sich sein Tonfall seit Dienstagabend deutlich verändert hat. »Aber Sie sind doch nicht nur hergekommen, um mir das zu sagen, oder?«

Gilbourne lehnt sich näher und öffnet die Aktentasche. Er riecht nach Kaugummi, Zigarettenrauch und Aftershave.

»Wir haben Bilder von einer Überwachungskamera, die gewisse Details Ihrer Geschichte bestätigen.« Er nimmt ein Blatt Papier und schiebt es über den Tisch in meine Richtung. Das Foto zeigt einen Mann in einer schwarzen Jacke und Jeans in einer Bahnhofshalle. »Kennen Sie diese Person?«

Ich betrachte das Bild. Die Qualität ist mies, aber man sieht deutlich die schwarze Wollmütze, den Rucksack und die klobigen Stiefel. Ich sehe erneut, wie er seine Hand mit dem Elektroschocker hebt, und spüre den qualvollen Schmerz, der meinen Körper in Flammen setzt. Ich unterdrücke ein Schaudern.

»Das ist er.« Ich schiebe das Bild von mir. »Der Mann aus dem Zug, der mich heute in meinem Haus angegriffen hat.«

»Sind Sie hundertprozentig sicher?«

»Neunundneunzig Prozent.« Ich schlucke, meine Kehle ist staubtrocken. »Wie hat er mich gefunden?«

»Das wissen wir noch nicht. Aber er kennt sich mit solchen Dingen aus.«

»Dann wissen Sie also, wer er ist?« Erleichterung macht sich in mir breit. Endlich glaubt er mir. »Was hat er mit Mia zu schaffen?«

Gilbourne steht auf, geht zur Tür, öffnet sie einen Spalt und wirft einen Blick in den Flur, ehe er sie wieder schließt und sich zurück an den Tisch setzt.

Er streckt die Hand aus. »Geben Sie mir bitte Ihr Handy?«

»Warum?«

»Bitte.«

»Ich nehme dieses Gespräch nicht auf, falls Sie das denken.«

»Bitte«, wiederholt er. »Nur zwei Minuten. Ich werde noch paranoid auf meine alten Tage.«

Ich gebe ihm mein Handy, und er macht es aus und legt es mit dem Display nach unten auf den Tisch.

»Was ich Ihnen jetzt sage, ist streng vertraulich, okay?«

33

Gilbourne fährt sich mit den Händen übers Gesicht und wirkt mit einem Mal wieder älter.

»Ich stehe derzeit mit meinem Vorgesetzten auf Kriegsfuß, und auch wenn ich Ihnen nichts davon erzählen sollte, tue ich es trotzdem. Erstens, weil mein Vorgesetzter ein Idiot ist, und zweitens, weil ich nicht will, dass Ihnen etwas zustößt, und ich ehrlich gesagt befürchte, dass Sie sich noch mehr Ärger einhandeln als ohnehin schon, wenn ich Ihnen nicht wenigstens ein paar Hintergrundinformationen zuspiele.«

»Alles klar«, erwidere ich. »Danke.«

»Es handelt sich um eine laufende Ermittlung, weshalb ich Ihr Wort brauche, dass Sie niemandem etwas erzählen. Nicht Ihrer Freundin …«, er deutet auf die geschlossene Tür, »und auch sonst niemandem.«

»Okay. Sie haben mein Wort.«

Er überlegt einen Moment, dann tippt er mit dem Zeigefinger auf das Bild der Überwachungskamera. »Das ist Leon Markovitz, sechsunddreißig Jahre alt, zuletzt wohnhaft in Camden. Er war Journalist bei diversen Boulevardmagazinen, bis er 2013 in mehreren Anklagepunkten schuldig gesprochen wurde, darunter Abhören von Telefonaten, Einbruch, Verletzung der Privatsphäre und Beamtenbestechung. Er hat drei

Jahre im Gefängnis abgesessen und danach einige Zeit in einer geschlossenen psychiatrischen Anstalt. Mittlerweile will ihn kein Blatt mehr beschäftigen, deshalb wurde er zu einem dieser True-Crime-Fanatiker mit eigenem Podcast und so weiter. Er war letztes Jahr einer der Hauptverdächtigen in einer großen Ermittlung, die ich geleitet habe. Wir haben ihn zweimal verhaftet und befragt.«

»Worum ging es bei der Ermittlung?«

»Um mehrere extrem gewalttätige Übergriffe. Er hatte gewisse Informationen über die Opfer und die genauen Umstände der Taten. Details, die wir absichtlich nicht an die Öffentlichkeit weitergegeben haben, um Verrückte aus dem Internet davon abzuhalten, sich als Täter zu stellen. Dinge, die nur der Verantwortliche selbst wissen konnte. Leider wurden die Ermittlungen irgendwann hintangestellt, nachdem in anderen Bereichen zu wenig Personal zur Verfügung stand. Und bis dahin hatten wir nicht genug, um Markovitz vor Gericht zu bringen.«

»Aber Sie haben doch sicher Markovitz' Adresse? Dann könnten Sie doch …«

Gilbourne hebt die Hand. »Haben Sie noch einen Augenblick Geduld, bitte.« Er blättert in seinen Unterlagen. »Wir haben nicht nur die Überwachungsbilder aus der Bahnhofshalle ausgewertet, sondern auch die Aufzeichnungen der Kameras in der Nähe des Cafés, vor dem Sie Ihrer Aussage nach am Dienstagnachmittag entführt wurden. Dabei kam leider nichts heraus, aber wir haben einen Treffer bei der automatischen Nummernschilderkennung unweit des Cafés.«

»Sie meinen den BMW, oder?«

Er zieht ein weiteres Blatt aus der Aktentasche und schiebt

es über den Tisch. Es ist kein körniges Bild einer Überwachungskamera, sondern ein Verbrecherfoto der Polizei, wie man es aus dem Fernsehen kennt. Ein wütendes, verhärmtes Gesicht, ein dunkelroter Bart, kurz geschorene Haare und eine gebrochene Nase.

Mein Magen dreht sich, und ich verschränke die Arme vor der Brust. »Das ist er. Das ist Dominic. Der Kerl, der mich und Mia entführt hat.«

Gilbourne mustert mich. »Das Foto wurde vor ein paar Monaten gemacht«, erklärt er. »Der Mann heißt Dominic Church und ist neunundzwanzig Jahre alt. Es gibt einige alte Anklagen wegen Körperverletzung, Raub, Drogenbesitz. Wir haben ihn noch nicht erwischt, aber es ist nur eine Frage der Zeit.« Er legt die beiden Bilder nebeneinander. Ich erschaudere, als mir klar wird, wie nahe ich diesen beiden gewalttätigen Männern in den letzten Tagen gekommen bin. »Church und Markovitz haben etwas gemeinsam.«

»Was denn?«

»Dominic Church war unser zweiter Verdächtiger in dem Fall, von dem ich Ihnen gerade erzählt habe. Wir dachten sogar eine Zeit lang, die beiden hätten zusammengearbeitet. Er ist uns ebenfalls durch die Lappen gegangen.«

»Dann wurde der Fall also noch nicht gelöst?«

Gilbourne schüttelt den Kopf und kann mir plötzlich nicht mehr in die Augen sehen. »Nein. Wie schon gesagt, es handelt sich um eine laufende Ermittlung. *Meine* Ermittlung. Es sei denn, mein dämlicher Vorgesetzter beschließt, jemand anderen damit zu betrauen. Ich habe nicht mehr lange bis zur Pensionierung, aber ich habe den Familien der Opfer geschworen, dass ich den Fall abschließe, bevor ich gehe.« Er tippt erneut mit dem Finger auf die beiden Fotos. »Für mich sind diese Männer immer noch die Hauptverdächtigen. Das heißt, wenn Sie einen der beiden wiedersehen, wenn Sie auch nur *das Gefühl* haben, Sie würden verfolgt, machen Sie auf keinen Fall einen Alleingang. Halten Sie sich von ihnen fern. Sie haben bereits am eigenen Leib gespürt, wie gefährlich sie sind. Was auch immer passiert, vertrauen Sie ihnen auf keinen Fall. Und versprechen Sie mir, sich sofort bei mir zu melden.«

Ich denke an Kathryns Nachricht. *Vertrauen Sie niemandem.*

»Okay.«

Gilbourne legt die Hand auf meine. Sie fühlt sich warm an. Es ist Monate her, seit mich ein Mann berührt hat, und mir wird plötzlich bewusst, wie sehr ich solche kleinen Intimitäten vermisst habe.

»Ich kann gar nicht genug betonen, wie wichtig das ist, Ellen. Zu Ihrer eigenen Sicherheit. Ich habe bereits eine neuerliche Überwachung der beiden beantragt, aber bis es dazu kommt, müssen Sie besondere Vorsicht an den Tag legen.«

»Wie lange wird das dauern?«

»Es sollte hoffentlich in den nächsten vierundzwanzig Stunden so weit sein.«

Ich senke den Blick auf seine Hand, und er zieht sie zurück.

»Okay. Aber ich verstehe immer noch nicht, was das alles mit Mia zu tun hat.«

Einen Moment lang scheint es, als wollte er mir mehr erzählen, doch dann senkt er den Blick, sammelt seine Unterlagen zusammen, schließt die Aktentasche und steht auf. »Ich habe Ihnen bereits mehr gesagt, als gut für mich ist.«

»Haben Sie Kathryn mittlerweile gefunden?«

Er ignoriert meine Frage. »Kathryn hätte Sie da niemals hineinziehen dürfen.«

»Aber das hat sie.«

»Ja«, sagt er leise. »Das hat sie.«

Ich denke einen Moment lang nach. »Der Fall, in dem die beiden als Verdächtige gelten … Geht es darin vielleicht um Kathryns Schwester?«

Er hält inne und sieht mich an. »Wie bitte?«

»Kathryns Schwester. Da gibt es einen Zusammenhang, nicht wahr?«

Seine Stimme klingt ausdruckslos, neutral, die Wärme ist verschwunden. »Wie kommen Sie darauf?«

Einen Moment lang spiele ich mit dem Gedanken, ihn anzulügen. Aber er hat einiges getan, um mir zu helfen, und mir Dinge gesagt, die er mir nicht sagen hätte sollen. »Ich war bei Kathryn zu Hause und habe mit ihrem Freund gesprochen.«

Er verzieht entnervt das Gesicht. »Genau das meine ich, Ellen! Mit solchen Aktionen bringen Sie sich nur noch mehr in Gefahr. Wie haben Sie überhaupt … woher wussten Sie, wo sie wohnt? Und wann waren Sie dort?«

»Heute Vormittag. DS Holt war auch dort, ich hab noch gesehen, wie er fortfuhr, und …«

Er hebt die Hände. »Moment mal! *Nathan* war dort?« Er setzt sich wieder und runzelt die Stirn. Noch eine unangenehme Überraschung. »Allein? Sind Sie hundertprozentig sicher, dass er es war?«

»Ja.«

Gilbournes Gesicht verdunkelt sich. Aus Überraschung wird Ungläubigkeit, aus Ungläubigkeit Misstrauen. Er will gerade etwas sagen, als sein Handy klingelt. Er hebt ab und antwortet einsilbig.

»Was?«, fragt er schließlich und wendet sich von mir ab. »Sicher? Wo?« Er macht sich Notizen, beendet das Gespräch, steht auf und wirft einen Blick auf die Uhr.

»Stuart …«

»Ich muss gehen.« Er zögert einen Moment, dann legt er mir eine Hand auf den Arm. »Passen Sie auf sich auf, Ellen. Und bitte denken Sie daran, was ich Ihnen gesagt habe.«

Mein Kopf schwirrt. Da sind so viele unbeantwortete Fragen. Aber Gilbourne ist bereits durch die Tür, eilt die Auffahrt hinunter und tritt auf die dunkle Straße.

DI GILBOURNE

34

Gilbourne stand auf der Feuertreppe im vierten Stock, genoss eine kurze Auszeit und rauchte, während er Holt aus sicherer Entfernung beobachtete. Er war vor etwa fünf Minuten auf den Parkplatz gebogen, hatte seinen Ford Focus in einer stillen Ecke abgestellt, saß seitdem mit dem Handy am Ohr hinterm Steuer und gestikulierte mit der freien Hand.

Die erste Zigarette war bereits bis auf den Filter heruntergebrannt, also steckte sich Gilbourne eine neue an. Warum parkte Holt ausgerechnet in dieser Ecke, wo ihn seine Kollegen vom Büro aus nicht sehen konnten? War es ein privates Telefonat? Mit der Freundin vielleicht? Aber Holt hatte noch nie ein Geheimnis aus seinem Liebesleben gemacht, sondern prahlte vielmehr damit, dass er zwei oder drei Frauen gleichzeitig an der Angel hatte.

Es musste etwas anderes dahinterstecken. Und dann war da noch die Frage, warum er im Alleingang Kathryn Cliftons Freund aufgesucht hatte, ohne Gilbourne davon zu erzählen.

Holt beendete das Gespräch, lehnte das Handy gegen das Lenkrad und tippte offenbar eine Nachricht oder E-Mail. Gilbourne wählte die Nummer des jungen Kollegen und wartete, bis es zu klingeln begann. Er sah zu, wie Holt in seine Jackentasche griff und ein weiteres Handy herausholte, einen Blick auf das Display warf und darauftippte. Eine Sekunde später ertönte Holts aufgenommene Stimme, die Gilbourne bat, eine Nachricht zu hinterlassen.

Gilbourne legte auf und beobachtete, wie Holt das Diensthandy wegsteckte und sich wieder auf das andere Telefon konzentrierte. Zwei Handys. Ein normales und … was noch? Ein Prepaidhandy, das nicht zurückverfolgt werden konnte?

Gilbournes Handy klingelte, und er warf einen Blick auf das Display, ehe er abhob. »Rhodi. Wie läufts?«

»Kann mich nicht beklagen.« Die Stimme des Gerichtsmediziners klang weich und sanft und schien der Härte und Wissenschaftlichkeit seines Berufes zu widersprechen. »Ich habe erste Ergebnisse im Fall Kathryn Clifton. Passt es dir gerade?«

»Sicher.«

Gilbourne trat zurück ins Gebäude und machte sich auf den Weg zu den Aufzügen. Er klemmte sich das Handy zwischen Schulter und Ohr und zog einen Notizblock aus der Jackentasche, um mitzuschreiben.

»Also gut«, begann der Gerichtsmediziner. »Der Todeszeitpunkt liegt zwischen vier Uhr nachmittags und Mitternacht am vergangenen Dienstag.«

»Genauer geht es nicht, oder?«, fragte Gilbourne wie immer, auch wenn die Antwort ebenfalls fast immer dieselbe war.

»Nein, leider nicht, Stuart. Da der Körper teilweise im Wasser lag und noch einige andere erschwerende Faktoren hinzukamen, kann ich es unmöglich weiter eingrenzen. Sie hat drei Stichwunden im Rücken, jeweils etwa dreizehn Zentimeter tief. Die Hämatome um die Einstichstellen weisen darauf hin, dass der Täter das Messer bis zum Anschlag in den Körper gerammt hat. Zwei Stiche gingen direkt ins Herz, beide für sich wären tödlich gewesen. Der Tod ist relativ schnell eingetreten.«

Gilbourne war an den Aufzügen angekommen und drückte den Knopf. Beide befanden sich im Erdgeschoss. Er warf einen Blick auf seinen Gürtel, den er noch einmal ein Loch weiter geschnallt hatte, als er sein sollte, und drückte die Tür zum Treppenhaus auf.

»Hast du Näheres zur Tatwaffe?«

»Die Klinge ist sechsundvierzig Millimeter breit, die Wunden wurden dem Opfer einigermaßen präzise beigebracht, was auf grundlegende anatomische Kenntnisse schließen lässt. Die Stiche erfolgten zwischen dem zweiten und dritten Rippenbogen. Es handelt sich um planmäßiges Verhalten und keinesfalls um eine Affekthandlung.«

»Es könnte also ein Küchenmesser gewesen sein?«

»Oder eine Art Kampfmesser.«

»Stichwunden am Rücken …«, fuhr Gilbourne fort, und seine Stimme hallte durch das schwach beleuchtete Treppenhaus. »Das heißt, das Opfer wurde überrascht?«

»Vermutlich. Es gibt einige Blutergüsse am rechten Unterarm, aber die sind bereits älter. Ich würde sagen, sie wurden ihr ein oder zwei Tage vor ihrem Tod beigebracht. Außerdem habe ich zwei oberflächliche Brandwunden auf dem linken Handrücken gefunden. Exakt einundfünfzig Millimeter voneinander entfernt.«

»Von einer Zigarette?«

»Nein, die oberste Hautschicht ist intakt geblieben, ich würde eher auf einen Elektroschocker tippen.«

Gilbourne hielt inne und dachte an Ellen Devlin und den Überfall in ihrem Haus.

»Wurde das Opfer vielleicht betäubt, bevor der Täter zustach?«

»Das würde zumindest das Fehlen von Abwehrverletzungen erklären.«

»Ist der Fundort der Tatort?«

»Nein. Es gab kaum Blut am Fundort, was bei derart tiefen Stichwunden für einen anderen Tatort spricht.«

»Was hast du sonst noch?«

»Keine Spuren eines sexuellen Übergriffs.«

»DNA des Angreifers?«

»Nein.«

»Gar nichts?« Gilbourne spürte, wie sich die Haare in seinem Nacken aufrichteten. Sein Herz schlug schneller, als sein Gehirn die Verbindung herstellte. »Kein Blut, kein Speichel, nichts?«

»Da war jede Menge Blut an den Kleidern des Opfers, aber das stammte alles von ihr. Andere Spuren konnten wir nicht finden.«

»Das heißt, wie haben keine DNA, keine Abwehrverletzungen, nichts Brauchbares unter den Fingernägeln.«

»Korrekt.«

Gilbourne stieg schweigend die Treppe nach unten.

»Stuart?«, fragte der Gerichtsmediziner. »Bist du noch da?«

Gilbourne konnte beinahe spüren, wie sich die Synapsen in seinem Gehirn verbanden und Parallelen zu dem Fall fanden, der ihn seit mehr als einem Jahr beschäftigte, den er besser kannte als irgendjemand sonst, der ihn bis an die Grenze getrieben und beinahe seine Karriere zunichtegemacht hatte. Zu dem Fall, den er lösen *musste,* bevor seine Zeit bei der Polizei abgelaufen war.

»Ja, klar«, erwiderte er leise. »Ich denke bloß nach.«

»Gibt es noch Fragen?«

»Erinnert dich die Sache vielleicht an etwas? Das Fehlen jeglicher Spuren, keine DNA, das Opferprofil, die Gegend, in der die junge Frau gefunden wurde?«

Der Gerichtsmediziner schwieg einen Moment lang, ehe er antwortete. Offensichtlich wollte er den Spitznamen, den die Boulevardmedien dem unbekannten Täter verliehen hatten, nicht in den Mund nehmen. Es war wohl unter seiner Würde. Schließlich meinte er: »Du meinst Ähnlichkeiten zu einem ungelösten Fall.«

»Ja, ich spreche vom *Geist.*«

Gilbourne hörte beinahe das abfällige Schnauben am anderen Ende der Leitung. »Ja … und nein. Es gibt Übereinstimmungen, aber auch wesentliche Unterschiede.«

»Aber es wäre möglich?«

»Ja. Oder es handelt sich um einen Nachahmungstäter. Im Gegensatz zu den anderen Opfern haben wir dieses Mal auf der Haut Spuren von Plastik gefunden, die nahelegen, dass das Opfer nach dem Tod eingewickelt und nach dem Ablegen an der Fundstelle wieder ausgewickelt wurde. Vermutlich, um keine Spuren im Transportfahrzeug zu hinterlassen.«

»Das hat er bisher nicht getan, oder?«

»Nein, wir haben keine Plastikpartikel auf den anderen Opfern gefunden, die außerdem nicht mit einem Elektroschocker betäubt wurden. Vielleicht ist er mittlerweile vorsichtiger. Falls es derselbe Täter ist.«

»Oder er hat dazugelernt und seine Technik verfeinert. Die Übereinstimmungen sind jedenfalls deutlich zu erkennen. Der Täter wusste, was er tat. Es war nicht sein erstes Mal.«

Der Gerichtsmediziner murrte widerstrebend. »Was den letzten Punkt anbelangt, muss ich dir zustimmen. Er hat bereits gemordet. Aber zuerst drei Angriffe innerhalb von drei Monaten, und dann verschwindet er ein Jahr lang vom Radar, bevor er erneut zuschlägt? Das ist seltsam.«

»Ich wusste, er würde es wieder tun«, erklärte Gilbourne überzeugt. »Es war nur eine Frage der Zeit.«

»Aber wo war er im letzten Jahr?«

»Vielleicht hat er versucht, davon loszukommen. Diesen Teil seiner Persönlichkeit hinter sich zu lassen. Aber alleine die Verbindung des neuesten Opfers zu dem Fall … das kann kein Zufall sein.«

Rhodi zögerte erneut. »Das zu beurteilen ist wohl deine Aufgabe, Stuart. Ich schicke dir gleich eine E-Mail mit den Ergebnissen.«

»Und eine an meinen Partner?«

»Schon geschehen.«

Gilbourne dachte, er hätte sich verhört. Er hielt vor der Tür in den zweiten Stock inne, ohne sie zu öffnen. »Tut mir leid, sag das bitte noch mal.«

»DS Holt hat mich bereits zwei Mal kontaktiert und darauf bestanden, dass ich ihm alles, was ich habe, sofort zukommen lasse. Es wäre *extrem dringend und unerlässlich*. Ein überaus dienstbeflissener Kerl, was?«

»Ja«, erwiderte Gilbourne, und sein Magen zog sich zusammen. »Das ist er.«

Gilbourne bedankte sich noch einmal bei dem Gerichtsmediziner, dann legte er auf, öffnete die Tür und bewegte sich eilends durch das Großraumbüro mit den klingelnden Telefonen und den durcheinanderrufenden Kollegen in die Ecke, in der sein Schreibtisch stand. Er nickte einigen Männern und Frauen aus dem Team zu, doch Holt war noch nicht auf seinem Platz. Gilbourne setzte sich und wählte erneut die Nummer seines Partners.

Dieses Mal meldete er sich.

»Nathan«, begann Gilbourne grußlos. »Ich habe gerade die Obduktionsergebnisse von Dr. Lawson bekommen und werde gleich das Team briefen. Sind Sie in der Nähe?«

Er ging davon aus, dass Holt etwas antworten würde wie: *Klar, Boss, ich habe den Bericht auch gerade bekommen.* Doch stattdessen sagte er: »Ich brauche noch fünf Minuten bis zum Revier. Was steht denn in dem Bericht, Boss?«

Gilbourne versuchte, einen Hinweis in der Stimme seines Partners zu finden, dass dieser etwas verbarg. *Was steht denn in dem Bericht?* Spielte Holt ein falsches Spiel und versuchte, Gilbourne zu übertrumpfen? Wollte er um jeden Preis Karriere machen? Oder ging es um etwas anderes?

Die Antworten auf diese Fragen mussten jedenfalls warten, denn wenn Gilbourne recht hatte – und er spürte es in seinen Knochen, dass es so war –, dann waren die Ergebnisse der Obduktion wichtiger als alles andere.

»Das erzähle ich Ihnen, wenn Sie da sind«, sagte er.

FREITAG

DOMINIC

35

Er hielt am liebsten nachts an einer 24-Stunden-Tankstelle, wenn niemand sonst zu sehen war. So konnte er alles erledigen und schnell wieder in der Dunkelheit verschwinden, ehe jemand bemerkte, dass er überhaupt da gewesen war.

Er zog sich die Baseballkappe tiefer ins Gesicht und lauschte nach näher kommenden Autos, während er seinen BMW betankte. Es roch nach Benzin, und er atmete tief ein. Er hatte den beißenden Geruch immer gemocht. Das Brennen und die kurze Benommenheit, wenn man sich zu nahe heranlehnte. Außerdem roch alles besser als sein eigener Gestank nach ungewaschenen Klamotten und Fast Food. Nach zu vielen Nächten, die er im Auto geschlafen hatte.

Anfangs hatte er in billigen Bed-&-Breakfast-Hotels übernachtet und war alle paar Tage weitergezogen, bevor die Presse ihm auf die Schliche kommen konnte. Eigentlich war es nur als Übergangslösung gedacht gewesen, doch jetzt, wo ihm sein Haus nicht mehr zur Verfügung stand, schlief er meistens in seinem BMW, wenn er nicht gerade irgendwo ein verlassenes Gebäude fand, in dem er ein paar Tage bleiben konnte. Manchmal wunderte es ihn noch immer, wie tief er gefallen war. Und wie schnell. Doch die meiste Zeit versuchte er, nicht darüber nachzudenken. Er musste in Bewegung bleiben, immer einen Schritt Vorsprung haben. Unter dem Radar leben.

Er schloss gerade den Tankeinfüllstutzen, als ein kleines rotes Auto an der zweiten Zapfsäule hielt. Laute Stimmen und wummernde Musik zerschnitten die Stille des frühen Morgens. Dominic hob den Blick und sah vier Teenager, die zusammengedrängt in einem kleinen Nissan saßen. Zwei Jungen vorne, zwei Mädchen hinten, jeder mit einer Tüte Fast Food auf dem Schoß. Offenbar waren sie nach einer Partynacht auf dem Heimweg. Der Fahrer sah auf, und einen Moment trafen sich ihre Blicke, bevor Dominic den Kopf einzog und sich abwandte. Das Pflaster auf seiner Wange und der dunkle Bluterguss erregten unnötige Aufmerksamkeit.

Er schloss den Wagen ab, schlug den Jackenkragen hoch und hielt den Kopf gesenkt, während er auf den Automaten zueilte, um zu bezahlen. Bargeld war besser, weil es keine Spuren hinterließ, aber er war mittlerweile vollkommen pleite. Der Automat verweigerte die erste Karte mit einem lauten Piepen. Dominic griff nach der zweiten. Abgelehnt. Er fischte die dritte und letzte Karte aus seiner Geldbörse. Sie funktionierte, und er spürte, wie sich seine Schultern entspannten. Er nahm die Rechnung und ging zu seinem Auto zurück.

Sein Blick fiel auf den Nissan. Der Fahrer stand neben dem Auto, und ein Mädchen lehnte sich aus dem Fenster. Beide hatten ihre Handys auf ihn gerichtet, machten Fotos und filmten. Dominic biss wütend die Zähne zusammen und ballte die Fäuste.

Der Fahrer tippte mittlerweile mit beiden Daumen einen Text und hatte die Stirn konzentriert in Falten gelegt. Dominic änderte seine Richtung und ging direkt auf ihn zu.

»Was machst du da?«

»Einen Moment noch.«

»Gib mir das Handy.« Dominic streckte die Hand aus. »Sofort.«

»Was?«

»Gib es mir.«

Der Junge blieb hart. »Keine Chance, Kumpel.«

Dominic dachte an das breite Dschungelmesser unter dem Ärmel seiner Jacke. Es dauerte weniger als eine Sekunde, es zu ziehen. Das Gesicht des kleinen Arschlochs wäre es wert gewesen.

Nicht hier. Zu viele Kameras.

Stattdessen riss er dem Jungen das Handy aus der Hand und warf einen Blick auf das Display. Ein Video in Dauerschleife, das ihn am Automaten zeigte und mit einer Großaufnahme seines Gesichts samt Pflaster und Bluterguss endete.

»Hey!« Der Teenager wollte sein Handy zurück, doch Dominic legte ihm die breite Hand auf die knochige Brust und hielt ihn mühelos auf Abstand. Er scrollte nach unten und las den Text unter dem Video.

ERWISCHT! #Mörder #Church #schuldig #DerGeist

Es war bereits hochgeladen und stand der Welt zur freien Verfügung.

»Wie fühlt es sich an?«, fragte der Teenager mit viel zu hoher Stimme.

»Wie fühlt sich *was* an?«, fragte Dominic.

»Diese Frauen gekillt zu haben und damit durchzukommen?«

Dominic wurde heiß. Sein Name war seit Monaten in aller

Munde, wenn auch aus dem vollkommen falschen Grund. Er dachte an die Anschuldigungen, die ihn seit seiner Verhaftung verfolgten. An die vier Tage, die er in Gewahrsam verbracht hatte und rund um die Uhr verhört worden war. An sein Haus, das von der Spurensicherung mehr oder weniger leer geräumt worden war, an die Reporter, die auf dem Rasen vor dem Haus kampiert hatten. Er dachte an die Monate voller Schlagzeilen, in denen er keine Arbeit mehr gefunden hatte, während die angeblichen Beweise gegen ihn immer erdrückender wurden, bis die Polizei kurz davorstand, ihn zu verhaften. Doch dazu war es nicht gekommen.

Stattdessen führte er nun ein Leben in der Schwebe, als Verbrecher, der nie überführt werden konnte. Ein Leben, aus dem es nur einen Ausweg gab.

Er hatte keine Antwort auf die Frage des Jungen. Stattdessen rammte er das Handy gegen eine Betonsäule und hielt erst inne, als es vollkommen zerstört vor ihm auf dem Boden lag. Dann packte er den schreienden Jungen am Kragen und presste ihn gegen den Nissan.

»Lass mich los, du Psycho!«

Der andere Junge stieg aus dem Wagen, hob beschwichtigend die Hände und redete auf Dominic ein, doch der Zorn war so übermächtig, dass er ihn nicht hörte.

»Du willst wissen, wie es sich anfühlt?«, zischte er. »Wie es sich anfühlt, wenn dein Leben zu einem verschissenen Hashtag mutiert?«

»Du krankes …«

Dominic riss sich das Pflaster vom Gesicht und deutete auf die entzündeten, grässlich hervortretenden Nähte und die blutunterlaufene Schwellung.

»*So* fühlt es sich an. An jedem verschissenen Tag!«

Er presste den verschreckten Teenager noch einen Moment lang gegen den Wagen, dann ließ er ihn abrupt los.

Eines der Mädchen begann zu kreischen.

Dominic stieg in seinen BMW und gab Gas, doch ihre Schreie verfolgten ihn noch lange.

36

Ich rufe im Büro an und melde mich krank. Ich habe ein schlechtes Gewissen, aber Tara hat darauf bestanden, dass ich zumindest noch einen Tag bei ihr bleibe. Der Schmerz in meinem Hals hat nachgelassen, und die Wunden über dem Auge und auf dem rechten Fuß heilen ganz gut, aber als ich meiner Vorgesetzten schildere, was gestern passiert ist, bittet sie mich mit besorgter Stimme, mir so lange Zeit zu nehmen, wie ich brauche. Also helfe ich Tara, die Jungen für den Tag fertig zu machen. Lucas und Charlie besuchen derzeit zwei Tage die Woche den Kindergarten, nachdem Tara versuchen will, als freie Journalistin Fuß zu fassen, um schließlich wieder Teilzeit in ihren alten Beruf einzusteigen, sobald alle Jungs zur Schule gehen.

Vor ein paar Monaten gestand sie mir betrunken und unter Tränen, dass sie manchmal – vor allem, wenn die Jungen wieder nur stritten und sie vor Erschöpfung beinahe zusammenbrach – einen tiefen Hass auf ihren Mann Dave verspürte, der jeden Morgen zur Haustür hinausspazieren und die Flucht antreten konnte. Sie erzählte mir von ihrer Eifersucht und dass sie ihre Jungen zwar mehr als alles andere lieben, sich aber trotzdem manchmal ins Büro zurücksehnen würde.

Danach hat sie sich sofort bei mir entschuldigt, doch ich

habe abgewinkt. Sie war einfach ehrlich, und ich verstand sie: Ich hätte auch alles dafür gegeben, das zu haben, was sie hatte.

Wir bringen die Jungen in den Kindergarten und zur Schule, dann fahren wir wieder zurück, setzen Wasser auf und stehen in der Herbstsonne, die durch das Küchenfenster fällt. Im Haus ist es seltsam ruhig ohne Taras Söhne.

Nachdem Gilbourne gestern gegangen war, habe ich Leon Markovitz' Namen gegoogelt und bin dabei auf seinen Podcast »Im Gehirn des Mörders« gestoßen. Je mehr ich von dem Begleittext las, desto besorgter wurde ich: »*Wir tauchen tiefer in das kranke, mörderische Gehirn ein als jemals zuvor. Vergessen Sie nicht – der nächste Psychopath wohnt oft gleich nebenan.*« Er hatte in den letzten paar Jahren mehrere Dutzend Folgen veröffentlicht, wobei er sich in jeder auf einen bekannten britischen Mörder konzentrierte und besonderes Interesse an Psychopathen, Serienmördern, Amokläufern und dem Bandenmilieu zeigte. Fred und Rose West. Michael Ryan, der an einem einzigen Nachmittag sechzehn Menschen erschossen hat. Dr. Harold Shipman, der bekannteste Serienmörder Großbritanniens. Und so weiter und so fort.

»Also, wie geht es dir heute, Ellen?« Tara holt zwei Tassen aus dem Küchenschrank und löffelt Pulverkaffee hinein. »Und sag jetzt ja nicht gut, denn damit lasse ich dich nicht durchkommen.«

Ich stoße die Luft aus. »Um ehrlich zu sein, ging es mir schon mal besser.«

»Komm her.« Sie zieht mich in eine Umarmung, und ich versinke im Duft ihres Parfums, das sie selbst an Tagen trägt, an denen sie nicht das Haus verlässt. Ich spüre, wie meine Mauern einstürzen, und bin im nächsten Moment den Tränen nahe. Ich will sie fortwischen, ehe Tara sie bemerkt, doch es ist zu spät.

Sie streichelt meinen Rücken. »Ich mache mir Sorgen um dich, Ellen.«

»Ich komme schon klar.«

»Sag mir, wie ich dir helfen kann.«

Das Wasser kocht, und sie lässt mich los, um den Kaffee aufzugießen, Milch in die Tassen zu geben und mir einen davon in die Hand zu drücken. Ich folge ihr in den Wintergarten, wo sie mich bittet, ihr von dem Gespräch mit Gilbourne zu erzählen.

»Das darf ich nicht, Tara. Er meinte, die Informationen seien streng vertraulich, weil es sich um eine laufende Ermittlung handelt.«

»Schon klar, aber hier geht es um mich, Ellen. Nicht um irgendjemanden von der Straße.«

»Ich habe es ihm versprochen.«

»Warum hat er dir diese Dinge überhaupt erzählt?«

»Weil er sich nach den gestrigen Ereignissen Sorgen um mich macht.« Ich zucke mit den Schultern. »Er meinte, es wäre zu meiner eigenen Sicherheit, wenn ich ein paar Hintergründe kennen würde.«

Tara schüttelt den Kopf. »Seltsam. Er fährt abends hierher, verrät dir vertrauliche Informationen und lässt dich Verschwiegenheit schwören, als könnte es ihn in Schwierigkeiten bringen, wenn jemand davon erfährt. Glaubst du, das macht er immer so?«

»Vermutlich? Ich weiß es nicht. Ich halte ihn für einen netten Kerl, auch wenn der erste Eindruck ein anderer war.«

»Ich glaube, er hat eine Schwäche für dich.«

Ich runzle die Stirn. »Er macht bloß seinen Job.« Ich nippe an meinem Kaffee. »Versuchst du etwa, mich auf andere Gedanken zu bringen?«

»Er sieht immerhin ziemlich gut aus, auch wenn er schon etwas abgezehrt wirkt. Ein echter Frauenheld.«

Ich schüttle den Kopf, doch ein Lächeln stiehlt sich auf mein Gesicht. »Willst du mir wirklich helfen?«, frage ich.

»Natürlich.« Sie stellt den Kaffee ab. »Egal wie.«

»Du hast doch einmal bei der *Daily Mail* gearbeitet. Bevor die Jungs auf die Welt kamen.«

»Das waren die längsten drei Jahre meines Lebens.« Sie grinst. »Die härteste Redaktion des Landes.«

»Hast du noch Kontakt mit ehemaligen Kollegen? Mit der Abteilung vielleicht, wo die Gerichtsreporter arbeiten?«

»Es war keine richtige Abteilung, eher zwei Kerle mit jeder Menge Telefonen, aber ich habe noch ab und zu mit einem der beiden zu tun, ja.«

»Könntest du ihn vielleicht um einen Gefallen bitten?«

Ich erzähle ihr, was ich über Kathryn Clifton herausgefunden habe, dass der Wirt im Pub ihre Schwester erwähnt hat und wie Gilbourne reagierte, als ich ebendiese Schwester ansprach.

»Max, Kathryns Freund, hat auch sofort abgeblockt, als ich die Schwester erwähnte. Erst dachte ich, er würde über mich herfallen, aber dann hat er mir bloß die Tür vor der Nase zugeknallt. Ich habe im Internet recherchiert, aber da war nichts. Was seltsam ist, denn falls ihr etwas zugestoßen ist, muss doch irgendjemand darüber geschrieben haben, oder?«

»Vielleicht ist sie verheiratet und trägt einen anderen Nachnamen?«

»Ja, vielleicht. Oder man hat ihren Namen aus den Suchmaschinen entfernt?«

Tara zieht die Nase kraus. »Das geht nicht so einfach. Es muss entweder eine schwerwiegende Straftat samt richterlichem Beschluss dahinterstecken oder ein Kläger mit viel Geld und einflussreichen Anwälten, die sich die Löschung erkaufen. Wie diese Profifußballer, die mit der Frau des Mannschaftskollegen im Bett waren.«

Dizzy tappt vorsichtig ins Wohnzimmer, als wolle er zuerst sichergehen, dass die Luft rein ist und keine kleinen Jungen in der Nähe sind. Er springt aufs Sofa, und ich kraule ihn hinter den Ohren, woraufhin er sofort zu schnurren beginnt.

»Opfer bestimmter Verbrechen bekommen ebenfalls Anonymität zugesichert. Ich werde auf alle Fälle meinem Kontakt bei der *Daily Mail* schreiben. Mal sehen, ob er etwas weiß.«

»Danke, Tara.«

»Er wird wissen wollen, warum ich frage.«

»Dir fällt sicher etwas ein. Lass nur mich aus dem Spiel, bitte.«

»Er könnte beginnen, eigene Nachforschungen anzustellen, und möglicherweise schlafende Hunde wecken.«

»Solange er seine Ergebnisse an uns weitergibt, ist das okay für mich.«

Tara greift nach ihrem Handy und beginnt zu tippen, während ich Dizzy streichle. Er schnurrt zufrieden und scheint sich gut eingewöhnt zu haben. Ich bin überrascht, wie toll er damit zurechtkommt, von Taras Jungen durchs Haus verfolgt und gepackt zu werden. Es musste tatsächlich noch keiner von ihnen Bekanntschaft mit seinen scharfen Krallen machen. Außerdem macht er sogar Gebrauch von der Katzenklappe, die der frühere Hausbesitzer eingebaut hat und die seitdem nicht mehr benutzt wurde.

Mein Handy vibriert. Eine Nachricht von einer unbekannten Nummer. Ich entsperre das Display und lese. Mein Atem stockt.

Mia ist noch immer in Gefahr.

Tara beugt sich zu mir und liest ebenfalls. »Was soll denn das jetzt, verdammt noch mal?«

Ehe ich etwas erwidern kann, vibriert mein Telefon erneut.

Und Sie ebenfalls.

37

Ein eisiger Schauer läuft über meinen Rücken, während ich antworte.

Was soll das heißen? Wer sind Sie?

Ich drücke auf Senden und überlege, von wem die Nachrichten stammen könnten. Wer weiß genug über Mia und alles andere, was diese Woche passiert ist?

Gilbourne kann es nicht sein, denn seine Nummer habe ich gespeichert. Holts Handy würde als unbekannte Nummer erscheinen, aber warum ruft er nicht an? Vielleicht versucht Kathryn, mit mir Kontakt aufzunehmen? Vielleicht hat sie irgendwie meine Nummer herausgefunden. Ich zerbreche mir immer noch den Kopf, als mein Handy erneut vibriert.

Sie braucht Ihre Hilfe.

Ich presse mir eine Hand auf den Mund. Mein Herz schlägt schmerzhaft schnell, und die Angst, die mich seit Dienstag nie ganz losgelassen hat, setzt mit voller Wucht wieder ein. Ich wusste, dass die Gefahr noch nicht vorüber ist. Ich tippe eine weitere Antwort.

Wer sind Sie?

Tara legt eine Hand auf meine Schulter. »Ist alles okay, Ellen? Du zitterst ja.«

»Das gefällt mir nicht«, sage ich. »Hier stimmt etwas nicht.« Ich wähle die Nummer, von der die Nachricht versandt wurde, und schalte das Handy auf Lautsprecher, damit Tara mithören kann. Es läutet vier Mal, dann meldet sich eine weibliche Roboterstimme, die laut durch den stillen Wintergarten hallt. Ich lege auf und versuche es erneut. Wieder die Mailbox. Dieses Mal hinterlasse ich meinen Namen und bitte schnellstmöglich um Rückruf.

Tara wirft mir einen Blick zu. »Offenbar will da jemand nicht direkt mit dir reden.«

Eine Minute vergeht, und noch eine, während wir auf eine weitere Nachricht warten. Ich stehe auf und wandere im Wintergarten auf und ab, wobei ich das Display nicht aus den Augen lasse.

»Hast du Kathryn deine Nummer gegeben?«, fragt Tara.

»Nein, dazu blieb keine Zeit.«

Nach einer weiteren Minute setze ich mich wieder. Ich bin starr vor Angst. *Mia ist immer noch in Gefahr.* Ich sehe ihr kleines Gesicht, ihre samtigen, runden Wangen, ihre großen blauen Augen und die blonden Haarbüschel vor mir. Es gibt noch immer Leute, die ihr wehtun wollen. Wie kann jemand etwas gegen ein so süßes, unschuldiges Kind haben? Ich denke an das Gespräch mit Gilbourne und die Fotos der beiden Männer, die er nebeneinander auf den Tisch gelegt hat.

Welcher der beiden hat mich kontaktiert? Oder sind es gar beide?

Nein, es ist sicher Kathryn.

»Ich habe sie verschreckt. Ich hätte nicht anrufen sollen. Das war dumm von mir.« Ich schüttle frustriert den Kopf.

Das Handy in meiner Hand vibriert zweimal hintereinander, und ich zucke erschrocken zusammen.

Ich kann alles erklären.

Aber ihr bleibt nicht mehr viel Zeit.

»Was soll denn das jetzt heißen?« Ich starre auf die letzte Nachricht und versuche, die hochsteigende Panik zurückzudrängen.

Ich tippe mit zitternden Fingern.

Rufen Sie mich an. Bitte. Ich kann helfen.

Dieses Mal lässt die Antwort nicht lange auf sich warten.

Nein. Das geht nur persönlich.

»Ja, ja«, meint Tara, »das ist der Leitspruch sämtlicher Stalker und Psychos weltweit. Ich rufe die Nummer von meinem Handy aus an.« Sie wirft einen Blick auf mein Handy und beginnt zu wählen.

»Warte«, sage ich eilig. »Ein Anruf von einer fremden Nummer könnte sie noch mehr verschrecken.«

Tara hält mit dem Daumen über dem grünen Hörersymbol inne. »Wir wissen doch nicht einmal, ob es Kathryn ist. Es könnte jeder sein. Wer hat sonst noch deine Nummer?«

»Keine Ahnung.« Da kommt mir ein Gedanke. »Nein, warte. Ich war doch gestern in Little Missenden.«

Ich tippe ein einziges Wort.

Max?

Ich habe ihm eine Visitenkarte mit meiner Nummer gegeben, aber er hat mir seine Nummer nicht verraten. Es war offensichtlich, dass er mehr weiß, als er sagen wollte.

Gut geraten.

Ich will gerade antworten, als zwei weitere Nachrichten eintreffen.

Treffen Sie mich um 11 im Rectory Park.
Am Kinderspielplatz.

Kommen Sie allein.

Ich werfe einen Blick auf die Uhr. Kurz nach 10. Ich muss zurück zu meinem Haus und das Auto holen. Das wird knapp, aber ich könnte es schaffen, wenn ich nicht zu lange überlege.

»Moment mal.« Tara runzelt die Stirn. »Du willst doch dort nicht hinfahren, oder?«

»Ich muss.«

»Du musst *gar nichts*. Die Nachricht könnte von jedem kommen. Von jemandem, der genau weiß, dass er bloß Mia erwähnen muss, um die richtigen Knöpfe bei dir zu drücken.

Es könnte sogar der Kerl sein, der dir gestern in deinem Haus aufgelauert hat. Vielleicht will er dir noch einmal wehtun.«

»Dazu hatte er gestern genug Gelegenheiten.«

»Ja, und er hat dir einen verdammten 50 000-Volt-Stromstoß verpasst«, erwidert sie entnervt. »Solche Männer geilen sich daran auf, Frauen zu manipulieren und zu kontrollieren. Was, wenn es gar nicht Max ist?«

»Und wenn doch?«

»Er hat dir den Namen nicht verraten, du hast ihn darauf gestoßen.«

»Ich weiß«, gebe ich zu. »Du hast recht, es könnte jeder sein. Aber was, wenn Mia etwas zustößt, und ich hätte ihr helfen können, habe es aber nicht getan? Ich habe stattdessen in deinem Wintergarten gesessen und Kaffee getrunken. Er schreibt, dass sie nicht mehr viel Zeit hat.«

Eine Erinnerung steigt in mir hoch. Ich rieche brennenden Diesel und sehe in Flammen stehende Zelte und beißenden Rauch, der in den strahlend blauen Himmel steigt.

Ich tippe eine Antwort.

Okay

»Wir sollten zumindest diesem Gilbourne von der Polizei Bescheid geben«, sagt Tara. »Oder überhaupt die Polizei hinschicken.«

»Wenn er die Polizei rufen wollte, hätte er es längst getan. Ich rede nachher mit Stuart.«

Ich gebe den Namen des Parks in Google Maps ein. Er befindet sich im Westen, in derselben Richtung, in der auch Max und Kathryn wohnen.

Tara leert ihren Kaffeebecher und steht auf. »Okay, dann legen wir los.«

»Was hast du vor?«

»Ich komme mit.«

»Nein, tust du nicht. Er hat gesagt, dass ich allein kommen soll.«

»Natürlich hat er das, Ellen! Aber er wird mich nicht zu Gesicht bekommen. Ich halte genug Abstand. Ich kann sehr diskret sein, wenn es sein muss.«

»Du kannst viele Dinge, Tara, aber diskret sein gehört nicht dazu. Ich komme schon klar.«

»Ach, so wie am Dienstag? Und gestern?« Sie deutet auf die beiden Wunden an meinem Hals. »Nicht, dass du irgendetwas Verrücktes anstellst. Es könnte eine Falle sein. Die Sache gefällt mir nicht.«

»Wir treffen uns mitten im Park, dort sind überall Leute. Es wird mir schon nichts passieren. Außerdem musst du die Jungs abholen.«

Sie sieht auf die Uhr. »Noch lange nicht. Ich habe jede Menge Zeit bis dahin.«

»Ich komme wirklich allein zurecht.« Ich drücke beruhigend ihren Arm. »Ich muss das einfach durchziehen.«

Sie sieht mich eine gefühlte Ewigkeit an, dann nickt sie langsam und ergeben. »Hast du einen Alarmknopf?«

»Irgendwo zu Hause.«

»Nimm meinen.« Sie holt das Gerät aus der Küche und reicht es mir. »Du musst ihn hier entriegeln und dann diesen Knopf drücken. Der Ton macht jeden im Umkreis von fünfzehn Metern stocktaub. Am besten streckst du den Arm aus und hältst ihn ihm ans Ohr.«

»Danke, Tara.«

Sie fährt mich zu meinem Haus und umarmt mich, bevor ich in meinen Citroën steige.

»Kann ich dir die Sache noch ausreden?«

»Nein.«

»Dann pass auf dich auf. Bleib unbedingt im Park, geh nirgendwo mit ihm hin. Und ruf an, wenn du etwas brauchst.«

»Ja, Mum«, erwidere ich lächelnd.

»Dummerchen. Du weißt genau, was ich meine.«

»Ich schreibe dir, wenn es Neuigkeiten gibt.«

Es ist fünf nach halb elf, ich habe also noch ein paar Minuten Zeit. Ich trete durchs Gartentor und gehe zur Hintertür. Im Haus herrscht noch immer Chaos, und alles wartet auf die Spurensicherung, aber zumindest scheint die Tür zu halten. Als ich wieder an meinem Auto bin, ist Taras Wagen verschwunden.

Ich mache mich auf den Weg in den Rectory Park und überfahre dabei einige gelbe Ampeln, um nicht zu spät zu kommen. Falls es einmal Rot ist, werfe ich einen schnellen Blick aufs Handy, doch es sind keine neuen SMS eingegangen. Ich habe immer noch ein paar Minuten, als ich schließlich auf dem kleinen Parkplatz halte, aussteige und mich umsehe. Es sind kaum Autos hier, und der Park selbst ist gepflegt und überschaubar. Ich sehe einige Eltern mit Kinderwagen und ältere Paare, die ihre Runden drehen. Es weht ein kalter Herbstwind, und ich ziehe den Gürtel meines Regenmantels enger und stecke die Hände in die Taschen, wobei ich rechts den beruhigenden Umriss von Taras Alarmknopf spüre und links mein Handy.

Ich bewege mich eilig auf den Spielplatz auf der gegenüberliegenden Seite zu, der von einem Zaun umgeben ist. Es gibt Rutschen, Schaukeln, einen Sandkasten und Bänke für erschöpfte Erwachsene. Ich fühle mich ungeschützt und bereue bereits, dass ich Tara nicht mitgenommen habe. Allerdings waren die Anweisungen sehr deutlich.

Auf dem Spielplatz befinden sich einige Leute mit Kindern, die noch nicht zur Schule gehen. Ich mustere sie nach der Reihe und suche nach einer Person, die alleine, ohne Kind unterwegs ist. Vielleicht ist Mia auch hier? Obwohl sie natürlich noch zu klein für solche Spielplätze ist. Ich gehe trotzdem schneller und rufe mir dabei Max in Erinnerungen: Mitte zwanzig, groß, muskulös, kurze dunkle Haare. Tattoos.

Mein Handy vibriert. Eine Nachricht von Tara.

Alles okay? Was ist los?

Ich tippe im Gehen eine schnelle Antwort und sehe mich dabei weiter um.

Ja. Viele Leute. Ich sehe noch niemanden.

Ich trete durch die Tür im Zaun auf den Spielplatz und setze mich auf eine leere Bank. Es ist eine Minute nach elf. Ich mustere weiter die Erwachsenen. Viele Mütter, kaum Väter und einige Großeltern, die ein paar Dutzend Kinder im Auge behalten. Von der Bank aus habe ich fast den ganzen Park im Blick und sollte Max schon von Weitem sehen. Außerdem gibt es genügend Zeugen.

Die Zeit vergeht im Schneckentempo. Eine junge Mutter wirft mir immer wieder misstrauische Blicke zu, als wolle sie wissen, was eine Frau ohne Kind auf einem Spielplatz verloren hat. Ich schenke ihr ein Lächeln und gebe vor, mit dem Handy beschäftigt zu sein. Es ist sechs Minuten nach elf.

Plötzlich trifft eine weitere Nachricht der unbekannten Nummer ein.

> Stehen Sie auf, damit ich
> Sie besser sehen kann.

Ich springe auf und sehe mich um. Max ist immer noch nirgendwo zu sehen. Er spielt mit mir, beobachtet mich aus der Ferne, um sicherzugehen, dass ich alleine bin.

Ich antworte:

> Ich bin hier. Wo sind Sie?

Als Antwort kommen drei Nachrichten hintereinander.

> Parkhaus Hillingdon Road. 11:30

> Deck 9

> Wenn Sie zu spät kommen,
> bin ich weg.

38

Die Geduld ist der beste Freund des Jägers.

Wahre Jäger zeichnen sich nicht durch ihre Brutalität oder ihre Größe aus und auch nicht durch ihre List, ihre Gewandtheit oder ihre Schnelligkeit. Es ist die Geduld, die einen geborenen Jäger vom Rest unterscheidet.

Es geht nicht um den tödlichen Schlag, sondern um die Zeit des Näherkommens. Die Bereitschaft, auf den perfekten Moment zu warten. Ein geborener Jäger lässt das Opfer zu sich kommen, lässt das Opfer die ganze Arbeit erledigen. Geduld basiert auf Vertrauen, Erfahrung und dem Wissen um die eigenen Fähigkeiten. Ein geborener Jäger kann vorhersagen, wie sein Opfer sich bewegen, wie es reagieren wird.

Deshalb hält er sich zurück, behält sein Opfer dabei aber immer im Auge, immer in Reichweite. Er genießt die Vorfreude.

Er verfolgt. Er pirscht sich an. Er beobachtet und wartet. Aber nicht mehr lange.

Sie ist fast so weit.

Der richtige Zeitpunkt ist beinahe gekommen.

39

Deck 9 ist das oberste Parkdeck, darüber erstreckt sich nur noch der freie Himmel. Auf dem Weg hierher habe ich mehrere rote Ampeln überfahren und auch im dichten Verkehr überholt, und als ich endlich an der Säule mit der Aufschrift DECK 9 vorbeifahre, bin ich schweißgebadet. Es ist elf Uhr zweiunddreißig. Verdammt noch mal. Zwei Minuten zu spät.

Ich blinzle im hellen Tageslicht, das mir nach der Fahrt durch das dunkle Parkhaus noch greller erscheint. Wie auch die restlichen Decks ist Deck 9 in zwei Teile unterteilt, von denen einer etwas höher liegt und mit dem anderen durch eine Rampe verbunden ist. In der Mitte befindet sich der runde, gemauerte Eingang zum Treppenhaus und den Aufzügen. Die Parkfläche wird von einer etwas mehr als einen Meter hohen Betonmauer begrenzt, die auf keinen Fall hoch genug ist, um Leute aufzuhalten, die sich in die Tiefe stürzen wollen.

Oder in die Tiefe geschubst werden.

Ich fahre langsam an den parkenden Autos vorbei und halte nach einem Fahrer hinter einem der Lenkräder Ausschau. Nichts. Ich scheine allein zu sein. Nach der Fahrt über die Rampe auf den höher liegenden Teil des Parkdecks komme ich schließlich vor der Mauer zum Stehen.

Ich wende den Wagen und fahre die Rampe wieder nach unten, bevor ich mit Blick auf die Ein- und Ausfahrt anhalte.

Vielleicht kommt er nicht. Vielleicht hat ihn etwas verschreckt. Oder er ist bereits wieder weg, weil ich zwei Minuten zu spät war. Aber in diesem Fall wäre er mir doch auf dem Weg nach unten entgegengekommen? Es sei denn, er war nicht mit dem Auto hier. Oder er hat mich erneut in die Irre geführt.

Tara schreibt mir erneut, doch ich ignoriere die Nachricht. Ich darf mich nicht ablenken lassen.

Ich beschließe, im Auto zu bleiben, bis ich weiß, was hier vor sich geht. Ich versperre sämtliche Türen und lausche dem beruhigenden Klicken der Zentralverriegelung. Der Motor läuft, falls ich schnell verschwinden muss. Die Uhr am Armaturenbrett zeigt 11:34 Uhr. Ich lehne mein Handy gegen das Lenkrad und schreibe eine Nachricht.

Ich bin hier, Max. Wo sind Sie?

Eine Minute vergeht, ehe er antwortet.

Steigen Sie aus und gehen
Sie die Rampe nach oben.

Die Umstände sind denkbar schlecht. Das hohe Gebäude, die Abgeschiedenheit, die Tatsache, dass es nur eine Ein- und Ausfahrt gibt. Der Alarmknopf ist hier oben praktisch nutzlos, der schrille Ton würde bloß vom Wind davongetragen, ehe ihn jemand auf den unteren Parkdecks hört, was ohnehin äußerst unwahrscheinlich ist. Das alles ist mir mehr als klar.

Trotzdem bin ich hier. *Mia ist noch immer in Gefahr.* Ich erinnere mich, wie sie vor drei Tagen zufrieden in meinen Armen eingeschlafen ist, nachdem ich ihr das Fläschchen gegeben hatte. An die kleine Milchblase auf ihren Lippen.

Tu etwas.

Ich stelle den Motor ab, steige aus und gehe zum Kofferraum. Unter der Abdeckung befinden sich ein Reservereifen und das dazugehörige Werkzeug. Ich nehme den etwa dreißig Zentimeter langen Schraubenschlüssel und verstecke ihn unter meinem Mantel, wobei ich ihn mit der linken Hand durch die Manteltasche umklammere. Ich werfe den Kofferraumdeckel zu und sehe mich um. Fast alle Parkplätze sind besetzt, ich überschlage etwa hundert Autos. Kein Mensch zu sehen, kein Wagen, der mir bekannt vorkommt.

Ich gehe langsam und vorsichtig die Rampe hoch. Ein starker Wind fährt in meine Haare und bläst sie mir ins Gesicht. Meine Augen beginnen zu tränen. Stahlgraue Wolken ziehen über den Himmel.

Oben angekommen bleibe ich stehen und versuche, mir die Haare hinter die Ohren zu stecken. Mein Magen dreht sich, und Übelkeit steigt in mir hoch, doch ich schlucke sie hinunter und zwinge mich weiterzugehen.

Am Ende der Reihe der parkenden Autos befindet sich ein freier Platz. Ich nähere mich von der gegenüberliegenden Seite und mache einen so großen Bogen wie möglich. Der Wind presst meinen Regenmantel gegen meinen Oberkörper, der Umriss des Schraubenschlüssels ist gut zu erkennen. Mein Herz klopft so schnell, dass es wehtut. Ich gehe weiter auf die

Mauer am Ende des Decks zu, hinter der der Abgrund bis auf die Straße hinunterführt, auch wenn mein Instinkt mir zuruft, dass ich weglaufen, ins Auto steigen und von hier verschwinden soll. *Und zwar sofort.*

Als ich schließlich hinter dem letzten Auto in der Reihe stehe, lehne ich mich vorsichtig daran vorbei, um auf den freien Parkplatz zu sehen. Er ist leer, bis auf einen Haufen Plastik, das vom Wind hin und her geweht und schließlich über die niedrige Mauer gehoben wird. Ich blicke hinunter auf die Büros und Läden unter mir. Vielleicht wollte Max noch einmal nachprüfen, ob ich alleine bin, und beobachtet mich durch ein Fernglas. Vielleicht ist er auch schon wieder gegangen, und ich bin ganz allein hier oben.

Meine Nackenhaare richten sich auf. Da war eine Bewegung hinter mir. Ein Schatten. Ein Umriss, der sich erhebt und zwischen zwei parkenden Autos hindurchhuscht. Die Gestalt tritt hinter einem großen SUV hervor und ins Licht.

Aber es ist nicht Max. Und auch nicht Kathryn.

Es ist Dominic Church.

40

Ich sitze in der Falle.

Hinter mir befindet sich lediglich eine niedrige Mauer, die mich von einem meterhohen Abgrund trennt. Vor mir steht Dominic und versperrt mir den Weg zu meinem Auto.

Er sieht noch schlimmer aus als vor drei Tagen. Unter seinem Auge prangt ein großes Pflaster, die Haut im Umkreis ist geschwollen und blutunterlaufen. Er trägt dieselbe Jacke und dieselbe Hose und hat die Hände zu Fäusten geballt. Ich höre Gilbournes Stimme: *Anklagen wegen Körperverletzung, Raub und Drogenbesitz.*

Dominic hat mich hierhergelockt, um mich vom Dach zu schubsen.

»*Sie*«, zische ich endlich, ziehe den Schraubenschlüssel unter dem Mantel hervor und umklammere ihn mit der rechten Hand. »Kommen Sie ja nicht näher.«

»Wollen Sie mich etwa schon wieder schlagen?«, sagt er und geht langsam auf mich zu. »Ich habe diese Woche nämlich schon mehr als genug Schläge eingesteckt.«

Er ist nur noch fünf oder sechs Meter entfernt. Nahe genug, um mit ein paar großen Schritten bei mir zu sein. All die Angst, die ich bei unserer letzten Begegnung verspürt habe, ist mit einem Mal wieder da. Aber ich bin gleichzeitig auch unheimlich wütend auf mich selbst, denn ich hätte *wissen* müssen, dass er dahintersteckt. Der anonyme Anruf, der Zwischenstopp im Park, um sicherzugehen, dass ich nicht verfolgt werde. Die Abgeschiedenheit des Parkhauses. Es passt zu seinem paranoiden Verhalten am Dienstag, als er Kathryns Rucksack auf der Suche nach GPS-Trackern in alle Einzelteile zerlegte.

Ich hebe drohend den Schraubenschlüssel.

»Hören Sie, ich will bloß reden«, sagt er und wird langsamer. Mir fällt auf, dass er mich mittlerweile siezt. Beinahe, als wolle er mir mehr Respekt entgegenbringen. »Wie wär's, wenn Sie das Ding weglegen?«

»Wie wär's, wenn Sie mich in Ruhe lassen? Warum haben Sie mir nicht gesagt, dass Sie es sind?« Meine Worte werden vom eisigen Wind fortgeweht. »Warum haben Sie mich in dem Glauben gelassen, Sie wären Max?«

»Wären Sie denn gekommen, wenn Sie es gewusst hätten?«

Natürlich nicht, immerhin sind sie ein gewalttätiger Kidnapper, der gedroht hat, mich umzubringen. Aber ich will ihn nicht noch wütender machen. Die Situation steht bereits auf der Kippe, und jedes falsche Wort könnte zu viel sein. »Warum haben Sie geschrieben, dass Mia in Gefahr ist? Und ich ebenfalls?«

»Weil es stimmt.«

»Aber Mia ist in Sicherheit. Sie ist bei …«

»Nein, sie ist *nicht* in Sicherheit. Sie ist in noch größerer Gefahr als jemals zuvor, und es gibt nur einen Weg, das zu ändern.«

»Welchen?«

»Wenn ich es Ihnen sagen soll, müssen Sie mir zuerst vertrauen.«

»Nach allem, was Sie getan haben?«

Er mustert mich mit seinen leuchtend grünen Augen, als würde er mich zum ersten Mal sehen. Ein Windstoß lässt mich schwanken, doch er steht vor mir wie ein Felsen, die Beine leicht gespreizt und in den Boden gestemmt, die Muskeln unter der Bomberjacke deutlich erkennbar.

»Kathryn hat eine gute Wahl getroffen, als sie Sie ausgewählt hat«, sagt er. »Die *richtige* Wahl, das begreife ich mittlerweile.« Er nickt. »Sie hat Ihnen vertraut, und nun müssen Sie mir vertrauen.«

Ich denke an Gilbournes Warnung, mich weder mit Dominic noch mit Leon einzulassen. *Was auch immer passiert, vertrauen Sie keinem der beiden.*

»Ich wüsste nicht, wieso ich Ihnen vertrauen sollte.« Ich deute auf die Wunde über meinem Auge. »Sie haben mich entführt und verletzt. Gut möglich, dass Sie auch in mein Haus eingebrochen sind.«

Er runzelt die Stirn. »Jemand ist bei Ihnen eingebrochen?«

»Zwei Mal.«

Er schüttelt energisch den Kopf. »Das war ich nicht.«

»Genau das hat der andere Kerl auch gesagt.«

»Ich habe keinen Grund, Sie anzulügen.«

»Sie haben mehr als genug Gründe.«

»Was haben die Einbrecher mitgenommen?«, fragt er und tritt erneut einen Schritt auf mich zu.

»Bleiben Sie von mir fern!« Ich weiche zurück und nähere mich der niedrigen Mauer.

»Sie verstehen das alles vollkommen falsch, Ellen. Sie verstehen *mich* falsch. Ich hätte Sie vor drei Tagen töten können. Sie und Mia. Es gab mehr als genug Gelegenheiten, aber ich habe es nicht getan. Sie sollten sich fragen, warum nicht.«

»Sie sagten, Sie würden auf den Einbruch der Dunkelheit warten, damit Sie uns loswerden können.«

»Ja. Aber ich wollte Sie irgendwo auf dem Land absetzen, damit Sie mich nicht sofort identifizieren und mich nicht davon abhalten können, Mia in Sicherheit zu bringen.«

»In *Sicherheit?*«

»Ich wollte Ihnen und der Kleinen nichts tun. Das schwöre ich beim Leben meiner Mutter.«

Ich bewege mich unauffällig zur Seite, um vielleicht an ihm vorbeizuhuschen und zu meinem Auto zu laufen, falls er noch näher kommt.

»Ich gehe jetzt, Dominic.«

»Sie laufen schon wieder davon?«

»Ich bin in meinem ganzen Leben noch nie davongelaufen.«

»Sie sind zu Ihrer Freundin gelaufen, um in ihrem Haus und mit ihren drei kleinen Jungen heile Welt zu spielen.«

Ich erstarre. »Woher wissen Sie, dass ich bei Tara untergekommen bin?«

»Ich hatte Ihr Handy, wissen Sie noch?« Er zuckt mit den Schultern. »Ihr ganzes Leben war darin enthalten. Geburtstage, Adressen, Kalender, Nachrichten. Mit Tara hatten Sie am häufigsten Kontakt.«

Ein Auto fährt auf den unteren Teil des Parkdecks, und Dominic wirft mir einen raschen Blick zu, dann verschwindet er hinter dem großen SUV. Eine junge Frau steigt aus und eilt zum Aufzug. Während Dominic abgelenkt ist, schiebe ich mich weiter in Richtung der Rampe und ein Stück weg von ihm.

Kurz darauf kommt er aus seinem Versteck und stellt sich mir erneut in den Weg.

»Fragen Sie sich einfach einmal«, meint er mit leiser Stimme, »wie Sie sich fühlen würden, wenn einem der drei Jungen etwas zustoßen würde.«

Noah, Lucas und der kleine Charlie. Die Angst bohrt sich wie ein Messer in mein Herz.

»Ist das eine Drohung?«

»Bloß rein hypothetisch. Es war bereits zwei Mal jemand in Ihrem Haus. Wer sagt, dass dieser jemand sich damit zufriedengibt? Er hat Sie schon einmal gefunden, er könnte Sie jederzeit wieder finden.«

»Wenn Sie auch nur einen der Jungen anrühren, dann …«

»*Ich?* Ich rede nicht von mir. Ich rede von demjenigen, der hinter allem steckt.«

»Leon Markovitz?«

»Möglich.«

»Und wenn er es nicht ist? Wer ist es dann?«

»Sie würden mir kein Wort glauben, wenn ich es Ihnen sagen würde. Ich kann Ihnen nur versichern, dass wir beide dasselbe wollen. Aber mir bleiben nicht mehr viele Möglichkeiten. Sie sind die Einzige, die Mia jetzt noch helfen kann.«

Er kommt näher, und zum ersten Mal sehe ich Verzweiflung in seinen Augen. Einen Schmerz, den ich am Dienstag nicht wahrgenommen habe. Seine breiten Schultern sacken in sich zusammen, und er senkt den Blick. Da sind dunkle Ringe unter seinen Augen. Er wirkt erschöpft. Todmüde.

»Werden Sie Mia helfen?« Seine Stimme ist mittlerweile kaum mehr als ein Flüstern. »Werden Sie *mir* helfen?«

Mir wird klar, dass er mir nie gesagt hat, worin seine Interessen in der ganzen Sache liegen. Ich bin davon ausgegangen, dass er Kathryns Ex-Mann oder Ex-Freund ist, der auf Rache sinnt. Aber ich habe ihn nie gefragt, ob das stimmt. Und er hat ebenfalls nichts preisgegeben.

»Wer sind Sie, Dominic? Sagen Sie es mir, dann denke ich darüber nach. Sagen Sie mir die Wahrheit. Ist Mia Ihre Tochter, und Sie dürfen sie nicht mehr sehen? Ihr eigenes Fleisch und Blut? Gibt es ein Kontaktverbot?«

Er mustert mich eine gefühlte Ewigkeit, und die Traurigkeit ist beinahe greifbar. Dann schüttelt er den Kopf.

»Nein«, sagt er. »Mia ist nicht meine Tochter. Und Kathryn ist auch nicht ihre Mutter.«

41

»Aber wer sind Sie dann?«, frage ich und versuche das, was Dominic gerade gesagt hat, in Einklang mit dem zu bringen, was passiert ist. »Und wenn Mia nicht Ihre Tochter ist, was hat es dann mit ihr auf sich?«

»Es ist besser für Sie, wenn Sie das nicht wissen. Für Sie sollte nur wichtig sein, dass Mia sich in schrecklicher Gefahr befindet. Wir müssen die Leute warnen, die sich um sie kümmern. Sie müssen sie zurückholen. Sie sind die Einzige, die mir helfen kann, weil Sie vermutlich bis zu Mia durchdringen können. Mich lassen sie nicht in ihre Nähe.«

»Dann sollten Sie zur Polizei gehen. Und …«

»Wir können der Polizei nicht vertrauen!« Mit einem Mal ist die unbändige Wut wieder da. »Haben Sie das immer noch nicht kapiert? Hören Sie mir überhaupt zu? Warum glauben Sie, dass ich so bin? Warum schaue ich Ihrer Meinung nach ständig über die Schulter? Warum sollte ich Sie hierhergelockt und vorher noch sichergestellt haben, dass Sie nicht verfolgt werden? Oder mit den Cops zusammenarbeiten? Die Polizei hat von Anfang an alles falsch gemacht. Ohne die Polizei wäre nichts von alldem passiert. Sie haben die Ermittlungen an die Wand gefahren, und dann wollten sie mir die Schuld in die

Schuhe schieben, weil sie ihren Job nicht richtig erledigt haben, verdammte *Scheiße.*«

Ich schlucke. Meine Kehle ist staubtrocken. Die ruhige Stimme und die Erschöpfung sind verschwunden, da ist nur noch dieser unglaubliche Zorn in ihm. Ist er überhaupt noch fähig, die Wahrheit zu erkennen? Kann ich ihm glauben? Der Schraubenschlüssel, den ich immer noch umklammere, fühlt sich angesichts seiner Wut klein und leicht an, und mir wird mit einem Mal klar, wie nahe wir dem Abgrund mittlerweile gekommen sind. Er könnte mich vermutlich mit einer Hand hochheben, falls er beschließen sollte, mich nach unten zu werfen.

»Kathryn hatte ebenfalls Zweifel an der Polizei«, sage ich leise.

»Und sie hatte verdammt recht damit«, knurrt er. »Sie hat gespürt, was da läuft.«

Ich muss ihn dazu bringen, sich zu beruhigen, und darf ihn nicht noch mehr in Rage bringen. Ich bemühe mich um einen möglichst sanften Tonfall, als ich frage: »Ist sie deshalb abgehauen?«

»Sie ist ein kluges Mädchen. Sie wusste, dass Mia in Gefahr ist. Aber schon seit einigen Tagen habe ich nichts mehr von ihr gehört. Sie geht nicht ans Telefon und war nicht in ihrer Wohnung.«

»Glauben Sie, dass ihr etwas zugestoßen ist?«

Er steckt die Hände tief in die Taschen. »Es sieht ihr nicht ähnlich, dass sie einfach untertaucht. Irgendetwas stimmt da nicht.«

»Sie haben geschrieben, dass Mia nicht mehr viel Zeit bleibt. Was meinten Sie damit?«

»Sie werden schon bald herausfinden, wer Mia ist. Es dauert vielleicht noch einen Tag oder zwei. Vielleicht nicht einmal mehr das. Aber es gibt dort draußen jemanden, der sie töten würde, um genau das zu verhindern. Der sie einfach verschwinden lassen möchte.«

»Ich würde es ja gerne verstehen, Dominic, aber das klingt alles ein wenig …«

»Verrückt?«

»Ja.«

»Hielten Sie Kathryn auch für verrückt?«

Sie war schrecklich besorgt. Angespannt. Aber verrückt? Nein.

»Sie wirkte nicht verrückt«, antworte ich. »Sie hatte einfach … unheimliche Angst.«

»Kathryn hat verstanden, dass Mia in großer Gefahr schwebt, deshalb hat sie die Kleine mitgenommen. Deshalb war sie auf der Flucht und hat Mia einer vollkommen Fremden übergeben, als sie spürte, wie sich das Netz um sie zuzieht.«

»Aber *wer* hat das Netz enger gezogen?«

»Das müssen Sie nicht wissen. Es spielt keine Rolle.«

»Doch, für mich schon.«

Er verschränkt seufzend die Arme vor der Brust. »Ich kann nicht riskieren, dass Sie alles, was ich Ihnen sage, sofort an die Polizei weitergeben. Gilbourne hat sie bereits am Haken, das ist nicht zu übersehen.«

»Aber nein, er wollte doch nur helfen«, erwidere ich, und ehe ich mich versehe, verteidige ich den Detective Inspector. »Er war sehr nett. Zuvorkommend.«

»Sie dürfen ihm nicht vertrauen. Sie dürfen niemandem dort vertrauen. Es ist einer schlechter als der andere.«

»Er hat dasselbe über Sie gesagt.«

Dominic stößt ein bellendes, trockenes Lachen aus. »Klar hat er das. Aber ich sage Ihnen jetzt eines, Ellen. Sie müssen sich entscheiden, auf wessen Seite Sie stehen und wem Sie glauben werden.«

»Warum muss ich auf irgendjemandes Seite sein? Ich bin auf meiner eigenen Seite. Auf Mias Seite.«

Er richtet seine blutunterlaufenen Augen auf mich und mustert mich, ohne zu blinzeln. »Mia hat Sie vor ein paar Tagen gebraucht, und jetzt braucht sie Sie erneut.«

»Und wie kann ich ihr helfen?«

»Sie müssen ihre Großeltern warnen. Sie wähnen sich in Sicherheit hinter ihren hohen Mauern, den mächtigen Toren und den Kameras. Sie glauben, sie können Mia beschützen, aber da irren sie sich.«

»Ich dachte, Mia wäre in einer Betreuungseinrichtung.«

Er schüttelt den Kopf.

»Sie ist wieder bei ihrer Familie, was sie zu einem leichten Ziel macht. Ihre Großeltern müssen mit ihr verschwinden. An einen Ort, den niemand kennt.«

»Warum sagen Sie ihnen das nicht selbst?«

»Ich habe es versucht, aber zwischen uns herrscht schon seit längerer Zeit Funkstille.« Er stößt die Luft aus. »Ich war gestern dort, um sie zu warnen. Sie haben mich nicht einmal auf das Grundstück gelassen.«

»Das überrascht mich ehrlich gesagt nicht.«

»Zwischen ihnen und mir ist viel passiert, aber Ihnen sind die beiden noch nie begegnet. Vielleicht hören sie Ihnen zu, wenn Sie ihnen erzählen, dass sie Kathryn am Dienstag im Zug getroffen haben. Wenn Sie ihnen sagen, was passiert ist.«

»Okay«, lenke ich ein. »Ich werde es versuchen. Können Sie mir ihren Namen und die Adresse geben?«

»Einfach so? Sie wollen nicht noch ein wenig darüber nachdenken?«

Ich schüttle den Kopf. »Nein. Ich rede mit ihnen.«

»Danke, Ellen.« Er ist kaum zu verstehen, als hätte er sich schon lange nicht mehr bei jemandem bedankt. »Ich danke Ihnen.«

»Also, wo muss ich hin? Und wie erreiche ich Sie?«

»Gar nicht.« Er schüttelt den Kopf. Die Dankbarkeit scheint vergessen. »Ich rufe Sie an. Die Nummer, von der ich die Nachrichten geschrieben habe, gibt es nicht mehr. Ich verwende ein Handy nie länger als einen oder zwei Tage.«

»Dann geben Sie mir eben Ihre neue Nummer, und ich rufe Sie an.«

»Damit Sie die Nummer direkt an Gilbourne weitergeben und er mich aufspüren kann? Auf keinen Fall.«

Es ärgert mich, dass er ständig denkt, ich würde mit allem sofort zur Polizei laufen. Was ich natürlich tun *sollte*. Aber ich will ihn nicht noch einmal auf die Palme bringen. Nicht jetzt, wo er sich zum ersten Mal ein wenig öffnet.

»Also, wo ist Mia?«

Er wirft einen Blick über die Schulter, dann sieht er mich an.

»Etwa fünfzehn Kilometer nördlich von hier liegt ein Dorf namens Prestwood Ash. Mitten im Nirgendwo.«

»In der Nähe von Little Missenden?«

Er wirft mir einen seltsamen Blick zu, scheint aber nicht überrascht, dass ich den Namen kenne. »Ja, circa fünf Kilometer weiter nördlich, tiefer in den Chiltern Hills.«

Er wird von dem Röhren eines Autos unterbrochen, das im niedrigsten Gang und mit quietschenden Reifen auf dem Weg aufs oberste Parkdeck ist. Es ist ein blauer Nissan, und die Fahrerin ist deutlich zu erkennen.

Tara. Sie ist mir also doch gefolgt.

Sie beugt sich übers Lenkrad und sieht sich suchend um. Unsere Blicke treffen sich, und ich schüttle eilig den Kopf. *Alles okay, verschwinde wieder*. Doch es ist zu spät.

Sie gibt Gas, beschleunigt die Rampe nach oben und hält direkt auf Dominic zu. Er hat mein Kopfschütteln bemerkt und weicht bereits in Richtung Treppenhaus und den Aufzügen zurück. Er wirkt enttäuscht und angewidert.

»Ich habe Sie nur um *eine* Sache gebeten, und zwar, dass Sie alleine kommen.« Er schüttelt den Kopf. »Ich dachte, ich könnte Ihnen vertrauen.«

»Das können Sie.«

»Ich dachte, Sie wollen Mia helfen, aber Sie verfolgen bloß Ihre eigenen Interessen, wie alle anderen auch.«

»Ich werde ihr helfen, wenn Sie mir sagen, wo sie ist!«, rufe ich ihm hinterher. »Bitte geben Sie mir die Adresse.«

Doch er eilt weiter, drückt die Tür ins Treppenhaus auf und ist im nächsten Moment verschwunden.

DS HOLT

42

Die Frau würde ihn nicht nach oben lassen.

Das spürte er schon bei der Begrüßung. Ihr Gesicht war ausdruckslos und starr vor Kummer. Wie betäubt von den grauenhaftesten Nachrichten, die man Eltern überbringen konnte. Jetzt stand sie ihm in dem mit dickem Teppichboden ausgelegten Vorzimmer gegenüber, die dünnen Arme hingen schlaff nach unten, die Augen waren rot vom Weinen. Er sah an ihr vorbei zu der breiten, geschwungenen Treppe, die in den ersten Stock führte. Mia war dort oben in einem der sechs Schlafzimmer. Neben der Haustür hing ein Monitor, der live ein Schwarz-Weiß-Bild des Eingangstores übertrug, aber nichts aufzeichnete. Die Hunde hatte man vorerst dankenswerterweise in ein Hinterzimmer gesperrt.

»Es ist reine Routine, Madam.« Er hielt noch immer seine Marke in der Hand und streckte sie ihr entgegen. Er hatte nicht erwartet, dass die Frau Schwierigkeiten machen und seine Bitte tatsächlich ausschlagen würde. »Es ist zur Absicherung, um uns dabei zu helfen …«

»Ich schaffe das nicht. Nicht heute. Wir brauchen Zeit für uns. Es tut mir leid.«

Einen Moment lang spielte Holt mit dem Gedanken, ihr den wahren Grund für seinen Besuch zu verraten. Er konnte ihr natürlich auch weismachen, dass sie keine andere Wahl hatte, weil er einen Durchsuchungsbefehl, einen richterlichen Beschluss oder etwas in der Art dabeihatte. Aber vermutlich hätte sie selbst das nicht gekümmert. Nicht nach der Nachricht, die sie vor Kurzem erhalten hatte.

»Es dauert wirklich nur ein paar Minuten«, fuhr Holt fort. »Dann sind Sie mich los.«

»Wir hatten bisher immer mit Detective Inspector Gilbourne zu tun«, sagte sie, und ihre Stimme klang mit einem Mal härter. »Er war immer sehr nett und verständnisvoll. Er hat uns geraten, niemanden zu ihr zu lassen, den wir nicht kennen und vertrauen. Außerdem hat er die Probenentnahme für Montag angekündigt, nicht für heute.«

»Wenn Sie mich einfach kurz …«

»Nebenbei bemerkt ist Mia gerade erst eingeschlafen, und ich will sie nicht schon wieder diesem Stress aussetzen, nachdem sie erst vor Kurzem solche Aufregung erlebt hat.«

Der Ehemann trat aus einem der hinteren Zimmer, und Holt hätte beinahe frustriert geseufzt. Er war Mitte siebzig und damit etwas älter als seine Frau, groß und glatzköpfig, mit einem buschigen weißen Schnurrbart, der sich dramatisch von seinem hochroten Gesicht abhob.

»Was ist denn hier los? Angela, was soll das?« Er sah Holt an wie einen Vertreter, der gerade mit einem Schuh voller Hundescheiße den Teppichboden ruiniert hatte. »Haben Sie schon jemanden verhaftet?«

»Nein, leider nicht, Sir, aber ich versichere Ihnen, dass wir dem Fall unsere gesamte Aufmerksamkeit widmen. Ich habe Ihrer Frau gerade den Grund für meinen Besuch erklärt.«

»Und was hat meine Frau gesagt?«

»Nein!«, antwortete die Frau barsch, und ihre Stimme brach beinahe.

»Nun, dann haben Sie Ihre Antwort, Inspector. Sie haben meine Frau durcheinandergebracht. Bitte gehen Sie.«

Holts Handy klingelte. Gilbourne schon wieder. Er konnte ihn kein drittes Mal ignorieren.

»DS Holt.«

»Nathan, wo zum Teufel stecken Sie? Ich versuche seit einer Stunde, Sie zu erreichen.«

»Tut mir leid, Boss. Ich habe Zeugen befragt und nicht bemerkt, dass mein Handy immer noch lautlos ist.«

Gilbournes wütende Stimme war so laut, dass Holt das Handy vom Ohr nehmen musste.

»Sie sind doch kein verdammter Bibliothekar, Nathan! Sie stellen Ihr Handy nicht lautlos. Niemals. Ihre Kollegen müssen Sie rund um die Uhr erreichen können. *Ich* muss Sie erreichen können. RUND. UM. DIE. UHR.« Er betonte jedes einzelne Wort. »Auch wenn Sie glauben, etwas Besseres zu sein. Verstanden?«

Holt nickte der Frau zu und trat durch die offene Haustür nach draußen. Sie schien froh, ihn loszuwerden, und schloss die Tür hinter ihm. Er trat auf den bekiesten Vorplatz.

»Ja, Sir.« Holt betrachtete die Auffahrt, an deren Ende das schwarze Eisentor immer noch einen Spalt breit offen stand. »Natürlich.«

Es folgte eine Pause, dann fuhr Gilbourne deutlich leiser fort: »Was ist denn los, Nathan?«

»Nichts«, erwiderte Holt ruhig. »Gar nichts. Ich mache hier bloß noch fertig, dann komme ich sofort zu Ihnen.«

»Ich will, dass Sie zu Sienna Parkers Eltern fahren und sie

noch einmal befragen. Mal sehen, ob angesichts der jüngsten Entwicklungen etwas Neues ans Tageslicht kommt. Vielleicht gibt es eine Verbindung zwischen ihr und dem neuesten Opfer. Wie schnell können Sie dort sein?«

Holt hatte die Frage vorausgesehen und bereits die richtige Antwort parat. Sein Blick wanderte über den Rasen vor dem Haus, die Weiden, die die Auffahrt säumten, und die Steinmauer, die das Grundstück umgab. »Ich bin gerade in Marylebone, Sir. Der Bahnhofsleiter hat noch Videomaterial von Dienstagnachmittag aufgetrieben, und da vom Technik-Team niemand Zeit hatte, dachte ich, ich fahre auf dem Rückweg vorbei und hole mir die DVDs.«

»Ist irgendetwas Neues darauf zu sehen?«, fragte Gilbourne und klang nicht mehr ganz so wütend.

»Ich bin mir nicht sicher. Ich sehe es mir genauer an, sobald ich wieder im Büro bin.«

»Okay, aber zuerst fahren Sie zu den Parkers. Und halten Sie mich auf dem Laufenden!«

Holt beendete das Gespräch und drehte sich noch einmal zur Haustür um. Die Frau stand im Türrahmen und musterte ihn misstrauisch. Sie hatte die Tür offenbar doch nicht geschlossen, sondern ihn beim Telefonieren belauscht.

Ihr Blick gab ihm zu verstehen, dass sie seine Lüge bemerkt hatte. »Marylebone?«, fragte sie.

Holt schenkte ihr ein Lächeln, das sie nicht erwiderte. »Danke für Ihre Zeit, Mrs Clifton. Und noch einmal mein Beileid.«

Er spürte ihren Blick im Rücken, bis er bei seinem Auto angekommen war.

43

Als Tara schließlich hält und aus dem Wagen springt, ist es bereits zu spät, um Dominic die Treppe nach unten zu folgen – selbst, wenn ich wollte.

»Ist alles okay?«, fragt Tara atemlos. »War das dieser Max? Er sah aus wie ein echter Schläger.«

»Mir geht es gut, ich bin bloß etwas durch den Wind.« Ich ringe mir ein Lächeln ab. »Du solltest doch zu Hause bleiben.«

»Ich habe mir Sorgen gemacht, und irgendjemand muss dich im Auge behalten.«

Sie erzählt, dass sie mir heimlich von zu Hause aus in den Rectory Park und schließlich hierher gefolgt ist. »Es war wie bei *Drei Engel für Charlie*«, verkündet sie, und die Aufregung nach der wilden Verfolgungsjagd ist ihr noch immer anzumerken. »Ich hätte dich fast verloren, als du plötzlich aufs Gas gestiegen bist, aber ganz offensichtlich bin ich *echt* gut im Verfolgen. Sehr diskret.«

»Abgesehen von den quietschenden Reifen.«

»Ja, tut mir leid. Ich habe dich nicht mehr gesehen, nachdem du ins Parkhaus gebogen bist, und musste jedes einzelne Deck abklappern. Als mir klar wurde, dass er dich ganz nach oben gelockt hat, bin ich in Panik geraten. Ich hatte echt Angst um dich, und dann sah ich …«

»Hör mal«, unterbreche ich sie. »Du musst unbedingt sofort etwas für mich tun, ich erkläre dir gleich, warum. Aber zuerst musst du in Noahs Schule und im Kindergarten anrufen.«

Das Lächeln verschwindet aus ihrem Gesicht, und sie sieht mich entsetzt an. »Warum?«

»Tu es einfach.«

»Du machst mir Angst, Ellen. Was ist passiert?«

»Nur, um sicherzugehen. Und jetzt ruf an.« Ich lege ihr eine Hand auf den Arm.

Sie scheint nicht sicher, ob sie weiterfragen oder doch ihr Handy herausholen soll, doch dann wendet sie sich ab und beginnt zu telefonieren. Ich sehe zu, wie sie auf und ab wandert und hektisch auf ihren Gesprächspartner einredet. Dann nickt sie. Ich hasse mich dafür, dass ich meine Freundin derart in Angst und Schrecken versetze und alles irgendwie außer Kontrolle gerät, aber ich muss Dominics Drohung ernst nehmen.

Endlich dreht Tara sich wieder zu mir um. Ihr Gesicht ist blass, und sie schlingt die Arme um den Oberkörper. »Es ist alles in Ordnung«, sagt sie leise. »Noah geht gleich zum Mittagessen, Lucas und Charlie spielen draußen. Also, was ist los, Ellen? Sollte ich die Polizei informieren? Sind die Jungen in Gefahr?«

Ich erzähle ihr, dass Dominic die Namen der Jungen kennt und weiß, dass ich bei ihr untergekommen bin.

»Wir müssen DI Gilbourne verständigen«, erklärt sie. »Er wird wissen, was wir ...«

»Nein«, erwidere ich schnell und höre erneut Dominics zornerfüllte Stimme. »Noch nicht.«

»Wie meinst du das?«

»Ich bin mir nicht ganz sicher, wem wir noch vertrauen können. Holen wir lieber zuerst die Jungs und bringen sie nach Hause.«

Taras Augen sind geweitet, und sie umklammert immer noch ihr Handy, als würde sie erwarten, dass es jeden Moment klingelt. Sie sieht auf die Uhr.

»Weiß der Kerl denn, wo die Schule ist? Und der Kindergarten? O mein Gott, war das der Mann, der dich entführt hat? Der mit der Pistole?« Als ich nicke, meint sie bestimmt: »Wir sollten unbedingt jemanden verständigen.«

»Das machen wir. Aber jetzt lass uns erst einmal von hier verschwinden.«

»Ich hole zuerst Lucas und Charlie und dann Noah«, beschließt sie und geht zu ihrem Wagen.

Ich greife nach meinem Autoschlüssel. »Ich fahre dir hinterher.«

Ich rufe Gilbourne aus dem Auto an, doch ich erreiche bloß die Mailbox. Ich denke an unser Gespräch gestern Abend. Er wird nicht erfreut sein, dass ich mich auf eigene Faust mit einem anonymen Anrufer getroffen habe. Meine Gedanken wandern weiter zu dem frischen, sauberen Duft seines Aftershaves und zu seiner warmen Hand auf meiner.

Ich schüttle den Kopf und konzentriere mich darauf, Tara nicht zu verlieren, die sich vor mir durch den Verkehr schlängelt.

Der kleine Charlie muss aus seinem Nachmittagsschläfchen gerissen werden, und Tara trägt ihn wie ein müdes Babyäffchen zum Auto, während er schlaftrunken den Kopf auf ihre Schulter legt. Lucas freut sich, heute früher abgeholt zu werden, und lässt mich sogar seine Hand halten, während wir zum Auto gehen. Wir legen die fünfminütige Strecke zu Noahs Schule in drei Minuten zurück und parken auf der Straße neben dem angeschlossenen Spielplatz. Tara will Charlie auf keinen Fall auch nur eine Sekunde lang allein im Auto lassen und trägt ihn zu dem hohen Zaun, der die Schüler von der Außenwelt trennt. Lucas will auch etwas sehen, also hebe ich ihn auf meine Hüfte. Er ist zwar erst vier, aber überraschend schwer, kein Vergleich zu der federleichten Mia in meiner Armbeuge. Beim Gedanken an Mia schlägt die Angst wie eine Welle über mir zusammen. Sie ist immer noch dort draußen und der brutalen Welt schutzlos ausgeliefert.

»Suchen wir Noah?«, fragt Lucas.

»Ja, siehst du ihn?«

Wir lassen unsere Blicke über den Spielplatz und die Kinderschar schweifen, die fröhlich umherläuft und springt. Ein paar Erwachsene beaufsichtigen den Flohzirkus. Einige Male glaube ich, Noahs rote Jacke entdeckt zu haben, aber es ist immer ein anderer Junge. Panik macht sich breit. Es ist unmöglich, dass Dominic vor uns hier war.

Trotzdem wird es langsam Gewissheit.

Noah ist nicht hier.

44

Das ist alles deine Schuld, flüstert eine Stimme in meinem Kopf.

»Wo ist er, Ellen?«, fragt Tara panisch. »Ich habe doch gerade erst mit der Schule telefoniert. Warum ist er nicht auf dem Spielplatz?«

»Vielleicht ist er im Gebäude?«

Sie schüttelt den Kopf. »Sie sind immer im Garten, außer es regnet. Ich muss zu seiner Lehrerin.« Sie eilt auf das Eingangstor der Schule zu. »Ruf sofort die Polizei an, Ellen, wir müssen …«

»Da!«, meint Lucas plötzlich und zeigt mit dem Finger in die gegenüberliegende Ecke des Spielplatzes. »Da ist er doch!«

Wir fahren beide herum. Noah sitzt mit seinem Freund Rakim auf einem weiß gestrichenen Baumstamm und spielt Karten.

»Du hast viel bessere Augen als ich, Lucas«, seufze ich erleichtert. »Richtige Adleraugen.«

Er sieht stolz grinsend zu mir hoch. Tara eilt zum Zaun und scheint erst zufrieden, nachdem sie ihren Ältesten mit eigenen Augen gesehen hat. Ihr Gesicht ist kalkweiß vor Angst, aber ich sehe ihr an, dass sie ihre beiden jüngeren Söhne nicht beunruhigen möchte. »Ich könnte sagen, dass wir einen Arzttermin haben«, sagt sie leise.

»Aber es geht ihm doch gut«, wende ich ein. »Er scheint hier sicher zu sein.«

Tara beobachtet ihren Sohn noch einen Augenblick lang beim Spielen, dann wandert ihr Blick prüfend zu den verschlossenen Toren und den Erwachsenen auf dem Spielplatz. Es sind vertraute Gesichter von Leuten, die sie kennt und mit denen sie bereits mehrmals gesprochen hat. Alles ist so, wie es sein sollte.

»Wir holen Noah zur regulären Zeit ab«, beschließt sie. »Will jemand einen Erdbeer-Milchshake, wenn wir zu Hause sind?«

Zurück in Taras Haus baue ich mit Lucas Raumschiffe aus Lego, und Charlie spielt mit mehreren Teddys, Actionfiguren und Puppen und brabbelt zufrieden vor sich hin. Ich muss ständig daran denken, wie Mia in diesem Alter sein wird. Wird sie so nachdenklich wie Noah? So ehrgeizig wie Lucas? Oder eine kleine Komikerin wie Charlie? Wird sie überhaupt die Chance bekommen, sich zu entwickeln?

Dominics beunruhigende Worte lassen mich nicht los.

Es gibt jemanden da draußen, der sie töten will. Der sie einfach verschwinden lassen möchte.

Ich bleibe bei den beiden Jungen, während Tara Noah von der Schule holt. Als sie wieder da sind, gehe ich nach oben ins Gästezimmer und wähle noch einmal Gilbournes Nummer, erreiche aber wieder nur die Mailbox. Dizzy liegt eingerollt am Fußende des Bettes und öffnet ein Auge, als ich mich neben ihn setze. Unten läuft mittlerweile der Fernseher, und ein paar Minuten später steht Tara mit zwei Tassen Tee im

Türrahmen. Ich habe gerade meine wenigen Habseligkeiten in meine Übernachtungstasche gepackt.

»Was machst du da?«, fragt sie.

Ich greife nach einem der dampfenden Teebecher. »Ich muss gehen, Tara.«

»Wovon redest du? Wohin musst du gehen?«

»Es wäre nicht richtig, noch länger hierzubleiben. Ich bringe dich und deine Familie in Gefahr. Ich hätte gar nicht herkommen sollen. Es tut mir leid.«

»Dir muss gar nichts leidtun.«

»Mir war das bisher nicht bewusst, aber jetzt habe ich es verstanden.«

»Aber … du kannst doch erst wieder in dein Haus, wenn die Spurensicherung dort war, oder?«

»Ich ziehe für ein paar Tage in ein Hotel. Ich weiß, Noah ist nichts passiert, aber alleine der Gedanken, dass ihm etwas zustoßen könnte … das ertrage ich nicht.«

Sie nickt und zieht mich in eine Umarmung. »Dave kommt heute früher von der Arbeit«, sagt sie. »Und es ist gut, dass das Wochenende vor der Tür steht. Vielleicht lasse ich sie nächste Woche vom Kindergarten und der Schule zu Hause und behalte sie hier bei mir.«

»Ich werde Gilbourne sobald wie möglich von dem Treffen mit Dominic erzählen. Vielleicht kann jemand euer Haus im Auge behalten, oder er schickt zumindest regelmäßig einen Streifenwagen vorbei.«

»Wie lange willst du im Hotel bleiben?«

»Bloß ein paar Tage, bis ich wieder nach Hause kann. Bis alles … wieder normal ist.« Eigentlich wollte ich sagen: *Bis alles vorbei ist.* Aber die Worte kommen mir nicht über die Lippen.

Tara löst sich von mir, behält die Hände aber auf meinen Schultern. »Bist du dir sicher? Ich finde, du solltest jetzt nicht allein sein, Ellen.«

»Das Hotel ist doch ganz in der Nähe.«

»Ich mache mir Sorgen um dich.«

»Ich komme schon klar. Deine Jungen sind jetzt wichtiger.«

Ich schlüpfe in meine Jacke und trage meine Sachen nach unten, dann öffne ich die Katzentransportbox und pfeife nach Dizzy. Es ist beinahe Fressenszeit, deshalb dauert es nicht lange, bis er auftaucht.

»Was soll denn das jetzt?«, fragt Tara.

»Ich muss den jungen Mann hier in die Tierpension bringen.«

»Blödsinn, er kann bei uns bleiben. Die Kinder lieben ihn, nicht wahr, Jungs?«

Noah streckt beide Daumen in die Höhe. »Darf er für immer hierbleiben?«

»Nein, für immer nicht, Noah«, erwidert Tara sanft. »Bloß ein paar Tage.«

Ich streichle Dizzy über den Kopf. »Benimm dich«, sage ich zu ihm, dann gehe ich vor Taras ältestem Sohn in die Knie. »Noah, ich muss dich jetzt um etwas bitten. Könntest du auf Dizzy achtgeben, bis ich ihn wieder mit nach Hause nehmen kann? Sorgst du dafür, dass alle nett zu ihm sind? Und erinnerst du deine Mum, dass sie ihn füttert?«

»Okay.«

»Versprochen?«

Er nickt feierlich.

»Danke, Noah, du bist ein guter Junge.«

Ich drücke ihm einen Kuss auf den Scheitel und stehe auf. Tara begleitet mich mit besorgtem Gesicht zur Tür.

»Moment, jetzt hätte ich es beinahe vergessen«, sagt sie, bevor wir uns verabschieden, und senkt die Stimme. »Der ehemalige Kollege von der *Daily Mail* hat mich zurückgerufen. Er ist ein Widerling, aber er hat gute Kontakte zur Polizei. Er war ziemlich kryptisch am Telefon und meinte nur, man hätte Kathryn Cliftons Schwester nach dem, was mit ihr passiert ist, lebenslange Anonymität zugesprochen. Ergibt das einen Sinn für dich?«

»Keine Ahnung. Was hat er sonst noch gesagt?«

»Dass er sofort abstreiten wird, jemals mit mir gesprochen zu haben, wenn ich irgendjemandem davon erzähle. Aber er meinte, es gäbe da etwas, das ich mir vielleicht ansehen möchte, und versprach, mir eine E-Mail mit einem Link zu schicken. Ich leite sie dir weiter, sobald ich sie habe.«

LEON

45

Leon hatte lediglich eine Kamera am Eingang entdeckt, die sich direkt über der Gegensprechanlage befand und nur die Fahrerseite eines vor dem Tor haltenden Autos erfasste. Jede ernst zu nehmende Überwachungskamera hätte verschiedene Winkel abgedeckt, aber diese hier war typisch für solche Häuser und diente mehr oder weniger nur der Abschreckung. Er war sich nicht einmal sicher, ob die Kamera überhaupt funktionierte. Von seinem Beobachtungsposten aus sah er zumindest einen Teil der Vorderseite des Hauses, und durch das Teleobjektiv seiner Kamera waren rund um die Eingangstür keine weiteren Kameras zu entdecken.

Das Einfahrtstor bestand aus Gusseisen, war etwa zweieinhalb Meter hoch und oben mit Spitzen versehen. Rechts und links befanden sich zwei Betonpfeiler, die jeweils den Anfang der Mauer bildeten, die um das gesamte Grundstück verlief. Sie war auf Google Maps gut zu erkennen, aber er hatte sie sich trotzdem auch persönlich angesehen und im Schutz der Dämmerung umgangen. Sie war recht gut in Schuss, und es gab keine sichtbaren Schwachstellen, doch ein schönes Stück von der Straße entfernt hatte er einen Punkt ausgemacht, an dem die Bäume zu beiden Seiten zu nahe an die Mauer herangewachsen waren und somit eine Möglichkeit boten, sie zu überwinden.

Er war immer schon gerne geklettert.

Es gab noch einige andere Schwächen im System. Das Tor war mit einer Infrarotschnittstelle ausgestattet und öffnete sich automatisch für den Range Rover des Mannes, die Mercedes A-Klasse der Frau und für einige Angestellte, darunter den kleinen Toyota der Haushälterin, Mrs Kelsall. Außerdem gab es ein Ziffernfeld, um das Tor mittels eines Codes zu öffnen, und die Möglichkeit der Fernsteuerung via Handy. Diese funktionierte mithilfe einer App, die sowohl die Hausbesitzer als auch Mrs Kelsall auf ihrem Handy installiert hatten. Er hatte das Smartphone der Haushälterin gehackt, um Zugang zu erhalten. Es war schon fast zu einfach gewesen.

Jedes Sicherheitssystem war nur so gut wie sein schwächstes Glied.

Das Tor war also kein Problem, und die Kamera würde ihnen nicht viel helfen. Es blieben aber immer noch die Hunde, die eine Annäherung zu Fuß schwierig machten. Die beiden Dobermänner waren die ganze Nacht und auch den Großteil des Tages auf dem Gelände unterwegs, und Leon hasste Tiere abgrundtief. Vor allem dämliche, sabbernde Hunde mit öligem Fell und stinkendem Atem.

Und genau deshalb war er Detective Holt zu besonderem Dank verpflichtet, dass er bei seinem Besuch noch einige Zeit auf dem Grundstück herumgelungert war. Er hatte Leon damit auf eine Idee gebracht.

46

Auf dem Weg ins Hotel fahre ich noch schnell bei meinem Haus vorbei, hole frische Kleider, Milch, etwas Obst, Plätzchen und Energieriegel. Ich steige vorsichtig über das Chaos in der Küche hinweg, bemühe mich, nichts zu berühren, und ziehe mir den Ärmel über die Finger, um den Kühlschrank zu öffnen.

Das Haus wirkt gleichzeitig vertraut und fremd, ein Ort, den ich früher besser kannte als alle anderen Orte dieser Welt, der jetzt aber die unauslöschlichen Zeichen unbefugten Eindringens trägt. Es war eine weitere Lektion, die sich in die Reihe derer gesellte, die ich in den letzten paar Jahren lernen musste: Manches, wonach du dich sehnst, bleibt dir für immer verwehrt. Und das, was du hast, kann dir innerhalb eines Wimpernschlages genommen werden.

Das Premier Inn liegt unmittelbar neben einem kleinen Einkaufszentrum direkt an der A 40, ein nichtssagender Neubau für Geschäftsreisende und Leute, die auf dem Weg zu interessanteren Orten sind. Mein kleines, kastenförmiges Zimmer befindet sich im ersten Stock und ist in Violett und Creme eingerichtet. Ein Bett, ein Schreibtisch, ein Beistelltisch und ein Lehnstuhl am Fenster. Funktional, mehr nicht.

Ich ziehe die schweren Vorhänge auf. Darunter befindet

sich ein kleiner Parkplatz, der zu zwei Dritteln leer ist und den ein Maschendrahtzaun von einem Bahndamm trennt. Eine weiße Plastiktüte wird vom Wind über den Asphalt getragen, auf den erste Regentropfen fallen. Zuerst Taras Haus, jetzt das hier. Jeder Schritt trägt mich weiter fort von meinem Zuhause, von meinem Alltag, von dem Leben, das mir vertraut war. Aber ich kann noch nicht zurück. Ich muss nach vorne schauen, weitergehen und durchhalten, bis Mia in Sicherheit ist. Bis ich hundertprozentige Gewissheit habe, dass ihr nichts passieren wird.

Ich packe meine Tasche aus und lege alles auf das Doppelbett. In meiner Handtasche stoße ich auf Mias Musselintuch. Ich nehme es und halte es unter meine Nase. Es riecht noch nach ihr, obwohl der Duft langsam verblasst und ich mich frage, wie lange es dauern wird, bis er verschwunden ist.

Ich schließe mein Handy ans Ladekabel und gebe Prestwood Ash in Google Maps ein. Der Ort befindet sich im südlichen Buckinghamshire, nicht weit entfernt von Little Missenden, und ist umgeben von Wäldern und Feldern. Vierzig Autominuten entfernt von dem Lärm, dem Verkehr und den Menschenmassen Londons. Aber ist es dort wirklich sicher? Kann es überhaupt irgendwo sicher sein, solange Dominic weiß, dass Mia dort ist und bereits versucht hat, an sie heranzukommen? Wer weiß noch, wo sie zu finden ist?

Ich muss noch einmal mit Dominic sprechen. Vielleicht habe ich Glück, und er hat das Prepaidhandy, mit dem er am Vormittag mit mir Kontakt aufgenommen hat, noch nicht entsorgt.

Ich will helfen.
Bitte sagen Sie mir, wo ich sie finde.
Nur die Adresse.

Keine Antwort. Ich versuche anzurufen, doch es ertönt bloß eine weibliche Computerstimme. *Kein Anschluss unter dieser Nummer.* Ich werfe das Handy fluchend aufs Bett. Offenbar hat er die SIM-Karte bereits zerstört. Natürlich kann ich hier herumsitzen und warten, bis er sich wieder meldet. Aber ich könnte genauso selbst die Initiative ergreifen. Ich weiß zwar nicht, wie Mias Großeltern heißen, aber der Name Clifton ist zumindest ein Anfang. Mal sehen, wohin er mich führt. Ich denke an einen meiner Ausbilder in der Navy, der gerne meinte: *Ein guter, mit entschlossener Hand ausgeführter Plan ist besser als ein perfekter Plan, mit dem man bis zur nächsten Woche wartet.* Aber habe ich überhaupt einen »guten« Plan? Vielleicht nicht, aber ich werde ganz sicher nicht in einem Hotelzimmer herumsitzen und warten, bis mein Handy klingelt. Also schnappe ich mir den Autoschlüssel und meinen Mantel und mache mich auf den Weg.

Auf meiner Fahrt aus London denke ich über das Gespräch mit Dominic nach. Will ich wirklich mit Mias Großeltern sprechen? Oder habe ich das nur gesagt, um unbeschadet aus der Situation herauszukommen? Vielleicht. Aber da ist auch noch etwas anderes. Ich will wissen, ob er die Wahrheit gesagt hat, und selbst beurteilen, ob Mia in Sicherheit ist oder nicht. Ich habe Dominic versprochen, mit den Großeltern zu sprechen, und das werde ich auch. Ich werde sie warnen. Und ich werde Mia finden.

Prestwood Ash ist ein weiteres malerisches Dorf in einem flachen Tal in den Chiltern Hills. Die Straße wird zu beiden Seiten von riesigen Eichen und Rosskastanien gesäumt, deren Äste sich immer wieder berühren, sodass man das Gefühl hat, sich durch einen dunklen Tunnel zu bewegen. Kurz nachdem das Navi meine Ankunft am Zielort verkündet hat, weichen die Bäume geschnittenen Hecken und schließlich Gartenmauern und -zäunen. Ich fahre einige Minuten kreuz und quer durch die Straßen, um ein Gefühl für den Ort zu bekommen, und betrachte die großen Häuser hinter den breiten Eingangstoren. In den Auffahrten parken Range Rovers, Mercedes, Audis und einige Aston Martins, und ich entdecke einen Tennisplatz neben dem einen und einen überdachten Pool neben dem anderen Haus. Dazu gepflegte Gartenanlagen und breite Garagen. Alles hier schreit nach Geld.

Es ist nicht ganz das, was ich mir vorgestellt habe. Ich dachte, es gäbe irgendwo einen Ort, eine Art Begegnungsstätte, an dem ich Leute treffen und mich mit ihnen unterhalten kann. Aber ich sehe kein Pub, keine Post, keine Gelegenheit, mit jemandem ins Gespräch zu kommen, der mir einen Hinweis darauf geben könnte, welches Haus das richtige ist. Und auch die Chance, dass ich Mia durch ein Fenster entdecke oder sie gerade in einem Kinderwagen spazieren gefahren wird, ist gering an einem Freitagabend um beinahe sechs Uhr, an dem ein herbstlicher Regenguss alle in ihre Häuser getrieben hat. Wobei in diesem Dorf vermutlich auch nichts los ist, wenn die Sonne scheint.

Ich fahre weiter ziellos umher, bis ich einen älteren Mann entdecke, der gerade mit seinem Hund zwischen den Bäumen hervortritt. Ich halte an und warte, bis er an meinem Auto vorbeikommt.

»Entschuldigen Sie bitte, ich glaube, ich habe mich verfahren. Ich suche nach den Cliftons.«

Seine Augen werden schmal, und er betrachtet mich stirnrunzelnd, wie einen Eindringling. »Nach wem?«

Ich wiederhole die Frage, und sein Gesicht verdüstert sich. »Tut mir leid.« Er schüttelt den Kopf. »Da kann ich Ihnen nicht helfen.«

Ich drehe um und fahre erneut die Hauptstraße entlang. Da ist ein Teenager auf einem Fahrrad, doch auch er kann mir nicht weiterhelfen.

Ich komme langsam zu dem Schluss, dass Prestwood Ash einer dieser Orte ist, wo am liebsten jeder für sich bleibt und Nachbarn sich allerhöchstens im Vorbeigehen grüßen. Es gibt kein Pub, in dem man sich trifft, keinen Laden, um an der Kasse die neuesten Gerüchte auszutauschen. Die Leute hier scheinen sich hinter den Mauern und Toren und am Ende ihrer bekiesten Auffahrten am wohlsten zu fühlen, sicher und geborgen in der Blase, die ihnen ihr Wohlstand ermöglicht.

Ich hole mein Handy heraus und google noch einmal den Namen Prestwood Ash. Ich bin hier definitiv richtig. Aber in welchem dieser Häuser wohnen Mias Großeltern?

Ich parke, steige aus und mache mich auf den Weg zum erstbesten Tor, hinter dem eine Auffahrt zu einem großen, weiß getünchten Haus mit reetgedecktem Dach führt.

Ich klingle, und eine unfreundliche Frauenstimme bellt in die Gegensprechanlage: »Ja?«

»Hi! Könnten Sie mir helfen? Ich suche nach …«

»Kein Interesse, danke.«

Ein Klicken beendet das Gespräch. Ich gehe zum nächsten Haus und klingle erneut. Ein gleißend helles Licht flammt auf, und ich sehe einen Moment gar nichts mehr, doch niemand meldet sich. Im nächsten Haus hat man den Namen Clifton noch nie gehört, und im übernächsten droht ein älterer Mann, die Polizei zu rufen, wenn ich noch einmal klingle.

Es ist feucht, kalt, windig und mittlerweile fast dunkel. Keine guten Voraussetzungen, um an fremden Türen zu klingeln. Aber ein wenig Zeit bleibt noch, bis sich die Einwohner von Prestwood Ash endgültig in ihren millionenschweren Häusern verschanzen. Ich muss es versuchen.

Ich mache mich gerade auf den Weg zu einer weiteren von Bäumen gesäumten Auffahrt, als ich schnelle Schritte hinter mir höre. Kurz darauf tippt mir jemand unsanft auf die Schulter.

»Hey!«, knurrt eine männliche Stimme. »Was zum Teufel treiben Sie hier?«

47

Ich drehe mich um und erkenne ihn sofort. Groß, breit, Tattoos, die durch das weiße Hemd hindurchscheinen, dunkle, kurz geschorene Haare. Es ist Kathryns Freund Max.

»Ich habe Sie etwas gefragt«, zischt er. »Was treiben Sie hier?«

»Ich suche jemanden.«

Er steht viel zu nahe, und seine Wut ist beinahe greifbar. »Sie sind eine von denen, oder?«

»Was meinen Sie?«

»Eine Reporterin.« Seine Augen werden schmal. »Sie wirbeln Dreck auf und verbreiten Scheiße über fremde Leute.«

»Ich bin nicht von der Presse. Wir haben uns schon mal gesehen, erinnern Sie sich?«

»Und jetzt klingeln Sie an der Tür meiner Mum.« Er deutet mit dem Daumen über die Schulter in Richtung eines der gegenüberliegenden Häuser. »Sie können nicht einfach rumspazieren und Leute belästigen.«

»Ich habe niemanden belästigt. Ich wollte nur fragen, wo …«

»Für welches Schmierblatt arbeiten Sie?«

Er rückt noch näher, und der scharfe Geruch seines Aftershaves gemischt mit säuerlichem Schweiß steigt mir in die

Nase. Er wiegt sicher hundert Kilo und ist einer der Typen, die andere mit ihrer Größe beeindrucken und einschüchtern, um zu bekommen, was sie wollen. Ich trete einen Schritt zurück. Weg von der Straße und von dem kraftlosen Licht der Straßenlaterne, und er folgt mir. Seine Nasenflügel beben. Ich versuche, an ihm vorbeizukommen, doch er breitet die bulligen Arme aus und blockiert den Weg zurück auf den Bürgersteig. Es ist niemand zu sehen, die Dunkelheit senkt sich immer schneller über den Ort, und ich fühle mich mit einem Mal schrecklich unwohl. Ich denke an den Alarmknopf in meiner Handtasche und frage mich, ob wohl jemand darauf reagieren würde.

»Lassen Sie mich vorbei!«, befehle ich ihm.

»Nicht so schnell. Zuerst zeigen Sie mir Ihren Ausweis.«

»Auf keinen Fall.«

»Dann werde ich Sie auch nicht vorbeilassen.« Er deutet mit dem Kinn auf meine Handtasche. »Was ist da drin?«

»Nichts.«

»Okay, dann rufe ich jetzt die Polizei und zeige Sie wegen Ruhestörung an.« Er zieht ein Handy aus seiner Tasche, und ehe ich mich versehe, hat er ein Foto von mir gemacht. »Ihr Typen macht mich *krank*.«

»Haben Sie mich gerade fotografiert?«

»Damit jeder weiß, wer Sie sind.«

»Das ist lächerlich.«

»Ich habe eine andere Idee«, sagt er. »Wie wär's …«

In diesem Moment unterbricht ihn eine ruhige, vernünftige Männerstimme: »Gibt es ein Problem?«

»Nein«, zischt Max.

Ich höre Schritte auf dem Kies, und Erleichterung und

Dankbarkeit machen sich in mir breit, als mein Blick auf ein bekanntes Gesicht fällt.

»Ist alles in Ordnung?«, fragt DI Gilbourne.

»Sicher.« Max lässt mich nicht aus den Augen. »Wir unterhalten uns nur.«

»Dann treten Sie bitte ein paar Schritte zurück, Sir.«

Max wendet sich wütend um, und sein Gesicht verdüstert sich, als er die Polizeimarke in Gilbournes Hand sieht. »Was wollen Sie? Die Frau läuft hier herum und belästigt Anrainer.«

»Schon gut, sie gehört zu mir.«

»Was?« Max verzieht verwirrt das Gesicht. »Was meinen Sie denn damit?«

»Wir wollten eigentlich gerade fahren, nicht wahr, Ellen?« Er nickt Max zu. »Wir wünschen Ihnen noch einen schönen Abend, Sir.«

Gilbourne wendet sich um und geht in Richtung Bürgersteig. Max versucht nicht, mich aufzuhalten, als ich ihm folge.

Als wir außer Hörweite sind, murmle ich: »Dieser Max hat seine Aggression offenbar nicht im Griff.«

»Ja. Wir haben bereits ein Auge auf ihn geworfen.«

»Sind Sie deshalb hier? Ist er ein Verdächtiger?«

Gilbourne wirft mir einen Blick von der Seite zu. Er hat die Hände in den Jackentaschen und schlendert langsam dahin, als hätte er es nicht sonderlich eilig. »Ehrlich gesagt interessiert mich viel mehr, warum *Sie* hier sind.«

Es gibt keinen Grund, ihn anzulügen. »Sie wissen, warum. Ich bin auf der Suche nach Mia.«

»Und was haben Sie vor, wenn Sie sie gefunden haben?«

»Ich werde ihre Großeltern warnen und ihnen von Dominic Church, Leon Markovitz und den anderen erzählen, die hinter ihr her sind.«

»Glauben Sie nicht, dass die beiden schon längst Bescheid wissen?«

Ich stoße die Luft aus. »Ich muss etwas tun. Ich muss wissen, dass ihr nichts passieren kann.«

Er überlegt einen Moment. »Haben Sie sie denn gefunden?«

»Noch nicht.« Als er nichts erwidert, fahre ich fort: »Werden Sie mir jetzt noch einmal sagen, dass ich mich aus der Sache raushalten soll?«

Er seufzt. »Sie sind keine Frau, die es mag, wenn man ihr Vorschriften macht, Ellen. Ich mache mir Sorgen um Sie, das ist alles.«

»Mir geht es gut. Ich kann nur nicht herumsitzen und auf Neuigkeiten warten.« Mir fällt etwas ein. »Aber Sie wissen, wo sie ist, oder?«

»Ja.«

»Wie wär's, wenn Sie es mir verraten? Ich bin immerhin den weiten Weg bis hierher gefahren. Und ich sage es auch niemandem.«

»Sie wissen, dass ich das nicht kann, Ellen. Ich würde damit gegen unzählige Vorschriften verstoßen.«

»Ich dachte, es würde Ihnen kein Kopfzerbrechen bereiten, die Regeln ab und zu etwas großzügiger auszulegen?«

»Hier geht es um die Familie des Opfers. Sie hat ein Recht auf Privatsphäre.«

Wir haben meinen Citroën erreicht. Gilbourne fährt einen schwarzen Alfa Romeo, er hat direkt vor mir geparkt. Er lehnt sich gegen die Autotür und holt eine Zigarette heraus. Ich habe den ganzen Tag überlegt, ob ich ihm von dem Treffen im Parkhaus erzählen soll, und jetzt, wo wir uns hier gegenüberstehen, ist die Erleichterung darüber, dass er mich vor Max gerettet hat, so groß, dass mir die Entscheidung nicht schwerfällt. »Ich habe heute mit Dominic gesprochen.«

Gilbournes Augen weiten sich, und er hält mit dem Feuerzeug in der Hand inne.

Ich erzähle ihm in groben Zügen, was Dominic gesagt hat. »Er meinte, Mia sei in Gefahr. Ein leichtes Ziel. Er hat mich gebeten, mit den Großeltern zu reden und ihnen zu raten, sie von hier fortzubringen.«

Gilbourne bläst den Rauch aus und seufzt entnervt. »Natürlich hat er das, Ellen. Er wollte Ihnen Mia wegnehmen und hat es nicht geschafft. Er war hier und wollte sie mitnehmen, aber auch das ist ihm nicht gelungen. Deshalb will er, dass sie von hier weggebracht wird, damit er es an einem ungeschützten Ort erneut versuchen kann. Dort, wo sie jetzt ist, ist sie besser dran.«

»Sollte das Haus nicht von der Polizei überwacht werden?«

»Ich habe es der Familie angeboten, aber sie haben abgelehnt. Sie leben sehr zurückgezogen. Vor allem der Großvater ist … überaus willensstark.« Er deutet mit der Zigarette auf mich. »Aber da ist er nicht der Einzige. Sie geben auch nicht so schnell auf, was?«

»Mia geht mir einfach nicht mehr aus dem Kopf.«

Er nimmt einen tiefen Zug. Rauch quillt aus seiner Nase, steigt hoch und löst sich in der Luft auf.

»Ich verstehe Sie nicht, Ellen. Sie haben keinerlei Verbindung zu dem Fall. Mia ist nicht Ihr Fleisch und Blut. Sie könnten einfach mit ihrem Leben weitermachen, aber das tun Sie nicht.«

Einen Moment lang überlege ich, ihm von einer Begebenheit zu erzählen, über die bisher nur mein Ex-Mann Richard und Tara Bescheid wissen. Von den Erinnerungen, die ich nicht loswerde. Von der Schuld, die mich wie ein unsichtbares Gewicht zu Boden drückt. Von dem ersten Mal, als eine vollkommen Fremde mir ihr Baby in die Arme gedrückt hat.

Vor zehn Jahren, in einem anderen Leben.

»Warum setzen Sie sich diesem Risiko aus?«, fragt er.

»Weil man manchmal tun muss, was man für richtig hält, ganz egal, welche Konsequenzen es hat.«

»Amen.«

»Also lassen Sie mich Ihnen helfen?«

»Sie können helfen, indem Sie sich nicht in Gefahr bringen.« Er lässt die Zigarette fallen und tritt sie aus. »Hören Sie, ich muss jetzt zurück aufs Revier. Reden wir morgen. Und Ellen?«

»Ja?«

»Passen Sie auf sich auf.«

»Danke für vorhin.« Ich deute über meine Schulter. »Mit Max.«

Er nickt und lächelt kaum merklich. »Gern geschehen.«

Ich sehe seinem Auto nach, bis es verschwunden ist, dann steige ich in meinen eigenen Wagen und bleibe noch eine Minute sitzen, um darüber nachzudenken, was Gilbourne gesagt hat. Er hat mir nicht verboten, weiter nach Mia zu suchen. *Er will, dass sie von hier weggebracht wird, damit er es an einem ungeschützten Ort erneut versuchen kann.* Zumindest kann ich Mias Großeltern erzählen, was Dominic vorhat.

Ich beschließe, morgen Früh noch einmal wiederzukommen. Auch wenn ich an jede einzelne Tür im ganzen Dorf klopfen muss, ich werde Mia finden.

SAMSTAG

48

Ich höre ein Summen und schrecke aus dem Schlaf hoch. Ich bin schweißgebadet, und einen schrecklichen Moment lang habe ich keine Ahnung, wo ich bin. Es ist stockdunkel, und ich sehe nur einen schmalen Lichtstreifen rechts von mir. Ich liege nicht auf meinem Kissen, und das ist auch nicht mein Bett. Ich bin nicht in meinem Haus. Ich drehe mich auf den Rücken, mein Herz klopft wie verrückt.

Das Hotel. Es ist alles okay. Mir geht es gut. Die Tür ist verschlossen, im Zimmer ist es ruhig. Niemand wartet im Schatten hinter der Tür. Ich bin allein. Mein Handy auf dem Nachttisch summt erneut. Ich habe zwei neue Nachrichten von Tara.

Guten Morgen. Wie ist das Hotel?
Gut geschlafen? T

Check deine E-Mails.

Es ist neun Minuten nach sechs. Offenbar sind die Jungen bereits wach. Ich stoße die Luft aus.

Mein Kopf pocht. Ich habe zu wenig geschlafen, schwinge aber entschlossen die Beine aus dem Bett, ziehe den Vorhang zurück und blicke blinzelnd ins blasse Licht des wolkenverhangenen Morgens. Dann mache ich den Wasserkocher an, schütte Instantkaffee in einen der bereitstehenden Becher, gehe zur Tür, überprüfe die Sicherheitskette und lege mich wieder ins Bett.

Ich habe einige E-Mails aus dem Büro bekommen, die ich nicht weiter beachte. Ganz oben befindet sich eine weitergeleitete Nachricht von Tara, mit ein paar Zeilen von ihr.

> Hoffe, dir geht es gut. Dizzy fühlt sich wohl.
> Siehe Mail unten. Ruf an, wenn du IRGENDETWAS
> brauchst. Pass auf dich auf. T

Die weitergeleitete E-Mail stammt von Matt Simms, Kriminalreporter der *Daily Mail,* abgeschickt gestern kurz nach zehn Uhr abends.

> Hey Tara,
> schön, mal wieder von dir zu hören! Cool, dass du
> es als Freelancerin versuchen willst, ich werde deinen
> Namen an ein paar Kumpel weitergeben. Hier ist
> der Link zu dem ungelösten Fall, den ich am Telefon
> erwähnt habe.
> Ruf mich an, wenn du Zeit für einen Drink hast.
> Matt

Ich öffne den Link und gelange zu einem Onlineartikel der *Daily Mail.*

HAT DER GEIST ERNEUT ZUGESCHLAGEN?

Von Matt Simms

Laut Polizei könnte eine schwer verletzt zurückgelassene Frau das neueste Opfer des Geistes sein.
Die 30-Jährige wurde in einem Londoner Park Opfer massiver, fortwährender Gewalteinwirkung und befindet sich Informationen zufolge in einem kritischen, aber stabilen Zustand.
Unsere Quelle bei der Metropolitan Police bestätigt einen möglichen Zusammenhang mit den ersten beiden Fällen. »Der letzte Angriff ähnelt in vielerlei Hinsicht den beiden vorangegangenen. Wir müssen diesen Mann aufhalten, ehe er erneut zuschlägt.«
Der Mörder, der in den sozialen Medien den Beinamen »der Geist« erhielt, weil er der Polizei das Leben schwer macht, indem er überhaupt keine Spuren am Tatort zurücklässt, treibt mittlerweile seit mehr als drei Monaten sein Unwesen. Angeblich liegen keinerlei Fingerabdrücke, Faserspuren oder DNA vor, die die Suche nach dem Täter erleichtern würden.

Das Wasser kocht, aber ich achte nicht weiter darauf, sondern scrolle durch den Artikel und suche nach einer Verbindung zu Mia.

Die ersten beiden Opfer waren Sienna Parker, vierundzwanzig, und Louise Taggart, neunundzwanzig, beides Prostituierte aus der Gegend um Northolt. Sie wurden im Abstand von zwei Wochen ermordet und im selben Waldgebiet in der Nähe der A 40 im Nordwesten Londons gefunden. Es gibt zwei

Porträtfotos der beiden Frauen aus glücklicheren Tagen, beide jung, hübsch und lächelnd. Ihnen wurde offenbar keine Anonymität zuerkannt.

Es folgen weitere Hintergrundinformationen, Kommentare der anonymen Quelle von der Metropolitan Police und kaum verhohlene Spekulationen darüber, dass der Täter beim dritten Opfer möglicherweise übersah, dass die junge Frau noch am Leben war, als er von ihr abließ. Vielleicht wurde er auch von den Passanten gestört, die die Frau kurz nach der Tat fanden, und konnte sich nicht mehr vergewissern, ob er sein Vorhaben zu Ende gebracht hatte. Jedenfalls bestand zum Zeitpunkt des Artikels offenbar noch Hoffnung, dass sich das Opfer erholen und den Täter am Ende identifizieren würde.

Die Informationen über die polizeilichen Ermittlungen in dem Fall bleiben dürftig, was durch Spekulationen aus den sozialen Medien wettgemacht wird, in denen der Mörder als möglicher Forensiker und CSI-Experte dargestellt wird. Es gibt sogar Vergleiche zu dem fiktionalen Charakter Dexter aus der gleichnamigen Fernsehserie.

Neben der namenlosen – und vermutlich erfundenen – Quelle aus Polizeikreisen befindet sich auch ein Zitat von Gilbourne in dem Artikel, der mögliche Zeugen bittet, sich bei der Polizei zu melden: »*Jemand kennt den Mann, der für diese Taten verantwortlich ist. Er ist ein Nachbar, ein Kollege, vielleicht sogar ein Freund. Jede Information, und sei sie auch noch so unbedeutend, kann uns zu einem Durchbruch bei den Ermittlungen verhelfen. Außerdem würden wir uns gerne mit dem Besitzer des dunkelblauen oder schwarzen Wagens unterhalten, der in der Nacht des Angriffes in der Nähe gesehen wurde.*« Es folgen eine Telefonnummer und die Beschreibung des Täters:

Weiß, männlich, zwischen dreißig und fünfundvierzig, zwischen einem Meter siebzig und einem Meter achtzig groß, durchschnittlicher Körperbau, dunkle Haare. Merkmale, die wohl allein im Großraum London auf eine Million Männer zutreffen. Es gibt kein Phantombild, was bedeutet, dass es keine Zeugen gibt, die ihn tatsächlich zu Gesicht bekommen haben. Offenbar war die Polizei nach dem dritten Überfall verzweifelt auf der Suche nach Hinweisen und klammerte sich auch an den kleinsten Strohhalm.

Ich lese die Überschrift noch einmal.

Hat der Geist erneut zugeschlagen?

Tara hat mir einmal erklärt, dass die Antwort auf solche Fragen in Zeitungen zu neunzig Prozent *Nein* lautet, aber der Artikel wird dennoch veröffentlicht, weil die Schlagzeile und die Geschichte einfach zu pikant sind, um sie in einer Schublade verschwinden zu lassen. Hier scheint es sich allerdings um eine Ausnahme zu handeln. Ich lese den Artikel noch einmal. Es klingt nachvollziehbar und durchaus logisch, dass dieser Kerl weiter Frauen überfallen wird, bis die Polizei ihn erwischt. Er wird nicht von selbst aufhören.

Ich gieße das heiße Wasser in den Kaffeebecher und werfe einen Blick auf die Plastiktüte mit Lebensmitteln, die ich von zu Hause mitgebracht habe. Bananen, Äpfel, Plätzchen – ich kann mir nicht vorstellen, irgendetwas davon zu essen. Koffein ist das Einzige, wofür ich derzeit zumindest ein wenig Begeisterung aufbringen kann.

Ich greife wieder nach meinem Handy, scrolle zum Ende des Artikels und öffne den Link zu einem neueren Beitrag. Den Anfang macht ein Foto zweier Paare mittleren Alters, die gerahmte Versionen der Bilder der beiden lächelnden jungen

Frauen in den Händen halten, die ich bereits aus dem vorigen Artikel kenne.

OPFERFAMILIEN FORDERN GERECHTIGKEIT, NACHDEM DIE ERMITTLUNGEN IM FALL DES GEISTES IMMER MEHR INS STOCKEN GERATEN

Von Matt Simms

Die trauernden Angehörigen der beiden ersten Opfer des mutmaßlichen Serienmörders verlangen am Jahrestag der Angriffe auf ihre Töchter endlich Gerechtigkeit.

Die Polizei gibt zu, dass sie in den Ermittlungen noch keinen Schritt vorangekommen ist. Der Täter wird für mehrere gewalttätige Übergriffe verantwortlich gemacht, die zwei Frauen das Leben kosteten, während eine dritte noch immer mit dem Tod ringt. Dabei hat er keinerlei DNA, Fingerabdrücke oder sonstige Spuren an den Tatorten hinterlassen, was ihm den Beinamen »der Geist« einbrachte.

Heute traten die Familien von Sienna Parker und Louise Taggart mit der emotionalen Bitte an die Öffentlichkeit, die Nachforschungen erneut voranzutreiben.

»Wir wollen Gerechtigkeit für unsere Tochter«, sagte Jacqui Taggart, die Mutter von Louise Taggart. »Sie fehlt uns jeden Tag mehr. Jemand muss doch Informationen haben, die der Polizei helfen, den Täter zu überführen. Und ich bitte Sie inständig: Bitte, bitte übergeben Sie diese Informationen der Polizei.«

Andrew Parker, der Vater von Sienna Parker, erklärte: »Die Polizei hat uns versprochen, keine Ruhe zu geben, bis sie den Mann haben, der uns unsere Tochter genommen hat.

Mittlerweile ist ein Jahr vergangen, und wir wissen immer noch nicht mehr. Es ist die Hölle.«

Die Aufklärungsstatistiken der Metropolitan Police geben indes Grund zur Sorge. Bis 2015 blieben die Zahlen relativ stabil, damals wurden 5 bis 10 Prozent der Fälle nicht gelöst. Mittlerweile stieg diese Zahl auf 26 Prozent. Insider machen Personalengpässe bei der Polizei und der Spurensicherung dafür verantwortlich, gepaart mit den immer höheren Anforderungen an die einzelnen Beamten.

»Hinter jedem ungelösten Mordfall steht eine Familie, die Antworten verdient«, so ein Polizeisprecher. »Deshalb werden die Ermittlungen fortgeführt, und unsere Detectives werden den Täter jagen, bis wir ihn vor Gericht bringen können.«

Detective Gilbourne wird in diesem Artikel nicht erwähnt, und auch von der Familie des dritten Opfers ist erst am Ende in einem einzigen Satz die Rede: Die Familie des dritten Opfers verweigerte jeden Kommentar.

Ich hebe den Blick von meinem Handy, und Übelkeit steigt in mir hoch. Kein Wunder, dass Gilbourne mir nicht mehr über den Fall erzählen konnte. Und jetzt weiß ich auch, warum Max so seltsam reagiert hat, als ich bei dem Besuch in Little Missenden Kathryns Schwester erwähnte.

Sie musste das dritte Opfer des Angreifers sein, der immer noch frei herumläuft.

49

Ich gieße Milch in meinen Kaffee und schreibe Tara eine Nachricht.

Kannst du reden?

Der Kaffee ist stark und bitter, doch das Koffein geht direkt ins Blut, und ich fühle mich sofort wacher. Ich rühre ein halbes Briefchen Zucker ein, um ihn etwas schmackhafter zu machen, und nehme noch einen Schluck. In diesem Moment bekomme ich ein Selfie als Antwort. Tara sitzt mit zerzausten Haaren und schlaftrunkenem Blick auf dem Sofa. Sie hat den kleinen Charlie auf dem Schoß, der zufrieden am Daumen lutscht, und eine große blaue Decke über sich gebreitet. Es wirkt so gemütlich und entspannt, dass ich trotz der bedrückenden Artikel lächeln muss. Die Nachricht unter dem Foto lautet:

Leider nein, es läuft PAW Patrol.
Aber wir können schreiben.
Hast du den *Daily-Mail*-Artikel
gelesen?

Ja, tragisch.
Dann gibt es also wirklich einen Zusammenhang zwischen den drei Opfern?

Die Polizei hat es offiziell nie bestätigt.
Und du kennst ja die *Daily Mail.*

Ich nehme den Kaffee mit zum Bett, ziehe die Beine hoch und breite die Decke über meine Schultern. Da kommt noch eine Nachricht von Tara.

Der Artikel scheint in Ordnung. Simms ist ein schmieriger Kerl, aber ein guter Journalist mit exzellenten Kontakten. Wenn die Polizei die Verbindung nicht weiter verfolgt hätte, hätte er nicht ein Jahr später erneut darüber geschrieben.

Dann ist Kathryns Schwester also das dritte Opfer?

Er wollte es nicht offen zugeben oder in einer E-Mail schreiben.
Er war sehr verschlossen, aber ich habe meinen Charme spielen lassen.

Dazu hat sie ein lachendes und ein weinendes Emoji verschickt. Ich schreibe eine Antwort.

Woher weiß er ihren Namen?

Das wollte er nicht sagen.
Ich schätze, er hat jemanden
bei der Polizei geschmiert.

Ihr Name wurde nie publik.
Heißt das, dass sie sich erholt
hat?

Schätze schon.

Ich frage mich, wie es ist, wenn man weiß, dass der Mann, der einen angegriffen hat, immer noch frei herumläuft, als wäre nichts passiert. Wie ist es, sich von schrecklichen Verletzungen zu erholen und sich gleichzeitig Sorgen zu machen, dass der Kerl dich noch immer beobachtet und verfolgt? Dass er vielleicht erneut zuschlägt, wenn ihm der Sinn danach steht? Dass er zu Ende bringen will, womit er begonnen hat?

Ich verstehe nicht, warum diese Geschichte vollkommen an mir vorbeigegangen ist und wie ich derartige Schlagzeilen übersehen konnte. Andererseits fielen die Angriffe in etwa in die Zeit meiner letzten künstlichen Befruchtung. Damals hatte ich kaum Augen und Ohren für irgendetwas und übersah aus diesem Grund auch Richards Affäre, wie mir im Nachhinein klar wurde.

Ich lese den Artikel noch einmal genauer, und plötzlich kommt mir Leon Markovitz in den Sinn. Ich denke an die Sturmhaube und die Latexhandschuhe unter den fingerlosen Handschuhen. Und da war noch etwas. Etwas, das mir im Zug aufgefallen ist, dem ich aber keine Beachtung geschenkt habe, nachdem ich mit Mia beschäftigt war.

Seine Augenbrauen. Sie waren ausgezupft und mit einem Stift nachgemalt. Und dazu die kurz geschorenen Haare. Keine Augenbrauen und keine Haare, die Spuren am Tatort hinterlassen könnten.

Ich denke an seinen Podcast »Im Gehirn des Mörders«, in dem er jedes noch so grausame Detail Dutzender sadistischer Morde nacherzählt und von – meist weiblichen – Opfern berichtet, die erstochen, erschlagen oder stranguliert wurden, bevor die Täter die Leichen schändeten, zerstückelten und sie irgendwo entsorgten, als wären ihre Leben nichts wert gewesen. Als wären die Opfer selbst *nichts* gewesen. Wie tief kann man in eine solche Welt eintauchen, ehe sie die eigene Persönlichkeit verändert? Wie lange dauert es, bis sich die Sichtweise auf den Alltag normaler Menschen wandelt? Ein Schaudern überkommt mich, als ich mich daran erinnere, wie er in meinem Haus aus dem Schatten trat und mich mit toten, reglosen Augen musterte, bevor er den Elektroschocker hob und an meinen Hals drückte. An den Sekundenbruchteil, in dem ich bloß hilflose Angst und unglaublichen Schmerz verspürte, bis ich schließlich ins Nichts fiel. Ich wickle die Decke enger um meinen Körper und verdränge die Gedanken daran.

Es gibt jetzt Wichtigeres. Ich trinke den Kaffee aus, dann schreibe ich eine weitere Nachricht an Tara.

Danke für den Artikel. Er hat mir sehr geholfen.

Kein Thema. Hältst du mich auf dem Laufenden?

Sicher. Aber ich muss dich um einen weiteren Gefallen bitten.

Klar. Mir ist alles lieber als noch eine Folge PAW Patrol …

Ich schicke ihr eine längere Nachricht, in der ich ihr genau erkläre, was ich brauche. Sie lässt sich zehn Minuten Zeit, um mir am Ende zu versichern, dass sie es versuchen wird.

Ich lege das Handy beiseite, lasse mich auf das kratzige, immer noch schweißnasse Kissen sinken und starre zur Decke hoch. Da ist noch etwas, das mir keine Ruhe lässt, ich aber nicht wirklich zu fassen bekomme. Kathryns Schwester ist das fehlende Puzzleteil. Ein namenloses Opfer, das sich nie zu Wort gemeldet hat. Ich bin lange davon ausgegangen, dass Kathryn versucht hat, ihr Kind zu schützen, als sie mir Mia übergab. Aber da ist etwas in dem Artikel, das dieser Annahme widerspricht, und jetzt, wo es mir wie Schuppen von den Augen fällt, frage ich mich, warum ich das Offensichtliche nicht schon viel früher erkannt habe.

Ich greife erneut nach dem Handy und scrolle zu der ersten Schlagzeile. Gleich darunter befindet sich das Datum der Veröffentlichung. Die Zeit scheint sich zu verlangsamen, als ein weiteres Puzzleteil an seinen Platz findet.

Der Artikel wurde vor etwas mehr als einem Jahr veröffentlicht.

Und Mia ist mittlerweile drei Monate alt.

50

In der Kellerbar etwas abseits der geschäftigen Kensington High Street ist es kühl und dunkel. Es sind nur wenige andere Gäste anwesend. Mehrere Büroangestellte, die hier Mittagspause machen, und einige Touristen, die eine Pause vom Shoppen einlegen. Ich entdecke den Mann in einer Nische im hinteren Teil der Bar. Er ist Ende dreißig, trägt einen Dreitagebart zu einem Stoppelhaarschnitt und sitzt alleine auf einer der beiden gegenüberliegenden Bänke. »Er sieht genauso aus wie auf dem Foto unter dem Artikel«, hat mir Tara vorhin erklärt. »Du musst nur zehn Jahre und zehn Kilo drauflegen.« Er hat den Blick auf sein Handy gerichtet, als ich mich dem Tisch nähere, und vor ihm steht ein halb leeres Pint.

»Hi.« Ich rutsche in die Nische und setze mich ihm gegenüber.

Er sieht überrascht hoch und schüttelt entschuldigend den Kopf. »Tut mir leid, aber ich warte auf jemanden.« Er sieht sich um. »Sie sollte jeden Moment hier sein.«

»Sie sind doch Matt, oder?«, frage ich, ohne mich vom Fleck zu rühren. »Matt Simms von der *Daily Mail?*«

Er richtet sich auf, und seine Augen werden schmal. »Tut mir leid«, sagt er noch mal. »Aber was wollen Sie?«

»Mein Name ist Ellen Devlin. Ich bin eine Freundin von Tara Richardson.«

»Ich soll Tara gleich auf einen Drink treffen.« Er wirft einen Blick auf die Uhr.

»Ich weiß.« Ich hebe entschuldigend die Hände. »Ich habe Tara darum gebeten, sich mit Ihnen zu verabreden. Ich wollte Sie persönlich kennenlernen und dachte, Sie würden sich nicht mit einer Frau treffen, die Ihnen vollkommen fremd ist.«

»Tara ... kommt nicht?«

»Nein, leider. Aber ich soll Sie von ihr grüßen, und sie möchte sich für die nette Unterhaltung gestern bedanken.« Ich schenke ihm ein strahlendes Lächeln. »Darf ich Sie stattdessen auf ein Glas einladen? Dann erkläre ich Ihnen alles.«

Simms zuckt mit den Schultern, als wäre er sich nicht sicher, ob er wütend sein soll, weil wir ihn hinters Licht geführt haben.

»Ein Pint London Pride, nicht wahr?«

Er wirft einen Blick auf sein halb leeres Glas. »Klar. Warum nicht?«

Ich stehe auf, um die Getränke zu holen, und beobachte ihn in dem Spiegel hinter der Bar. Er richtet die Krawatte gerade, steckt sich das Hemd in die Hose und fährt sich mit der Hand durch die Haare, bevor er einen großen Schluck Bier nimmt. Als ich mit einem vollen Pint und einem Tonic Water an den Tisch zurückkehre, scheint die Überraschung überwunden, und er begrüßt mich mit einem breiten Grinsen.

»Cheers, Matt«, sage ich und stoße mit ihm an.

»Also, Ellen.« Er lehnt sich zurück und breitet die Arme zu beiden Seiten über der Rückenlehne der Bank aus. »Offenbar waren Sie diejenige, die mehr über den Geist erfahren wollte, und nicht Tara?«

»Sie habe einige Artikel über die Opfer und ihre Familien geschrieben.«

»Wenn Sie Beschwerden haben, müssen Sie den offiziellen Weg über den Chefredakteur gehen …«

Ich nippe an meinem Getränk. »Ich will mich nicht beschweren.«

Er sieht mir tief in die Augen, als wolle er sichergehen, dass ich ihn nicht hinters Licht führe. »Nehmen Sie dieses Gespräch auf, Ellen?«

»Nein.«

»Sind Sie Journalistin? Von einem Konkurrenzblatt?«

»Nein, ich kenne Tara schon lange. Wir waren zusammen in der Navy.«

Er nimmt einen weiteren Schluck Bier und mustert mich über den Rand des Glases hinweg. »Nun, wenn Tara für Sie einsteht, dann reicht mir das«, sagt er schließlich. »Warum interessieren Sie sich für die Geschichte? Es gab doch schon seit einer Ewigkeit nichts Neues.«

»Ich kenne die Schwester von einem Opfer. Und … ich glaube, dass die Sache mit dem Geist gerade wieder ins Rollen gerät.«

»Okay.« Er hebt eine Augenbraue. »Jetzt haben Sie meine volle Aufmerksamkeit. Wie kommen Sie darauf?«

»Darf ich Ihnen vorher einige Fragen über den Fall stellen? Im Vertrauen?«

»Sicher.«

»Sie haben versucht, Kontakt mit der Familie des dritten Opfers aufzunehmen, nicht wahr?«

»Ja, mehrmals, aber sie hatten kein Interesse. Ich war bei ihnen zu Hause, aber ich bin jedes Mal bereits am Tor gescheitert. Danach habe ich noch einige Male einen Praktikanten hingeschickt. Von London aus ist es eine kleine Weltreise, das kostet dich einen halben Tag.«

»Das heißt, Sie wissen, wo die Familie wohnt?«

»Klar.«

»Wie sind Sie an die Adresse gekommen?«

»Was spielt das für eine Rolle? Wie ich Tara schon am Telefon sagte: Der Name des dritten Opfers wird unter Verschluss gehalten. Ich darf nicht mit Ihnen darüber sprechen.«

»Ich kenne den Namen bereits, darum geht es mir nicht.« Ich lasse den Finger über den Rand meines Glases gleiten. »Es interessiert mich einfach. Tara meinte, Sie wären sehr gut in Ihrem Job. Einer der Besten. Sie spricht in den höchsten Tönen von Ihnen und hat erzählt, dass Sie einige Storys publiziert haben, an denen andere gescheitert sind.«

Simms zuckt mit den Schultern und lächelt kaum merklich. »Es gab da ein paar Leute, die mir einen Gefallen schuldeten. Danach musste ich nur noch einige Anrufe erledigen und die richtigen Fragen stellen.«

»Die Sache ist die, Matt … ich muss ganz dringend mit den Eltern reden. Ich weiß, dass sie in Prestwood Ash leben, aber ich kenne nicht die genaue Adresse.«

»Und Sie glauben, ich würde sie Ihnen geben?«

Ich lehne mich nach vorne. Meine Hand liegt nur wenige Zentimeter von seiner entfernt auf dem klebrigen Tisch. »Es ist wirklich dringend, Matt, und ich wüsste Ihre Hilfe sehr zu schätzen.« Als er nicht reagiert, füge ich ein flehendes »Bitte?« hinzu.

Simms lehnt sich ebenfalls nach vorne, sein Gesicht ist nur wenige Zentimeter von meinem entfernt. Es ist eine vertraute, beinahe intime Bewegung, und ich rieche schales Bier und modrige Klamotten.

»Ihr Parfum duftet *unglaublich*«, murmelt er.

»Danke.« Ich rücke ein wenig von ihm ab.

»Also, Ellen Devlin«, fährt er fort. »Wenn ich Ihnen die Adresse gebe, was springt dann für mich dabei raus?«

51

»Wie wäre es, wenn ich eine Story für Sie hätte?«, antworte ich. »Eine unglaubliche Story.«

»Über den Geist?«

»Das kann ich Ihnen noch nicht sagen, aber ich verspreche Ihnen, dass die Geschichte die Information wert sein wird.«

Simms hebt sein Glas an die Lippen, der Alkohol vom zweiten Pint zeigt langsam Wirkung. Seine Schultern wirken lockerer, sein Gesicht entspannter. Er sieht zur Bar, wo ein zerknautschter Mann mittleren Alters allein über seinem Bier brütet. Der Kerl sieht zu Simms, dann zu mir und noch einmal zu Simms, ehe er neidisch den Kopf schüttelt und sich wieder seinem Glas zuwendet. Simms grinst, nimmt noch einen Schluck Bier und stellt das Glas so nahe an meinem ab, dass sich unsere Hände beinahe berühren.

»Okay, aber wenn Sie mit irgendjemandem darüber reden, werde ich abstreiten, mich jemals mit Ihnen getroffen zu haben.«

»Verstanden. Ich sage es nicht weiter.«

Er sieht sich prüfend um. »Das dritte Opfer war Zoe Clifton, die Eltern heißen Gerald und Angela Clifton.« Er greift nach dem Handy, tippt darauf herum und legt es schließlich mit dem Display nach unten auf den Tisch. Dann holt er einen

Stift heraus und kritzelt etwas auf einen Bierdeckel. »Das ist die Adresse.«

Ich drehe den Bierdeckel zu mir, werfe einen schnellen Blick darauf und stecke ihn in meine Handtasche. »Danke, Matt. Ich weiß Ihr Entgegenkommen zu schätzen.«

»Also ... diese unglaubliche Story«, meint er. »Geben Sie mir wenigstens einen kleinen Hinweis.«

Ich falte die Hände auf dem Tisch. »In Ihrem Artikel stand nichts von ... einem sexuellen Hintergrund.«

Er runzelt die Stirn. »Den gab es auch nicht. Zumindest laut Polizei.«

»Aber Sie hätten darüber berichtet, wenn es entsprechende Hinweise gegeben hätte? Ich meine, es gab keinen Grund, warum Sie es verschwiegen haben?«

»Mein Gott, natürlich hätte ich es erwähnt! Warum fragen Sie?«

»Tara meinte, Opfer sexueller Übergriffe erhalten lebenslange Anonymität, also dachte ich, das würde auch auf das dritte Opfer zutreffen ...«

»Nein, in diesem Fall traf die Polizei diese Entscheidung aufgrund der Umstände und der Art des Überfalls. Zoe wurde als gefährdete Zeugin eingestuft, und eine Veröffentlichung ihres Namens hätte sowohl ihre Sicherheit gefährdet als auch die Ergreifung des Täters erschwert.«

»Weil der Geist vielleicht immer noch hinter ihr her ist?«

»Wenn er überhaupt weiß, wo sie zu finden ist. Die Familie hat zusätzlich eine einstweilige Unterlassungsverfügung erwirkt, die die Veröffentlichung ihres Namens verhindert. Doppelt hält besser.«

»Wissen Sie mehr über die Frauen, die angegriffen wurden?«

»Die ersten beiden Opfer waren Nutten vom Straßenstrich, die in und um Uxbridge arbeiteten. Beide nahmen Drogen, und Louise Taggart wurde auch einige Male beim Dealen im kleinen Stil erwischt. Über Zoe Clifton konnte ich kaum etwas in Erfahrung bringen, aber sie hatte eine Wohnung in der Gegend. Manche behaupten, sie war ebenfalls als Prostituierte unterwegs, aber ich konnte dieses Gerücht nie bestätigen. Die Familie weigert sich, darüber zu reden. Aber es wäre natürlich eine Sensation für uns Pressefritzen.«

»Warum das?«

»Mr und Mrs Clifton sind steinreich – ihr Haus sieht aus wie aus einem Country-Magazin. Mein Herausgeber liebt solche Geschichten: Die hübsche, vornehme Privatschulabsolventin, die Lieblingstochter, die dem Laster verfällt. Leider konnte ich die Eltern nicht für eine Exklusivstory gewinnen. Ich dachte, irgendwann hätte ich sie so weit, aber sie ließen mich jedes Mal abblitzen. Gott sei Dank hat auch niemand sonst die Story bekommen.«

»Gab es Hinweise, dass der Geist auch noch für andere Angriffe verantwortlich ist? Andere Mordfälle?«

»Hinweise ja, aber nichts Konkretes. Nichts, was die Cops auch nur im Entferntesten bestätigt hätten.«

»Nicht einmal unter der Hand?«

Simms schüttelt bestimmt den Kopf. »Nein, nicht einmal das.«

»Das heißt, dieser Kerl, den sie Geist nennen, überfällt innerhalb weniger Monate drei Frauen und hört dann einfach auf? Ist das logisch?«

»Ich glaube, das dritte Mal hat ihn aus der Bahn geworfen. Die ersten beiden hat er getötet, aber bei Nummer drei ist irgendetwas schiefgelaufen. Sie hat überlebt, ist immer noch dort draußen und kann alles bezeugen. Also hat er sich zurückgezogen. Das ist zumindest meine Theorie.«

»Hat die Polizei irgendwann jemanden verhaftet?«

Er nimmt einen weiteren Schluck Bier und wischt sich mit dem Handrücken über den Mund.

»Sie hatte einige Kerle zum Verhör auf dem Revier, aber irgendwie kamen die Ermittlungen nie richtig in Fahrt. Es war seltsam. Zoes Ex-Mann wurde verhaftet, und sie schienen ziemlich sicher, dass er es war. Immerhin ist es in neunzig Prozent der Fälle der Partner. Oder der Ex.«

»Was ist passiert?«

»Auch wenn es zuerst so aussah, hatten sie nie genug, um ihn festzunageln.« Simms grinst. »Der arme alte Dominic. Sein Haus wurde zwei Wochen lang rund um die Uhr von Reportern belagert, und dann verlor er erst den Job und dann auch noch das Dach über dem Kopf. Die Sache hat ihn ruiniert.«

Ich wollte gerade einen Schluck trinken, halte jedoch auf dem Weg zu meinen Lippen inne und stelle das Glas in Zeitlupe wieder ab. »Sagen Sie das noch einmal.«

»Er hat seinen Job verloren. Er arbeitete freiberuflich, und seine Kunden ließen ihn fallen wie eine heiße Kartoffel, als er …«

»Nein, das meinte ich nicht. Reden Sie von Dominic Church?«

Er nickt.

»Dominic Church ist Zoe Cliftons Ex-Mann?«

»Ja, sie haben sich sechs Monate vor dem Angriff getrennt. Die Cops gingen von einer Racheaktion an seiner Ex aus, die er vertuschen wollte, indem er es wie den Überfall eines beliebigen Serienmörders aussehen ließ. Aber dann ging irgendetwas mit den Beweisen schief, und sie mussten ihn gehen lassen.«

Ich lehne mich zurück und starre ins Leere. »Mein Gott.«

»Alles okay?«

Ich nicke.

»Es gab da noch eine Theorie, und zwar, dass Zoe etwas mit dem Geist hatte, dass er der neue Mann an ihrer Seite war. Und als sie herausfand, was er getan hatte, hat er versucht, sie umzubringen. Diese Theorie geht davon aus, dass der Geist alle drei Opfer persönlich kannte und sie keineswegs zufällig ausgewählt wurden. Aber die Polizei hat diesen angeblichen neuen Freund nie gefunden, und damit war auch diese Theorie wertlos.«

»Wer hat sie denn aufgebracht?«

»Ein paar Cops. Und die Familie.«

Ich sitze einen Moment da und versuche, die Neuigkeiten einzuordnen, nehme einen Schluck Tonic Water und wünschte, da wäre auch Gin im Glas.

»Was ist mit Leon Markovitz?«, frage ich schließlich. »Sie wissen, dass er ebenfalls verhaftet wurde?«

Simms grinst schief. »Von wem haben Sie das?«

»Von jemandem, der Bescheid weiß. Und Sie kennen den Namen ebenfalls, oder?«

»Den kennt jeder in der Branche. Leon ist für uns alle ein abschreckendes Beispiel. Total irre.« Er nimmt einen weiteren Schluck und hebt mahnend den Zeigefinger. »Halten Sie sich bloß von ihm fern.«

»Sie sind nicht der Erste, der mir das rät. Haben Sie mit ihm gearbeitet?«

Simms sieht mich gespielt schockiert an. »Mit ihm? Gott bewahre! Ich habe ein paar echte Schauergeschichten über ihn gehört, aber persönlich begegnet sind wir uns nie.«

Ich deute auf sein leeres Glas. »Noch eins?«

»Man könnte fast meinen, Sie wollen mich betrunken machen.« Er hebt eine Augenbraue, dann holt er eine Visitenkarte aus der Jackentasche. »Leider muss ich zurück in die Tretmühle, bevor mein Chefredakteur wie Rumpelstilzchen zu springen beginnt. Geben Sie mir Ihre Nummer, und ich schreibe Ihnen, falls sich etwas ergibt.«

Wir stehen auf, und ich speichere seine Nummer in meinem Handy und schicke ihm eine leere Nachricht. Dann strecke ich ihm die Hand entgegen, um einem Kuss auf die Wange zu entgehen.

»Es war schön, Sie kennenzulernen, Matt.« Ich schüttle seine feuchte Hand. »Ich melde mich.«

52

Ich halte vor der U-Bahn-Station High Street Kensington inne, hole den Bierdeckel aus der Handtasche und gebe die Adresse in Google Maps ein. Sie befindet sich östlich von Prestwood Ash, ein paar Hundert Meter außerhalb des Ortes. Allerdings ist nirgendwo etwas eingezeichnet, und ich sehe lediglich einen grünen Fleck auf dem Display. Ich zoome näher. Nichts. Hat Matt Simms mich angelogen, um mich loszuwerden? Er wäre nicht der erste Boulevardjournalist, der es mit der Wahrheit nicht so genau nimmt.

Ich wechsle auf die Satellitenansicht, und mir stockt der Atem. Ich entschuldige mich im Stillen bei Simms, denn mitten im Grünen befindet sich tatsächlich ein großes Haus mit einer langen, geschwungenen Auffahrt, die von der Straße bis zur Haustür führt, und einer Mauer, die das riesige Grundstück umgibt. Jetzt verstehe ich, warum Gilbourne keine Gefahr sah, dass ich zufällig über das Haus der Cliftons stolpern würde, und warum er nicht darauf bestanden hat, dass ich sofort aus Prestwood Ash verschwinde. Das Haus liegt nicht im Ort, sondern ein Stück außerhalb. Zurückgezogen. Isoliert.

Ich gehe die Treppe hinunter in die U-Bahn-Station und mache mich auf den Weg zum Bahnsteig.

Das gusseiserne Tor ist geschlossen, als ich davor halte. In der Mauer daneben befindet sich eine Klingel mit Ziffernfeld. Ich lasse das Fenster herunter, klingle und warte. Das Kameraauge über der Klingel ist auf mich gerichtet, doch niemand reagiert. Ich klingle erneut, auch wenn meine Hoffnung mehr und mehr schwindet, immerhin tauche ich unangekündigt hier auf. Ich sehe zumindest eine Ecke des weiß getünchten, zweistöckigen Hauses zwischen den Bäumen. Es steht ein ganzes Stück von der Straße entfernt, zu weit, um eine Bewegung auszumachen. Ich will gerade ein drittes Mal klingeln, als ein Klicken ertönt und sich eine weibliche Stimme meldet. Sie klingt älter und so leise, als lägen Tausende Kilometer zwischen uns.

»Ja?«

»Mrs Clifton, mein Name ist Ellen Devlin. Es tut mir leid, dass ich einfach so hierherkomme, aber ich hatte gehofft, Sie würden mir fünf Minuten Ihrer Zeit schenken. Es ist wichtig.«

Sie schweigt einen Augenblick, dann: »Es ist … nicht der passende Moment.« Ihre Stimme klingt ausdruckslos. »Tut mir leid.«

»Bitte, Mrs Clifton. Ich hätte angerufen, aber ich habe Ihre Nummer nicht. Ich muss wirklich mit Ihnen reden.«

»Ich habe nichts …«

»Es geht um Mia.«

Dieses Mal dauert das Schweigen länger. Als sie weiterspricht, klingt ihre Stimme besorgt. »Wovon reden Sie da?«

»Ich habe mich am Dienstag ein paar Stunden um Mia gekümmert. Ich habe Ihre Tochter Kathryn im Zug kennengelernt, und sie bat mich, auf sie aufzupassen.«

Erneutes Schweigen. Verdammt, vielleicht war das zu viel auf einmal. Und zu schnell. Ich lehne mich näher an die Sprechanlage heran. »Mrs Clifton?«

Ein Klicken ertönt, dann öffnet sich das Tor langsam und lautlos. Ich lege den Gang ein und fahre die bekieste Auffahrt entlang, zu deren Seiten sich weitläufige Rasenflächen erstrecken. Die Auffahrt endet in einem Halbkreis vor dem Haus, das genauso imposant ist, wie es das Satellitenbild erwarten ließ. Ein georgianisches Herrenhaus in Cremeweiß, sorgfältig geschnittener Rasen, bekieste Wege, ein von niedrigen Hecken umgebener Tennisplatz, eine große Terrasse und ein Obstgarten. Zwei große Hunde galoppieren bellend und zähnefletschend auf mein Auto zu, doch als ich anhalte, laufen sie im nächsten Moment einem nicht hörbaren Signal folgend zur Haustür zurück.

Ich werfe einen Blick auf den Mercedes mit Kindersitz neben meinem Wagen, dann mache ich mich über den knirschenden Kiesel auf den Weg zur Haustür. Eine große, dunkelhaarige Frau steht mit verschränkten Armen im Türrahmen. Sie ist Mitte sechzig, teuer gekleidet in Grau und Schwarz, das sanfte Gesicht ist von Müdigkeit gezeichnet. Um den schlanken Hals trägt sie eine Kette mit einem kleinen silbernen Kreuz. Die beiden Hunde sitzen zu ihren Füßen und mustern mich hechelnd.

»Sind Sie Journalistin?«, fragt die Frau, als ich näher trete.

»Nein.«

»Der Detective Inspector hat uns gewarnt, dass die Presse uns früher oder später finden wird.« Sie betrachtet mich einen Moment lang abschätzend, dann öffnet sie die Tür ein wenig weiter. Ihre Augen sind rot und geschwollen, aus der Faust ragt ein zusammengeknülltes Taschentuch. »Kommen Sie besser erst mal rein.«

Sie schickt die Hunde nach draußen, und ich folge ihr durch ein mit dickem, cremefarbenem Teppich ausgelegtes Vorzimmer in ein großes, L-förmiges Wohnzimmer mit Blick auf den Garten hinter dem Haus. An den Wänden hängen gerahmte Bilder, vor allem große Landschaftsgemälde, aber auch einige abstrakte Werke, deren bunte Farben einen Kontrast zu dem dunklen Mobiliar bilden. In der Ecke steht ein verlassener Flügel, die Tastenabdeckung ist geschlossen. In einem verzierten Glasschrank entdecke ich mehrere Gewehre. Obwohl es ein sonniger Nachmittag ist, liegt der Raum im Halbdunkel. Die Vorhänge sind zum Teil vorgezogen, die Jalousien halten die strahlende Herbstsonne fern. Die Frau deutet in eine Ecke des Zimmers, wo ein Mann in einem Lehnstuhl sitzt. Er ist in etwa in ihrem Alter, vielleicht ein wenig älter, und hat einen dichten weißen Schnurrbart. Sein Kopf ist kahl, bis auf einen sorgsam gepflegten Halbkreis, der von einem Ohr über den Hinterkopf zum anderen Ohr reicht. In seinem Schoß liegt ein dickes Buch. Es ist ein Fotoalbum.

»Das ist mein Mann«, sagt die Frau leise. »Gerald.«

Er nickt mir zu, ohne ein Wort zu sagen. Sie bietet mir einen Platz auf dem langen Ledersofa an, und ich setze mich, während sie mitten im Zimmer stehen bleibt. Ein einzelner Sonnenstrahl fällt durch einen Spalt zwischen den Vorhängen, und Staubkörner tanzen in der Luft.

»Ich bin übrigens Angela. Ich habe Kaffee gekocht, möchten Sie eine Tasse?«

»Ja, gerne. Danke.«

Sie verschwindet durch die Tür, ihre Schritte sind auf dem

dicken Teppich nicht zu hören. Abgesehen von dem leisen Klappern aus der Küche ist es im Haus vollkommen still. Es wirkt wie eine alte Fotografie, als wäre die Zeit stehen geblieben. Ich sehe zu dem Mann in der Ecke, doch er hält den Blick auf das Fotoalbum gesenkt und hat offenbar vergessen, dass ich hier bin. Auf dem Kaminsims stehen mehrere Familienporträts, die ihn mit Angela und zwei jungen Frauen zeigen. Da ist Kathryn. Sie ist so hübsch, wie ich sie in Erinnerung habe, aber die Frau neben ihr ist mehr als das. Lange, dunkle Haare, makellose Haut, lachende braune Augen. Sie sieht aus wie ein Hollywoodstar.

Es sind keinerlei Hinweise zu sehen, dass Mia hier ist. Keinerlei Dinge, die auf ein Leben mit kleinen Kindern hindeuten und mit denen Tara tagtäglich zu kämpfen hat. Kein buntes Plastikgeschirr, kein Spielzeug, kein Hochstuhl in der Ecke.

Dominic Church hat behauptet, sie wäre hier.

Dominic Church ist ein Lügner.

Mit einem Mal steigt Unbehagen in mir hoch, und ich habe die schreckliche Ahnung, dass ich bald etwas Grauenhaftes erfahren werde.

Dieses Haus liegt unter dem Schleier der Trauer begraben, die Familie ist wie gelähmt vor Schmerz. Und Mia ist nicht hier.

Angela kehrt zurück, in einer Hand eine weiße Porzellantasse mit dampfendem Kaffee, und setzt sich mit kerzengeradem Rücken in den Lehnstuhl mir gegenüber. Sie legt die Hände auf die Knie und blinzelt in einem fort, als würde es ihr schwerfallen, nicht in Tränen auszubrechen.

»Nun, Mrs Devlin«, sagt sie leise. »Sie haben Kathryn also im Zug kennengelernt? Erzählen Sie mir, was passiert ist.«

Ich sammle mich, dann berichte ich in so kurzen Zügen

wie möglich vom vergangenen Dienstag, angefangen bei dem Moment, als Kathryn sich mir gegenüber niederließ, bis zu meiner Ankunft auf dem Polizeirevier, barfuß, verzweifelt und mit Mia in den Armen. Als ich fertig bin, ist die Sorge in Angelas Gesicht beinahe greifbar, und sie wischt sich die Tränen mit einem zusammengeknüllten Taschentuch ab, das sie aus dem Ärmel ihrer Strickjacke gezogen hat.

»Wie ging es Kathryn?«, fragt sie. »Wie wirkte sie auf Sie, als Sie mit ihr sprachen?«

»Sie hatte Angst.« Es ist vielleicht nicht das, was Angela hören will, aber sie hat die Wahrheit verdient. »Um Mia und um sich selbst. Aber sie wirkte auch fest entschlossen. Sie wusste, was sie tat.«

»Sie hat mich angerufen, nachdem sie aus dem Zug gestiegen ist«, erklärt Angela. »Sie sagte, Mia sei in Sicherheit. Bei jemandem, der ihr nichts tun würde. Das waren Sie.«

Ich halte ihrem Blick stand und nicke. »Ja.«

»Sie wollte mir nicht sagen, bei wem, weil ›die Leute‹ vielleicht zuhörten. Sie bat mich, so schnell wie möglich zu ihr zu kommen und sie mit dem Auto nach Marylebone zu bringen. Doch als ich an der Haltestelle ankam, war sie verschwunden. Einfach weg.«

»Angela«, sage ich, so sanft ich kann. »Wo ist Mia jetzt?«

Sie scheint mich nicht zu hören. »Ich hätte auf Kathryn hören sollen«, sagt sie eher zu sich selbst als zu mir. »Ich hätte mit ihr reden, ihr *glauben* sollen.«

Mein Herz klopft vor Angst. »Ist Mia denn nicht hier?«, frage ich erneut.

»Ich kann immer noch nicht glauben, dass sie weg ist«, murmelt Angela leise. »Mein Baby.«

Mein Herz gerät ins Taumeln und befindet sich im nächsten Moment im freien Fall. Ich umklammere die Kaffeetasse, damit sie mir nicht aus den Händen fällt. *Mia ist nicht hier.* Ich sehe ihre blonden Locken. Die winzigen Fingernägel. Die kleine Milchblase auf den gespitzten Lippen. Und ich bekomme keine Luft mehr.

»Wer ist weg, Angela?«

Sie schließt die Augen, und die Tränen laufen ungehindert über ihre Wangen. »Sie waren wohl eine der Letzten, die sie lebendig gesehen haben. Mein kleines Mädchen. Meine wundervolle Kathryn.«

53

Ich blinzle und überlege, was ich darauf sagen soll. Aber es gibt keine Worte. Natürlich nicht. Ich wusste, dass die Polizei auf der Suche nach Kathryn ist, aber ich habe mir eingeredet, dass sie sich irgendwo versteckt hält, bis die Gefahr vorüber ist. Oder dass sie immer noch auf der Flucht ist. Aber nicht so etwas.

»Es tut mir so leid, Angela«, sage ich schließlich leise. »Das wusste ich nicht. Die Polizei hat mir nichts gesagt.«

Sie schluckt und wirkt mit einem Mal älter und gebrechlicher.

»Wir haben drei Tage lang nichts von ihr gehört, nachdem … sie in diesen Zug gestiegen ist. Du hoffst trotzdem, wissen Sie? Obwohl dir dein mütterlicher Instinkt sagt, dass etwas nicht stimmt. Ich habe Dienstag Abend eine Nachricht von ihr bekommen. Sie schrieb, dass sie Zeit für sich braucht und ein paar Tage in unserem Wochenendhaus in Norfolk verbringen möchte. Ich solle mir keine Sorgen machen, wenn sie nicht erreichbar wäre. Aber das klang so gar nicht nach ihr. Sie hatte ständig ihr Handy in der Hand. Ich wusste sofort, dass etwas Schreckliches passiert war. Ich wusste es.«

»Sie meinen, jemand anderes hat die Nachricht geschickt?«

Sie nickt, greift nach einem frischen Taschentuch und wischt sich über Augen und Nase. »Wer auch immer sie auf dem Gewissen hat, wollte seine Spuren verwischen, meint die Polizei. Laut Obduktion war sie zu dem Zeitpunkt … Sie war zu dem Zeitpunkt wohl schon … von uns gegangen.«

Ich lege meine Hand auf ihre. Sie ist kalt und fühlt sich an wie Papier.

»Ich weiß nicht, was ich sagen soll, Angela. Bloß, dass es mir unendlich leidtut. Ich habe nur einige wenige Minuten mit Ihrer Tochter verbracht, aber sie war eine wunderbare junge Frau. Sie wollte Mia beschützen.«

»Der Detective Inspector war gestern Abend hier, um uns mitzuteilen, dass in der Nähe von Seer Green eine Leiche gefunden wurde. Ich war dort, um sie zu identifizieren.« Sie deutet auf ihren Mann, der noch immer schweigend in der Ecke sitzt. »Wir waren beide dort, aber Gerald konnte es nicht. Also habe ich es erledigt.«

Ich sehe Leon Markovitz vor mir, der im Zug auf mich hinunterstarrte, nur wenige Augenblicke, nachdem Kathryn ausgestiegen war. Sie hat Mia zurückgelassen, weil sie wusste, dass die Gefahr ganz in der Nähe war. Vielleicht wusste sie nicht einmal, wer hinter ihr und Mia her war. Aber sie hat den Verfolger von dem Baby weg und auf eine falsche Fährte gelockt. Sie hat sich geopfert. Ist Markovitz noch einmal zurück, nachdem er mich im Bahnhof Marylebone aus den Augen verloren hatte?

»Kaum vorstellbar, wie schwer das gewesen sein muss.«

Angela wischt sich erneut über die Augen. »Haben Sie Kinder, Ellen?«

»Ich wollte immer welche, aber es war meinem Ex-Mann und mir nicht vergönnt.«

»Ich war eine Spätgebärende und fast vierzig, als ich das erste Kind bekam. Ich wollte immer ein Mädchen und hatte das Glück, mit zwei gesegnet zu werden.« Sie schüttelt langsam den Kopf und scheint mich gar nicht mehr zu bemerken. »Da sind so viele Dinge, über die man sich Gedanken macht, wenn sie klein sind. So viele Gefahren, von denen man erst nach und nach erfährt. Plötzlicher Kindstod. Meningitis. Ersticken. Steile Treppen. Offene Fenster. Wenn sie größer werden, sind es die Autos auf den Straßen, Wasser, Fremde, die sich an Kinder heranmachen, und eine Million anderer Dinge. Und wenn sie schließlich erwachsen sind, redet man sich ein, dass es langsam vorbei ist. Dass man das Schlimmste überstanden und alle Gefahren gemeistert hat. Dabei ist es als Eltern von erwachsenen Kindern sogar noch unerträglicher, weil du sie nicht mehr beschützen kannst. Du kannst sie nicht in deiner Nähe behalten, du kannst dich nicht mehr wie ein Schild vor sie stellen. Trotzdem ist die Gefahr immer noch dort draußen. Sie ist nur eine andere geworden.«

Ein leises Geräusch lässt mich aufhorchen. Ein sanftes Jammern, das Seufzen eines Babys, das sich im Schlaf bewegt. *Mia.* Einen Moment lang glaube ich, ich hätte es mir nur eingebildet, doch dann steht Angela auf, geht zu einem Bücherregal neben der Tür und dreht die Lautstärke des Babyfons lauter. Das Geräusch verstummt, und Angela setzt sich mit dem Babyfon zurück in den Lehnstuhl.

»Mia?«, frage ich, und in meiner Brust wird es warm.

Sie nickt und sieht auf die Uhr. »Sie bekommt bald ihr Fläschchen. Sie ist ein hungriges kleines Mädchen.«

Ich lasse einen Moment verstreichen, ehe ich erneut das Wort ergreife. »Angela, ich habe mit jemandem geredet, der meint, Mia wäre immer noch in Gefahr. Aber ich glaube, er wollte mich reinlegen, damit ich Sie davon überzeuge, von hier wegzugehen. Das Haus zu verlassen und Mia mitzunehmen.«

»Von wem sprechen Sie?«

»Dominic Church. Er meinte … Mia wäre in Gefahr, solange Sie mit ihr hierbleiben.«

»Der hat vielleicht Nerven! Nach dem, wie er Zoe behandelt hat!« Angela ballt die Hände zu Fäusten. »Er versucht noch immer, ihr Leben zu kontrollieren. Und Mias. Sogar jetzt noch. Er will uns sagen, was wir tun und was wir lassen sollen. Es war die beste Entscheidung ihres Lebens, sich von ihm zu trennen.«

»Wie kommt Zoe damit klar, Angela? Weiß sie von Kathryn?«

Angela sieht mich an und presst die Lippen aufeinander. Irgendwo im Haus klingelt ein Festnetztelefon, und die Melodie hallt aufdringlich und viel zu laut durch die verlassenen Zimmer. Angela macht keine Anstalten, hinzugehen und abzuheben. Im nächsten Moment verstummt das Klingeln, und die Stille senkt sich erneut wie eine Decke über das Haus.

Angela spricht, ohne mich anzusehen. »Ja, ich habe es ihr erzählt«, sagt sie. »Kommen Sie mit.«

Sie steckt das Babyfon in ihre Tasche, steht auf und führt mich aus dem Wohnzimmer und einen langen Flur entlang, an dessen Wänden zahlreiche gerahmte Fotos hängen. Kathryn und Zoe als Kinder. Ein stolzes kleines Mädchen, das ihre kleine Schwester umarmt. Die beiden Mädchen kniend an einem Sandstrand. In der Schule. An Weihnachten. Bei ihrem Schulabschluss. Wir gehen an einer Bibliothek und einem weiteren Wohnzimmer vorbei, und die Dielenbretter knarren unter unseren Füßen. Schließlich treten wir in einen weiteren Flur.

»Das ist der Anbau«, erklärt Angela. »Es ist gleich dort hinten.«

Am Ende des Flurs befindet sich eine geschlossene weiße Tür mit einem Sichtfenster. Angela öffnet sie, und ich folge ihr in einen großen, weißen Raum mit deckenhohen Fenstern auf beiden Seiten, die auf den Rasen hinausführen. Es riecht nach Desinfektionsmittel. Das Zentrum des Raumes bildet ein Bett, das aussieht, als käme es direkt aus dem Krankenhaus. Daneben stehen mehrere Maschinen, und Monitore piepen, klicken und blinken in Grün und Rot.

In dem Bett liegt eine junge Frau. Die dunklen Haare sind über das Kissen gebreitet, die Haut ist so blass, dass sie beinahe durchsichtig wirkt. Aus dem Handrücken ragt ein Schlauch, und ein Sensor steckt auf einem der Daumen. Der Monitor neben ihr piept langsam und beständig.

Ihre Augen sind geschlossen.

»Das ist meine ältere Tochter Zoe.« Angela tritt ans Bett und streicht ihrer Tochter sanft mit dem Handrücken über die Wange. »Wir haben den Anbau umgebaut, bevor wir sie aus dem Krankenhaus geholt haben, damit sie bei uns sein kann. Sie ist sehr viel glücklicher hier. Ich werde sie nicht alleine lassen, und Mia ebenso wenig. Wir werden nicht davonlaufen, ganz egal, wie sehr Dominic Church versucht, uns Angst zu machen. Wir bleiben hier. Zusammen.«

Eine Frau in einer gestärkten blauen Krankenschwesternuniform tritt aus dem Nebenzimmer. Sie ist in den Vierzigern, hat ein freundliches Gesicht und straff zurückgebundene dunkle Haare. Angela nickt ihr zu.

»Warum gehen Sie nicht nach Hause, Michelle? Wir sehen uns Montag Morgen.«

»Danke, Mrs Clifton.« Die Krankenschwester zieht sich die Latexhandschuhe von den Fingern und wirft sie in einen gelben Eimer für medizinische Abfälle. »Falls Sie mich morgen doch brauchen, rufen Sie bitte einfach an. Es macht keine Umstände.«

Michelle nimmt ihren Mantel und verschwindet durch die Tür, durch die wir gekommen sind.

»Michelle ist wunderbar«, sagt Angela, als wir alleine sind. »Sehr erfahren. Sie hatte in den ersten Monaten großen Anteil daran, Zoe bei der Eingewöhnung zu helfen und dafür zu sorgen, dass sie sich wohlfühlt. Tatsächlich war Michelle die Erste, der es aufgefallen ist.«

Ich trete näher ans Bett heran. Zoes Hand liegt flach auf der Matratze, nur Zentimeter von meiner entfernt. Das beständige, beinahe hypnotisierende Piepen des Herzmonitors ist das einzige Geräusch im Raum. Jeder Herzschlag gleicht einem seidenen Faden, der Zoe an das Leben bindet.

Ich bin immer noch hier.

»Die Erste, der was aufgefallen ist?«, frage ich und sehe Angela an.

»Dass Zoe schwanger war.«

54

In den nächsten paar Minuten erzählt mir Angela die ganze Geschichte.

In einer mondlosen Septembernacht vor etwas mehr als einem Jahr beendete Zoe, die als Sozialarbeiterin im Außeneinsatz gefährdete Frauen im Norden Londons betreute, ihre Schicht und machte sich alleine auf den Heimweg. Schon wenig später wurde sie gepackt, verprügelt und bewusstlos geschlagen. Der unter einer Sturmhaube verborgene Angreifer versuchte, sie zu erwürgen, doch er wurde von einer Gruppe Studenten gestört, die nach einer Partynacht auf dem Nachhauseweg waren. Einer der jungen Leute war Medizinstudent und reanimierte Zoe, bis der Krankenwagen eintraf.

»Ihr Herz setzte auf dem Weg ins Krankenhaus noch zwei Mal aus«, murmelt Angela, die neben dem Bett auf einem Stuhl sitzt und Zoes Hand hält. Ihr Finger folgt der blassblauen Vene auf dem Handrücken ihrer Tochter. »Aber sie konnten sie jedes Mal zurückholen. Die ersten vierundzwanzig Stunden waren unerträglich. Wir dachten ständig, wir würden sie verlieren. Aber da war gleichzeitig immer die Hoffnung, dass sie es schafft und vielleicht sogar wieder zu Bewusstsein kommt. Doch ihr Gehirn war zu lange ohne Sauerstoff – der Schaden ist zu groß.«

Ich presse mir eine Hand auf den Mund und kämpfe gegen die Tränen an. »Es tut mir so leid, Angela.« Die Worte scheinen schrecklich unzureichend. »Für Sie beide. Ich kann mir gar nicht vorstellen …«

»Zu diesem Zeitpunkt hatten sich die Medien bereits eine Geschichte zurechtgelegt«, fährt Angela fort. »Für sie war es dieser Serienmörder, den die Polizei nicht fassen konnte. Dieser *Geist*. Sie füllten die Lücken mit Gerüchten, behaupteten, dass Zoe ebenfalls eine Sexarbeiterin war, wie die anderen Opfer. *Nur eine weitere Prostituierte,* als hätten diese Frauen ihr Schicksal auf irgendeine Weise verdient. Jede Schlagzeile war wie ein weiterer Angriff auf meine Tochter. Und wir konnten ihr nicht helfen, egal, wie sehr wir es versuchten.« Sie hält inne und holt tief Luft. »Du fühlst dich so hilflos und unzulänglich. Nach ein paar Monaten war dieses Zimmer hier endlich fertig, und wir konnten sie nach Hause holen. Wir dachten, es würde ihr helfen, sich wieder zu erholen.«

Ich betrachte Zoes blasse Haut, die langen Wimpern an den geschlossenen Augenlidern, den langsamen, kaum sichtbaren Puls an ihrem Hals und frage mich, ob sie jemals wieder zu sich kommen wird. Wird sie jemals ihre Tochter im Arm halten, sie füttern, ihr zulächeln, das Wunder des Lebens genießen, das sie erschaffen hat? Gibt es etwas, das sie wieder zurückholen kann von dem Ort zwischen Leben und Tod, an dem sie sich gerade befindet? Oder hat ihr der Geist diese Möglichkeit für alle Ewigkeit genommen?

»Sie hat immer das Gute in den Menschen gesehen, immer das Beste von jedem gedacht«, erzählt Angela.

»In der wievielten Woche war sie, als Sie bemerkten, dass sie schwanger war?«

»In der zwölften.«

»Und es passierte nicht … während des Angriffs?«

Angela schüttelt den Kopf. »Sie wurde gründlich untersucht, aber da war nichts.« Dann fährt sie fort, ohne mich anzusehen. »Und nein, wir haben nie eine Abtreibung in Erwägung gezogen. Wenn man sieht, wie ein Leben am seidenen Faden hängt, will man alles dafür tun, dass es bleibt, will es hegen und pflegen. Gerald ging davon aus, dass Zoe das Kind früher oder später verlieren würde, aber Mia hatte andere Pläne.«

In der siebenunddreißigsten Woche wurde Zoe in ein Privatkrankenhaus gebracht, wo sie mittels Kaiserschnitt ein gesundes Baby zur Welt brachte. Einen Monat später kehrten Mutter und Tochter in das Haus in Prestwood Ash zurück, das Gästezimmer wurde in ein Kinderzimmer umgebaut, die Großeltern übernahmen die Rolle der Eltern.

»Ich hatte keine Ahnung, dass es nach der Trennung von Dominic wieder einen Mann in ihrem Leben gab. Sie war sehr verschlossen, was diese Dinge betraf. Kathryn wusste, dass da etwas lief, aber Zoe hat ihr nur erzählt, dass es noch ganz frisch sei und sie nicht darüber reden könne. Dass es … kompliziert sei.« Sie streicht eine Haarsträhne aus dem Gesicht ihrer Tochter. »Und dann war die Beziehung mit einem Mal vorbei. Sie rief mich an und war schrecklich durcheinander, aber sie wollte immer noch nichts über diesen Mann erzählen. Sie meinte nur, dass er kein guter Mensch wäre und sie wünschte, sie wäre ihm nie begegnet. Ich bot ihr an, nach Hause zu kommen und das Wochenende bei uns zu verbringen, doch in derselben Nacht wurde sie angegriffen.«

»Die Polizei hat diesen neuen Freund aber nie gefunden, oder?«

»Sie haben Zoes Privatleben auseinandergenommen, aber es war vergeblich. Und er selbst hat sich nie gemeldet.«

»Vielleicht, weil er der Angreifer war, der Zoe töten wollte?«

Angela nickt. »Genau wie er die beiden anderen Frauen getötet hat. Und jetzt hat er uns auch Kathryn genommen.«

»Sie glauben, dass es derselbe Mann ist?«

»Er kannte sie. Und er kennt *uns*.«

Dominic. Der Name verdrängt sämtliche Gedanken aus meinem Kopf. Er war einmal ein Teil der Familie, er kennt sie alle.

»Sie meinen die Nachricht, die er von Kathryns Handy aus geschickt hat? Dass sie in Ihr Ferienhaus will?«

Angela nickt. »Wie sollte er sonst davon wissen?«

»Hat die Polizei … eine DNA-Probe von Mia entnommen? Um ihm damit auf die Spur zu kommen?«

Sie nickt erneut. »Ja, aber es gab offenbar ein Problem damit. Sie wollen es am Montag noch einmal versuchen.«

Ein leises Säuseln durchbricht die Stille, und Angela holt das Babyfon aus ihrer Tasche, das grün blinkt und die zarte Stimme durchs ganze Haus bis ins Krankenzimmer trägt.

»Mia ist wach«, sagt Angela und lächelt leise. »Würden Sie sie gerne sehen?«

»Ja.« Mein Herz schwillt an bei dem Gedanken, Mia wiederzusehen. »Ja, das würde ich sehr gerne.«

Angela wirft einen letzten prüfenden Blick auf Zoes Monitore, dann drückt sie ihr sanft einen Kuss auf die Stirn und führt mich zurück in den Flur. Ich folge nach oben in den ersten und weiter in den zweiten Stock, in dem sich mehrere Gästezimmer, die dazugehörigen Bäder, eine Bibliothek und ein kleines Fitnessstudio befinden. Die zarte Stimme aus dem

Babyfon brabbelt vor sich hin. Schließlich öffnet Angela eine Tür und bittet mich ins Zimmer.

Das Kinderzimmer ist mindestens fünf Mal so groß wie der Raum, der in meinem Haus dafür vorgesehen war, und es gibt jede Menge Spielzeug und jedes erdenkliche Gerät, um den Eltern die Arbeit zu erleichtern. Die geschmackvolle Einrichtung ist in Gelb und Hellblau gehalten, eine Wand mit bunten tropischen Vögeln tapeziert. Angela öffnet die halb geschlossenen Jalousien an den beiden hohen Fenstern, und das Zimmer wird in das Licht der Nachmittagssonne getaucht.

»Es sieht ein wenig anders aus als in meiner Kindheit in Toxteth«, erklärt sie und beugt sich über das Gitterbett in der Ecke. »Damals lagen wir zu fünft in einem Zimmer, zu zweit in einem Bett und das Jüngste in der untersten Kommodenschublade.«

Sie hebt ihre Enkeltochter an ihre Schulter, stützt ihren Kopf mit der Hand und flüstert ihr leise ins Ohr. Winzige Finger greifen nach Großmutters Strickjacke. Ich sehe einen weichen weißen Strampelanzug und die blonden Haare, die in Büscheln vom Kopf abstehen. Angela kommt mit dem glücklich glucksenden Baby zu mir und dreht sich, sodass ich das Gesicht des kleinen Wunders sehen kann.

Mia.

55

»Mia ist das Einzige, was uns durchhalten lässt«, sagt Angela. »Sie ist ein unglaublich fröhliches Kind, genau wie ihre Mum damals.«

Mia schenkt mir ein zahnloses Lächeln, und ich spüre, wie mein Herz leichter wird. Angela bemerkt es und lächelt.

»Möchten Sie sie einen Moment lang halten, während ich das Fläschchen vorbereite?«

Ich nicke, und Angela legt Mia vorsichtig in meinen angewinkelten Arm. Ich wiege sie sanft hin und her und genieße ihr wunderbares Gewicht und die Wärme ihres Körpers. Mia sieht mit großen blauen Augen zu mir hoch und lächelt, dann streckt sie die kleine Hand aus, und ihre winzigen Fingerspitzen berühren meine Wange. Ein kleines Bündel voller reiner, unverdorbener Liebe, das einzig Gute, das inmitten unglaublicher Tragödien und tiefer Trauer Bestand hat.

Angela holt eine saubere Flasche aus dem Schrank und stellt sie in eine stylishe Maschine neben dem Wickeltisch. Sie drückt mehrere Knöpfe, und die Maschine bereitet das perfekte Fläschchen für Mia zu.

»Manchmal sitze ich einfach hier bei ihr und weine«, gesteht Angela. »Sie ist alles, was mir von meinen Mädchen geblieben ist. Wenn ich Mia ansehe, sehe ich meine Töchter. Es spielt keine Rolle, unter welchen Umständen sie in diese Familie kam.« Die Maschine piept, und Angela verschließt die Flasche und schüttelt sie, bevor sie etwas Milch auf ihr Handgelenk tropfen lässt. »Ich war mir zuerst nicht sicher, ob ich es ertragen würde, sie anzusehen, aber sobald sie da war, sobald ich sie in den Armen hielt, wusste ich, dass es Liebe ist. Ich wusste es von der ersten Minute an.«

Das Gefühl steigt wie aus dem Nichts in mir hoch, immer höher und höher, wie ein Tsunami, der sich nicht aufhalten lässt. Im nächsten Moment laufen Tränen über meine Wangen.

»Entschuldigen Sie«, stammle ich. »Es tut mir so leid, Angela. Sie ist einfach so wunderschön. Und das, was mit Zoe passiert ist … es ist so traurig.«

Ich lächle trotz meiner Tränen, und Angela lächelt ebenfalls.

»Mia mag Sie. Ich glaube, sie erinnert sich an Sie.«

Sie schüttelt die Flasche erneut, dann setzt sie sich in den Lehnstuhl neben dem Gitterbett. »Also gut, Miss Mia. Zeit für den Nachmittagssnack.«

Ich übergebe Mia an Angela, und sie beginnt sofort gierig zu trinken, die blauen Augen auf das Gesicht ihrer Großmutter gerichtet.

»Könnten Sie mir vielleicht ein Musselintuch bringen?« Angela deutet auf die Kommode. »In der obersten Schublade auf der linken Seite.«

Ich nehme ein blassrosa Tuch vom Stapel und gebe es ihr. »Sie nuckelt gerne darauf herum, nicht wahr? Mein Patensohn hat das auch immer getan – bis er mit der Schule anfing.«

Angela lächelt und wendet ihre Aufmerksamkeit wieder der trinkenden Mia zu.

Ich sehe mich im Zimmer um. Mia ist in Sicherheit, bei Menschen, die sie lieben. Sie gehört hierher. Ich denke an das kleine Zimmer in meinem Haus, das für alle Zeit leer stehen wird, und eine tiefe Schlucht öffnet sich in meinem Inneren.

Ich bin froh, dass ich hergekommen bin, aber jetzt ist es Zeit zu gehen.

»Ellen?« Angela sieht mit Tränen in den Augen zu mir hoch. »Ich danke Ihnen. Für alles, was Sie für Mia getan haben.«

Ich nicke und versuche zu lächeln. »Ich bin froh, dass sie den Weg nach Hause gefunden hat.«

Angela lächelt ebenfalls, und es ist das traurigste Lächeln, das ich je gesehen habe. »Ja, das bin ich auch.«

Sie zieht die halb leere Flasche aus Mias Mund, legt sich ihre Enkeltochter an die Schulter und massiert ihren Rücken.

»Ich sollte jetzt gehen«, sage ich. »Ich habe schon zu viel Ihrer Zeit in Anspruch genommen.«

Angela steht auf. »Ich bin froh, dass Sie gekommen sind, Ellen. Ich bringe Sie zur Tür.«

Auf dem Weg die Treppe nach unten frage ich: »Das heißt, Sie haben Mias Existenz nach der Geburt geheim gehalten?«

»Wir wussten natürlich, dass es irgendwann herauskommen wird, aber wir wollten es so lange wie möglich für uns behalten. Kein Eindringen in unsere Privatsphäre, keine Presse, keine Spekulationen darüber, dass meine Tochter das Kind eines Mörders zur Welt gebracht hat. Solange es ein Geheimnis blieb, war Mia sicher.«

»Aber irgendwann kam es raus.«

»Das Krankenhaus musste die Geburt den Behörden melden, und irgendwie sind die Detectives, die immer noch an dem Fall arbeiten, darauf gestoßen. Unmittelbar danach kam einer von ihnen hierher und wollte Mia mitnehmen. Sie an einen sicheren Ort bringen. Aber das ließen wir natürlich nicht zu. Also hat er eine DNA-Probe genommen und uns versichert, dass er sie so schnell wie möglich auswerten lassen würde.«

»Sie meinen Detective Inspector Gilbourne?«

»Nein, den Jüngeren. Den Detective Sergeant.«

Unbehagen macht sich in mir breit, und die Haare auf meinen Armen richten sich auf. »Holt. Nathan Holt.«

Angela nickt. »Er wollte Mia offenbar in eine Art Zeugenschutzprogramm aufnehmen, aber das war ein schrecklich alberner Vorschlag. Ein drei Monate altes Baby in einem sicheren Unterschlupf mit ein paar Fremden, die sich darum kümmern. Wir haben sofort abgelehnt. Anschließend hat er uns eine Vierundzwanzig-Stunden-Überwachung durch die Polizei vorgeschlagen – als ob das nicht genau die Aufmerksamkeit erregt hätte, die wir nicht haben wollten! Ein Streifenwagen vor der Haustür, da kann man doch gleich überall Plakate aufhängen! Ich mag diesen Mann nicht. Er ist schrecklich arrogant und offenbar gewöhnt, alles zu bekommen, was er will. Am liebsten hätte ich ihm den albernen DNA-Test auch verboten.«

»Warum das?«

»Weil Mia zu *uns* gehört. Sie ist ein Teil der Familie, egal, wer ihr Vater ist. Und ich wollte, dass es so bleibt. Solange niemand von ihr wusste, war sie sicher. Aber sobald das Gerede über DNA und Vaterschaft losging, wurde sie zur Zielscheibe.«

Ich betrachte Mia, die auf der Schulter ihrer Großmutter vor sich hin döst. »Und mittlerweile lässt sich die Büchse der Pandora nicht mehr schließen.«

»Ganz genau. Außerdem ist etwas an dieser neuerlichen Probenentnahme seltsam.«

»Inwiefern?«

»Ich kann es nicht genau sagen. DS Holt war gestern hier und wollte zu Mia. Ich habe ihn weggeschickt, und als er zur Tür hinausging, hat ihn jemand angerufen. Holt hat behauptet, er wäre in London. Er hat den Anrufer eiskalt angelogen.«

Ich denke an Holt und sein aggressives und übergriffiges Verhalten während meiner Befragung. An den Besuch bei Kathryns Freund, der offenbar hinter dem Rücken seines Vorgesetzten geschah.

Angela öffnet die Haustür, und ich betrachte ein letztes Mal Mias pausbäckiges Gesicht und die blauen Augen. Werde ich sie jemals wiedersehen?

»Irgendetwas stimmt mit diesem Holt nicht«, fährt Angela fort. »Aber Kathryn hatte offenbar Kontakt mit ihm. Er muss sie davon überzeugt haben, dass Mia in Gefahr ist. Am Dienstagvormittag kam sie vorbei, um auf Mia aufzupassen, hat sie eingepackt und ist mit ihr verschwunden. Es war das letzte Mal, dass ich Kathryn gesehen habe.«

Ich trete zur Tür hinaus. Es wird langsam dunkel, und ein kalter Wind fährt in meinen Mantel. Die Sonne ist nicht mehr zu sehen, der Himmel wolkenverhangen.

»Auf dem Zettel im Rucksack stand, dass ich der Polizei nicht trauen soll«, sage ich. »Warum hat Kathryn das Ihrer Meinung nach geschrieben?«

»Sie hat Holt anfangs vertraut, aber dann …« Angela verstummt. »Als sie Mia schließlich mitnahm und mit ihr verschwand, hatte sie keine Ahnung, wem sie noch trauen konnte.«

»Und wem trauen Sie?«

»Ich nehme an, Sie kennen die Gerüchte, dass der Geist ein Wissenschaftler oder ein CSI-Experte ist?«

»Weil er keine Spuren hinterlässt. Keine DNA.«

»Genau. Und ein solches Insiderwissen hat wohl auch ein Polizeibeamter, nicht wahr?«

56

Menschliches Gewebe ist überraschend widerstandsfähig.

Es reicht nicht, ein Loch zu graben und die Leiche hineinzulegen. Die DNA in den Knochen bleibt noch Jahrzehnte oder sogar Jahrhunderte erhalten. Selbst begraben unter tonnenweise Beton behält das Knochengewebe die Erbinformation.

Säure ist zwar eine effiziente Lösung, aber leider ist es schwer, unbemerkt an die nötige Menge zu kommen.

Auch Pulverisierung wäre eine Möglichkeit. Aber zur Verwandlung von Knochen in Staub sind unglaubliche Kräfte nötig. Selbst in zusammengestürzten Gebäuden wurden bereits unbeschädigte Knochen gefunden.

Am Ende ist die Einäscherung die beste Wahl.

Asche zu Asche. Staub zu Staub.

Wobei hier vor allem die Größe der fraglichen Person wichtig ist, was den Transport, die Masse des Gewebes, die Größe der Knochen und die Zeit betrifft, die bis zur vollständigen Verbrennung benötigt wird.

Aus diesem Grund ist es um einiges einfacher, wenn es sich bei der Person um ein Baby handelt.

57

Das große Tor schließt sich lautlos hinter mir, während ich auf die Landstraße biege, die nach Prestwood Ash führt. Ich fahre ein Stück, dann halte ich in der Parkbucht vor der kleinen Kirche, mache den Motor aus, lehne den Kopf zurück und atme tief durch die Nase ein und durch den Mund aus.

Das Treffen mit Angela – und die Geschichte über ihre Töchter – hat mir das Herz gebrochen. Es ist unbegreiflich, wie einer einzigen Familie so viel Leid und Kummer geschehen kann. Aber Angela macht trotzdem weiter, setzt immer einen Fuß vor den anderen, gibt ihr Bestes für Mia und ihre Familie. Sie ist eine unglaublich starke Frau.

Ich starte wieder den Wagen, mache mich auf den Rückweg und springe von einem Radiosender zum nächsten, während erste Regentropfen auf der Windschutzscheibe landen. Ich bin nur noch wenige Kilometer vom Hotel entfernt, als mir klar wird, dass ich verfolgt werde.

Ein schwarzer Wagen fährt ein paar Autos hinter mir und wechselt synchron mit mir die Spur. Er verhält sich unauffällig, und an einem normalen Tag – in einer normalen Woche – hätte ich ihn wohl nicht bemerkt. Ich warte auf die nächste Gelegenheit, dann verlasse ich die A 40 im letzten Moment, um in die entgegengesetzte Richtung zu meinem Hotel weiterzufahren. Der schwarze Wagen blinkt und folgt mir in aller Ruhe. Ich erhasche einen kurzen Blick auf den Fahrer. Männlich, Ende zwanzig, Dreitagebart, dunkle Baseballkappe und eine Sonnenbrille, obwohl es beinahe dunkel ist. Ich höre Angelas Worte. *Er hat behauptet, er wäre in London. Er hat eiskalt gelogen.*

Holt. Er hatte vor ihrer Flucht mit Kathryn Kontakt, und sie hat dafür mit dem Leben bezahlt.

Wie lange folgt er mir bereits? Zumindest ein paar Kilometer, vielleicht aber auch mehr. Vielleicht hat er auf der Straße vor Angelas Haus gewartet. Aber woher wusste er, dass ich dort sein würde? Und was wird er tun, wenn ich anhalte?

Einen Moment lang überlege ich, zur nächsten Polizeistation zu fahren, aber ich verwerfe die Idee schnell wieder. Er *ist* die Polizei. Außerdem bin ich es leid, ständig verfolgt zu werden und immer über die Schulter sehen zu müssen. Ich spüre einen Kloß in meinem Hals, eine schmerzhafte Mischung aus Angst und Wut, und wechsle mitten auf der nächsten Kreuzung die Fahrtrichtung. Er reiht sich erneut mühelos hinter mir ein. Vor der nächsten Ampel werde ich langsamer und vergrößere den Abstand zwischen mir und dem Auto vor mir. Ich rolle langsamer und langsamer, bis die ersten Autofahrer hinter mir wütend zu hupen beginnen. Als die Ampel auf Gelb springt, drücke ich aufs Gas und rase mit heulendem Motor über die Kreuzung. Der Wagen hinter mir legt eine Vollbremsung hin, und seine Hupe dröhnt in meinen Ohren. Als ich in den Rückspiegel schaue, stelle ich erleichtert fest, dass Holt hinter ihm feststeckt.

Nach der nächsten Kurve steige ich auf die Bremse, biege

nach links in eine belebte Einkaufsstraße, rase zur nächsten Kreuzung hin zu einem Supermarktparkplatz. Ich parke mit Blick auf die Straße, mache den Motor aus und rutsche auf dem Sitz nach unten. Mein Herz pocht, und meine Hände sind schweißnass. Keine dreißig Sekunden später fährt tatsächlich das schwarze Auto an mir vorbei, und ich sehe Holt hinter dem Steuer. Ich glaube nicht, dass er mich gesehen hat, aber ich werde nicht abwarten, bis ich mir sicher sein kann. Stattdessen wende ich und fahre den gleichen Weg zurück, den ich gekommen bin, ohne den Rückspiegel auch nur eine Sekunde lang aus den Augen zu lassen.

Ich habe seit dem Frühstück nichts mehr gegessen, aber ich kann mir nicht vorstellen, allein, ungeschützt und umgeben von Fremden im Hotelrestaurant zu sitzen, also mache ich bei einem Supermarkt Halt und werfe wahllos allerlei Sachen in meinen Einkaufskorb. Nudelsalat, Chips, Schokoplätzchen – Essen für die Seele. Dazu kaufe ich eine Flasche Wein, dann mache ich mich auf den Weg ins Hotel, wobei ich den Drang ignoriere, das Essen zu überspringen und gleich mit dem Wein zu beginnen. Ich brauche jetzt ein Glas.

Ich parke auf einem Platz in der Ecke mit Blick auf den Eingang und mustere die anderen Autos. Holts dunkler Wagen ist nirgendwo zu sehen. Allerdings entdecke ich einen Notausgang an der Seite des Gebäudes, der einen Spalt breit geöffnet ist. Offenbar hat ein Angestellter nach der Zigarettenpause vergessen, die Tür zu schließen. Nach zehn Minuten, in denen ich nichts Verdächtiges entdecken konnte, eile ich zum Notausgang, trete in einen verlassenen Korridor und nehme anschließend nicht den Aufzug, sondern die Treppe. In meinem

Stockwerk angekommen öffne ich vorsichtig die Tür in den Hotelflur und sehe mich um. Mein Zimmer ist nur fünf Türen entfernt, der Flur ist menschenleer, keine Spur von Holt. Ich stecke die Hand in die Tasche, und meine Finger schließen sich um Taras Alarmknopf. Ich haste zu meiner Zimmertür, öffne sie und stoße erleichtert die Luft aus, als sie hinter mir ins Schloss fällt.

Ich mache Licht, lege die Einkaufstüte auf den Schreibtisch und sehe im Bad nach, ob sich jemand dort versteckt. Es ist leer. Ich verriegele die Tür mit dem Sicherheitsriegel und werfe durch den Spion einen weiteren Blick in den Flur. Dann ziehe ich Jacke und Schuhe aus und merke langsam, wie die Spannung von mir abfällt. Jetzt, wo sich eine stabile Tür zwischen mir und dem Rest der Welt befindet, fühle ich mich besser.

Ich muss ständig an Angelas gequältes Gesicht denken, als sie neben Zoe im Anbau saß und mir von ihrer in Scherben liegenden Familie erzählte, verfolgt von einem Angreifer, der selbst jetzt in diesem Moment Pläne schmiedet, um zu beenden, was er vor mehr als einem Jahr begonnen hat. Denn es scheint logisch, dass beide Töchter Opfer desselben Mannes sind. Von einem Mann, der nun auch Mia töten will – den einzigen Hinweis auf seine Identität, den er unwissentlich hinterlassen hat.

Holt. Markovitz. Church.

Einer von ihnen ist der Geist.

Mein Hunger ist verschwunden, aber ich öffne den Nudelsalat trotzdem und stochere darin herum. Ich gieße Wein in einen der Plastikbecher und stelle ihn erst wieder ab, als er leer ist. Ich habe den Großteil des zweiten Bechers ausgetrunken und bin in Gedanken bereits beim dritten, als mich ein unbekanntes Klingeln aus den Gedanken reißt.

Es ist das Hoteltelefon neben dem Bett, und unter den Tasten blinkt ein rotes Licht. *Die Rezeption vielleicht?*

»Hallo?«

Am anderen Ende der Leitung herrscht Schweigen, ich höre nur gemächliches Atmen.

»Hallo?«, frage ich erneut. »Wer ist da?«

Die Stimme klingt klar, überlegt. »Haben Sie es schon erraten, Ellen?«

Ich erkenne sie sofort, und mein Magen dreht sich.

Leon Markovitz.

Ich greife nach meinem Handy, das auf dem Bett liegt. Keine verpassten Anrufe, genügend Akku. Warum ruft er auf dem Hoteltelefon an? Noch ehe ich die Frage zu Ende gedacht habe, fällt mir die Antwort ein: Um mir zu zeigen, dass er weiß, wo ich bin. Um mir zu zeigen, dass er die Kontrolle hat.

Dass ich nirgendwo sicher bin.

»Was habe ich erraten?«, presse ich hervor.

»Was als Nächstes passieren wird.«

»Woher wissen Sie, wo ich bin?«

»Sie haben eine mehr als deutliche Spur hinterlassen, die nicht allzu schwierig zu verfolgen war. Wie gefällt es Ihnen denn in dem Hotel. Nette Aussicht?«

58

Ich strecke die Hand aus und ziehe den Vorhang zurück. Der Parkplatz liegt beinahe vollständig im Dunkeln. Ein Typ tritt aus dem Schatten in der gegenüberliegenden Ecke und in das schwache Licht einer Straßenlaterne. Dunkle Kleider, schwerer Mantel, schwarzer Hut und Handschuhe. Ein Handy am Ohr. Er winkt nicht oder gibt sonst ein Zeichen, aber er starrt hoch zu meinem Fenster. Direkt in mein Gesicht. Ich trete zurück und drücke den Lichtschalter. Ich will nicht wie in einem Schaufenster im hellen Licht stehen. Mein Magen revoltiert.

»Was wollen Sie, Leon?«

»Wir haben unser Gespräch neulich nicht zu Ende geführt.«

Ich streiche über die kaum noch sichtbaren Wunden des Elektroschockers. »Weil Sie mir einen Stromstoß durch den Körper gejagt haben.«

»Ja, und dafür möchte ich mich entschuldigen. Es war nicht meine Absicht. Aber Sie haben mir keine Wahl gelassen. Sie wollten auf mich losgehen, und danach wären Sie direkt zur Polizei gelaufen.«

»Sie waren in meinem Haus!«

»Ich wollte bloß helfen.«

»Ich brauche Ihre Hilfe nicht, Leon. Lassen Sie mich einfach in Ruhe und rufen Sie nicht wieder an.«

»Hören Sie mir zuerst noch einen Augenblick lang zu. Die Person, die Mittwochnacht in Ihr Haus eingebrochen ist. Sie waren allein. Der Einbrecher hätte Sie angreifen und zwingen können, ihm zu geben, wonach er gesucht hat. Aber das hat er nicht.« Er hält eine Sekunde lang inne, und ich kann beinahe seinen heißen Atem an meinem Ohr spüren. »Warum glauben Sie, hat er das getan?«

Redet er von sich selbst? Ich habe von Leuten gehört, die von sich selbst in der dritten Person sprechen. Es ist ein Zeichen extremer narzisstischer Neigungen und eines gefährlich großen Egos. Beides Merkmale von Soziopathen. Genau wie die Tatsache, dass diese Menschen gewandte Lügner sind.

»Ich weiß es nicht, Leon. Warum haben Sie es denn getan?«

Er seufzt. »Ich war das nicht. Aber irgendjemand dachte, Sie wären Mittwoch Nacht nicht zu Hause. Er hat Angst bekommen, als er bemerkt hat, dass Sie doch da sind. Also ist er am nächsten Tag wiedergekommen, als er sicher war, dass Sie unterwegs sind.«

Ich rücke näher an das Fenster heran, sodass ich auf den Parkplatz sehen kann. Wenigstens ist mein Zimmer im ersten Stock. Leon ist näher gekommen und steht jetzt direkt unter meinem Fenster. Das überbordende Ego, das ihn dazu brachte, mich direkt im Hotelzimmer anzurufen, um mich zu überraschen, mich aus der Fassung zu bringen und mir zu zeigen, wie clever er ist, hat mir auch eine Möglichkeit eröffnet, wie mir gerade klar wird. Ich nehme mein Handy und wähle die Nummer des Notrufs. Wenn ich es schaffe, ihn in der Leitung zu halten und gleichzeitig die Polizei hierher zu führen, können sie ihn verhaften, ehe er das Weite sucht.

Ich drücke auf den grünen Hörer, schalte das Handy aber nicht auf Lautsprecher, damit er das Verbindungszeichen nicht hört.

»Ich weiß über Sie Bescheid, Leon.« Ich erinnere mich an Matt Simms Worte. *Leon ist für uns alle ein abschreckendes Beispiel. Total irre. Halten Sie sich unbedingt von ihm fern.* »Ich weiß, was Sie getan haben.«

Er ignoriert mich. »Haben Sie irgendjemandem gesagt, dass Sie in dieser Nacht nicht zu Hause sein werden?«

»Nein. Nicht einmal meiner besten Freundin.«

»Wonach hat er Ihrer Meinung nach gesucht?«

Sieh zu, dass er weiterredet.

»Nach dem Baby«, sage ich leise. »Nach Mia.«

»Sie wissen also, dass sie in Lebensgefahr schwebt?«

Der Anruf wird von einer blechernen Frauenstimme entgegengenommen, die wissen will, welche Stelle ich sprechen will.

»Die Polizei«, sage ich laut und warte einen Moment, ehe ich weiterspreche. »Sie haben mir vom Geist erzählt.«

Die blecherne Stimme erwidert etwas, aber ich kann es nicht genau hören. »Die Polizei ist inkompetent. Die Fehler in den Ermittlungen waren horrend. Vor allem, weil Ihr *Freund* Gilbourne ein inkompetenter, altmodischer Cop ist, der verzweifelt versucht, seine eigenen Unzulänglichkeiten zu vertuschen. Er hat sich Dominic Church durch die Lappen gehen lassen. Church ist ein cleverer Kerl, das muss ich ihm lassen. Aber vertrauen Sie mir, ich schreibe seit fast zwanzig Jahren über derartige Fälle, ich habe mich in die Täter und ihre Verbrechen hineinversetzt. Ich kenne einen Psychopathen, wenn ich ihn sehe.«

»Und wie passen Sie ins Bild, Leon?«

»Ich kann Ihnen helfen.«

»*Sie* wollen *mir* helfen?«

»Wir können einander behilflich sein. Ich beschütze Sie vor Dominic Church, und Sie verschaffen sich noch einmal Zugang zu der Kleinen und bringen sie an einen sicheren Ort. Church wird auf keinen Fall zulassen, dass dieser zweite DNA-Test durchgeführt wird.« Er hält inne und senkt die Stimme. »Was bedeutet, dass Mias Zeit beinahe um ist. Und wenn sie verschwindet, verschwindet die Story mit ihr, verstehen Sie?«

»Warum um alles in der Welt sollte ich Ihnen helfen wollen?«

»Weil es der einzige Weg ist und Sie ein guter Mensch sind, Ellen. Ich vertraue Ihnen. Die Frage ist, ob Sie mir ebenfalls vertrauen können?«

Ich hebe das Handy und höre erneut die Stimme der Frau vom Notruf. Sie verlangt die genaue Adresse, falls ich mich tatsächlich in Gefahr befinden sollte …

»Sie haben mich angegriffen, Leon«, sage ich. »Und jetzt haben Sie mich bis hierher ins Northolt Premier Inn verfolgt und drohen mir erneut.«

»Ich drohe Ihnen auf keinen Fall, ich versuche …« Er bricht ab, und als er weiterspricht, liegt Enttäuschung in seiner Stimme. »Mit wem sprechen Sie noch, Ellen?«

»Sie stehen auf dem Parkplatz hinter dem Hotel und wissen ganz genau, dass ich alleine in meinem Zimmer bin.«

Er seufzt hörbar. »Sie sind dieser Sache nicht gewachsen, Ellen. Und das Kind wird den Preis dafür bezahlen.«

Es folgt ein leises Klicken, dann ist er weg.

Ich hebe das Handy ans Ohr, gebe der Polizistin noch einmal die Adresse und erzähle ihr von Leons vorangegangenem Angriff in meinem Haus. Sie bittet mich, in der Leitung zu bleiben, bis ein Officer die Umgebung gesichert hat, und niemandem die Tür zu öffnen. Ich werfe einen schnellen Blick aus dem Fenster, doch der Parkplatz ist leer. Leon ist verschwunden.

Ich sitze im Dunkeln, presse das Handy ans Ohr, und meine Gedanken rasen. Soll ich gehen oder bleiben? Soll ich auf die Polizei warten und dann von hier verschwinden? Aber wohin? Oder soll ich bis morgen Früh bleiben und hoffen, dass der Anblick uniformierter Polizisten ihn genügend abschreckt? Soll ich hier hinter der verschlossenen Tür sitzen, warten, bis es hell wird, und hoffen, dass er nicht in mein Zimmer einbricht? Dass er es nicht bis herauf in den ersten Stock schafft und …

Da ist ein lautes Klopfen an der Tür.

59

Ich erstarre, und eine Eiseskälte breitet sich in mir aus. Es klopft erneut, dieses Mal noch lauter und eindringlicher. Wie konnte Leon so schnell vom Parkplatz in den ersten Stock gelangen? Hat er nur über das Hoteltelefon angerufen, um sicherzustellen, dass ich auf dem Zimmer bin?

»Er ist hier«, flüstere ich der Polizistin am anderen Ende der Leitung zu. »Vor meiner Tür.«

»Öffnen Sie ihm auf keinen Fall! Unter keinen Umständen«, erklärt die Stimme. »Die Kollegen sind unterwegs.«

»Wie lange noch?«

»Ein paar Minuten. Bleiben Sie ruhig und legen Sie nicht auf.«

Ich überprüfe noch einmal, ob der Sicherheitsriegel an Ort und Stelle ist, dann tappe ich barfuß auf die Tür zu und sehe blinzelnd durch den Spion nach draußen. Eine dunkel gekleidete Gestalt hat der Tür den Rücken zugedreht. Als sich der Mann umdreht, um erneut zu klopfen, überkommt mich die Erleichterung, und sämtliche Spannung fällt von mir ab.

Es ist DI Gilbourne. Er klopft noch einmal, und dieses Mal öffne ich die Tür.

»Hallo, Ellen. Ich war gerade in der Nähe und dachte, ich

sehe mal nach Ihnen.« Er bricht ab und mustert mich. »Ist alles okay? Sie sind kalkweiß.«

»Leon Markovitz«, sage ich leise. »Er hat mich gefunden. Er weiß, dass ich hier bin.«

»Seit wann?« Gilbournes Augen werden schmal.

»Er hat mich gerade angerufen. Er stand direkt unter meinem Fenster.«

»Markovitz war hier?«

Ich nicke, und er legt einen Finger auf die Lippen, geht lautlos von einem Ende des Flurs zum anderen und überprüft das Treppenhaus und den Notausgang.

»Niemand zu sehen«, sagt er, als er zurückkommt. »Mit wem telefonieren Sie da?«

Gilbourne nimmt mein Handy und erklärt der Frau vom Notruf, dass er mit den uniformierten Kollegen reden wird, sobald sie hier sind.

»Warten Sie hier«, sagt er an mich gewandt. »Und öffnen Sie niemandem außer mir die Tür, ja?«

Er holt sein Handy hervor und verschwindet im Treppenhaus, während ich die Tür schließe, mich an den Schreibtisch setze und erst mal einen großen Schluck Wein trinke. Jetzt, wo das Adrenalin langsam verebbt, beginnen meine Hände zu zittern. Ich gebe es nur ungern zu, aber ich fühle mich sicherer mit Gilbourne in meiner Nähe. Weil er auf meiner Seite ist und ich nicht alleine bin. Zumindest für kurze Zeit.

Er klopft zehn Minuten später und erklärt mir mit besorgter Stimme, dass sie das gesamte Gebäude und die Umgebung abgesucht, aber keine Spur von Markovitz oder seinem Auto entdeckt hätten.

»Geht es Ihnen inzwischen besser?«, fragt er. »Sie sahen vorhin sehr mitgenommen aus.«

»Ja, alles in Ordnung«, erwidere ich. »Glaube ich. Danke für … Sie wissen schon. Dass Sie hergekommen sind. Das weiß ich zu schätzen.«

Er nickt und lächelt, sagt allerdings nichts.

»Woher wussten Sie eigentlich, dass ich hier bin?«

»Ich wusste es nicht. Ich habe auf dem Heimweg Tara angerufen, und sie hat es mir gesagt. Hören Sie, ich werde noch ein wenig unten auf dem Parkplatz in meinem Auto sitzen, okay? Falls er noch einmal auftaucht. Es gefällt mir nicht, dass Sie hier ganz alleine sind. Nach allem, was passiert ist.«

»Glauben Sie, dass er wiederkommt?«

»Schwer zu sagen. Er ist unberechenbar, da gehe ich besser auf Nummer sicher. Geht es Ihnen wirklich gut?«

Mir wird vor Dankbarkeit warm ums Herz, als ich den Mann mit der tief sitzenden Krawatte und den Bartstoppeln im Gesicht ansehe, der frisch und sauber nach Aftershave riecht.

»Danke, Stuart, aber Sie müssen nicht bleiben. Es ist Samstagabend, da haben Sie sicher Besseres zu tun.«

Er grinst schief und zuckt mit den Schultern. »Eigentlich nicht. Ich bin mit dem Job verheiratet.«

Ich treffe einen spontanen Entschluss. »Wenn Sie sowieso hierbleiben wollen, dann können Sie genauso gut im warmen Zimmer sitzen und nicht unten auf dem Parkplatz frieren.« Ich deute auf die Weinflasche. »Außerdem könnte ich hiermit etwas Hilfe gebrauchen, sonst trinke ich sie alleine leer, und das ist noch nie gut ausgegangen.«

»Lieber nicht, ich muss noch fahren.« Er lächelt, und die

Fältchen um seine Augen tanzen. »Aber ich kann gerne hierbleiben, wenn Sie möchten. Falls Leon wiederkommt.«

»Ja, sehr gerne. Danke.« Ich deute auf den Lehnstuhl am Fenster, und er setzt sich.

»Also …«, beginnt er und überschlägt die Beine. »Was hatte Leon denn heute zu sagen?«

Ich fasse das Gespräch zusammen und erzähle ihm von Leons Angebot, mich vor Dominic Church zu beschützen, während ich Mia an einen sicheren Ort bringe.

»Er will Sie beschützen?« Gilbourne schüttelt ungläubig den Kopf. »Nachdem er Sie in Ihrem eigenen Haus mit einer potenziell tödlichen Waffe angegriffen hat? Das ist ein starkes Stück.«

Ich nicke.

»Dabei ist Mia erst sicher, wenn er und Church nicht mehr frei herumlaufen. So einfach ist das.«

»Können Sie die beiden nicht einfach verhaften?«

»Natürlich – sobald wir den DNA-Abgleich haben. Bis dahin wollen wir sie nicht verschrecken und riskieren, dass sie von der Bildfläche verschwinden. Nachdem Sie mir von der Sache auf dem Parkdeck erzählt haben, habe ich grünes Licht bekommen, sowohl Dominic als auch Leon im Auge zu behalten; seither warten wir darauf, dass sie einen ersten Schritt wagen. Dominic hat versucht, Sie zu überreden, die Cliftons dazu zu bringen, ihr Anwesen in Prestwood Ash zu verlassen. Und Leon ist vermutlich in Ihr Haus eingebrochen, weil er hoffte, Informationen zu Mias Aufenthaltsort zu finden. Außerdem hat er Sie hier im Hotel aufgespürt. Wir haben die Vermutung, dass die beiden zusammenarbeiten, noch nicht ganz zu den Akten gelegt.«

»Dann lassen Sie mich Ihnen helfen. Ich kann sie in die Falle locken, mich mit ihnen treffen. Und dann können Sie sie verhaften.«

»Ellen, ich weiß Ihr Angebot zu schätzen, aber Sie haben sich bereits genug Gefahren ausgesetzt.«

Ich mustere ihn über den Wein hinweg und überlege, ihm von dem Gespräch mit Angela zu erzählen, um abschätzen zu können, wie eng seine Partnerschaft mit Holt tatsächlich ist. Auf der Polizeistation wirkten sie grundverschieden: Gilbourne ruhig und mitfühlend, Holt aggressiv und ungeduldig. Guter Cop, böser Cop vermutlich. Aber es scheint noch einen tieferen Graben zwischen ihnen zu geben. Wie gut verstehen sie sich wirklich?

»Sie sollten da noch etwas wissen.« Ich erzähle ihm von meinem Besuch in Prestwood Ash am Nachmittag, und falls er sich fragt, wie ich die Cliftons ausfindig gemacht habe, lässt er sich nichts anmerken. Ich berichte auch von Angelas Bedenken bezüglich Holt und dass er alleine zu Mia wollte. »Außerdem hat er mich auf dem Rückweg ins Hotel verfolgt.«

»Er hat *was?*« Gilbourne runzelt die Stirn und richtet sich auf. »Sind Sie sicher?«

»Ich gehe davon aus, dass Sie ihn nicht darum gebeten haben?«

»Nein.« Er erhebt sich ruckartig und wandert vor dem Fenster auf und ab. »Nein, das habe ich nicht. Wissen Sie hundertprozentig, dass er es war?«

»Ja. Angela Clifton kam er ebenfalls seltsam vor, als er bei ihr war, um eine DNA-Probe zu entnehmen. Sie kann ihn nicht leiden, und ich muss zugeben, dass ich sie verstehe.«

Gilbourne starrt nickend ins Leere, als hätte er gerade etwas begriffen. »Was hat Angela sonst noch gesagt?«

»Sie glaubt, Holt hätte Kontakt zu Kathryn gehabt, bevor sie sich mit Mia aus dem Staub gemacht hat.«

Er lässt sich in den Lehnstuhl sinken. »Verstehe.«

»Glauben Sie, dass jemand in Seer Green auf Kathryn gewartet hat, nachdem sie aus dem Zug gestiegen ist? Ich dachte immer, es wäre Dominic Church gewesen, aber vielleicht war es DS Holt?«

Gilbourne schüttelt den Kopf. »Wir wissen immer noch nicht, was genau passiert ist, nachdem sie den Zug verlassen hat. Der Gerichtsmediziner schätzt, dass sie zwischen vier Uhr nachmittags und Mitternacht starb, was bedeutet, dass das fragliche Zeitfenster relativ groß ist.«

»Gibt es Überwachungsbilder von der Haltestelle?«

»Es gibt eine Kamera, aber die ist schon seit Jahren außer Betrieb.« Er beugt sich vor. »Aber zurück zu Nathan. Sind Sie sicher, dass er Ihnen heute gefolgt ist?«

»Er trug eine Baseballkappe und eine Sonnenbrille, aber ich bin mir ziemlich sicher.« Ich nicke langsam. »Er fuhr einen dunklen Ford Focus.«

»Das sind unsere normalen Dienstautos.« Gilbourne seufzt, sieht mich an und wendet den Blick wieder ab. Er holt eine Packung Zigaretten aus der Jackentasche, öffnet sie mit dem Daumen, schließt sie wieder und packt sie fort. Dann wendet er sich wieder mir zu. »Ich sollte das nicht sagen, aber … o Mann!«

Ich schweige und warte, dass er weiterredet, doch es kommt nichts. »Was ist los, Stuart?«

»Nathan … er war die letzten Wochen seltsam nervös. Als

würde er jeden Moment die Nerven verlieren. Ich habe mich einige Male gefragt, was mit ihm los ist.«

»Wie lange arbeiten Sie schon zusammen?«

»Ein paar Monate. Er kam von der Sitte.«

»Sie meinen, er hatte mit Prostituierten zu tun?«

Gilbourne sieht mich kurz an, bevor er erneut den Kopf abwendet. »Unter anderem, ja.«

Ich denke an den Zeitungsartikel, den ich heute Morgen gelesen habe, und mir wird flau im Magen.

»Alle drei Opfer vom Geist hatten etwas mit dem Straßenstrich zu tun. Zwei waren Sexarbeiterinnen, Zoe Clifton Sozialarbeiterin einer Organisation, die Frauen dabei hilft, den Ausstieg zu schaffen, damit sie ihr Leben wieder auf die Reihe bekommen.«

Gilbourne scheint mich nicht zu hören.

»Ellen, können Sie mir einen Gefallen tun?« Er legt seine Finger auf meinen Arm. »Falls Nathan …« Er bricht ab und schluckt. »Falls DS Holt Sie kontaktiert, Ihnen erneut folgt oder vor Ihrer Tür auftaucht, müssen Sie es mir sofort sagen. Versprechen Sie mir das?«

»Ja«, sage ich leise und fühle mich zum ersten Mal seit Tagen wieder sicher. »Natürlich.«

Gilbourne wirkt immer noch geschockt und ist leichenblass.

»Wissen Sie was?«, sagt er und wirft einen Blick auf die halb leere Weinflasche. »Ich glaube, ich nehme doch ein Glas.«

»Ich habe leider nur diese Becher hier.« Ich hole einen zweiten aus dem Badezimmer und schenke ein.

Er zuckt mit den Schultern. »Das macht im Prinzip keinen Unterschied.« Er stößt mit mir an. »Cheers, Ellen Devlin.«

Wir nehmen beide einen Schluck.

»Sie bekommen wegen mir doch keine Schwierigkeiten mit Ihrem Vorgesetzten, oder?«

»Ehrlich gesagt«, erwidert er und atmet geräuschvoll aus, »ist mir mein Vorgesetzter inzwischen egal.«

60

Wir sitzen uns einen Augenblick lang schweigend gegenüber, und Stille senkt sich über das Zimmer. Schließlich stellt Gilbourne den Becher ab.

»Erzählen Sie mir ein wenig über sich, Ellen«, sagt er und legt den Kopf ein wenig schief. »Sie sind mir ein ziemliches Rätsel.«

»Da gibt es nicht viel zu erzählen.«

»Warum sorgen Sie sich so sehr um Mia? Sie hätten sich umdrehen und die Sache auf sich beruhen lassen können, aber das haben Sie nicht. Das ist selten.«

»Tatsächlich?«

»Ja, glauben Sie mir. Ich bin schon lange genug im Geschäft, um zu wissen, wie die Menschen ticken. Die meisten hätten das Baby bei der erstbesten Gelegenheit abgegeben und das Weite gesucht. Froh, nichts damit zu tun zu haben. Oder sie hätten gar nicht erst auf die Kleine aufgepasst, um Kathryn zu helfen.«

»Ich habe versucht, das Richtige zu tun. Mehr nicht.«

Er mustert mich, und seine Augen scheinen bis in meine Seele zu blicken. Dann runzelt er die Stirn.

»Nein, ich denke, da steckt mehr dahinter. Und streiten Sie es ja nicht ab.«

Ich hole tief Luft und erkenne, dass ich dabei bin, mich ihm gegenüber auf eine Art zu öffnen, wie ich es schon seit Jahren nicht mehr getan habe. Ich spiele sogar mit dem Gedanken, ihm etwas zu erzählen, das nur mein Ex-Mann und meine beste Freundin wissen.

»Ja, Sie haben recht«, sage ich schließlich, nehme einen großen Schluck Wein und spüre, wie sich die Wärme in mir breitmacht. »Es steckt mehr dahinter. Ehrlich gesagt war es nicht das erste Mal, dass ich mich in einer solchen Situation wiederfand.«

»Nicht?«

»Es war damals kein Zug, und auch nicht hier in England. Es ist schon sehr lange her.«

»Als Sie noch in der Navy waren?«

Ich nicke.

»Was ist passiert, Ellen?«, fragt er sanft.

Ich lehne mich ans Kopfende des Bettes, damit ich ihn besser ansehen kann, dann erzähle ich von der Operation Ellamy, die mich 2011 nach Libyen führte. Die Bilder sind noch so frisch, als wäre es gestern gewesen. Libyen befand sich in einem blutigen Bürgerkrieg, und die Royal Navy wurde entsandt, um Zivilisten zu schützen, die ins Kreuzfeuer geraten waren. Ich gehörte der humanitären Hilfseinheit an, die die Truppen begleitete und mithilfe von Helikoptern Nahrungsmittel und Medikamente von der *HMS Ocean* zu den Flüchtlingen bringen sollte.

»Am zweiten Tag stießen wir auf ein provisorisches Flüchtlingslager am Rande von Benghazi.« Jetzt, wo ich angefangen habe, ihm alles zu erzählen, kann ich nicht mehr aufhören, und die Geschichte entspinnt sich wie von selbst. »Da waren mehrere Hundert Zivilisten, die im Zuge der Kämpfe ihr Zuhause verloren und schreckliche Angst davor hatten, von den Regierungstruppen für Rebellen gehalten zu werden. Ich wollte sie mit unseren Helikoptern ausfliegen, sie ein paar Tage mit auf unser Schiff nehmen, bis sich die Lage stabilisiert hatte. Wir hatten bereits von Massenerschießungen gehört.«

»Aber das war nicht möglich?«

Ich schüttle den Kopf. »Der befehlshabende Offizier war nicht einverstanden. Er meinte, es sei nicht unsere Aufgabe, Menschen zu retten, wir wären bloß da, um ihnen das Leben vor Ort zu erleichtern. Wenn wir erst einmal damit beginnen würden, Zivilisten auszufliegen, würden wir bald überrannt werden. Die Zivilisten in dem Camp gingen jedoch davon aus, dass wir gekommen waren, um sie an einen sicheren Ort zu bringen. Sie versammelten sich um die Helikopter. Als sie schließlich erkannten, dass wir sie nicht ausfliegen würden … es war schrecklich. Sie wussten, dass die Regierungstruppen im Anmarsch waren, und was passieren würde, wenn sie gefunden wurden. Eine der Mütter …«

Meine Stimme bricht. Gilbourne schenkt mir ein mitfühlendes Lächeln und wartet geduldig darauf, dass ich weiterspreche. Ich nehme einen Schluck Wein, er brennt meine Kehle hinunter.

»Eine der Mütter hatte ein erst wenige Monate altes Baby. Sie drängte sich in die erste Reihe und redete auf Arabisch auf mich ein. Sie kam nicht zu mir, weil ich die Befehlshaberin war, sondern weil ich eine Frau war. Sie dachte wohl, ich hätte selbst Kinder. Als sie erkannte, dass wir wieder wegfliegen wollten, hat sie …« Ich halte erneut inne, hole tief Luft und bemühe mich, ruhig weiterzusprechen. »Sie gab mir ihr Baby.

Sie drückte mir ihren kleinen Jungen mit dem Wort ›Hassan‹ in den Arm und wich zurück. Sie dachte, ich würde ihn beschützen. Und so stand ich dort, umgeben von meinen Kameraden und verzweifelten Zivilisten. Die Rotorblätter der Helikopter drehten sich, überall war Staub, und ich hielt dieses winzige Bündel in den Armen, das mit großen braunen Augen blinzelnd zu mir hochsah. Es war verrückt.«

»Was haben Sie gemacht?«

Meine Augen brennen. »Ich hatte den klaren Befehl, keine Zivilisten auszufliegen. Hilfe, keine Rettung, das war unser Motto. Also gab ich der Mutter ihren kleinen Jungen wieder. Sie weinte, flehte mich an, und der Dolmetscher erklärte ihr, dass wir am nächsten Tag mit weiteren Nahrungsmitteln wiederkommen würden. Wir bestiegen die Helikopter und flogen zurück zu unserem Schiff.« Ich hole tief Luft und stoße sie wieder aus. »Als wir am nächsten Morgen losflogen, sahen wir den Rauch schon von Weitem. Die Regierungstruppen hatten das Camp in der Nacht aufgespürt. Sie haben alles niedergebrannt und jeden umgebracht, der ihnen über den Weg lief.«

»Mein Gott«, murmelt Gilbourne.

»Männer, Frauen, Kinder. Alle. Sie haben sie in einer Reihe aufgestellt und erschossen. Sie gejagt, wenn sie zu fliehen versuchten. Ich fand die Leiche der Mutter in einer Abflussrinne am Rande des Camps. Hassan lag unter ihr begraben, sie wollte ihn mit ihrem Körper schützen.«

»Es tut mir so leid, Ellen.«

Ich schüttle den Kopf. »Es war alles umsonst. Unsere Schiffe, die Helikopter, die Flugzeuge, die Soldaten. Nichts, was wir hatten, machte einen Unterschied für diese Leute. Sobald ich meine Zeit in Libyen abgedient hatte, quittierte ich meinen Dienst in der Navy.«

»Sie haben getan, was Sie konnten.«

»Aber es war nicht genug.« Ich senke den Blick und versuche, die Erinnerung wieder in den Tresor tief in meinem Herzen zu sperren, obwohl ich jetzt schon weiß, dass ich heute Nacht davon träumen werde. »Deshalb wollte ich Kathryn helfen. Es klingt seltsam, aber ich dachte, es wäre meine Chance, es wiedergutzumachen. Das Richtige zu tun.«

»Sie haben bereits mehr als das getan. Sie haben Mia zurück zu ihrer Familie gebracht.«

Ich schenke ihm den restlichen Wein ein.

»Wie kommt es eigentlich, dass der DNA-Test noch nicht durchgeführt wurde?«, frage ich, um das Thema zu wechseln.

»Die Großeltern waren anfangs nicht begeistert, aber wir brauchten ihr Einverständnis, da Mia minderjährig ist. Ich glaube, sie dachten, sie könnten ihre Existenz für immer geheim halten. Nachdem wir sie endlich überredet hatten, ist Nathan hin und hat eine Speichelprobe entnommen, aber … es gab Probleme damit.«

»Probleme?«

»Das Labor schickte sie als unbrauchbar zurück, was mehrere Gründe haben kann.«

»Wie zum Beispiel?«

»Es wäre durchaus möglich, dass die Probe irgendwie manipuliert wurde. Jeder glaubt, DNA-Proben wären unfehlbar, eine Art Wunderwaffe. Die Leute sehen sich CSI Miami an und denken, ein Verbrechen wäre einfach so gelöst.« Er schnippt mit den Fingern. »Aber in Wirklichkeit ist es nicht immer so einfach, und es passieren Fehler. Jedenfalls wird am Montag eine weitere Probe entnommen. Wahrscheinlich hätte ich mich von Anfang an selbst darum kümmern sollen.«

»Es wäre also denkbar, dass Holt die erste Probe manipuliert hat?«

Gilbourne starrt in seinen Wein und lässt ihn langsam im Becher kreisen. »Na ja …«, sagt er schließlich zögernd. »Ja. Das wäre denkbar. Aber ich kann mir nicht vorstellen, warum er so etwas getan haben sollte.«

»Angela Clifton vertraut ihm nicht. Sie glaubt, er verfolgt eigene Pläne.«

»Was bedeutet?«

»Keine Ahnung.« Ich denke seit der Rückfahrt aus Preston Ash ständig darüber nach. Angela scheint instinktiv zu spüren, dass mit dem jungen Detective etwas nicht stimmt. »Vielleicht versucht er, jemanden zu decken? Oder er will den Verdacht in eine falsche Richtung lenken.«

»Moment mal, Ellen.« Gilbourne runzelt die Stirn. »Das sind schwerwiegende Anschuldigungen.«

»Das ist mir klar.«

»Haben Sie denn Beweise dafür?«

Ich ignoriere seine Frage. »Aber es gibt natürlich noch eine Möglichkeit.«

»Und die wäre?«

»Dass er Mias Vater ist. Der Geist.«

»Jetzt mal langsam, das ist doch verrückt …«

»Wobei ich immer noch nicht verstehe, weshalb ihm die DNA-Probe solche Sorgen bereitet? Die DNA wird doch nur gespeichert, wenn man verhaftet und verurteilt wird, oder?«

Gilbourne holt erneut seine Zigaretten aus der Tasche und steckt sich eine zwischen die Lippen, ohne sie anzuzünden.

Dann nimmt er sie wieder heraus und rollt sie gedankenverloren zwischen Daumen und Zeigefinger. Schließlich sagt er: »So einfach ist das nicht.«

»Nicht?«

»Natürlich gibt es eine allgemeine DNA-Datenbank, in der lediglich Verurteilte erscheinen, aber zusätzlich existiert auch ein polizeiinternes Verzeichnis, in dem die DNA-Sequenzen sämtlicher Mitarbeiter der Polizei gespeichert sind, damit sie bei einer möglichen Kontaminierung des Tatortes im Nachhinein ausgeschlossen werden können.«

»Das heißt, Holts DNA ist bekannt?«

Er nickt zögerlich. »Sobald wir Mias DNA in unser System hochladen und es in einer der Datenbanken eine Übereinstimmung gibt, haben wir unseren Hauptverdächtigen.«

»Gut.«

Er legt die Zigarette beiseite und nimmt einen weiteren Schluck Wein. »Wissen Sie, was seltsam ist? Ich bin seit neunundzwanzig Jahren bei der Polizei und habe eine der höchsten Aufklärungsraten in unserer Abteilung. Ich habe alle Fälle gelöst – bis auf diesen. Es will nicht in meinen Kopf, dass ich nach dreißig Jahren in Rente gehe, während der Geist noch immer frei herumläuft. Trotzdem ist diese mögliche Wendung schrecklich. Die Vorstellung, dass es am Ende ein Kollege ist. Mein eigener Partner …« Er fährt sich mit der Hand durch die Haare, die daraufhin büschelweise abstehen. »Ich kann nicht glauben, dass so etwas möglich wäre.«

Ich betrachte ihn. Das zerknitterte Jackett, die leger übereinandergeschlagenen Beine, die blassblauen, nachdenklichen Augen, die Fältchen darum, das kantige Kinn. Eine starke Hand umfasst den Wein, die Sehnen treten unter der gebräunten Haut deutlich hervor. In gewisser Weise erinnert er mich an meinen Ex-Mann, andererseits sind er und Richard grundverschieden.

»Was haben Sie vor?«, frage ich leise. »Wenn Sie nicht mehr bei der Polizei sind?«

»Ganz ehrlich?« Er bläst die Wangen auf und lässt die Luft entweichen. »Keine Ahnung. Ich wollte nie etwas anderes sein als Polizist. Ich bin mit achtzehn in den Dienst getreten, gleich nach der Schule. Ich kann mir nicht vorstellen, etwas anderes zu tun.«

»Genauso, wie ich mich immer als Mutter gesehen habe«, gestehe ich, ehe ich mich zurückhalten kann. »Ich dachte, früher oder später wäre es unumgänglich. Nachdem ich nicht mehr in der Navy war, habe ich alles darauf ausgerichtet, und als es dann nicht klappte, tat sich ein riesiges Loch in meinem Leben auf. Manchmal fragte ich mich, was für einen Sinn meine Existenz noch hat. Ich hielt mich für eine Versagerin, und immer wieder kam mir der Gedanke, dass es eine Art Rache war. Karma. Für das, was in Libyen passiert ist. Weil ich diesen kleinen Jungen damals nicht gerettet habe.«

Gilbourne lächelt mitfühlend. »Vielleicht passiert es doch noch.«

Ich schüttle den Kopf. »Ich bin einundvierzig Jahre alt, Stuart. Ich habe zwei künstliche Befruchtungen hinter mir, und meine Ehe ist gescheitert. Es bleibt nicht genug Zeit, um noch einmal von vorne zu beginnen.«

»Das tut mir leid«, sagt er und sieht mir in die Augen. »Wie lange sind Sie schon geschieden?«

»Wir leben seit drei Monaten getrennt. Die Scheidung geht nächsten Monat über die Bühne.«

»Bei mir ist es etwas mehr als ein Jahr. Eine für einen Polizisten nicht ungewöhnliche Entwicklung.«

»Sehen Sie Ihre Kinder oft?«

»Jedes zweite Wochenende.«

»Das muss schwer sein.«

Er zuckt mit den Schultern und trinkt den letzten Schluck Wein. »Es ist, wie es ist. Es war größtenteils meine Schuld. Ich hatte nie genug Zeit für meine Frau und meine Töchter, habe ständig nur gearbeitet. Der Job hatte immer Priorität. Ich habe erst bemerkt, was für ein Versager ich als Vater bin, als es bereits zu spät war.«

Ich lehne mich näher an ihn heran, und der Duft seines Aftershaves steigt mir in die Nase. »Sie sind kein Versager, Stuart.«

Er wird rot, dann hebt er den Blick und sieht mich an. »Genauso wenig wie Sie. Tatsächlich sind Sie ...«

Im nächsten Moment küsse ich ihn. Unsere Lippen treffen sich, und ich habe keine Ahnung, was ich da tue. Ich weiß nur, dass es sich gut anfühlt. Richtig. Es ist lange her, seit mich ein Mann geküsst hat, und ich kann nicht glauben, wie sehr ich es vermisst habe. Wir sind zwei einsame Seelen, die sich einander auf der Suche nach etwas Licht im Dunkeln ergeben.

Er löst sich von mir, und ich spüre seine Bartstoppeln an meiner Wange. »Ellen, ich ...«

Ich küsse ihn erneut, dieses Mal länger und intensiver, und als er sich näher heranlehnt, versinke ich in seinem Geruch und dem Geschmack nach Minzbonbons, Rotwein und Zigaretten, der mich an die Teenagerknutschereien vor Jahrzehnten erinnert. Meine Haut prickelt, und ein Schaudern durchfährt mich, als ich mich schwer atmend zurückziehe.

Er legt sanft die Stirn an meine, und seine Hände umfassen meine Wangen. Als er spricht, klingt seine Stimme tief und rau und ist kaum mehr als ein Flüstern. »Soll ich bleiben?«

Als Antwort küsse ich ihn erneut.

SONNTAG

61

Als ich aufwache, ist er nicht mehr da, und in den ersten herrlichen Momenten, nachdem ich die Augen geöffnet habe, frage ich mich, ob ich alles nur geträumt habe. Ich liege in dem zerwühlten Bett, genieße die Wärme unter der Decke, schließe die Augen und erinnere mich. Es war kein Traum, sondern Realität. Ich habe einen leichten Kater, aber das spielt keine Rolle. Zum ersten Mal seit langer Zeit bin ich ohne die Angst davor aufgewacht, was der Tag für mich bereithält.

Im Zimmer ist es dunkel, die dicken Vorhänge sperren das Tageslicht aus. Das Kissen riecht noch nach ihm, und als ich tief einatme, spüre ich seine Hände auf meiner Haut und fühle, wie er mich danach festhielt, während ein Finger langsam meine Wirbelsäule auf und ab glitt. Als würden wir einander schon seit Jahren kennen. Als hätten wir das, was in der Nacht passiert war, schon Tausende Male getan. Ich wurde schon lange Zeit nicht mehr so gehalten und habe mich seit Ewigkeiten nicht mehr so sicher, so beschützt vor der Außenwelt gefühlt.

Ich richte mich auf, und die Realität holt mich langsam ein. Da ist das schlechte Gewissen. Das Gefühl, eine Grenze überschritten zu haben, die ich nicht überschreiten hätte sollen. Etwas getan zu haben, das nicht mehr ungeschehen gemacht werden kann. Ich werfe einen Blick auf mein Handy. Es ist fast zehn. Auf dem Schreibtisch entdecke ich zwischen der Weinflasche und meiner Handtasche eine Nachricht, die in geschwungener Handschrift auf dem Hotelblock hinterlassen wurde.

Wollte dich nicht wecken. Sehen wir uns heute Abend?
Pass auf dich auf – und denk daran, was ich gesagt habe.
S

Trotz des schlechten Gewissens muss ich unwillkürlich lächeln, und mein Herz macht einen glücklichen Sprung. *Sehen wir uns heute Abend?*

Ich schicke ihm eine Nachricht aufs Handy.

Danke für den Zettel, die
Antwort ist Ja.
Ruf an, wenn du Zeit hast.

Ich hole eine Packung Paracetamol aus meiner Handtasche und schlucke zwei Tabletten mit etwas Leitungswasser. Ich habe in letzter Zeit einige davon benötigt und muss dringend neue besorgen. Und etwas Bargeld wäre auch nicht schlecht. Ich betrachte den Tisch und die Handtasche. Irgendetwas ist heute Morgen anders, aber ich bin noch zu schlaftrunken, um mich zu erinnern. Ich lächle. Vielleicht sind es einfach die Weinflasche, die handgeschriebene Nachricht und Stuarts Krawatte auf der Stuhllehne. Ich falte sie und stecke sie in meine Handtasche, um sie ihm nachher wiederzugeben.

Ich dusche, ziehe mich an und gehe hinunter zum Frühstücken, wobei ich mich immer wieder prüfend nach Leon umsehe. Bei Tageslicht fühle ich mich sicherer, und der alltägliche Anblick der anderen Gäste, die vor der Kaffee- und Fruchtsaftbar Schlange stehen und ihr Frühstück genießen, beruhigt mich. Als ich ins Zimmer zurückkehre, ist es elf Uhr, und ich habe keine Ahnung, wie ich den Tag verbringen soll.

Ich würde Tara gerne von letzter Nacht erzählen, aber es fühlt sich nicht richtig und zu früh an. Ich will das Gefühl noch eine Weile für mich alleine genießen. Stattdessen frage ich sie über WhatsApp, wie es bei ihr läuft. Als Antwort bekomme ich ein Foto von Dizzy, der es sich auf Noahs Schoß bequem gemacht hat. Noah grinst, als hätte er gerade im Lotto gewonnen.

Wir schreiben einige Male hin und her, und sie verspricht, mich später anzurufen. Das Wohlbefinden nach dem Aufstehen verflüchtigt sich langsam, und jede weitere Nachricht von Tara erinnert mich an die Tragödien, die über die Cliftons hereingebrochen sind. Ich wünschte, ich hätte Angelas Telefonnummer, um nachzufragen, ob alles in Ordnung ist.

Im Gespräch mit Stuart war ich überzeugt, dass Holt etwas mit dem Angriff auf Zoe zu tun hat und etwas verbirgt, doch im Licht des neuen Tages kommen Zweifel hoch, und mich lässt das Gefühl nicht los, dass ich etwas übersehe, das sich direkt vor meiner Nase befindet. Dominic Church hat sich seit unserem Treffen am Freitag nicht mehr gemeldet. Stuarts Leute behalten ihn im Auge, aber wie passt er in das Gesamtbild, und was hat er vor? Weiß er, dass morgen eine neue DNA-Probe entnommen wird? Ich höre Leons sanfte, überlegte und warnende Stimme am Telefon – *Das Kind wird den Preis dafür bezahlen* –, und mir wird eiskalt.

Ich rufe Matt Simms an, um ihn nach Dominics Telefonnummer und der letzten bekannten Adresse zu fragen, doch ich erreiche bloß die Mailbox und hinterlasse eine kurze Nachricht.

Ich denke an Kathryn, ihre Wohnung in Little Missenden und meine Begegnung mit ihrem Freund Max Freitagabend. Er wirkte seltsam und übermäßig aggressiv. Ich hätte Angela fragen sollen, wie er ins Bild passt. Er kannte beide Schwestern und die ganze Familie Clifton. Könnte er der Geist sein? Hat Zoe Kathryn nichts über den neuen Mann in ihrem Leben erzählt, weil sie was mit dem Freund ihrer Schwester angefangen hatte? Hat er Holt erpresst, sodass dieser den DNA-Test manipuliert und ihn gedeckt hat? Ich denke an Holts Besuch bei Max. Die beiden sind sich sehr ähnlich – gut aussehende weiße Männer in den Zwanzigern mit Privatschulabschluss und ländlichen Wurzeln, die Muskeln im Fitnessstudio gestählt und körperbewusst. Kennen sie einander von früher? Ich nehme mir vor, Gilbourne darauf anzusprechen. Und ich werde Angela besuchen, um ihr von den Neuigkeiten zu erzählen.

Wenige Minuten später verlasse ich London auf der A 40 und denke erneut an Max. Die kaum verhohlenen Drohungen in seinen Worten, die Körperhaltung, sein Verhalten, als wir uns am Freitagabend in Prestwood Ash gegenüberstanden. Ein Mann am Abgrund.

Ich habe die Hälfte der Strecke zurückgelegt, als ich eine Nachricht auf mein Handy bekomme, die über die Freisprechvorrichtung am Armaturenbrett angezeigt wird. Doch sie ist nicht von Matt Simms, sondern von einer unbekannten Nummer. Ich öffne die Nachricht.

Mias Zeit ist beinahe um.

Anstatt zu antworten, rufe ich die Nummer zurück, während Panik von mir Besitz ergreift. Es geht niemand ran, also schreibe ich doch eine Nachricht.

Wer ist da?

Machen Sie nicht zwei Mal denselben Fehler.
Er ist bereits auf dem Weg.
Leon

Meinen Sie DS Holt?

Ich steige aufs Gas und überhole mehrere Autos, da klingelt mein Handy.

»Ellen?« Gilbourne klingt angespannt. »Sag mir, dass du immer noch im Hotel bist.«

»Nein.« Ich überhole einen Van. »Ich bin im Auto.«

»Hör mir ganz genau zu, Ellen. Vertraust du mir?«

»Ja, natürlich.«

»Du musst umkehren und zurück ins Hotel. Versperr die Tür und warte, bis ich dich anrufe. Öffne auf keinen Fall die Tür, hast du verstanden? Nicht dem Hotelmanager, nicht DS Holt, überhaupt niemandem, bis ich dir sage, dass es wieder sicher ist.«

»Was ist los, Stuart?« Ich höre Straßenlärm und gedämpftes Gemurmel im Hintergrund.

»Dominic Church hat das Überwachungsteam ausgetrickst.

Meine Männer suchen nach ihm, aber ich muss wissen, dass du in Sicherheit bist, falls er zu dir kommt.«

»Was ist mit Holt? Wo ist er?«

»Ich weiß es nicht.« Gilbourne schreit beinahe, so frustriert ist er. »Er geht nicht ans Telefon.«

»Wo hat das Überwachungsteam Church verloren?«

»Ellen, du musst zurück ins …«

»Sag es mir!«

Er schweigt einen Augenblick, und ich höre Motorengeräusche und eine Sirene am anderen Ende der Leitung.

»Auf der A 40 in Richtung Norden.«

»Das heißt, er ist unterwegs nach Prestwood Ash.«

»Das wissen wir nicht mit Sicherheit, aber wir haben die Situation unter …«

Ich lege auf und drücke das Gaspedal bis zum Anschlag durch.

62

Ich umklammere das Lenkrad und breche auf dem Weg nach Prestwood jedes Tempolimit. Ich werde nicht in einem versperrten Hotelzimmer sitzen und warten, bis das Telefon klingelt. Ich muss sicher sein, dass es Mia gut geht. Vor der Abzweigung zum Haus der Cliftons trete ich auf die Bremse. Das Tor steht offen. Ich biege auf die Auffahrt, sodass die Kiesel spritzen, als ich erneut beschleunige, um so schnell wie möglich zum Haus zu gelangen.

Auf dem Platz vor dem Eingang parkt ein schwarzer Ford Focus vor dem Mercedes und dem Range Rover, die ich von meinem letzten Besuch kenne. Es sind keine Streifenwagen, keine uniformierten Beamten, keine Blaulichter zu sehen. Es ist alles ruhig, nur die Hunde bellen irgendwo im hinteren Teil des Hauses wütend um die Wette. Ich springe aus dem Auto und werfe im Vorbeieilen einen Blick durch die Scheiben. Auf dem Rücksitz des Mercedes liegt eine Puppe. Im Haus ist keine Bewegung auszumachen, die Haustür steht einen Spalt breit offen.

Irgendjemand ist hier. Ist es Dominic Church?

Ich halte vor der Haustür inne und lausche.

Nichts. Nur das Rauschen des Windes und die Äste, die über die Steinmauer kratzen. Ich greife in meine Handtasche, und meine Faust schließt sich um meinen Schlüsselbund. Der Alarmknopf ist in dieser Abgeschiedenheit nutzlos.

Ich drücke die Haustür auf. Mein Instinkt rät mir, mich ruhig zu verhalten, damit der Eindringling nicht mitbekommt, dass ich hier bin. Ich lausche erneut.

Stille. Sogar die Hunde haben aufgehört zu bellen.

Die Lichter sind aus, und der Vorraum liegt im Dunkeln, obwohl es erst Mittag ist. Ich stehe vollkommen still und versuche, irgendetwas wahrzunehmen. Doch das einzige Geräusch ist das beständige Ticken einer alten Standuhr im Vorzimmer.

Ich gehe ins Haus und um die Tür herum, und in diesem Moment sehe ich ihn.

Gerald liegt auf dem Rücken. Sein Kiefer und die linke Gesichtshälfte sind fort, der dicke cremefarbene Teppich unter ihm ist blutrot. Auf dem Boden neben seiner Hand liegt eine doppelläufige Schrotflinte.

Mir ist sofort klar, dass es keine Hoffnung mehr gibt, aber ich zwinge mich dennoch, mich neben ihn zu knien, und lege zwei Finger auf seine Halsschlagader. Seine Haut ist noch warm, aber ich spüre keinen Puls. Er ist tot.

Er liegt kaum einen Meter von der Eingangstür entfernt, und ich sehe vor mir, wie er misstrauisch und mit zum Zerreißen gespannten Nerven eine Waffe aus dem Waffenschrank holt, als es an der Tür klingelt. Er öffnet die Tür und wird erschossen, ehe er die Waffe in Dominic Churchs Hand überhaupt sieht.

Ich werde auf keinen Fall zulassen, dass mir dasselbe passiert.

Ich greife nach der Schrotflinte und denke an meine erste

Begegnung mit Dominic Church. Ist es wirklich erst fünf Tage her? *Machen Sie nicht zwei Mal denselben Fehler.* Das Blut rauscht in meinen Ohren, als ich die doppelläufige Flinte aufklappe. Beide Patronen sind an Ort und Stelle, was bedeutet, dass Gerald tatsächlich keine Chance hatte, sich zu verteidigen.

Wo zum Teufel steckt die Polizei?

Ich bleibe neben Gerald am Boden, lege die schwere Waffe in meinen Schoß und wähle Gilbournes Nummer. Besetzt. *Verdammt.*

Plötzlich höre ich ein Geräusch. Ganz leise, irgendwo über mir.

Mia?

Ich muss weiter. Ich stecke das Handy in meine Tasche, greife mit beiden Händen nach der Schrotflinte und mache mich Angst erfüllt auf den Weg nach oben. Wer weiß, was ich im restlichen Haus vorfinde. Am Ende der Treppe bleibe ich stehen und lausche erneut.

Stille.

Das Schlafzimmer der Großeltern ist leer, das Bett gemacht, alles scheint an seinem Platz. *Geh weiter.* Ich steige die Treppe in den zweiten Stock hoch und erwarte jeden Moment, den Schuss aus einer Pistole zu hören. Ein Geruch steigt mir in die Nase und wird mit jeder Treppenstufe stärker. Es ist ein beißender, gefährlicher Geruch. Benzin.

Ich hebe die Flinte an meine Schulter und biege am Ende der Treppe nach links in Richtung Kinderzimmer, während ich leise bete. *Bitte. Nur dieses eine Mal. Dieses eine Leben. Ich werde nie wieder um etwas bitten, aber bitte verschone Mia.* Ich drücke die Tür mit dem Lauf der Flinte auf.

Angela liegt direkt dahinter auf dem Boden.

Sie hat sich zur Seite gedreht, die Patrone hat ihre Bluse aufgerissen, der Teppich unter ihr ist blutrot.

O nein.

Panik packt mich, und mein Gesicht glüht. Ich gehe neben Angela in die Knie und suche den Puls. Es fühlt sich intim, beinahe aufdringlich an, sie jetzt zu berühren, obwohl wir uns gestern nicht einmal die Hand geschüttelt haben. Ich spüre einen Herzschlag. Schwach, aber noch da. Sie ist bewusstlos, aber sie atmet noch. Es besteht noch Hoffnung.

Ich balle ein Bettlaken zusammen und drücke es auf die Wunde. »Halten Sie durch, Angela. Ich bin hier. Hilfe ist unterwegs.«

Ich wähle den Notruf und breite eine Decke über sie, während ich warte. Mir war klar gewesen, dass ich Angela hier, in diesem Zimmer finden würde, nachdem ich die Leiche ihres Mannes im Flur entdeckt hatte. Ich wusste, dass sie die Tür bewachen und um ihre Enkeltochter kämpfen würde. Und genau das hat sie getan. Der Benzingestank ist hier noch stärker. Boden und Möbel sind mit der brennbaren Flüssigkeit durchtränkt, Spritzer überziehen die Wände und die Vorhänge. Der Geruch bringt mich zurück nach Libyen, und ich sehe die Leichen vor mir. Den blutroten Staub unter ihnen. Allesamt Zivilisten. Männer, Frauen. Kinder.

Am anderen Ende der Leitung meldet sich ein Mann, und ich bitte um einen Rettungswagen und gebe möglichst schnell alle nötigen Informationen durch.

»Ist der Angreifer noch im Haus?«, fragt der Mann. »Befinden Sie sich in unmittelbarer Gefahr?«

»Ich weiß es nicht.«

»Wie viele Opfer sind es?«

»Zwei, eines tot, eines schwer verletzt. Beides Schussverletzungen.«

Mir wird klar, dass die Sanitäter erst durchgelassen werden, sobald die bewaffnete Einsatzgruppe der Polizei das Haus gesichert und die Gefahr neutralisiert hat.

Ich steige über Angelas Körper hinweg ins Zimmer, in dem das totale Chaos herrscht. Möbel wurden umgeworfen, Schubladen herausgerissen, auf dem Boden liegen Babykleider, Laken und Milchzubehör. Mein Blick fällt auf das Holzgitterbett in der Ecke. Es ist umgestürzt und in sich zusammengebrochen. Die Matratze liegt umgedreht unter dem Lattenrost. Und da ist noch etwas. Etwas Kleines. Zartes. Eingeklemmt unter dem Gitterbett.

Es bewegt sich nicht.

Der Mann vom Notruf redet weiter, aber ich höre ihn nicht mehr.

Nein.

Ein Schluchzen steigt meine Kehle hoch, als mir klar wird, was ich da sehe.

Unter der Matratze ragt ein kleiner Arm hervor.

63

Ich stolpere auf das umgedrehte Gitterbett zu und kann vor lauter Tränen kaum etwas erkennen.

Mein Kopf pocht, und ich höre Kathryns flehende Worte. *Bitte beschützen Sie Mia.* Ich wusste, dass sie in Gefahr ist, aber ich habe sie im Stich gelassen. Wir haben alle versagt. So viele Leben, die verschwendet wurden. Kathryn, die sich geopfert hat, um dieses Kind zu retten, das alles war, was ihr von ihrer Schwester geblieben war. Angela und Gerald, von demselben Mann erschossen, der vor einem Jahr beinahe ihre Tochter ermordet hätte. Zoe, gefangen in einem endlosen Schlaf in einem weißen Zimmer, zwei Stockwerke unter mir.

Vor weniger als vierundzwanzig Stunden war ich hier bei Mia, die kicherte und lachte. Bei Angela, die ihre Enkeltochter an sich drückte, mit ihr sprach, sie fütterte. Ich hielt Mia im Arm, spürte ihren warmen Körper, ihre Finger auf meiner Wange.

Jetzt ist sie fort. Für immer.

Ich lasse das Handy fallen und ziehe das umgestürzte Gitterbett vorsichtig beiseite, um zu dem kleinen Körper darunter zu gelangen. Ich hebe die gebrochenen Gitterstäbe auf und die Matratze an, dann berühre ich so sanft wie möglich ihren Arm, um ihren Puls zu fühlen, aber da ist nichts. Die

Haut ist wächsern und glatt, die Finger sind bereits starr. Ich wische mir mit dem Ärmel die Tränen von den Wangen, dann hebe ich erneut die Matratze an und ziehe vorsichtig an dem Arm. Ich will sie nicht ansehen, aber ich weiß, dass ich es muss.

Mein Magen zieht sich zusammen, und ich reiße ungläubig die Augen auf. Entsetzen, Trauer und Verwirrung lassen mich taumeln.

Das ist nicht Mia.

Es ist nur eine Puppe, etwa so groß wie ein echtes Baby, gekleidet in einen weißen Strampelanzug. Ihre blauen Augen starren zur Decke, und ihre blonden Haare sind sorgfältig zur Seite gekämmt.

Ich lasse mich auf die Fersen zurücksinken, und die Erleichterung überrollt mich wie eine Lawine. Ich stoße den Atem aus, den ich bis jetzt angehalten habe. Es ist ein so mächtiges Gefühl, dass es beinahe unerträglich ist. Mächtiger als jede Droge. Mia ist nicht hier. Es gibt noch Hoffnung. Ich hebe den Rest der Matratze hoch, um sicherzugehen, dass sie nicht doch darunterliegt. Nein.

Dann gehe ich zurück zu Angela. Ihr Puls ist nach wie vor spürbar, aber die Decke, die ich auf die Wunde gedrückt habe, ist blutdurchtränkt. Ich hole ein sauberes Laken aus einer der Schubladen und presse es auf die Wunde, dann schiebe ich ein Kissen unter ihren Kopf.

Der Mann vom Notruf ist noch in der Leitung, als ich nach meinem Handy greife.

»Ich muss weiter«, erkläre ich ihm. »Im zweiten Stock liegt ein weibliches Opfer, etwa siebzig. Sie ist lebensgefährlich verletzt, bitte beeilen Sie sich.«

Ich lege auf, dann lehne ich mich so nahe wie möglich an

Angelas Ohr heran. Hoffentlich hört sie mich. »Halten Sie durch, Angela. Ich werde Mia finden.«

Das ist, was sie von mir erwarten würde. Was sie an meiner Stelle tun würde.

Ich packe die Schrotflinte und stehe auf. Der Benzingestank brennt in meiner Nase. Das ganze Kinderzimmer ist davon durchtränkt. Ein Funke, und es würde innerhalb von wenigen Sekunden in Flammen aufgehen.

Die Frage ist, warum der Eindringling noch kein Feuer gelegt hat.

Ich werfe einen Blick in die anderen Zimmer im zweiten Stock. Es handelt sich um Gästezimmer und ein Bad, alle scheinen unversehrt. Soweit ich sehen kann, ist das Kinderzimmer der einzige Raum, der verwüstet wurde. Allerdings nicht methodisch, sondern hastig, voller Zorn, während der Eindringling auf der Suche nach der einzigen Sache war, wegen der er hierhergekommen ist. Ich sehe mich um.

Warum hat er kein Feuer gelegt, um seine Taten zu vertuschen?

Weil er es noch nicht zu Ende gebracht hat.

Er hat Mia noch nicht gefunden, aber das muss er, bevor er das brennende Streichholz fallen lässt. Soweit ich weiß, kann selbst eine Brandleiche noch DNA-Spuren enthalten. Es sei denn, es bleibt nichts als Asche übrig, und dessen kann man sich nicht sicher sein, wenn man einfach nur ein Haus in Brand steckt. Es ist ein zu großes Risiko. Viel besser ist es, das Baby mitzunehmen und den Rest zu verbrennen. Die Kleider, die Laken, die Musselintücher, die Fläschchen – alles, auf dem Spuren ihrer DNA zu finden sein könnten. Nur so kann sie vollkommen ausgelöscht werden, als hätte sie nie existiert.

Aber er hat noch kein Feuer gelegt, was nur bedeuten kann, dass er Mia noch nicht gefunden hat.

Habe ich ihn gestört, als ich vor wenigen Minuten angekommen bin? Ist er geflohen, ehe er es zu Ende bringen konnte?

Ich trete ins Gästezimmer gegenüber und sehe unter dem Bett und hinter dem Schreibtisch nach. Nichts.

Das Bedürfnis, Mias Namen zu rufen, ist beinahe überwältigend groß, aber das kann ich nicht riskieren – und sie ist ein Baby, es würde sowieso nichts bringen. Besser, jeden Zentimeter des Hauses abzusuchen.

Denk nach.

Angela hat dasselbe getan wie Kathryn, als diese vor fünf Tagen aus dem Zug stieg. Sie hat die Gefahr von Mia abgelenkt. Egal ob bewusst oder unbewusst. Deshalb befindet sich das Kinderzimmer im obersten Stockwerk und nicht neben dem Schlafzimmer der Großeltern oder neben dem Zimmer ihrer Mutter im Anbau. Angela hat getan, was Eltern seit Anbeginn der Zeit tun. Sie hat ihr wertvolles Enkelkind in den obersten Ästen des Baumes versteckt, weit entfernt von den Raubtieren am Boden. In einem von einer Mauer umgebenen Anwesen auf dem Land. Aber es war nicht genug.

Ich schließe die Augen und lausche. Fünf Sekunden. Dann zehn.

Da! War da etwas? Ich halte den Atem an, während ich den Kopf langsam von einer Seite zur anderen drehe. Einen Augenblick lang glaube ich, meine Ohren hätten mir einen Streich gespielt, dann höre ich es erneut. Ein schwaches, gedämpftes, beinahe unhörbares Geräusch. Aber dennoch unverwechselbar.

Ein Schrei.

64

Ich laufe zum Ende des Flurs, wo sich zwei gegenüberliegende Gästezimmer befinden. Beide Türen stehen offen. Ich trete ins Zimmer zu meiner Rechten und sehe mich um. Ein unberührtes Doppelbett, eine Kommode, ein Stuhl. Ein großer Eichenkleiderschrank. Leer. Ich sinke auf alle viere und sehe unter dem Bett nach. Nichts.

Das andere Zimmer sieht genauso aus, bloß dass es hier zwei Einzelbetten anstelle des Doppelbettes gibt. Auf beiden liegt eine glatt gezogene gelb-schwarze Tagesdecke im Schottenmuster. Auch hier gibt es keinen Platz, an dem man ein Baby vor fremden Blicken verbergen könnte. Eine Tür führt in einen leeren begehbaren Kleiderschrank, aber die darin befindlichen alten Schuhschachteln sind als Versteck zu klein.

Mia ist nicht hier. Habe ich mir den Schrei nur eingebildet? Nein.

Da ist er wieder. Leise, aber hörbar. Ich sehe mich hilflos und frustriert um. Mia ist ganz in der Nähe, das spüre ich. Auf dem Dachboden vielleicht? Aber an der Decke ist nirgendwo eine ausklappbare Dachbodentreppe zu entdecken. Zumindest nicht in diesem Zimmer. Ich denke an meinen gestrigen Besuch zurück, sehe Mia in ihrem Gitterbett und Angela, die

die Jalousien öffnet und Mia ein Fläschchen zubereitet, während sie mir von ihrer Tochter und Enkeltochter erzählt.

Angela ist ganz anders, als ich sie mir vorgestellt habe. Sie wirkt immer noch bodenständig, obwohl sie es von ganz unten so weit nach oben geschafft hat. Oder vielleicht gerade deswegen. *Damals lagen wir zu zweit in einem Bett, und das Jüngste in der untersten Kommodenschublade.*

Mein Blick huscht zu der breiten Kommode, die die Hälfte der gegenüberliegenden Wand einnimmt. Massive Eiche, vier große Schubladen, darauf ein ovaler Messingspiegel, cremefarbene Zierdeckchen und mehrere Porzellanfiguren.

Ich ziehe die unterste Schublade auf.

Mia sieht mir mit Tränen in den Augen entgegen und blinzelt im hellen Licht. Sie stößt einen überraschten Schrei aus, und mein Herz platzt beinahe vor Erleichterung.

»Hallo du«, sage ich, und auch mir kommen die Tränen. »Hallo Mia.«

Sie liegt auf einer weichen weißen Decke, in einem Nestchen, das die Hälfte der Schublade einnimmt. Mit einer Hand umklammert sie ein gelbes Musselintuch, das bereits feucht vom Speichel ist. Ich hebe sie mitsamt der Decke hoch, lege sie vorsichtig auf den Teppich und drehe sie von einer Seite zur anderen, um nach Blut oder Verletzungen zu suchen, doch sie ist offenbar unversehrt. Ich wische ihr sanft die Tränen von den Wangen, und ihre winzige Hand schließt sich um meinen Finger.

»Komm, meine Kleine«, sage ich. »Bringen wir dich von hier fort.«

Ich hänge mir den Gurt der Schrotflinte über die Schulter, wickle Mia in die Decke und trage sie die Hintertreppe nach unten, die einst für das Hauspersonal gedacht war und viel schmaler und dunkler als die Haupttreppe ist. Wir gelangen bis in den hinteren Bereich des Erdgeschosses, der aufgrund der wenigen Fenster größtenteils im Dunkeln liegt. Ich halte immer wieder an, um zu lauschen, doch ich höre nur Mias leises Gurgeln und Schniefen. Jetzt, wo ich sie sicher und unversehrt in den Armen halte, zählt nur noch, dass ich sie so schnell wie möglich von hier fortschaffe. Trotzdem müssen wir eine letzte Sache erledigen, bevor wir uns aus dem Staub machen können.

Ich trete in eine Art Vorratskammer, die sich offenbar direkt zwischen dem Haupthaus und dem Anbau befindet. Ich wende mich nach rechts und schleiche weiter, die Holzdielen knarren schrecklich laut in der Stille des Hauses. Ich nehme die Schrotflinte wieder von der Schulter und halte sie einhändig mit dem Finger am Abzug, während wir durch einen Flur auf die geschlossene Tür am Ende zugehen. Hier liegt Zoe, Dominic Churchs Ex-Frau. Der Gedanke, dass er sich an ihr gerächt und zu Ende gebracht hat, womit er vor über einem Jahr begann, während sie hilflos im Bett lag, lässt Übelkeit in mir hochsteigen.

Ich drücke die Tür in das weiße Krankenzimmer auf.

Zoe liegt im Bett, den Kopf leicht zur Seite gedreht, die Kabel und Maschinen an Ort und Stelle. Der Monitor neben ihrem Bett piept langsam und beständig, während sie irgendwo zwischen Leben und Tod schwebt. Keine sichtbaren Wunden, keine Verletzungen. Sie sieht genauso aus wie gestern.

»Ich muss Mia von hier fortbringen«, sage ich und trete an ihr Bett. »Es tut mir leid, Zoe.«

Wenn es eine Möglichkeit gäbe, Zoe mitzunehmen, würde

ich es tun. Aber sie braucht die Maschinen, sie braucht dieses Zimmer. Ich werfe einen Blick auf den Herzmonitor. Die Polizei wird sicher bald da sein, und …

Da ist eine Spiegelung im Glas des Monitors. Eine Bewegung im Garten hinter meinem Rücken. Eine Gestalt?

Ich fahre herum und gehe neben dem Bett in die Knie, während ich die Fenster im Auge behalte, die in den Garten hinausführen. Mir ist eiskalt.

Plötzlich klingelt mein Handy, und ich zucke zusammen. Ich lege die Waffe auf den Boden neben mir, dann greife ich mit der freien Hand nach dem Handy, während ich Mia mit der anderen an mich drücke.

Es ist Stuart.

»Ellen.« Er klingt schrecklich besorgt. »Wo bist du?«

»Ich bin bei den Cliftons. Du musst so schnell wie möglich alle deine Leute …«

»Ich habe dir doch gesagt, dass du im Hotel bleiben sollst!« Er brüllt beinahe. »Wir hatten eine Sichtung der Zielperson, und das Team ist in die andere Richtung gefahren. Leider vergeblich.«

»Er hat ihn erschossen, Stuart.«

Er schweigt schockiert, ehe er die Sprache wiederfindet. »Wen? Wovon sprichst du?«

»Gerald Clifton ist tot.« Ich atme zitternd ein. »Und Angela ist schwer verletzt. Sie braucht sofort ärztliche Hilfe. Ich habe bereits einen Rettungswagen gerufen, aber sie müssen sich beeilen.«

»Ellen«, flüstert er, »du musst mir jetzt gut zuhören, und dieses Mal machst du bitte genau das, was ich dir sage. Du musst mir vertrauen. Schaffst du das?«

»Ja.«

»Wir haben eine neue Spur von Holt. Er hat gerade wieder sein Telefon gewechselt, und wir konnten das Signal lokalisieren. Er ist noch immer im Haus, Ellen! Du musst dort weg. *Sofort.*«

65

Ich schleiche mit Mia auf der Schulter durchs Haus und erstarre beim kleinsten Geräusch, während mein Blick von Tür zu Tür und Fenster zu Fenster huscht. Ich werde das Gefühl nicht los, dass Detective Sergeant Holt mich beobachtet, mich verfolgt und nur drauf wartet zuzuschlagen, wenn ich bereits glaube, es geschafft zu haben. Der Schlüssel des Mercedes liegt in einer Schüssel neben der Eingangstür. Er hat einen Kindersitz für Mia und ist etwas schneller und größer als mein Wagen. Ich sprinte aus dem Haus und fühle mich dabei wie eine Zielscheibe. So schnell es geht, schnalle ich Mia in ihren Sitz und laufe anschließend zur Fahrertür. Ich erwarte jeden Moment, die Kiesel knirschen, einen wütenden Schrei oder einen Pistolenschuss zu hören.

Los!

Erst, als ich die Auffahrt hinunter Gas gebe und die Kieselsteine in alle Richtungen davonstieben, wird mir klar, dass der schwarze Ford Focus nicht mehr vor der Haustür stand. Ich habe nicht die Energie, darüber nachzudenken, was das bedeutet. Ich habe Stuart versprochen, direkt zum Polizeirevier zu fahren und ihn dort zu treffen. Gerade hat er geschrieben, dass er mich auf dem Besucherparkplatz erwartet und ich auf keinen Fall auf dem Weg anhalten soll. Ich schicke ihm ein Daumenhoch als Antwort.

Das Verlangen, das Gaspedal durchzudrücken, ist beinahe überwältigend groß, aber Mia sitzt im Kindersitz neben mir, und mir wird plötzlich bewusst, wie verletzlich man im Straßenverkehr ist. Ich achte mehr denn je auf die anderen Verkehrsteilnehmer und werfe immer wieder einen Blick auf Mia, die zufrieden an ihrem Tuch lutscht und die dunklen Wolken betrachtet, die am Fenster vorbeiziehen.

Erleichterung macht sich breit, als wir Buckinghamshire endlich hinter uns lassen und die ersten Ausläufer Londons erreichen. Die Vertrautheit der Straßen und Gebäude und die schiere Anzahl der Menschen überall geben mir Sicherheit. Ich habe mein Versprechen gegenüber Kathryn gehalten.

Wir sind in Sicherheit.

Gerade, als ich an einer roten Ampel halte, vibriert mein Handy. Eine Nachricht von einer unbekannten Nummer.

> Erinnern Sie sich an das
> verlassene TV-Studio?
> Fahren Sie hin. Keine Polizei,
> keine Anrufe, keine Umwege.

Ich drehe mich um und erwarte beinahe, Holt mit dem Handy in der Hand in einem der Autos hinter mir zu entdecken. Doch er ist nirgendwo zu sehen. Ich tippe eine schnelle Antwort.

> Warum sollte ich das tun?

Die Ampel schaltet auf Grün, und ich fahre los. Da vibriert das Handy in meinem Schoß erneut. Eine neue Nachricht, doch dieses Mal ist es kein Text, sondern bloß ein Foto von Noahs Gesicht. Seine Spiderman-Brille ist weg, und er blickt mit ernsten, aufgerissenen Augen in die Kamera.

Eine unsichtbare Hand drückt ihm den schwarzen Lauf einer Pistole an die Schläfe.

Ich gerate ins Schlingern, und ein entgegenkommendes Taxi kann mir gerade noch ausweichen. Ein wütendes Hupkonzert ertönt. *Noah.* Mir wird übel, und einen Moment lang glaube ich, mich übergeben zu müssen, doch ich schlucke die bittere Galle hinunter.

Ich bekomme eine weitere Nachricht.

> Bringen Sie das Baby zum
> Studio 7, dann können wir tauschen.
> Oder Sie lassen ihn sterben.
> Sie haben die Wahl.

Ich kann nicht mehr weiterfahren, sondern sehe nur noch Noahs angsterfülltes Gesicht vor mir. Also halte ich an einer Bushaltestelle und bleibe einen Moment im Auto sitzen, während ich versuche, ruhig zu atmen, und darauf warte, dass sich mein Herzschlag verlangsamt.

Mein Patensohn. Der Erstgeborene meiner besten Freundin. Ein Kind, das ich seit seiner Geburt kenne. Nicht mein eigenes Fleisch und Blut, aber so nahe daran, wie es geht. Taras süßer, ernster Sechsjähriger, der plötzlich in Konkurrenz zu dem mittlerweile schlafenden Baby im Kindersitz neben mir gesetzt wurde. Das Kind einer Fremden, der ich das Versprechen gegeben habe, es zu beschützen. Ein unschuldiges Kind, das ich vor einer tödlichen Gefahr retten konnte. Kann ich sie wirklich aufgeben? Kann ich diese Entscheidung tatsächlich treffen?

Es gibt keine richtige Antwort darauf. Kein gutes Ende. Ich schicke eine Antwort. Die einzigen fünf Worte, die mir einfallen.

Tun Sie Noah nicht weh.

Das liegt ganz an Ihnen, Ellen.

Ich lehne den Kopf zurück und werfe einen letzten Blick auf Mia. Ihre Augen öffnen sich einen Spalt, dann döst sie weiter. Ihre kleinen Wangen sind rosig und prall wie Sommeräpfel. Schließlich reiße ich den Blick von ihr los und tippe erneut.

Bin unterwegs.

Beeilung. Wenn Sie die Polizei rufen, stirbt er.

Ich gebe die neue Adresse in das Navi ein und fahre los. Das Studio ist dreieinhalb Kilometer entfernt, etwa eineinhalb Kilometer weiter als das Polizeirevier. Ich folge den Anweisungen des Navis wie auf Autopilot, während meine Gedanken rasen und durcheinanderstolpern. Es muss noch eine dritte Lösung dieser unmöglichen Situation geben, aber ich sehe nur zwei: *Noah oder Mia. Mia oder Noah.* Ganz einfach.

Als ich schließlich auf den verlassenen Parkplatz biege, weiß ich, was zu tun ist.

Mein Handy klingelt.

»Was ist passiert?«, fragt Stuart, ehe ich etwas sagen kann. »Du solltest längst hier sein.«

»Ich kann gerade nicht reden.«

»Stell dich auf den Besucherparkplatz. Ich gehe gleich runter und warte auf dich.«

»Nein, Stuart. Das kann ich nicht.«

»Was? Ich verstehe dich nicht, Ellen. Was ist los?«

Ich werfe einen Blick auf die Schrotflinte im Fußraum unter dem Beifahrersitz. »Es tut mir leid, Stuart, aber ich muss vorher noch etwas erledigen.«

»Sag mir, was …«

Ich lege auf, stelle das Handy auf lautlos und fahre bis ans Ende des Parkplatzes zu der Hintertür, aus der ich vor fünf Tagen geflohen bin. Dann bleibe ich einen Augenblick im Auto sitzen, sammle mich und gehe alles noch einmal durch.

Mia schläft zufrieden. Ich wünsche mir mehr als alles andere auf der Welt, dass wir einfach von hier fort und ins Polizeirevier fahren können. Dass beide Kinder in Sicherheit sind. Aber das geht nicht.

Ich erledige noch einen letzten Anruf, dann breite ich das große weiße Bettlaken über den Rücksitz und mache mich bereit.

»Es tut mir leid, Mia.« Ich wische mir eine Träne von der Wange und greife nach ihrem Sicherheitsgurt. »Es tut mir so leid.«

In dem verlassenen Fernsehstudio sieht es genauso aus wie vor fünf Tagen. Es ist eine höhlenartige, leere Hülle mit milchigen, schmutzverkrusteten Fenstern und langen Korridoren, in denen es nach Schimmel und Verfall riecht. Die übereinandergestapelten Plastikstühle und vollständig möblierten Büros scheinen immer noch auf Mitarbeiter und Publikum zu warten, das nie mehr den Weg hierher finden wird.

Ich drücke das in eine Decke gewickelte Baby an meine rechte Schulter und eile einen Korridor nach dem anderen entlang, immer tiefer in das Gebäude hinein, den Pfeilen folgend, die mir den Weg zu Studio 7 weisen. Hier riecht man bereits den Rauch des Feuers, das Dominic Church gelegt hat, nachdem mir die Flucht gelungen war. Schließlich stehe ich vor einer Doppelflügeltür mit einer verblassten grünen Sieben. Ich ziehe die schwere Tür auf und werfe einen vorsichtigen Blick in den Raum dahinter.

Er liegt in beinahe vollkommener Dunkelheit. Ich warte, bis sich meine Augen daran gewöhnt haben und ich langsam Umrisse auf der gegenüberliegenden Seite des Raumes erkennen kann. Eine Bühne vielleicht? Und ein Mann? Noah? Ich trete in das Studio, und die Tür schwingt hinter mir zu.

Die Luft ist hier kühler, und es riecht schal, als hätte die Tür seit Jahren niemand mehr geöffnet. Die Kälte kriecht über meine Haut und lässt mein schweißnasses Oberteil am Körper kleben.

»Hallo?«

Das Wort hallt durch den Raum und wird von der hohen Decke zurückgeworfen, ehe es verklingt. Ich mache die Taschenlampe an meinem Handy an und sehe mich um. Das Studio ist groß, und alles ist schwarz lackiert. Ein niedriger Laufsteg führt von einer Bühne aus in die Mitte. Ich gehe langsam darauf zu, meine Schuhe klappern auf dem harten schwarzen Boden.

»Hier ist Ellen Devlin«, sage ich und lege schützend eine Hand auf die Decke. »Mit Mia. So, wie Sie es wollten.«

Niemand antwortet. Ich gehe weiter, die Treppe nach oben auf den Laufsteg. Die Bühne bleibt hinter langen schwarzen Vorhängen verborgen.

»Wo ist Noah?« Ich muss ihn sehen und sicherstellen, dass es ihm gut geht.

Keine Antwort, doch dann …

Licht. Im Bruchteil einer Sekunde wird der ganze Raum von Hunderten Scheinwerfern in gleißendes Licht getaucht, das jeden noch so dunklen Winkel erhellt. Ich kneife die Augen zu und schlage mir die freie Hand vors Gesicht. Meine Augen brauchen einen Moment, dann öffne ich sie langsam. Die an der Decke montierten Scheinwerfer sind allesamt auf die Bühne gerichtet. Blinzelnd blicke ich dorthin, und in diesem Moment tritt eine Gestalt hinter dem Vorhang hervor und ins Licht.

Ein Umriss. Ein Mann.

»Hallo, Ellen«, sagt er. »Wie schön, dich wiederzusehen.«

FÜNF TAGE ZUVOR

DIENSTAG

KATHRYN CLIFTON

66

Ihr Name war Ellen.

Sie sah nett aus. Als wüsste sie, was sie tat. Als hätte sie ihren Weg im Leben gefunden. Kathryn betrachtete die groß gewachsene Frau über den kleinen Tisch hinweg. Sie sah auf Mia hinunter, als wäre die Kleine das Unglaublichste auf der Welt. Was sie natürlich auch war. Ihre Nichte, das große Wunder und das Einzige, was ihr von ihrer Schwester geblieben war. Als wäre Zoe wiedergeboren worden und hätte noch eine Chance bekommen.

Kathryns Handy vibrierte. Noch eine Nachricht.

> Er trackt dich und folgt
> dem Zug mit dem Auto.

Sie warf erneut einen Blick auf Mia, und Panik packte sie. Ein eiskalter Schauer durchfuhr ihren Körper. Sie wusste, was auf dem Spiel stand. Wenn er Mia in die Finger bekam, würde er sie töten, und man würde ihre Leiche niemals finden. Deshalb hatte Kathryn die Kleine eingepackt und war verschwunden. *Wenn er mich trackt,* dachte sie, *sollte ich ihn vielleicht auf eine falsche Fährte locken.*

Natürlich konnte sie Mia nicht alleine im Zug zurücklassen. Aber vielleicht würde diese Frau auf sie aufpassen. Ellen. Sie schien klug, vernünftig, normal. Als würde sie das Richtige tun. Mia wäre zumindest eine Zeit lang bei ihr in Sicherheit. Es war ja nicht mehr als eine halbe Stunde. Entweder das, oder er würde sie erwischen, und das würde Kathryn nicht zulassen. Da spielte sie lieber den Lockvogel.

Die Zeit lief.

Im Zug bleiben oder aussteigen.

Bleiben oder aussteigen.

Jetzt oder nie.

Sie traf eine Entscheidung und schickte eine schnelle Nachricht ab. Die Antwort kam Sekunden später.

Mach es.
Ich sollte rechtzeitig
in Marylebone sein.
Pass auf dich auf.

Kathryn holte einen Stift und einen Zettel aus ihrer Tasche. Ein Lieferschein. Sie drehte ihn um und begann zu schreiben. Als sie fertig war, faltete sie den Zettel, schrieb Ellens Namen auf die Vorderseite und steckte ihn in den Rucksack.

Mach es gleich, ehe du den Mut verlierst.

»Wäre es in Ordnung, wenn Sie Mia noch einen Moment lang halten, während ich telefoniere? Es ist … dringend.«

»Klar«, erwiderte Ellen und sah lächelnd auf das Bündel in ihrem Arm hinunter. Mias winzige Hand umklammerte ihren Zeigefinger. »Machen Sie nur, wir kommen schon klar.«

»Ich bin gleich dort hinten.« Kathryn deutete über ihre Schulter, zum Ende des Abteils. »Ich komme sofort wieder.«

Ellen sah hoch, und ihr Lächeln verblasste. »Kathryn, ist wirklich alles in Ordnung?«

»Ja.« Kathryn erhob sich. »Danke. Es dauert auch nicht lange.«

Sie streckte die Hand aus, berührte mit den Fingerspitzen sanft den Kopf der Kleinen und betete, dass alles vorbei sein würde, wenn sie das bezaubernde kleine Mädchen ihrer Schwester zum nächsten Mal sah. Ihre Hände zitterten vor Angst, und sie fragte sich, ob Ellen es bemerkte. *Geh einfach.*

Kathryn ging zum Ende des Waggons, stellte sich zur Tür und rief ein Taxi, das sie möglichst rasch von der Haltestelle abholen sollte. Es dauerte eine gefühlte Ewigkeit, bis der Zug endlich langsamer wurde und schließlich anhielt. Sie war die Erste, die ausstieg. Am Bahnsteig steckte sie die Hände tief in die Jackentaschen und eilte davon. Sie durfte nicht zurückblicken. Wenn sie es tat, änderte sie womöglich ihre Meinung. Doch als sie an Ellens Fenster vorbeikam, klopfte diese verwirrt an die Scheibe.

»Es tut mir leid«, hauchte Kathryn, dann hastete sie weiter den Bahnsteig entlang, durch die Ticketschranken und auf den Parkplatz. Der Taxistand befand sich in der Ecke, ein Maschendrahtzaun trennte den Parkplatz vom Bahnsteig und den Gleisen. Sie rief noch einmal in der Taxizentrale an, wo man ihr – erneut – versicherte, dass das Taxi bereits auf dem Weg wäre.

Sie sah, wie der Zug aus dem Bahnhof und nach Südosten in Richtung London fuhr. Ihr Herz pochte wie verrückt, und ihre Beine gaben beinahe unter ihr nach. *O Gott, habe ich das Richtige getan?* Sie konnte den Blick nicht von dem Zug abwenden, der immer schneller wurde. Mia entfernte sich mit jeder Sekunde weiter von ihr. Sie sah dem Zug immer noch nach, als ein Auto hinter ihr hielt. Motorengeräusche. Eine Tür, die sich öffnete. Schritte auf dem Asphalt.

Sie drehte sich um. Es war kein Taxifahrer.

Ein bekanntes Gesicht. Augen, die sich weiteten, als er erkannte, dass sie alleine war.

Doch er erholte sich schnell und trat näher, um ihr den Fluchtweg zu abzusperren. In seiner behandschuhten Hand blitzte Metall auf. »Hallo, Kathryn.«

»Sie«, keuchte sie.

67

Detective Inspector Stuart Gilbourne steht auf der Bühne am Ende des Laufsteges. Er trägt einen weißen Overall über seiner Kleidung und Plastiküberzieher über den Schuhen. In seiner behandschuhten Hand hält er eine Pistole. Er wirkt ruhig, gelassen. Als hätte er alles unter Kontrolle.

»Du«, keuche ich, und mir wird übel. »Du bist der Geist.«

Er gibt mir einen Wink mit der Pistole. »Leg Mia auf den Boden und tritt drei Schritte zurück.«

»Wo ist Noah?«, frage ich und drücke das Baby fester an mich. »Was hast du mit ihm gemacht?«

»Dem Jungen geht es gut.«

»Bring ihn raus und zeig ihn mir.«

»Alles zu seiner Zeit, Ellen.« Er schenkt mir ein kaltes Lächeln. »Danke übrigens noch mal für gestern Nacht. Ich hatte wirklich Spaß.«

Bittere Galle steigt meine Kehle hoch, und mir wird schwindelig. Es gibt Dutzende Dinge, die ich gerne zu ihm sagen würde. Ich will schreien, ihn anbrüllen, ihm wehtun, ihn den Zorn und die Angst und die Scham spüren lassen, die sein Verrat in mir ausgelöst haben.

»Du Dreckskerl«, zische ich. »Du hast mich benutzt, um an Mia heranzukommen.«

»Ich habe getan, was getan werden musste.«

»Angela hatte recht, was den Geist betrifft.«

»Fast. Sie hat bloß auf das falsche Pferd gesetzt.«

»Deshalb meinte Kathryn, ich dürfte der Polizei nicht vertrauen. Sie wusste, dass einer von euch falschspielt, aber du hast es fertiggebracht, sie derart zu verwirren, dass sie am Ende nicht mehr sicher war, wer hinter Mia her war. Du oder Sergeant Holt. Oder vielleicht beide zusammen.«

»Meine Vorgesetzten wurden misstrauisch und haben mir einen neuen Partner zugeteilt, der mich im Auge behalten sollte. Nathan hat also tatsächlich seine eigenen Ziele verfolgt.«

Ich schüttle den Kopf. »Deshalb hat Holt also gleich zu Beginn selbst eine DNA-Probe entnommen. Falls du versuchen solltest, die Probe zu manipulieren. Aber du hast es trotzdem geschafft.«

Gilbourne zuckt mit den Schultern. »Ich bin sein Boss.«

»Warum hast du diese Frauen umgebracht, Stuart?«

»Eines nach dem anderen«, erwidert er und hebt die Pistole, um auf mich zu zielen. »Leg das Baby auf den Boden. *Sofort.*«

»Erst wenn du es mir erzählt hast.« Ich rühre mich nicht von der Stelle. »Sienna Parker war die Erste. Warum musste sie sterben?«

»Warum sollte ich dir das verraten?«

»Weil du stolz darauf bist, damit davonzukommen. Weil es beweist, dass du schlauer bist als alle Kollegen zusammen. Schlauer als die Spurensicherung und schlauer als dein Vorgesetzter, der denkt, du hättest es nicht mehr drauf.«

Er mustert mich, als müsse er überlegen, was er mir anvertrauen soll. Dann senkt er die Pistole ein wenig, und ein Lächeln umspielt seine Lippen.

»Sienna war eine habgierige Hure, und zwar im wahrsten Sinne des Wortes. Ich wollte arbeiten, die Oberhand behalten, fokussiert bleiben wie früher. Überstunden und Nachtschichten einfach wegstecken. Aber je älter du wirst, desto schwerer fällt es dir. Du brauchst ein wenig Unterstützung, um das Energielevel zu halten. Ein kleines Stärkungsmittel dann und wann.«

»Dann hat also nicht Holt bei der Sitte gearbeitet, sondern du?«

»Du bist schlau, Ellen. Ich kannte Sienna von früher, und sie hat mir Dex besorgt, wenn ich etwas brauchte.« Als er mein verwirrtes Gesicht sieht, erklärt er: »Dexamphetamin. Die Droge der Wahl für Piloten, Soldaten und Leute, die Leistung bringen müssen, egal wie sie sich fühlen. Sienna war eine Zeit lang meine Dealerin, doch dann wurde sie gierig und beschloss, mich zu erpressen. Leider hat sie es auch ihrer besten Freundin Louise erzählt, die wiederum einige Hinweise bei einer hübschen kleinen Sozialarbeiterin loswurde. Sie hat versucht, die beiden von der Straße zu holen.«

»Zoe Clifton.«

»Die beiden Huren waren wertloser Dreck, um Zoe tat es mir wirklich leid.«

»Weil du es nicht zu Ende bringen konntest, meinst du.«

»Es wäre alles nicht notwendig gewesen, hätte Sienna die Schnauze gehalten. Es war ganz allein ihre Schuld. Ich musste das Übel an der Wurzel packen.«

»Dann ging es also nur darum, etwas zu vertuschen?«

»Du verstehst das nicht.« Seine Stimme wird lauter, als hätte er Schwierigkeiten, sich unter Kontrolle zu halten. »Wenn es rausgekommen wäre, hätte ich alles verloren. Meine Karriere, meine Rente, meinen Ruf, meine Freiheit. Abschaum, den ich hinter Gitter gebracht habe, hätte Haftentlassungsanträge gestellt, Verurteilungen wären aufgehoben worden und *viele* böse Männer wären auf die Straßen zurückgekehrt. Alles wäre innerhalb eines Wimpernschlages vorbei gewesen. All die Jahre im Dienst der Polizei. Und wofür? Weil ich versucht habe, das Beste für den Job zu geben? Es war bedauernswert, aber notwendig. Sienna hat mir keine andere Wahl gelassen.«

»Du hast gemordet, weil du nicht wolltest, dass deine Abhängigkeit ans Licht kommt?«

»Ich habe *mein Leben* für diesen Job geopfert!«, schreit er. »Ich bin ein guter Cop, der ein paar böse Dinge getan hat, mehr nicht. Aber ich hatte gute Gründe.«

Die Scheinwerfer brennen auf mich herab, aber mir ist kalt bis auf die Knochen. »Du hast diese Frauen umgebracht und es nach einem Serienmörder aussehen lassen. Du wusstest, wie man es vermeidet, DNA-Spuren zu hinterlassen. Du hast immerhin jahrzehntelange Erfahrung damit. Aber dann ist dir Zoe in die Quere gekommen.«

»Ich musste wissen, wie viel sie ihr erzählt haben. Ich hatte nicht vor, etwas mit ihr anzufangen, und erst recht nicht, mit ihr zu schlafen. Aber eins führte zum anderen – du weißt ja, wie das ist. Manche Frauen können meinem Charme offenbar nicht widerstehen.« Er lächelt maliziös. »Nicht wahr, Ellen?«

»Du warst also Zoes neuer Freund. Aber dann hat sie herausgefunden, was du getan hast, oder?«

»Ein Missgeschick, mehr nicht. Ich wollte Siennas Dealer ausfindig machen, um bei ihm einzukaufen, sobald sich der

Wirbel etwas gelegt hatte. Also habe ich ihr Handy behalten.« Er schüttelt den Kopf. »Es war dumm. Eines Abends war Zoe bei mir, und wir hatten einiges getrunken. Sie suchte nach einem Handyladegerät und hat stattdessen Siennas Telefon gefunden. Sie hat die dämliche Hülle mit den Schmetterlingen natürlich sofort erkannt und eins und eins zusammengezählt. Wir fingen an zu streiten, und sie ist auf und davon.«

»Also musstest du sie ebenfalls zum Schweigen bringen. Aber dieses Mal wurdest du gestört.«

Gilbourne zuckt mit den Schultern. »Manche Dinge kann man noch so gut planen.« Er hat seine Stimme wieder unter Kontrolle. »Manchmal hat man einfach Pech. Zoe wird nie wieder aus dem Koma erwachen, aber wenn sie jemals eine gültige DNA-Probe von Mia entnehmen, bin ich sofort der Hauptverdächtige, und alles, was ich in meinem Leben erreicht habe, zerfällt in tausend Scherben.«

Ich erinnere mich, wie Angela mir gestern von der Suche nach Zoes Freund erzählt hat. Nach dem namenlosen Mann, der plötzlich unauffindbar war, nachdem Zoe überfallen und sterbend zurückgelassen wurde.

Natürlich hat die Polizei nie herausgefunden, um wen es sich handelte.

»Im Grunde hast du also gegen dich selbst ermittelt«, fasse ich zusammen. »Du hast versucht, Dominic Church die Schuld in die Schuhe zu schieben, und ihn als wütenden, rachedurstigen Ex-Mann hingestellt. Und als das nicht funktionierte, bist du weiter zu Leon Markovitz, dem in Ungnade gefallenen Reporter. Bis du am Ende sogar DS Holt ins Spiel gebracht hast. Wer von den dreien sollte es am Ende werden?«

»Das spielt keine Rolle mehr.« Er zuckt mit den Schultern.

»Jetzt habe ich ja dich. Das Baby verschwindet, und wir haben eine brandneue Geschichte, die alles erklärt.«

»Sie werden dir nicht glauben.«

»Oh, das denke ich schon. Ein erfahrener, erfolgreicher Polizist gegen eine geistesgestörte, geschiedene Frau, die um jeden Preis ein Kind möchte. Sieh der Wahrheit ins Auge, Ellen. Du bist der perfekte Sündenbock. Ich schätze, du warst sogar so freundlich und hast die Waffe mitgebracht, mit der Mr und Mrs Clifton erschossen wurden. Wo ist sie denn?«

Mein Magen zieht sich zusammen. Die Schrotflinte. Ich bin davon ausgegangen, dass Gerald Clifton versucht hat, sich zu verteidigen, aber sie wurde absichtlich neben ihm drapiert. Ich sehe mich um. Die Scheinwerfer, die Bühne. Der perfekte Ort für einen Showdown, den ich unfreiwillig mitgestaltet habe.

»Die Waffe ist im Auto.«

»Du bist mit dem Mercedes hier, nicht wahr? Wegen des Kindersitzes.« Er grinst, als ich nicke. »Gut. Dann haben wir deine Fingerabdrücke auf der Mordwaffe, die wiederum in dem Auto liegt, das du nach der Ermordung der Cliftons und der Entführung des Babys gestohlen hast. Wo hatten sie die Kleine überhaupt versteckt?«

»In einer Schublade«, erkläre ich tonlos. »Du hast die beiden erschossen, und nun soll ich dafür büßen. Du wusstest, dass ich hinfahren und die beiden finden würde.«

»Ziemlich genial für einen Plan B, nicht wahr? Plan A war, dass Kathryn die ganze Arbeit erledigt. Ich hatte sie derart verunsichert, dass sie das Baby aus dem Haus geschafft hat. Doch dann kam Dominic Church und hat sie überzeugt, dass jemand ihr Telefon trackt – zu Recht übrigens. Sie wusste nicht mehr, wem sie vertrauen sollte, also hat sie das Baby einer vollkommen Fremden übergeben, und so bist du ins Spiel gekommen.«

»Du hast sie auch ermordet, nicht wahr?«

»Was glaubst du?«

»Ich glaube, du bist ein manipulativer Psychopath.«

Er grinst. »Das klang gestern Abend in deinem Hotelzimmer aber noch ganz anders.«

Wut kocht hoch, als ich an die Stunden mit ihm denke, an die Geheimnisse, die ich mit ihm geteilt habe, an die Tatsache, dass ich diesen Mann in mein Bett geholt habe.

»Wo ist Noah?«, frage ich und versuche, möglichst ruhig zu klingen.

»Dem geht es gut.«

Ich mustere ihn. Das selbstgefällige Lächeln, die ungekämmten Haare, die Bartstoppeln. Der Augenwinkel, der kaum merklich zuckt.

»Er ist nicht hier, oder? Du bluffst. Das Foto war ein Fake.«

Er hebt die Augenbraue und nickt anerkennend. »Sehr gut, Ellen. Im Krieg ist die Wahrheit das erste Opfer, er basiert immer auf Täuschung. Hat man dir das in der Navy denn nicht beigebracht?«

»Das hier ist kein Krieg, sondern Mord.«

»Was ist der Unterschied? Und jetzt leg das Baby ab und tritt drei Schritte zurück, wie ich es vorhin bereits von dir verlangt habe.«

»Und dann?«

»Dann wird es Zeit, dass du mit einem Donnerknall von der Bühne trittst.« Er hebt seine Pistole. »Ich frage nicht noch einmal.«

Ich schlinge den Arm instinktiv um die Decke, als könnte ich das Baby vor der Kugel schützen.

Gilbourne holt einen Kabelbinder aus der Tasche. »Es wird Zeit, dass ihr beide von der Bildfläche verschwindet. Und jetzt leg Mia endlich ab, streck die Arme aus und leg die Handgelenke aufeinander.«

»Nein.«

»Nein?«

»Du kannst mich haben, aber Mia bekommst du nicht.«

Er spannt die Pistole und hebt den Lauf, bis er auf meine Stirn zielt. »Ich werde euch *beide* bekommen, Ellen.«

Ich richte mich zur vollen Größe auf, und das Blut rauscht in meinen Ohren.

»Okay«, sage ich. »Du willst sie haben? Dann sollst du sie bekommen!«

Ich hebe das Baby mitsamt der Decke hoch und schleudere es ihm entgegen.

68

Er stolpert nach hinten, während er mit der Hand versucht, das weiße Bündel abzuwehren, und reißt entsetzt die Augen auf, als das Baby daraus hervorrutscht. Blondes Haar, weißer Strampelanzug, perfekte kleine Finger und ein Kopf, der im nächsten Moment auf den Bühnenboden knallt. Das Plastik zerbirst, und die Puppe kann ihn nur einen kurzen Moment lang in die Irre führen. Es reicht kaum, um die Schrotflinte unter meinem Regenmantel hervorzuholen, mit der rechten Hand den Griff zu umfassen und mit der linken den Lauf zu heben. Mein Herz pocht schmerzhaft schnell.

Das war zu langsam. Viel zu langsam.

Ich zucke zusammen, als ein Schuss ertönt und die Kugel an meinem linken Ohr vorbeizischt. Im nächsten Moment zielt die Schrotflinte auf seine Brust, und er starrt mich erschrocken an. Wir stehen einander gegenüber, beide die Waffen im Anschlag.

»Leg das Ding weg!«, ruft er. »Leg das Ding weg, oder ich schieße.«

»Wenn du abdrückst, mache ich dasselbe. Dann sterben wir beide.«

»Was hast du mit dem Baby gemacht? Wo ist Mia?«

»In Sicherheit.« Meine Hände sind schweißnass. »Ich wollte

nicht noch ein Leben riskieren, indem ich sie mit hierher bringe.«

»Was ist eigentlich los mit dir, verdammt noch mal? Willst du unbedingt sterben?«

Die Lichter hinter ihm sind so hell, dass ich blinzle. »Es geht um die Täuschung, Stuart. Das hast du doch selbst gesagt.«

Er stößt die Luft aus und schüttelt den Kopf. »Mein Gott, du bist unmöglich.«

»Das hat mein Mann auch immer gesagt.«

Er stößt ein kurzes, manisches Lachen aus, und einen Moment lang sehe ich den Wahnsinn in seinen Augen. Die Leere. Das Böse.

»Warum legst du nicht ganz langsam die Waffe nieder, Ellen? Dann können wir wie erwachsene Menschen über alles reden.«

Ich lasse die Schrotflinte auf ihn gerichtet. »Nein, eher nicht.«

»Na gut, dann sitzen wir es aus.« Das Lächeln verblasst. »Du wusstest also schon, dass ich es bin, als du hierher gekommen bist?«

»Fast. Aber ich wollte sichergehen.«

»Und jetzt bist du dir sicher.« Seine Stimme trieft vor Sarkasmus. »Aber ändert das irgendetwas? Nein.«

»Es kam mir von Anfang an seltsam vor, dass Kathryn einfach mit Mia verschwinden konnte, wenn das Kind doch so wichtig für die Ermittlungen ist. Ich habe lange darüber nachgedacht und glaubte, dass du Mia als Lockvogel benutzen wolltest, um den Geist auf frischer Tat zu ertappen. Aber Kathryn wusste, dass da etwas im Busch war. Du hast ihr Handy getrackt, ohne zu wissen, dass ihr auch Holt mittels eines

Trackers in einem von Mias Stofftieren auf den Fersen war. Auf der Fahrt hierher ist mir dann klar geworden, dass du Kathryn auf dieselbe Art benutzt hast wie mich. Du brauchtest uns, um Mia aus dem Haus zu schaffen, damit du sie loswerden konntest. Und du brauchtest einen Sündenbock. Du wusstest, dass ich zu den Cliftons fahren würde, wenn du mir sagst, dass sich Mia in Gefahr befindet, deshalb hast du mich angerufen. Du wusstest, dass ich nicht im Hotel bleiben würde.«

Er betrachtet mich mit neu erwachtem Interesse, vielleicht sogar mit widerwilliger Bewunderung. »Wenn Wilderer es auf eine Elefantenherde abgesehen haben, schießen sie zuerst auf die Kälber, weil sie wissen, dass die erwachsenen Tiere sich sofort um diese scharen, um sie zu schützen, und sich damit selbst zu einem einfachen Ziel machen. Du hast deinen Part sehr gut erfüllt. Als du mir letzte Nacht von Libyen erzählt hast, wusste ich, dass du die perfekte Wahl bist.«

»Du Dreckskerl.«

Er zuckt mit den Schultern. »Von mir aus.«

»Die Einbrüche in meinem Haus haben mir ebenfalls Kopfzerbrechen bereitet. Wer auch immer Mittwochnacht in meinem Haus war, dachte, ich wäre nicht da, und ist geflohen, als ich die Treppe nach unten kam. Ich habe mich gefragt, wie der Einbrecher auf die Idee kam, mein Haus wäre leer. Da erinnerte ich mich, dass ich auf der Polizeistation erklärt habe, dass ich bei einer Freundin übernachten würde. Nur du, Holt und mein Anwalt vom Strafverteidigernotdienst wussten davon. Deshalb bist du in der Nacht in mein Haus eingebrochen. Du dachtest, ich wäre nicht da. Als du bemerkt hast, dass du dich geirrt hast, bist du am nächsten Tag wiedergekommen.«

»Und warum?«

»Weil du befürchtet hast, dass ich mir ein Andenken an Mia behalten habe, das vielleicht DNA-Spuren enthält. Deshalb hast du mich auf dem Polizeirevier gefragt, ob ich alles abgegeben habe. Und gestern Abend bist du zu mir ins Hotel gekommen, weil du wissen wolltest, was Angela mir erzählt hat, aber auch, um ein weiteres Mal meine Sachen zu durchwühlen. Ich hatte Mias Musselintuch mit ihrem Speichel noch immer in meiner Handtasche, und heute Morgen war es nicht mehr da. Weil du es an dich genommen hast.«

»Deshalb sind wir also hier? Wegen eines verdammten Musselintuches?«

»Wir sind hier, weil du vier Menschen getötet hast, Stuart. Und bei zwei weiteren hast du es versucht. Wir sind hier, weil du nach dem ersten Mord nicht aufhören konntest. Du hast versucht zu vertuschen, was aus dir geworden ist. Denn in Wahrheit hast du dich genau in die Art Mann verwandelt, die du immer gehasst hast.«

»So einfach ist es also für dich?«

»Als du mir vorhin am Telefon gesagt hast, dass Holt im Haus der Cliftons ist, warst eigentlich du dort, oder?«

Er zuckt erneut mit den Schultern, als wäre die Antwort klar. »Dann ist die rettende Eingreiftruppe schon auf dem Weg?«

»Ich brauche niemanden, der mich rettet, Stuart.«

»Dann gibt es vorerst also nur uns beide?« Er rückt näher. »Und du glaubst, du bringst es fertig, mich zu erschießen?«

»Mir bleibt keine andere Wahl.«

Er schüttelt entschieden den Kopf. »Du wirst den Abzug nicht drücken, Ellen. Du bist ein guter Mensch, du hast es nicht in dir.«

Ich erinnere mich, was Dominic Church vor ein paar Tagen zu mir gesagt hat: *Es gibt zwei Arten von Menschen auf dieser Welt. Diejenigen, die auf einen anderen schießen, und die, die es nicht über sich bringen.*

In der Ferne höre ich das Heulen einer Sirene. Hilfe ist im Anmarsch. DS Holt ist auf dem Weg, aber er wird nicht rechtzeitig hier sein. Gilbourne bleibt nur eine Chance, heil davonzukommen und seine Lügen unbehelligt weiterzuspinnen: Wenn er mich tötet, bevor Holt das Studio betritt.

Und mir bleibt nur eine Chance, Mia vor ihm zu schützen und sicherzustellen, dass ihr nie wieder etwas zustößt. Wenn ich Gilbourne töte.

»Eigentlich witzig, dass die Leute ständig so etwas zu mir sagen.«

»Und was du letztes Mal …«

Ich drücke den Abzug.

Der Rückstoß trifft meine Schulter mit voller Wucht, und im selben Moment breitet sich ein brennender Schmerz in meiner Brust aus. Ich werde nach hinten geschleudert, und im Studio ist es einen Moment lang noch heller, als beide Waffen gleichzeitig losgehen. Einen Augenblick später liege ich flach auf dem Rücken, und der Schmerz ist überall. Er bricht in Wellen über mir zusammen wie eine stürmische Brandung, und sämtliche Nervenenden stehen in Flammen.

Ich bleibe einige Sekunden lang liegen, sämtliche Luft ist aus meiner Lunge gewichen. Schließlich hebe ich langsam den Kopf. Gilbourne liegt regungslos ein paar Meter entfernt, seine in Plastiküberzügen steckenden Schuhspitzen ragen nach oben. Mein Regenmantel ist blutdurchtränkt. Die Puppe liegt zwischen uns, ihre blauen, leblosen Augen starren mich an.

Ich denke an Mia, die hoffentlich immer noch draußen in ihrem Autositz schläft, und an die eilig gekritzelte Nachricht, die ich ihr unter den Fuß gesteckt habe, bevor ich mit der Puppe auf dem Arm ins Studio gerannt bin.

Bitte beschützen Sie Mia. Es tut mir leid. E.

Sie ist das einzig Gute an der ganzen Sache, und jetzt ist sie endlich in Sicherheit.

Sie wird nicht mehr gejagt. Sie muss nicht mehr versteckt werden. Sie ist frei.

Ich lasse meinen Kopf nach hinten sinken und sehe hoch zu den Scheinwerfern über mir. Ich atme vorsichtig ein und zucke zusammen, als der Schmerz von Neuem erwacht. Ein kupferartiger Geschmack breitet sich in meinem Mund aus.

Das Licht der Scheinwerfer wird langsam dunkler und zieht sich immer weiter zurück.

Bis nur noch Dunkelheit bleibt.

DREI MONATE SPÄTER

69

Es ist ein sonniger und klirrend kalter Dezembertag, und die Straßen sind voller Menschen, die ein paar Tage vor Weihnachten das herrliche Wetter genießen und letzte Geschenke besorgen. Mia sitzt in ihrem Kinderwagen und kaut eifrig auf einem gelben Beißring mit Hasenohren herum. Sie trägt einen wattierten weißen Overall und eine Bommelmütze, unter der ihre roten Backen hervorblitzen. Über ihre Beine ist eine dicke Decke gebreitet.

Ich lächle, als ich sie sehe, und mache mich auf den Weg zu dem Tisch am Fenster des Cafés.

»Sie ist schon wieder gewachsen«, sage ich zu Dominic.

»Sie kann inzwischen aufrecht sitzen«, erwidert er. »Und sie wird sicher bald anfangen zu krabbeln.«

Dominic sitzt neben Mia, auf der anderen Seite sitzt Barbara, ihre Großtante, die sich zusammen mit Dominic um Mia kümmert, solange sich Angela noch von ihren schweren Verletzungen erholt. Die etwas mehr als sechzigjährige, sportliche Frau, die ihrer Schwester zum Verwechseln ähnlich sieht, streckt mir die Hand entgegen, und ich schüttle sie.

»Schön, Sie endlich persönlich kennenzulernen, Ms Devlin.«

Dominic schiebt mir eine Tasse entgegen, während ich

mich setze. »Es tut gut, Sie wiederzusehen, Ellen. Wie geht es Ihnen?«

»Viel besser, danke.« Ich öffne den Reißverschluss meiner Jacke. Das warme Café ist eine Wohltat nach der Eiseskälte draußen auf der Straße. »Fast schon wieder wie früher. Die Physiotherapie hat gutgetan, und die Ärzte sind zufrieden.«

Das stimmt, aber ich hatte auch großes Glück. Gilbournes Kugel hat die Hauptschlagader nur um ein paar Zentimeter verfehlt und stattdessen meine Lunge durchbohrt. Etwas höher, und ich wäre in wenigen Sekunden verblutet. Stattdessen war das Blut in meine Lunge eingesickert, und ich hatte lediglich das Bewusstsein verloren, als Holt wenige Minuten später in Begleitung mehrerer Beamter und Sanitäter eintraf. Gilbourne war bereits tot, womit ich nach einem Schuss mit einer Schrotflinte aus so kurzer Entfernung auch gerechnet hatte.

Die Presse war sehr lange Zeit in Aufruhr und schrieb nonstop über den skrupellosen Polizisten, der zum Mörder wurde. Und die offiziellen Ermittlungen zur Aufarbeitung des Falles haben gerade erst begonnen. Leon Markovitz konnte endlich den Coup landen, den er sich immer gewünscht hat. Die Exklusivgeschichte, mit der er sämtliche Zweifler Lügen straft und bei der ich ihm meine Unterstützung zugesichert habe.

Ich nehme einen Schluck von der heißen Schokolade, die mich von innen heraus wärmt, und Dominic erzählt mir von Mia und all den Dingen, die sie in den letzten Monaten gelernt hat. Er ist kein leiblicher Verwandter, aber er möchte so viel Zeit wie möglich mit ihr verbringen und auch in Zukunft ein Teil ihres Lebens sein. Er hat sich mit Angela ausgesöhnt und begonnen, sein Leben wieder in den Griff zu bekommen.

Die Wolke des Misstrauens, die ihm ein Jahr lang überallhin gefolgt ist, hat sich endlich verzogen, und seine angeblichen Vorstrafen waren – wie ich mittlerweile weiß – ein weiterer Schachzug Gilbournes, um den Verdacht auf ihn zu lenken. Dominic, Angela und Barbara werden zusammen Mias erste Weihnachten feiern, und ich weiß, dass es ihm eine Menge bedeutet.

Barbara geht zur Bar, um Mias Fläschchen zu wärmen, und ich lehne mich näher an Dominic heran und frage leise: »Warum waren Sie nicht von Anfang an ehrlich zu mir, Dominic? Warum haben Sie mir nicht erzählt, was wirklich los war?«

»Weil ich wusste, dass Sie früher oder später mit der Polizei reden würden. Da war es besser, wenn Sie so wenig wie möglich wussten.«

»Also haben Sie mich lieber im Dunkeln tappen lassen.«

»Ich habe getan, was ich tun musste, um Mia zu beschützen. Jetzt hat sie nur noch ihre Großmutter. Und mich.«

»Und ihre Mutter. Zoe.«

»Sie wissen, was ich meine. Sie braucht jemanden, der sie im Auge behält, wenn sie größer wird. Und das werde ich übernehmen.«

Ich nicke langsam, und unsere Blicke treffen sich einen Moment lang, ehe ich mich abwende. Ich habe lange überlegt, ob ich es ihm sagen soll, ob es sich richtig anfühlen würde, aber jetzt, wo wir uns gegenübersitzen, kann ich es nicht für mich behalten.

»Was ist denn los?«, fragt er schließlich.

»Ich muss Ihnen etwas zeigen.«

Ich trage es schon einige Tage mit mir herum, hole es immer wieder aus der Tasche und sehe es mir an. Es ist das Letzte, was ich abends vor dem Schlafengehen sehe, und das Erste, wonach ich morgens die Hand ausstrecke. Ich hole es aus meiner Tasche und schiebe es über den Tisch. Es ist ein doppelt gefalteter DIN-A4-Zettel. Eine neue Welt, die sich in sechs kurzen Absätzen eröffnet.

Dominic faltet den Zettel auseinander und liest. Als er wieder aufsieht, ziert ein breites Grinsen sein Gesicht.

»Das ist …« Er verstummt.

»Es ist erst der erste Schritt«, erkläre ich. »Aber ich dachte, es wäre an der Zeit, mit dem Leben weiterzumachen und zu tun, was getan werden muss.«

»Das ist toll, Ellen, ich freue mich sehr für Sie.«

»Laut Agentur gibt es noch einige Hürden zu überwinden, aber sie sagen, dass ich mich sehr gut als Adoptivmutter eigne und sie einige Kinder haben, für die sie einen Platz suchen. Wenn ich Glück habe, ist es vielleicht schon nächstes Jahr im Sommer so weit.«

»Junge oder Mädchen?«

»Das ist egal, beides wäre ein Wunder. Ich kann es immer noch nicht glauben und bin schrecklich aufgeregt. Und ich habe auch ein wenig Angst.«

Er legt grinsend eine Hand auf meinen Arm. »Angst? Sie? Das kann ich mir nicht vorstellen.«

Ich zucke mit den Schultern und nehme noch einen Schluck heiße Schokolade. »Ich mache mir Sorgen, dass ich es nicht schaffe.«

Die Sorge, dass mein Traum von der eigenen Familie sich am Ende doch nicht erfüllen wird, lässt mich nach all den Enttäuschungen immer noch nicht los.

»Sie werden eine fantastische Mutter sein«, versichert mir Dominic. »Eine wahrhafte Löwenmutter, aber auf gute Art.«

»Woher wissen Sie das?«

Dominic berührt die bereits verblassende Narbe auf seinem Wangenknochen mit den Fingerspitzen. »Ich weiß es, weil ich Sie in Aktion erlebt habe, Ellen Devlin.« Er lächelt. »Vertrauen Sie mir.«

DANKSAGUNG Ich habe gerade erfahren, dass sich meine Bücher im Vereinten Königreich mittlerweile mehr als eine Million Mal verkauft haben. Das ist eine erstaunliche und unvorstellbare Zahl, und wenn ich ehrlich bin, kann ich es immer noch nicht begreifen. Ich weiß noch sehr genau, wie es sich als junger Autor im Januar 2017 anfühlte, als ich mir nicht sicher war, wie mein erster Thriller aufgenommen wird und ob das Schreiben vielleicht eine einmalige Sache bleiben würde. Ein Zufallstreffer. Dass ich jetzt, nach drei Romanen und einer Million verkaufter Exemplare, hier sitze, ist wie ein wahr gewordener Traum.

Und so danke ich *Ihnen,* dass Sie dieses Buch – und hoffentlich noch einige weitere – lesen. Danke, dass Sie mich die letzten Jahre begleitet haben.

Natürlich gehört zu meiner Reise auch ein brillanter Verlag, und ich kann mich sehr glücklich schätzen, bei Bonnier Books ein Zuhause gefunden zu haben. Großer Dank gilt meiner Lektorin Sophie Orme für ihre Kenntnisse und Expertise und dafür, dass sie immer die richtigen Fragen stellt. Danke auch an Kate Parkin, Katie Lumsden, Felice McKeown und Francesca Russell für die harte Arbeit an diesem und an den früheren Büchern.

Ich habe *Trust Me* im Frühling und Sommer 2020, vor und während des ersten landesweiten Lockdowns geschrieben. Da meine Frau ebenfalls von zu Hause aus arbeitete, meine Tochter von der Uni kam und mein Sohn seinen Unterricht online absolvierte, war es im Haus sehr viel geschäftiger als sonst (aber auf angenehme Weise). Meine Familie stand immer zur Verfügung, wenn ich über die Geschichte reden wollte, die ich ursprünglich »Das Baby« betitelt habe. Mein Dank geht also an Sally, Sophie und Tom für ihre Gedanken, Ideen und Inputs.

Außerdem danke ich Chris Wall von Cartwright King Solicitors für die rechtlichen Auskünfte (sollte ich jemals verhaftet werden, rufe ich auf jeden Fall ihn an) und Chief Superintendent Rob Griffin von der Polizei Nottinghamshire, der alle meine Fragen beantwortet hat, auch wenn sie noch so seltsam waren.

Danke an Dr Gillian Sare für die medizinischen Informationen und ihre Expertise zum Gebrauch und Missbrauch von Arzneimitteln wie Dexamphetamin. Natürlich gehen sämtliche Fehler und Versäumnisse in diesen beiden Bereichen auf meine Kappe.

Außerdem fand ich Kate Bendelows Sachbuch »The Real CSI, a Forensic Handbook for Crime Writers« sehr hilfreich, was Tatortbeschreibungen und Beweissicherstellung betrifft. Jody Day gab mir mit ihrem Buch »Living the Life Unexpected« außergewöhnliche Einblicke in die Kinderlosigkeit, was mir bei Ellens Geschichte sehr geholfen hat. Außerdem wurde ich von einem Audible-Podcast mit dem Titel »Evil Has a Name« inspiriert, der sich mit berüchtigten Fällen beschäftigt, die jahrelang ungelöst blieben, bis den Ermittlern dank DNA-Spuren doch noch der entscheidende Durchbruch gelang.

Zu guter Letzt gilt mein Dank Mary, Sheila, Kristina, Rosanna, Jade und Georgia, dem herausragenden Team der Darley Anderson Agency.

Dieses Buch ist meiner Agentin Camilla Bolton gewidmet, die großen Mut zum Risiko bewiesen hat, als sie mich als unveröffentlichten Autor unter ihre Fittiche nahm, und deren Fähigkeiten, Wissen und Gefühl für gute Geschichten mich zu einem besseren Schriftsteller gemacht haben. Ich bin froh, dass du hinter mir stehst.